家藏文库

武林旧事
附《增补武林旧事》

〔宋〕周密 〔明〕朱廷焕 著　　谢永芳 注评

中州古籍出版社
·郑州·

图书在版编目（CIP）数据

武林旧事　附《增补武林旧事》/(宋)周密，(明)朱廷焕著；谢永芳注评. —郑州：中州古籍出版社，2019.1
（家藏文库）
ISBN 978-7-5348-8149-7

Ⅰ.①武… Ⅱ.①周… ②朱… ③谢… Ⅲ.①笔记-中国-南宋-选集②中国历史-史料-南宋 Ⅳ.①K245.066

中国版本图书馆CIP数据核字（2018）第271417号

家藏文库：武林旧事　附《增补武林旧事》

选题策划	卢欣欣　赵发杰
约稿统筹	卢欣欣
责任编辑	张　雯
责任校对	牛冰岩
封面设计	王　歌
版式设计	曾晶晶

出　版	中州古籍出版社
	地址：河南省郑州市郑东新区金水东路39号
	邮编：450016
	电话：0371-65788693
经　销	新华书店
印　刷	郑州市毛庄印刷厂
版　次	2019年1月第1版
印　次	2019年1月第1次印刷
开　本	640毫米×960毫米　1/16
印　张	27.75印张
字　数	350千字
定　价	56.00元

前　言

"笔记"之名，早见于齐梁时期。如《南齐书·丘巨源传》载巨源《与尚书令袁粲书》曰："笔记贱伎，非杀活所待。"又，《文心雕龙·才略》："路粹、杨修，颇怀笔记之工；丁仪、邯郸，亦含论述之美"，"温太真之笔记，循理而清通，亦笔端之良工也"。王僧孺《太常敬子任府君传》亦云："辞赋极其精深，笔记尤尽典实。"以"笔记"名书，则至少要晚至宋祁的《宋景文公笔记》。以今天的文体观念看来，古代的笔记多属记事记人的散文随笔，基本特点是实录条列，有闻即录，记叙随宜。周密的《武林旧事》十卷就是这样的一部著名笔记。

周密（1232~1298），字公谨，号草窗，又号蘋洲、萧斋。其先济南（今属山东）人，故自署齐人、华不注山人等。曾祖秘，曾为御史中丞。葸从高宗南渡，居于吴兴，遂为湖州（今属浙江）人。周密因居于湖州，故又号四水潜夫、弁阳老人。父晋，曾出宰富春，又为闽漕干办官。母章氏，亦通翰墨。周密少尝肄业太学，又曾侍父于闽，后随至衢州、柯山等地。理宗景定二年（1261），马光祖知临安府，辟周密为幕僚。四年，受朝命督毗陵民田，忤时宰，适逢母病，即日归养。次年夏，与杨缵诸人在西湖之环碧结吟社。约在咸淳元年（1265），任两浙运司掾。又曾监和济药局，充奉礼节，为丰储仓检察等。端宗景炎元年（1276）为义乌令。

其年杭州为元兵所陷。周密在湖州之家亦破，自此终身寓杭。与谢翱、邓牧辈交游，抗节特立，称著于时。祥兴二年（1279），寓居杭州癸辛街，著《癸辛杂识》六卷以寄愤。又与王沂孙、张炎等十余人以《天香》《水龙吟》《摸鱼儿》《齐天乐》《桂枝香》分咏龙涎香、白莲、莼、蝉、蟹等题，由陈恕可、仇远编为《乐府补题》。并以故国文献自任，著《齐东野语》二十卷、《浩然斋雅谈》三卷、《志雅堂杂钞》、《云烟过眼录》、《澄怀录》等，皆传于世。所著之散佚者，尚有《蜡屐集》《弁阳诗集》《弁阳日钞》《经传载异》《浩然斋可笔》《台阁旧闻》《诗词丛谈》《慎终篇》《续澄怀录》《弁阳客谈》等。戴表元《弁阳诗序》称其诗"少年流丽钟情"，"壮年典实明赡"，"晚年感慨激发"。工于词，著《蘋洲渔笛谱》《草窗词》各二卷。又编《绝妙好词》七卷，选录张孝祥至仇远词一百三十二首。《宋史翼》卷三四有传。

《武林旧事》，约成书于元世祖至元二十三年（1286）前后：曰"旧事"，则始撰于宋亡以后；自序曰"余亦老矣"，而又在约成书于至元二十八年的《齐东野语》之前问世。(参陆林《元代戏剧学研究》。《齐东野语》卷一五"玉梅堂梅品"条："予尝得其（指张镃）园中亭榭名，及一岁游适之目，名《赏心乐事》者，已载之《武林旧事》矣。"）武林本山名，即今杭州西灵隐山，《汉书·地理志》中已有记载："武林山，武林水所出，东入海，行八百三十里。"又《方舆胜览》卷一云："武林山，在钱塘旧治之北半里，今为钱塘门里太一宫道院土阜是也。元名虎林，避唐朝讳，改虎为武。"武林之借指杭州城，在《武林旧事》以前，今可见者以苏轼《送子由使契丹》为早："云海相望寄此身，那因远适更沾巾。不辞驿骑凌风雪，要使天骄识凤麟。沙漠回看清禁月，湖山应梦武林春。单于若问君家世，莫道中朝第一人。"（可以附带提及的是，旧题唐谭用之撰《谭藏用诗集》中《送赵容诗》，据其中"武林"云云，显然是牵涉到了谭氏身后史事："武林杨柳旧依依，甲第楼台有是非。莫道天崖龙已化，但看云际鹤还飞。"《四库全书总目》即辨其伪曰:"其意似指南宋之亡。若唐末五代时,则钱氏据有临安,势方全盛,安得有此语?")是书仿孟元老《东京梦华录》,据目睹耳闻和故书杂记,详述南宋都城临安朝廷典礼、山川风俗、市肆节物、教坊乐部等情况,几乎无所不包。书分十卷凡六十四门:卷一六门、卷二十三门为皇家重要朝会典礼,卷三十九门为行都四时风俗,卷四二门为行都宫殿和教坊乐部,卷五一门为杭州风景古迹,卷六十二门为行都饮食娱乐和各色伎艺人,卷七一门为高宗退位后的优游生活,卷八六门为皇帝驾幸太学、接待外国使臣和皇后册封、皇子诞育等皇族礼仪,卷九一门为高宗驾幸功臣张俊的礼仪节次,卷十三门为官本杂剧段数和张镃的四时游赏。这些记载,为了解南宋城市经济文化和市民生活及都城面貌、宫廷礼仪等,提供了较为丰富的史料。其中,尤其是卷六"诸色伎艺人"门记录的演史、杂剧、影戏、角抵、散耍等五十五类民间艺术种类、五百二十一位名艺人姓名或艺名,以及卷十"官本杂剧段数"门著录的二百八十本杂剧剧目,对于研究南宋文学、艺术和戏剧史,至为珍贵。

《东京梦华录》追忆汴京承平繁盛,详录岁时宴赏、士女奢华等情形。其书一出,即引来《都城纪胜》《繁胜录》《梦粱录》等仿效之作。(《四库全书总目》卷七〇:"元老始末未详。盖北宋旧人于南渡之后追忆汴京繁盛而作此书也。自都城坊市、节序风俗及当时典礼仪卫,靡不赅载。虽不过识小之流,而朝章国制,颇错出其间。核其所纪,与宋志颇有异同。……如此之类,皆可以互相考证,订史氏之讹舛,固不仅岁时宴赏、士女奢华,徒以怊怅旧游、流传佳话者矣。"《四库全书简明目录》卷七:"旧本题耐得翁撰,不著名氏。书成于端平二年,皆记杭州琐事,分十四门,不及《梦粱录》《武林旧事》之赅备,而详略可以互补。"《四库全书总目》卷七七:"旧本题西湖老人撰,不著名氏。考书中所言,盖南宋人作也。宋自和议既成之后,不复留意于中原,士大夫但知流连歌舞,笑傲湖山。故是书所述,大抵嬉游之事,以繁华靡丽相夸。盖亦耐得翁《都城纪胜》之类而琐屑又甚焉。")其中,吴自牧的《梦粱录》据耳闻目见以及淳祐、咸淳两部《临安志》，举凡山川景物、节序风俗、公廨物产、市肆乐部，无不详载。全书计二十卷一百六十九目：前六卷以岁时为序，记载杭州风俗；后十四卷记杭州旧都建制、西湖风光、塔院铺肆、历代人物、民俗物产等。《四库全书总目》卷七〇《梦粱录》提要即谓其虽"详于叙述，而拙于文采，俚词俗字，展籍纷如，又出《梦华录》之下"，然"南宋郊庙宫殿，下至百工杂戏之事，委曲琐屑，无不备载"，"措词质实，与《武林旧事》详略互见，均可稽考遗闻"。在诸多仿作中，《武林旧事》于典赡词华以外，还是一部公认的深寓黍离之悲之书，也即《四库全书总目》卷七〇《武林旧事》提要所谓"著其盛正著其所以衰。遗老故臣，恻恻兴亡之隐，实曲寄于言外，不仅作风俗记、都邑簿也"：

> 是书记宋南渡都城杂事，盖密虽居于弁山，实流寓杭州之癸辛街，故目睹耳闻，最为真确，于乾道、淳熙间三朝授受、两宫奉养之故迹，叙述尤详。自序称欲如吕荥阳《杂记》而加详，如孟元老《梦华》而近雅。今考所载体例，虽仿孟书而词华典赡，南宋人遗篇剩句，颇赖以存，"近雅"之言不谬。吕希哲《岁时杂记》，今虽不传，然周必大《平园集》尚载其序，称其"上元"一门多至五十余条，不为不富。而密犹以为未详，则是书之赅备可知矣。明人所刻往往随意刊除，或仅六卷，或不足六卷，惟存"故都宫殿""教坊乐部"诸门，殊失著书之本旨。此十卷之本，乃从毛氏汲古阁元板传钞，首尾完具。其间逸文轶事，皆可以备参稽。而湖山歌舞，靡丽纷华，著其盛正著其所以衰。遗老故臣，恻恻兴亡之隐，实曲寄于言外，不仅作风俗记、都邑簿也。第十卷末"棋待诏"以下，以是书体例推之，当在六卷之末，疑传写或乱其旧第。然无可考证，今亦姑仍之焉。

早前，时人张炎曾写过一首《思佳客·题周草窗〈武林旧事〉》，抒发故国之思已是甚为直露、凄恻:"梦里曹腾说梦华。莺莺燕燕已天涯。蕉中覆处应无鹿,汉上从来不见花。　今古事,古今嗟。西湖流水响琵琶。铜驼烟雨栖芳草,休向江南问故家。"作为"词眼"的过片三句,尤能凸显所作是出于好友间的同病相怜而不仅仅是借题发挥。

《武林旧事》中自卷二"元正"门至卷三"岁晚节物"门,《说郛》卷六九录作《乾淳岁时记》。《乾淳岁时记》中被移除的《武林旧事》卷三"西湖游幸"门全文,又曾为清人虫天子所编《香艳丛书》收入,题作《西湖游幸记》,并见新文丰版《丛书集成续编》第二二三册。(有学者谓虫天子为张廷华号,其人未详。其书《凡例》云:"所选以香艳为主,无论诗词乐府,足以醉心荡魄者,一例采入。"则此文或因其中朱继芳诗涉"宋五嫂"而被采录。)又,卷十"张约斋赏心乐事"门全文,张镃序文尾署"嘉泰元年岁次辛酉十有二月,约斋居士书",而中国国家图书馆藏清水边林下丛书本《赏心乐事》一卷,卷首序文尾误署"张鉴撰",并见《续修四库全书》史部第八八五册。(此点,曾维刚《张镃年谱》已为表出。张鉴[平甫]乃张镃之弟。《齐东野语》卷一二记姜尧章[姜夔]自叙所云可参:"旧所依倚,惟有张兄平甫,其人甚贤。十年相处,情甚骨肉,而某亦竭诚尽力,忧乐同念。平甫念其困踬场屋,至欲输资以拜爵,某辞谢不愿,又欲割锡山之膏腴以养其山林无用之身。惜乎平甫下世,今惘惘然若有所失。")查《中国丛书综录》,周密《齐东野语》《云烟过眼录》《志雅堂杂钞》等书的部分内容均曾以"摘抄"之名行世,同样,《武林旧事》中被摘录另题单行的也还有:《乾淳起居注》《绍熙行礼记》《南渡宫禁典仪》《乾淳御教记》《燕射记》《唱名记》《天基圣节排当乐次》《乾淳教坊乐部》《杂剧段数》《高宗幸张府节次略》《艺流供奉志》《南宋市肆纪》《湖山胜概》《南宋故都宫殿》《偏安艺流》等十五种,足见其书在后世的多方面影响和受重视的程度。(需要提及的是,《武林旧事》还有一种被移录与拼接的小说传播方式,如明代拟话本《西湖二集》卷二中的一篇《宋高宗偏安耽逸豫》,胡士莹《话本小说概论》认为，就是本自《武林旧事》卷七及《西湖游览志馀》卷三。）

不过，《武林旧事》在流传过程中"绝少善本"，主要还是因为不同时代的六卷本、十卷本、十一卷本与钞本、刻本等纠缠在一起。（十一卷本，即六卷《武林旧事》加上五卷《后武林旧事》。所谓《后武林旧事》，实际上是以六卷本《武林旧事》卷六"诸色伎艺人"门中"棋待诏"以下部分析出别为一卷，以下则以乾淳奉亲之事起至末，即十卷足本《武林旧事》之第七八九十卷，为第二三四五卷。）这种不能说不复杂的传播情形，亦可略见其书的后世接受状况。兹顺序录取宋廷佐、姚士麟、鲍廷博等人相关序跋，以备参酌：

  杭郡地卑隘，不可以国。宋高宗南播，乐其湖山之秀，物产之美，遂建都焉，传五帝，享国百二十有余年，虽曰偏安，其制度礼文，犹足以仿佛东京之盛。可恨者当时之君臣，忘君父之仇，而沉酣于湖山之乐，竟使中原不复，九庙为墟。数百载之下，读此书者，不能不为之兴叹。书凡六卷，四水潜夫辑。潜夫亦不知为谁，其纪武林之事，较他书为备，因命工刊置郡库，俾博雅者有考焉。

  余往读杭板《旧事》，意似有未尽者。久之，海虞赵元度示余全帙。则自"棋待诏"已下五卷，杭刻所缺也。然赵本所有，不暇泛考。即田氏《西湖志馀》捃拾最博，无论第一段"酉牌还内"后十行，田志不收。更检淳熙五年二月、六年三月、九月、九年中秋观涛诸则，大都此本宛尽，《志馀》前后多彼此不同。又如高宗幸张循王多"亲属推恩"二幅，张功甫《赏心乐事》多"桂隐"等四幅，其若太学已后及杂剧七条，志记别录，亦多异同，岂田氏未之见邪？余更有感于寿皇孝养思陵，而光宗惑于凶牝，至为不朝不临，此无异故：孝宗得非所望，故能竭孝展恩；光宗谓所固有，遂至溺谗行忍。此继立贤于身出，人态俗情，最悲隐地也。至若张俊公附秦桧赞协和议，冀握兵柄，不逾年而为江邈劾罢。思陵幸第时，解柄之明年也。观其进奉珍玩之夥，此皆鬻卖中原牙侩锱贯耳。地主睹之，能无面赧汗下乎！约斋标韵孤上，赏识风花，为雅流归与，乃以谋诛侂胄，赏薄怨望，欲捋虎须，远谪象台而死，去玉照堂成，仅隔旬五耳，惜哉。

南宋遗老周公谨氏，入元后追忆乾、淳旧事，撰述此书，凡朝廷典礼、山川风俗，与夫市肆节物、教坊乐部，无不备载，而于孝庙奉亲之事，尤致意焉。武林征掌故者，多就取材，而流传绝少善本。此册得之红豆山房惠氏，即《读书敏求记》所谓元人传自仇山村家足本也。自序一篇，声情绵邈，悽然有故国旧君之思，不仅流连今昔而已。而旧刻遗之，失其旨矣。爰就明时宋、陈两刻，参校以传，不惟为艺苑增一佳本，亦以慰作者于百世之上也。

而其书价值所以高人一筹的缘由之一，又在于作者秉承家学（周密六世祖芳、五世祖孝恭、高祖位、曾祖秘、祖珌、父晋、外祖章良能），态度严谨。正如其《齐东野语》自序所云：

余龆侍膝下，窃剽绪余，已有叙次。尝疑某事与世俗之言殊，某事与国史之论异。他日，过庭质之，先子出曾大父、大父手泽数十大帙示之曰："某事然也。"又出外大父《日录》及诸老杂书示之曰："某事与若祖所记同，然也。其世俗之言殊，传讹也；国史之论异，私意也。小子识之。"又曰："定、哀多微词，有所辟也。牛、李有异议，有所党也。爱憎一衰，论议乃公。国史凡几修，是非凡几易，而吾家乘不可删也，小子识之。"

在《武林旧事》问世约三百五十年后，时任工部主事的朱廷焕撰著了一部《增补武林旧事》，增补原书阙略，微存"风劝"之旨：

武林为东南都会，显于唐，盛于宋，人文秀出，山水清丽，物产殷富，天下莫与埒也。翠华南迁，仁和驻跸，延祚百五十余年，虽偏安一隅乎，非若金陵六代旦暮易姓、使王气常收者比。厥后独松阑入，厓山胥沦，说者尽咎湖山，谓尤物惑人，甚于西子。噫，亦太过矣！夫虎踞龙蟠，不为芳乐临春分谤。顾欲以凤山鹫岭代赵宋府，幸将置赋臣暗主何地哉！矧茂陵在御绝游幸，务节俭，远迩安晏，棹歌一曲，寄在康衢，则武林犹是盘庚之偃师、周武之镐洛也。余司榷至此，朱幼晋先生以四水潜夫所著《旧事》见贻，暇时按籍披寻，觉湖山之美，逾于昔闻，而繁侈之风，竟胜未已。然眂《旧事》所纪，昔犹江海，此仅涓勺；昔犹京坻，此仅稊粒也。昔马卿虚词，归引节俭，风劝之旨犹存。潜夫从容燕蓟之朝，绝无亡国之戚，岂以陋垒为耻，故津津其言乎！余长夏苦热，憩古梅，临奇石，遍简湖山诸志，始知潜夫所载，尚有阙略。偶为增补数十则，友辈读而快之，从臾寿梓。虽续貂可嗤，饰蛾多事，然补入诗什，以存风流。末志灾伤，使知靡侈过甚，足招天谴。有汴京之乐，即有靖康之悲；有武林之侈，即有厓山之变。运若循环，后人不昧此理。持以节俭，使武林常为乐邦可也。(《增补武林旧事》自序)

再后来，该书于清乾隆年间被收入《四库全书》(《增订四库简明目录标注》作《增补前武林旧事》)。卷首有御制题诗三首：

　　补因廷焕原周密，旧事武林想象间。
　　正向金朝称侄际，那仍豪兴赏湖山。

　　都人士女走如狂，天子真称孝寿皇。
　　便是北方有归榇，安能五国解凄凉。

　　朝歌暮舞胜都京，水秀山明凑雅情。
　　绘出承平真气象，尔时岂果是承平。

一箭双雕。貌似翻案文章，而出以一派帝王傲骄口吻，极尽揶揄讥讽之能事，贬彼褒此，质直显豁。又，《增补》目录之后依例附列是书提要曰：

　　宋周密尝录南渡后百二十年典故，及风俗、游宴诸事，勒成一书，名为《武林旧事》。廷焕因密旧本，复采《西湖志》《鹤林玉露》

《容斋随笔》《辍耕录》，及密所著《癸辛杂识》诸书，续加增订，厘为八卷。自序谓增补数十则。今按书中共补一百五十四则，与原序之数不符。殆序中脱去一百二字也。其书义例稍涉泛滥，虽不及周密原本之精雅有法，而于宋代临安轶事搜括靡遗，亦颇足资考古者见闻之助。盖密为宋遗民，主于感念盛衰，多仿孟元老《东京梦华录》之体。而廷焕则专取搜罗故实，拾遗补阙，以为地志之外篇，与李濂《汴京遗迹志》约略相近。虽名为增辑，而用意有殊。今故并著之于录，以备参证焉。

李濂自序《汴京遗迹志》已揭橥其书要旨："聊亦撮故实，备考索，舒慨惋，资谭噱，补乡国之阙文，消山林之长日而已。乃若区区删订取舍之意，备见凡例，所谓一代兴衰治乱之故，亦略寓于其中，读是编者，当自得之。"据知，上文中"约略相近"与"用意有殊"云云，有前后矛盾之嫌。又，郎瑛曾在其《七修类稿》卷一八中感慨："今读《梦华录》《梦粱录》《武林旧事》，则宋之富盛，过今远矣。"这说明，增补《武林旧事》还确实可以有借古鉴今的深意在，如王鏊《震泽长语》卷下中所论："宋民间器物，传至今者皆极精巧。今人卤莽特甚，非特古今之性殊也，盖亦坐贫故耳。观宋人《梦华录》《武林旧事》，民间如此之奢，虽南渡犹然。近岁民间无隔宿之储，官府无经年之积，此其何故也？人皆曰：本朝藩府太多，武职太冗，是固然矣。又有一焉而人莫之及，古称天下之财，不在官则在民，今民之膏血已竭，官之府库皆空，岂非皆归此辈乎？为国者曷以是思之。"

有意思的是，《四库全书总目》卷七七"史部地理类存目六"所载《增补武林旧事》提要，与前录卷前提要言明其书"足资考古者见闻之助"不尽相同：

初，宋末周密尝录南渡后百二十年典故，及风俗、游宴之盛，为《武林旧事》。廷焕于崇祯间司権杭州，复采《西湖志》《鹤林玉露》

《容斋随笔》《辍耕录》，及密所著《癸辛杂识》诸书，补缀其阙，以成是编。密书十卷，此增补反为八卷者，密书别有一六卷之本，廷焕据以推广也。自序谓增补数十则。今案所增凡睿藻、恩泽、开垆、故都宫殿、湖产、灾异六门，共补一百五十四则，与序不符。殆序文字误耶？其中"湖产"一门，既非宋代所独有，与断限之例殊乖。"灾异"一门，亦非土俗民风、朝章国典，泛滥尤甚。均非密著书之本意，殊属骈枝。明人点窜古书，多不解前人义例，动辄破坏其体裁，往往似此也。

此篇主要陈述"存目"之由，当先出。其实，除了"破坏其体裁"之外，《增补》一书所增录补入的一百五十则材料，还存在引书多不尽依原文、引书与原著内容重出以及引书标注出处错误等问题。(在朱廷焕之前，六卷本《武林旧事》之著者，有正德十三年宋廷佐、嘉靖三十九年陈柯刊本等，未审其增补所据为何本。与足本十卷相较，去除重复后的增补详细情况为：卷一大礼、登门肆赦各补一，圣节补五；卷二增睿藻五，御教仪卫次第、公主下降各补一，增恩泽四，唱名补三，元夕、进茶、赏花各补一；卷三西湖游幸补七，社会、祭扫、浴佛、端午、中元各补一，观潮补七，重九补一，开垆补二，冬至、岁除、岁晚节物各补一；卷四故都宫殿补十；卷五乾淳教坊乐部补五；卷六卷七湖山胜概增、补五十八；卷八歌馆补十四，增湖产一，诸色伎艺人补九，增灾异四。重出部分中涉及到的《武林旧事》前六卷已载内容，盖出于失查。当然，如果仅以重出而论，倒是多少能够反映出二人在编纂思路上的某些契合点。)两则提要自然可以对读互参，更能见出四库馆臣在此书取舍态度上的摇摆。类似的情形，并非只有《增补武林旧事》一例。如易学实《犀崖文集》："既入《禁毁书目》，又入《四库存目》，是《存目》定稿时于偶有违碍之书有所释禁。"（柯愈春《清人诗文集总目提要》）由此推之，《增补》一书也可能是《四库全书》定稿时于《存目》中书偶有开释者。

本书以鲍廷博辑刻《知不足斋丛书》本《武林旧事》十卷足本为底

本,参校以宋廷佐刻六卷本、陈继儒《宝颜堂秘笈》本《后武林旧事》五卷、《说郛》本以及《文渊阁四库全书》本等,力求呈现较为可靠的文本。另于篇末附录《增补武林旧事》八卷之增补部分,同时作出相应的阅读提示,以为读者了解该书在不同时代的样貌提供帮助。注释主要参考邓之诚《东京梦华录注》、李小龙等评注《武林旧事》、杨观《周密笔记词汇研究》等,择善而从,以尽量排除阅读障碍。评析则着重参酌《东京梦华录》《都城纪胜》《繁胜录》《梦粱录》以及周密另著《癸辛杂识》《齐东野语》《浩然斋雅谈》诸书,仍以协助读者读解文本、充分领略其历史文化价值为基本出发点,并在此基础上进行适度地延展。

限于水平,书中恐难免存在不足,期望读者批评指正。必须说明的是,这本小书在编写过程中,对前修时彦的相关研究成果多有参考,除上文已经指出的以外,主要还有陈寅恪、邓绍基、冯沅君、傅璇琮、龚延明、胡忌、康保成、鲁迅、吕叔湘、欧阳光、钱南扬、钱锺书、裘锡圭、谭正璧、王国维、夏承焘、杨荫浏、扬之水、余嘉锡、俞为民以及法国学者谢和耐等诸位先生。所有这些,都尽可能在正文中以随文作注的方式加以说明,另于书末按照行文中出现的先后顺序,列举出主要参考引用文献,以为读者提供方便。责任编辑张雯付出了辛勤的劳动谨此一并致谢。

谢永芳
于广西科技师范学院

目　录

序 …………………………………………………………… 1

卷一

庆寿册宝 …………………………………………………… 5

四孟驾出 …………………………………………………… 10

大礼(南郊　明堂) ………………………………………… 21

登门肆赦 …………………………………………………… 35

恭谢 ………………………………………………………… 39

圣节 ………………………………………………………… 44

卷二

御教 ………………………………………………………… 58

御教仪卫次第 ……………………………………………… 62

燕射 ………………………………………………………… 65

公主下降 …………………………………………………… 68

唱名 ································· 74

元正 ································· 79

立春 ································· 83

元夕 ································· 86

舞队 ································· 96

灯品 ································· 100

挑菜 ································· 104

进茶 ································· 107

赏花 ································· 111

卷三

西湖游幸(都人游赏) ················· 115

放春 ································· 121

社会 ································· 123

祭扫 ································· 126

浴佛 ································· 129

迎新 ································· 132

端午 ································· 136

禁中纳凉 ····························· 140

都人避暑 ····························· 142

乞巧 ································· 144

中元 ································· 147

中秋 ································· 149

观潮 151

重九 155

开炉 157

冬至 159

赏雪 161

岁除 163

岁晚节物 167

卷四

故都宫殿 171

乾淳教坊乐部 178

卷五

湖山胜概 188

卷六

诸市 216

瓦子勾栏(城内隶修内司,城外隶殿前司) 218

酒楼 221

歌馆 225

赁物 228

作坊 231

骄民 233

游手 236

市食 240

诸色酒名 246

小经纪(他处所无者) 250

诸色伎艺人 256

卷七

乾淳奉亲 267

卷八

车驾幸学 284

北使到阙 288

宫中诞育仪例略 291

册皇后仪 296

皇后归谒家庙(用咸淳全后例) 302

皇子行冠礼仪略 307

卷九

高宗幸张府节次略 314

卷十

官本杂剧段数 326

张约斋赏心乐事(并序) 335

约斋桂隐百课 …………………………………… 341

附录
增补武林旧事 …………………………………… 349
参考引用文献举要 ……………………………… 414

序

乾道、淳熙间,三朝授受,两宫奉亲①,古昔所无。一时声名文物②之盛,号"小元祐"。丰亨豫大③,至宝祐、景定,则几于政、宣矣。予曩于故家遗老得其梗概,及客修门,闲闻退珰④老监谈先朝旧事,辄耳谛听,如小儿观优,终日夕不少倦。既而曳裾贵邸,耳目益广,朝歌暮嬉,酣玩岁月,意谓人生正复若此,初不省承平乐事为难遇也。及时移物换,忧患飘零,追想昔游,殆如梦寐,而感慨系之矣。岁时檀栾,酒酣耳热,时为小儿女戏道一二,未必不反以为夸言欺我也。每欲萃为一编,如吕荥阳《杂记》而加详,孟元老《梦华》而近雅,⑤病忘慵惰,未能成书。世故纷来,惧终于不暇纪载,因摭大概,杂然书之。青灯永夜,时一展卷,恍然类昨日事,而一时朋游沦落,如晨星霜叶,而余亦老矣。噫,盛衰无常,年运既往,后之览者,能不兴忾我寤叹⑥之悲乎!四水潜夫⑦书。

【注释】

①两宫奉亲:谓宋孝宗侍奉太上皇赵构与吴太后。 ②声名文物:声教文明与典章制度。《左传·桓公二年》:"钖鸾和铃,昭其声也;三辰旂

旗，昭其明也。夫德，俭而有度，登降有数，文物以纪之，声明以发之，以临照百官。"　③丰亨豫大：富饶安乐。《易·丰卦》来知德曰："丰，盛大也。其卦离下震上，以明而动，盛大之由也；又雷电交作，有盛大之势，乃丰之象也。"《易·豫卦》中《象》曰："豫，刚应而志行，顺以动，豫。豫顺以动，故天地如之，而况'建侯行师'乎？天地以顺动，故日月不过，而四时不忒。圣人以顺动，则刑罚清而民服。豫之时义大矣哉！"　④珰（dāng）：本为古代女子的耳饰，汉代宦官充武职者用作冠饰。后泛指宦官。　⑤"如吕荥阳"二句：吕希哲，学者称之为荥阳先生。祖吕夷简，父吕公著。著有《岁时杂记》，已佚。《四库全书》中《吕氏杂记》二卷，为馆臣从《永乐大典》中辑出，重加命名。近雅，当主要是相对于《东京梦华录》自序所云而言："此录语言鄙俚，不以文饰者，盖欲上下通晓尔，观者幸详焉。"　⑥忾（xì）我寤叹：《诗·曹风·下泉》："忾我寤叹，念彼周京。"忾，叹息声。　⑦四水潜夫：湖州有苕水、余不水、前溪水、北流水，合而入于霅溪。周密家于湖州，宋亡不仕，故以此为号。

【评析】

　　陈寅恪《邓广铭〈宋史职官志考证〉序》有云："华夏民族之文化，历数千载之演进，造极于赵宋之世。后渐衰微，终必复振。"创造过华夏民族文化辉煌的赵宋王朝，享国祚三百二十年。其中，北宋一百六十七年，凡历九帝：太祖赵匡胤建隆（960~963）、乾德（963~968）、开宝（968~976），太宗赵光义太平兴国（976~984）、雍熙（984~987）、端拱（988~989）、淳化（990~994）、至道（995~997），真宗赵恒咸平（998~1003）、景德（1004~1007）、大中祥符（1008~1016）、天禧（1017~1021）、乾兴（1022），仁宗赵祯天圣（1023~1032）、明道（1032~1033）、景祐（1034~1038）、宝元

(1038~1040)、康定（1040~1041）、庆历（1041~1048）、皇祐（1049~1054）、至和（1054~1056）、嘉祐（1056~1063），英宗赵曙治平（1064~1067），神宗赵顼熙宁（1068~1077）、元丰（1078~1085），哲宗赵煦元祐（1086~1094）、绍圣（1094~1098）、元符（1098~1100），徽宗赵佶建中靖国（1101）、崇宁（1102~1106）、大观（1107~1110）、政和（1111~1118）、重和（1118~1119）、宣和（1119~1125），钦宗赵桓靖康（1126~1127）；南宋一百五十三年，凡历九帝：高宗赵构建炎（1127~1130）、绍兴（1131~1162），孝宗赵昚隆兴（1163~1164）、乾道（1165~1173）、淳熙（1174~1189），光宗赵惇绍熙（1190~1194），宁宗赵扩庆元（1195~1200）、嘉泰（1201~1204）、开禧（1205~1207）、嘉定（1208~1224），理宗赵昀宝庆（1225~1227）、绍定（1228~1233）、端平（1234~1236）、嘉熙（1237~1240）、淳祐（1241~1252）、宝祐（1253~1258）、开庆（1259）、景定（1260~1264），度宗赵禥咸淳（1265~1274），恭帝赵㬎德祐（1275~1276），端宗赵昰景炎（1276~1278），卫王赵昺祥兴（1278~1279）。（按：改元时间，《宋史·瀛国公纪附二王传》谓为至元十五年："四月戊辰，昰殂于碙州，其臣号之曰端宗。庚午，众又立卫王昺为主，以陆秀夫为左丞相。……五月癸未朔，改元祥兴。"陈垣《二十史朔闰表》作"景炎三年五月朔帝昺改"。）

　　自序中"盛衰无常，年运既往"云云，既透露了周密撰写《武林旧事》一书的"微言大义"，也从一个方面说明，宋、元易代给传统汉族文人带来的心理冲击，给华夏文明带来的伤害，的确是剧烈而持久的。以至于明、清之际的文人如钱谦益，再度遭遇类似的情况时，会发出这样的哀叹：

　　海角崖山一线斜，从今也不属中华。更无鱼腹捐躯地，况有龙涎泛海槎。望断关河非汉帜，吹残日月是胡笳。嫦娥老大无归处，独倚

银轮哭桂花。(《后秋兴》一〇四首第十三叠其二)

作者自注,可以帮助加深这种理解:"自壬寅(1662)七月至癸卯(1663)五月,讹言繁兴,鼠忧泣血,感恸而作,犹冀其言之或诬也。"大型组诗《后秋兴》曾被盛赞为"明清之诗史"(陈寅恪《柳如是别传》),所谓"崖山之后无中华"的说法,或即源自其中的这一小部分文字。

卷一

庆寿册宝

寿皇①圣孝，冠绝古今，承颜两宫，以天下养。一时盛事，莫大于庆寿之典。今摭录大略于此。

淳熙三年（1176），光尧②圣寿七十，预于旧岁冬至加上两宫尊号，立春日行庆寿礼。至十三年（1186），太上八十，正月元日再举庆典。其日，文武百僚集大庆殿，各服朝服，用法驾五百三十四人，大乐四十八架，正乐一百八十八人，③及列仪仗、鼓吹于殿门外。上服通天冠、绛纱袍，执大圭，恭行册宝之礼。鼓吹振作，礼仪使已下皆导从，上乘辇从至德寿宫，俟太上升御座，宫架乐④作，皇帝北向再拜，奏起居，致词曰："臣某稽首⑤言，伏惟（圣号）太上皇帝陛下寿同天永，德与日新，典册扬徽，华夷赖庆。"左相宣答曰："圣号太上皇帝圣旨，皇帝迎阳展采，镂牒荣亲，何幸吾身，屡观盛事。"次皇太子以下称贺致词，宣答讫，并再拜，舞蹈。礼毕，次诣太上皇后殿，行礼如前。候解严讫，皇帝入宫进奉礼物，行家人礼，御宴极欢。自皇帝以至群臣禁卫吏卒，往来皆簪花。后三日，百官拜表称贺于文德殿。四方万姓，不远千里，快睹盛事。

都民垂白之老，喜极有至泣下者。杨诚斋诗云："长乐宫前望翠华，玉皇来贺太皇家。青天白日仍飞雪，错认东风转柳花。""春色何须羯鼓⑥催，君王元日领春回。牡丹芍药蔷薇朵，都向千官帽上开。"任斯庵诗云："金爵觚⑦棱晓日开，三朝喜气一时回。圣人先御红鸾扇，天子龙舆万骑来。""霜晓君王出问安，宝香随辇护朝寒。五云深处三宫宴，九奏声中二圣欢。"

【注释】

①寿皇：指宋孝宗，因其尊号为："至尊寿皇圣帝。" ②光尧：指宋高宗，因其尊号为："光尧寿圣宪天体道性仁诚德经武纬文绍业兴统明谟盛烈太上皇帝。" ③"大乐"二句：原作"大乐四十八人架，正乐工一百八十八人"，此据宋廷佐刻本校改。（按：格于体例，自此以下不再详列异文校勘记。） ④宫架乐：悬钟、磬等于架上，如古之编钟，通过奏击这些悬挂乐器而形成的音乐即为宫架乐。《梦粱录》卷五："其登歌道士十余人，列钟磬二架，歌色琴瑟等，有五七执事人在殿上执役，殿前设宫架乐，在列编钟玉磬。其架如方响者同，但增广而高大，立于地。"宫架，本指宫廷中悬挂乐器的支架。《文献通考》卷四四："宫架，天子之制，四面皆县钟磬，备六律、六吕，如宫室之有墙，故谓之宫架。" ⑤稽（qǐ）首：《周礼·春官·大祝》："一曰稽首，二曰顿首，三曰空首。"贾公彦疏："一曰稽首，稽其字稽留之稽，头至地多时，则为稽首也。此三者正拜也。稽首，拜中最重，臣拜君之拜。" ⑥羯（jié）鼓：《羯鼓录》："如漆桶，下以小牙床承之，击用两杖，其声焦杀鸣烈，尤宜促曲急破战杖连碎之声。"《通典》卷一四四："羯鼓，正如漆桶，两头俱击。以出羯中，故号羯鼓。亦谓之两杖鼓。" ⑦觚（gū）棱：代指宫阙。班

固《西都赋》："设璧门之凤阙，上觚棱而栖金爵。"吕向注："觚棱，阙角也。"王观国《学林·觚角》："所谓觚棱者，屋角瓦脊成方角棱瓣之形，故谓之觚棱。"

【评析】

在南宋，先秦儒家以仁为本的思想观念和孝悌仁爱的道德理想，因为朱熹等人的大力倡导，逐渐深入到社会各阶层，对世人产生了广泛而又深刻的影响。文中所记宫中庆寿大典的铺张盛事，一方面自然具有世俗的享乐性质，另一方面又确与理学所强调的人伦孝道精神相契合，宋孝宗奉老寿亲的行为即获得了社会思潮的普遍认同。孝宗谥号"绍统同道冠德昭功哲文神武明圣成孝皇帝"的议定，在一定程度上证明了这一点："时议大行皇帝谥，体仁言：'寿皇圣帝事德寿二十余年，极天下之养，谅阴三年，不御常服，汉唐以来未之有，宜谥曰孝。'卒用其言。"（《宋史·詹体仁传》）

文中所引诗作，一为杨万里《德寿宫庆寿口号（淳熙丙午元日，圣上诣东朝，庆寿八秩。积阴顿晴，飞雪弄日，圣孝昭格，万姓呼舞。拟作口号十解）》其一、其三，其余八首依次为：

其二

清晓鞭声出禁中，惊开剩雨及残风。

金鸦衔取红鸾扇，飞上玻璃碧海东。

其四

双金狮子四金龙，喷出香云绕殿中。

太上垂衣今上拜，百王曾有个家风。

其五

帝捧瑶觞玉座前，彩衣三世祝尧年。

天皇八十一万岁，休说庄椿两八千。

其六

天父晨兴未出房，君王忍冷立风廊。

忽然鸣跸珠帘卷，万岁声传震八荒。

其七

花外班行雾外天，何缘子细望龙颜。

小窥玉色真难老，底用癯仙九转丹。

其八

甘露祥风天上来，今回恩数赛前回。

都将四海欢声里，酿作慈皇万寿杯。

其九

尧舜同时已甚都，祖孙四世古今无。

谁将写日摹天手，画作皇王盛事图。

其十

甲戌王春试集英，小臣曾是老门生。

苍颜华发鹓行里，也听钧天九奏声。

一为任希夷《德寿宫即事六首》其一、其二，其余四首依次为：

其三

宴归还驾七香车，一夕天开六出花。

瑞色先凝紫宸殿，春光重到玉皇家。

其四

慈福修龄八十春，微阳才动宝书新。

天家庆事古无有，奕叶重光似显仁。

其五

万年觞举庆重华,百辟需云始拜嘉。

寿宴开时先雪宴,天花舞罢带宫花。

其六

直前论奏极精神,柱下霜髯侍从臣。

归美意中规谏切,华封人是颖封人。

朝天应制之作,虽然难得性情,也都基本上可以视为上述"普遍认同"的组成部分。

四孟①驾出

先期禁卫所阁门②牒临安府约束居民,不许登高及袯祖③观看。男子并令衫带,妇人裙背④。仍先一日封闭楼门,取责知委,不许容著来历不明之人。殿步三司⑤分拨统制将官军兵六千二百人摆齪诸巷⑥。(大礼则倍此数。)至日五鼓,地分⑦头项沿门驱逐杂人外,仪卫节次如后:

地分约拦⑧,诸厢约拦,缉捕使臣、都辖官约拦;军器库⑨从物,内藏库从物,御酒库从物,御厨从物,祇候库⑩从物;骐骥院御马(两行),御药院药架;引从舍人(两行),诸司库务官(两行),搜视行宫司,行宫殿门,控拢亲从(二百十五人),前驱亲从(两行各二十一人),赞喝舍人(两行各八人),天武⑪(两行各八人居外),都下亲从(两行各八人居内),驾头(阁门祇候⑫乘骑捧驾),引驾主首(两行各五人),阁门提点(两行),御史台知班(两行),尚书省录事,密院副承旨;珠子御座,御马院马(喝咎座御),阁门簿书(两行),宣赞舍人⑬(两行),茶酒班⑭,环卫官,带御器械,拦前等;辇官人员,逍遥辇⑮(辇官十六人),御辇院官,阁门承受(两行),御燎子头笼⑯,翰林司官;御丝鞋所,御服所,御座马(两行十四),马院总管,御军器库,睿思殿库,阁门库；阁门觉察官（两行），长入祗候⑰（两行各二十六人），茶酒班殿侍（各二十一人），快行亲从（各三十二人），击鞭⑱（两行各七人），殿前指挥使（两行各二十一人居外），茶酒班殿侍（两行各六人执从物居内），编排禁卫行子⑲（三十人于内往来编排），等子人员十将（两行各四人居外），御龙直（共八十二人执从物居内），阁知门事（乘马行围子内），步帅（乘马行围子内），亲从方围子（两行各一百四十人），围子两边各四重：第一重（内殿直已下两边各一百人）、第二重（崇政殿围子两边各一百人）、第三重（御龙直两边各一百人）、第四重（崇政殿围子两边各一百人），水手⑳并觑捕等子（两边各五人），拦前崇政殿亲从（十七人），殿帅（乘骑行围子内中道），主管禁军所（内官）等子（两边各二十五人居外），中道（第二日并恭谢。教坊乐人迎驾，念致语口号等，并教坊乐部于此排立），快行亲从（两行各三十人），麈㉑、斧、拂子、水晶骨朵㉒、香球（二人），打烛快行（两行，驾回不用），编排官（二人），执烛笼㉓亲从（两行各七十四人，到众安桥去烛，驾回先行），行门㉔（两行各十二人），当食官，听宣官，辇官人员，平辇（辇官十六人），黄罗御伞（二），黄罗御扇（二），挟辇御药，带插外御带，带插阁下官，阁门觉察舍人，拦后围子，挟辇指挥使（各二十一人），辇后乐（东西两边共三十六人，第一日不作），天武（两行各八人居外），都下亲从（两行各八人），扇筤㉕，挟辇内殿直（各二十二人），宰臣，使相，执政，宰执后约拦亲从（二十二人），从驾臣僚分东西两班（东班系尚书侍郎两制㉖等官，西班系正位宗室遥郡㉗），阁门觉察宣赞舍人，侍从后约拦亲从

（各二十二人）。

车驾所经，诸司百官皆结彩门迎驾起居。俟驾头将至，知班行门喝"班到排立"；次喝"躬身拜，再拜"；（驾回不拜，值雨免拜。）班首奏圣躬万福，喝唱直身立。(齘巷军兵则呼"万岁"！)

【注释】

①四孟：农历每季第一个月的合称，即孟春（正月）、孟夏（四月）、孟秋（七月）、孟冬（十月）。 ②閤（hé）门：即閤门使。唐末、五代有閤门使，掌供奉乘舆，朝会游幸，大宴引赞，引接亲王、宰相、百僚、藩国朝见，纠弹失仪。五代以来，多以处武臣。宋置东、西上閤门使各三人，副使各二人，多以处外戚勋贵。绍兴五年，诏右武大夫以上并称知閤门事，官未至者称同知閤门事，在知閤门之下。 ③袒裼：不拘礼仪只穿便服，或袒衣露体。《通鉴释文辩误》卷一一："袒衣二字，今人所常言也。凡交际之间，宾以世俗之所谓礼服来者，主欲从简便，必使人传言曰：'请袒衣。'客于是以便服进。又有服宴褻之服而遇服交际之服者，必谢曰：'袒裼无礼。'" ④裙背：裙形背子，宋代女人装束。当为裙子、背子的综合改良，为古代礼服之一。 ⑤三司：一称"三衙"。宋代禁军殿前司、侍卫亲军马军司、侍卫亲军步军司的合称。 ⑥摆齘诸巷：戒严。齘，《集韵》："齿齐也。" ⑦地分：参与缉捕盗贼的地方人员。《梦粱录》卷七："在城九厢界，各厢一员小使臣注授，任其烟火盗贼，收解所属。其职至微，所统者军巡、火下、地分，以警其夜分不测耳。"又卷一〇："更有火下、地分，遇夜在官舍第宅名望之家伏路，以防盗贼。"《宋史·河渠志》："今欲分委两通判监督，地分厢巡，逐时点检，勿令侵占并抛扬粪土。"又有地段之意。 ⑧约拦：皇帝周围维持秩序的

人员。《东京梦华录》卷一:"每遇早晚进膳,自殿中省对凝晖殿,禁卫成列约栏,不得过往。" ⑨军器库:收藏甲胄兵仗的机构。《金史·百官志》:"军器库:使一员,正八品。副使一员,从九品。掌甲胄兵仗。" ⑩祗候库:掌管皇帝赏赐物品的机构。《宋史·职官志》:"祗候库,掌受钱帛、器皿、衣服,以备传诏颁给及殿庭赐予。"《容斋随笔》卷四:"存中《笔谈》又云:时丁晋公从真宗巡幸,礼成,诏赐辅臣玉带。时辅臣八人,行在祗候库止有七带,尚衣有带,谓之比玉,价直数百万,上欲以足其数。公心欲之,而位在七人之下,度必不及已,乃谕有司:某自有小私带可服,候还京别赐可也。既各受赐,而晋公一带仅如指阔,上顾近侍速易之,遂得尚衣御带。" ⑪天武:即天武官,禁军名,属殿前司。《梦溪笔谈》卷一:"车驾行幸,前驱为之队,则古之清道也。其次卫仗,卫仗者,视阑入宫门法,则古之外仗也。其中谓之禁围,如殿中仗,《天官·掌舍》'无宫则供人门',今谓之'殿门天武官'。极天下长人之选八人,上御前殿,则执钺立于紫宸门下;行幸则为禁卫门,行于仗马之前。" ⑫阁门祗候:隶属东西上阁门的祗候人。《宋史·职官志》:"东上阁门、西上阁门使各三人,副使各二人,宣赞舍人十人,旧名事阁人,政和中改。祗候十有二人,掌朝会宴幸、供奉赞相礼仪之事。" ⑬宣赞舍人:阁门官之一,主赞喝通事。《铁围山丛谈》卷一:"阁门官者有东上、西上阁门使,号横行班,后改左右武大夫。然任上阁之职者则自称知东上阁门、知西上阁门事。又旧有通事舍人主赞喝,后改宣赞舍人。而阁门宣敕书白麻,旧制则皆为吟哦之声,政和间诏除去,但直道勿吟焉,至今尊用之。" ⑭茶酒班:禁军名,为南宋二十四班之一,属殿前司。《咸淳临安志》卷一四:"班直:殿前指挥使左班、殿前指挥使右班、长入祗候、御龙直、金枪班、银枪班、散员、散指挥、骨朵直、散祗候、招箭班、散都头、东西班、茶酒四班、殿直、弓箭直、弩直、散直、禁卫。右二十四班,于皇城司及三衙旧司选补,皆隶殿司,以中军统制兼指教,统领兼同指教。"茶酒四班,即茶酒旧班、茶酒新班各二班。由于分属不同班别,所以文中此词所指具体内容应各有差异。 ⑮逍遥辇:宋代皇帝行幸时所乘轿名。《文献通考》卷一一七:"逍遥辇,以棕榈为屋,赤质金装,朱漆竿版各一、金螭头、金裹鱼钩各四,朱漆柄托叉二,金丝坐褥扶版踏床褥饰以红花罗锦,踏床褥一,衬褥十六,金镀银装行马二,朱漆踏床二,促尘版软屏风、红花罗锦金屏风、护泥屏各一。"逍遥子,亦为御用轿具,规模形制较逍遥辇简略。 ⑯头笼:古代取暖用具。《梦粱录》卷三:"御前头笼燎炉,供进茶酒器皿等,于殿上东北角陈设,候驾御玉座应奉。" ⑰长入祗候:职官名,宋时称每日长在帝王身边的祗候人。《梦粱录》卷一四:"上慰劳再四,谓:'汝等忠孝,其班不废。'且赐名曰长入祗候。"长入,本指长在皇帝左右供奉的乐工。《教坊记》:"诸家散乐,呼天子为'崖公',以欢喜为'蚬斗',以每日长在至尊左右为'长入'。" ⑱击鞭:挥鞭静道者,皇帝的仪仗之一。《梦粱录》卷七:"御马上池,则张黄盖击鞭如仪。"《宋史·仪卫志》:"麋旗一,殿前班击鞭一十人,簇辇龙旗八、日、月、麟、凤旗四,青、白、赤、黑龙旗各一。" ⑲行子:古代帝王出行时的仪仗警卫人员。 ⑳水手:水兵。文天祥《集杜诗·祥兴第三十六》序:"他船皆闽浙水手,其心莫不欲南向,若南船摧锋直前,闽浙水手在北舟中必为变,则有尽歼之理。" ㉑麈(zhǔ):本指驼鹿,即麋鹿,俗称四不像。此处代指麈尾。古代传说麈迁徙时,以前麈之尾为方向标志,故古人所制拂尘即称为麈尾。欧阳修《和圣俞聚蚊》:"抱琴不暇抚,挥麈无由停。" ㉒骨朵:古兵器,棍棒之属。其制由一长棍,顶端置一锤所构成。锤形似蒜头,名蒜头骨朵;

形似蒺藜，名蒺藜骨朵。　㉓烛笼：灯笼。笼状灯具之一。外层多以细篾或铁丝等制骨架，而蒙以纸或纱类等透明物，内燃灯烛，供照明、装饰或玩赏。张籍《楚宫行》："千门万户开相当，烛笼左右列成行。"　㉔行门：宋时皇帝侍从之一。《燕翼诒谋录》卷五："皇祐五年闰七月戊辰，言者以为久弊当革，乃诏自供奉官至行门，以百八十员为额，遇阙额方许奏补。"　㉕扇筤(láng)：《梦溪笔谈》卷一："正衙法座，香木为之，加金饰，四足，堕角，其前小偃，织藤冒之。每车驾出幸，则使老内臣马上抱之，曰驾头。辇后曲盖谓之筤，两扇夹心，通谓之扇筤。皆绣，亦有销金者，即古之华盖也。"　㉖两制：唐、宋翰林学士受皇帝之命，起草诏令，称为内制；中书舍人与他官加知制诰衔者为中书门下撰拟诏令，称为外制。翰林学士与中书舍人合称两制。　㉗遥郡：宋遥郡官省称。为武官阶，凡带横行官大夫阶与诸司大夫阶的承宣使（旧为观察留后）、观察使、防御使、团练使、刺史，总名遥郡，由遥郡升为正任，称"落阶官"，即诸使及刺史不再带其他官阶。遥郡五阶，在宋代被视为美职。《宋史·尤袤传》："复论官制，谓'武臣诸司使八阶为常调，横行十三阶为要官，遥郡五阶为美职，正任六阶为贵品，祖宗待边境立功者'。"

【评析】

　　文中"环卫官"，即宫廷禁卫官。《癸辛杂识》别集卷下："张顺候立功回，特授转右武大夫、环卫官、正任御前都统制，犒银五百两，界会一万贯，纻丝十匹。"为宋代所置武散官。《宋史·职官志》："环卫官：左、右金吾卫上将军，大将军，将军，中郎将，郎将；左、右卫上将军，大将军，将军，中郎将，郎将；左、右骁卫上将军，大将军，将军；左、右武卫上将军，大将军，将军；左、右屯卫上将军，大将军，将军；左、右领军卫上将军，大将军，将军；左、右监门卫上将军，大将军，将军；左、右千牛卫上将军，大将军，将军，中郎将，郎将。诸卫上将军、大将军、将军并为环卫官，无定员，皆命宗室为之，亦为武臣之赠典；大将军以下，又为武官责降散官。政和中，改武臣官制，而环卫如故，盖虽有四十八阶，别无所领故也。靖康元年，诏以武安军节度使钱景臻等为左金吾卫上将军，保信军节度使刘敷等为右金吾卫上将军，用御史中丞陈过庭言，遵艺祖开宝初罢王彦超、武行德等归环卫故事也。其禁兵分隶殿前及侍卫两司，所称十二卫将军，皆空官无实，中兴多不除授。隆兴中，始命学士洪遵等讨论典故，复置十六卫，号环卫官。"（按：此中有三点可以匡补：其一，唐之诸卫官演变为宋之环卫官，"无职事"才是实质性转变。《建炎以来朝野杂记》甲集卷一〇："环卫官者，唐有之，领宿卫兵，若今之三衙。祖宗时，其官不废，然无职事，但以处藩帅代还及宗宅除拜而已。元丰官制，改外臣皆不除，惟宗室则如故。"其二，王彦超、武行德之节镇名不宜省略。《续资治通鉴长编》卷一〇："（开宝二年冬十月）己亥，上宴藩臣于后苑，酒酣，从容谓之曰：'卿等皆国家宿旧，久临剧镇，王事鞅掌，非朕所以优贤之意也。'前凤翔节度使兼中书令王彦超喻上指，即前奏曰：'臣本无勋劳，久冒荣宠，今已衰朽，乞骸骨归邱园，臣之愿也。'前安远节度使兼中书令榆次武行德、前护国节度使郭从义、前定国节度使白重赞、前保大节度使杨廷璋，竞自陈攻战阀阅及履历艰苦。上曰：'此异代事，何足论也。'庚子，以行德为太子太傅，从义为左金吾卫上将军，彦超为右金吾卫上将军，重赞为左千牛卫上将军，廷璋为右千牛卫上将军。"其三，"洪遵"为洪适之误。《宋史·洪适传》："隆兴二年二月，召贰太常兼权直学士院。上欲除诸将环卫官，诏讨论其制。适具唐及本朝沿革十一条上之。"详参龚延明《〈宋史·职官志〉补正》。）又，环卫官有储备将才之用。《宋史·职官志》："绍熙初，尝欲留阙以储将才，循初意也。嘉泰中，复申明隆兴之诏，屏除贪得妄进，以重环尹之官。嘉定二年，复因臣僚言，专以曾为兵将有功绩及名将子孙之有才略者充。通前后观之，可以见环卫储才之意。"《宋会要辑稿·职官三三》:"孝宗隆兴二年四月二十六日,上谕宰执曰:'环卫官欲参酌祖宗选用将帅,以崇武节,外建方镇,内列环尹,品式备具。近来环卫久不除授,非所以储材而均任也。可依旧制,应以材略闻、堪任将帅及久勤军事、暂归休佚之人,并为环卫官。……'先是,宰执进呈太常少卿洪适等讨论到环卫官故事,乞令有司同共相度。"

致语口号,《人间词话》云:"宋人遇令节、朝贺、宴会、落成等事,有'致语'一种。宋子京、欧阳永叔、苏子瞻、陈后山、文宋瑞集中皆有之。《啸余谱》列之于词曲之间。其式:先教坊致语(四六文),次口号(诗),次勾合曲(四六文),次勾小儿队(四六文),次队名(诗二句),次问小儿、小儿致语,次勾杂剧(皆四六文),次放队(或诗或四六文)。若有女弟子队,则勾女弟子队如前。其所歌之词曲与所演之剧,则自伶人定之。少游、补之《调笑》乃并为之作词。元人杂剧乃以曲代之,曲中楔子、科白、上下场诗犹是致语、口号、勾队、放队之遗也。此程明善《啸余谱》所以列'致语'于词曲之间者也。"兹录苏轼《集英殿秋宴教坊词》如下,以见其形制:

教坊致语

臣闻天无言而四时成,圣有作而万物睹。清净自化,虽仰则于帝心;恺悌不回,亦俯同于众乐。属此九秋之候,粲然万宝之成。吾王不游,何以劳农而休老;君子如喜,则必大烹以养贤。恭惟皇帝陛下,孝通神明,仁及草木。行尧、禹之大道,守成、康之小心。华夷来同,天地并应。以谓福莫大于无事,瑞曷加于有年。南极呈祥,候秋分而老人见;西夷慕义,涉流沙而天马来。嘉与臣工,肃陈燕俎。礼元侯于三夏,谐庶尹于九成。宣示御觞,耸近臣之荣观;胪传天语,溢两庑之欢声。臣等亲觐昌辰,叨尘法部。采谣言于击壤,助蒙睰之陈诗。仰奉威颜,敢进口号。

口号

霜霏碧瓦尚生烟,日泛彤庭已集仙。蔼蔼四门多吉士,熙熙万国屡丰年。高秋爽气明宫殿,元祐和声入管弦。菊有芳兮兰有秀,从臣谁和白云篇。

勾合曲

西风入律,间歌秋报之诗;南籥在廷,备举德音之器。弦匏一倡,钟鼓毕陈。上奉宸严,教坊合曲。

勾小儿队

皇慈下逮,罄百执以均欢;众技毕陈,示四方之同乐。宜进垂髫之侣,来修秉翟之仪。上奉威颜,教坊小儿入队。

队名

登歌依颂磬,下管舞成童。

问小儿队

大君有命,肆陈管磬之音;童子何知,入造工师之末。欲详来意,宜悉奏陈。

小儿致语

臣闻天行有信,正得秋而万宝成;君德无私,日将旦而群阴伏。清风应律,广乐在庭。占岁事于金穰,望天颜之玉粹。沐浴膏泽,咏歌升平。恭惟皇帝陛下,天纵聪明,日跻圣知。无一物之失所,得万国之欢心。虽击壤之民,固何知于帝力;而后天之祝,亦各抒于下情。臣等幸以韶龀之年,得居仁寿之域。咏舞雩于沂水,久乐圣时;唱铜鞮于汉滨,空惭郢曲。愿陈舞缀,少奉宸欢。未敢自专,伏候进止。

勾杂剧

朱弦玉管，屡进清音；华翟文竿，少停逸缀。宜进诙谐之技，少资色笑之欢。上悦天颜，杂剧来欤。

放小儿队

回翔丹陛，已陈就日之诚；合散广庭，曲尽流风之妙。歌钟告阕，羽籥言旋。再拜天阶，相将好去。

勾女童队

锦荐云舒，来九成之丹凤；霞衣鳞集，隐三叠之灵鼍。上奉宸严，教坊女童入队。

队名

香云浮绣宸，花浪舞彤庭。

问女童队

清禁深严，方缙绅之云集；仙音弹缓，忽簪珥之星陈。徐步香茵，悉陈来意。

女童致语

妾闻钧天广乐，空传帝所之游；阊阖清风，理绝庶人之共。夫何仙圣，靡隔尘凡。仰瞻八采之威，共庆千龄之运。恭惟皇帝陛下，乾健而粹，离明而文。规摹六圣之心，人将自化；仪刑文母之德，天且不违。乐兹大有之年，申以宗慈之会。虞韶既毕，夏籥将兴。妾等分缀以须，审音而作；愿俟工歌之阕，少同率舞之欢。未敢自专，伏取进止。

勾杂剧

弦匏迭奏，干羽毕陈。洽闻舜乐之和，稍进齐谐之技。金丝徐韵，杂剧来欤。

放女童队

羽觞湛湛,方陈既醉之诗;鼍鼓渊渊,复奏言归之曲。峨鬟伫立,敛袂却行。再拜天阶,相将好去。

大礼（南郊　明堂）

三岁一郊。预于元日降诏，以冬至有事于南郊；或用次年元日行事。（明堂止于半年前降诏，用是岁季秋上辛日。）先于五六月内择日命司漕及修内司①修饰郊坛，及绞缚青城斋殿等屋，凡数百间，悉覆以苇席，护以青布。并差官兵修筑泥路，自太庙至泰禋门②，又自嘉会门至丽正门，计九里三百二十步，（明堂止自太庙至丽正门。）皆以潮沙填筑，其平如席，以便五辂之往来。每队各有歌头③，以彩旗为号，唱和杵歌④等曲以相，两街居民各以彩段钱酒为犒。又命象院教象，前导朱旗，以二金三鼓为节，各有幞头⑤紫衣蛮奴乘之，手执短镬，旋转跪起，悉如人意。市井因竞市绘塑⑥小象以馈遗四方。又以车五乘，压之以铁，多至万斤，与辂轻重适等，以观疾徐倾侧之势。至前一月进呈，谓之"闪试"。及驾出前一日，缚大彩屋于太庙前，置辂其中，许都人观瞻。先自前一月以来，次第按试习仪，殆无虚日。郊前十日，执事陪祀等官，并受誓戒⑦于尚书省。（宗室赴太庙受誓戒。）前三日，百官奏请皇帝致斋⑧于大庆殿。是日，上服通天冠，绛纱袍，绡结佩⑨，升高座，侍中奏请降座，就斋室。次日，车驾诣景灵宫，服衮冕行礼。（仪从并同四孟。）礼毕驾回，就赴太庙斋殿宿斋。是夕四鼓⑩，上服衮冕,诣祖宗诸室行朝飨之礼。是夜,卤簿⑪仪仗军兵于御路两傍分列,间以糁盆藁烛,自太庙直至郊坛、泰禋门,辉映如昼。宰执亲王、贵家巨室,列幕栉比,皆不远千里,不惮重费,预定于数月之前,而至期犹有为有力所夺者。珠翠锦绣,绚烂于二十里间,虽寸地不容闲也。歌舞游邀,工艺百物,辐辏争售,通宵骈阗⑫。至五鼓则㯿稍⑬先驱,所至皆灭灯火,盖清道被除之义。黎明,上御玉辂,从以四辂,(金、象、革、木。)导以驯象,千官百司,法驾仪仗,锦绣杂遝⑭,盖十倍孟飨之数,声容文物,不可尽述。次第出嘉会门,至青城宿斋。(明堂则径入丽正门斋殿斋宿。)四壁皆三衙诸军,周庐坐甲,军幕旌旗,布列前后,传呼唱号,列烛互巡,往来如织。行宫至暮则严更警场,(太庙斋宿亦然。)鼓角轰振。又有卫士十余队,每队十余人,互喝云:"是与不是?"众应曰:"是!"又喝云:"是甚人?"众应曰:"殿前都指挥使某人。"谓之"喝拦⑮"。至三鼓,执事陪祀官并入,就黄坛排立,万灯辉耀,灿若列星。凡齪灯⑯皆自为志号,谓如捧俎官⑰,则画一人为捧俎之状等类。盖灯多,不容不以此辨认,亦有好奇可笑者。用丑时一刻行事。至期,上服通天冠、绛纱袍,乘辇,至大次,礼部侍郎奏中严外辨,礼仪使奏请皇帝行事。上服衮冕,步至小次,升自午阶。天步所临皆藉以黄罗,谓之"黄道"。中贵一人以大金合贮片脑⑱,迎前撒之。礼仪使前导,殿中监进大圭。至版位⑲,礼直官奏:"有司谨具,请行事。"(宫架乐作。自此上进止皆乐作。)时壝坛⑳内外,凡数万众,皆肃然无哗。天风时送佩环韶濩㉑之音,真如九天吹下也。太社令升烟燔牲旨首。上先诣昊天位、次皇地祇、次祖宗位，奠玉，祭酒，读册，文武二舞㉒，次亚、终献㉓。礼毕，上诣饮福位㉔，受爵，饮福酒。（登歌乐作。）礼直官喝"赐胙㉕"，次"送神"，次"望燎"讫，礼仪使奏礼毕。上还大次，更衣，乘辇还斋宫，百僚追班，贺礼成于端诚殿。黎明，上乘大安辇㉖，从以五辂进发。教坊排立，奏念致语口号，讫；乐作；诸军队伍，亦次第鼓吹振作。千乘万骑，如云奔潮涌，四方万姓，如鳞次蚁聚，迤逦入丽正门。教坊排立，再奏致语口号，舞毕，降辇小憩，以俟辨严，登门肆赦。弁阳老人有诗云："黄道宫罗瑞脑香，衮龙升降佩锵锵。大安辇奏乾安曲，万点明星簇紫皇。"又曰："万骑云从簇锦围，内官排办马如飞。九重闾阖开清晓，太母登楼望驾归。"李鹤田诗云："严更频报夜何其，万甲声传远近随。栀子灯前红焖焖，大安辇上赴坛时。"

郊坛：天盘至地高三丈二尺四寸，通七十二级，分四成；上广七丈，共十二阶，分三十六龛；午阶阔一丈，主上升降由此阶，其余各阔五尺。圆坛之上，止设昊天上帝、皇地祇二神位，及太祖、太宗配天。三十六龛共祀五帝㉗、太乙、感生、北极、北斗，及分祀众星三百六十位。仪仗用六千八百八十九人，自太庙排列至青城。玉辂下祇应人㉘共三百二十一人。呵喝人员二人，教马官二人，挟捧轮将军四人，推轮车子官健八人，驾士班直二百三十二人，千牛卫将军二员，抱太常龙旗官六员，职掌五人，专知官一名，手分㉙一名，库子㉚八人，装挂匠二人，诸作工匠十五人，盖覆仪鸾司十一人，监官三员。金、象、革、木辂，每辂下一百五十六人。玉辂青饰，金辂黄饰，象辂红饰，革辂浅色饰，木辂黑饰。（辂下人冠服并依辂色。）玉辂前仪仗骑导：骑导官，左壁文臣，右壁武臣。六军仪仗官兵二千二百三十二人。左、右诸卫将军十三员。（中道五员，左右八员。）金吾街仗司[31]：执稍八十人，摄将军八员，仗下监门二十六员，鼓吹五百八十三人，导驾乐人三百三十人。

【注释】

①修内司：隶将作监，掌宫城、太庙修缮之事。 ②禋（yīn）门：位于青城之北。禋，诚心祭祀。《国语·周语》："不禋于神而求福焉，神必祸之。" ③歌头：领唱者。李清照《夫人阁端午帖子》："三宫催解粽，妆罢未天明。便面天题字，歌头御赐名。"张枢《宫词》："晚凉开宴近中秋，香染金风倚桂楼。花月新篇初唱彻，内人传旨索歌头。" ④杵歌：举重劝力之歌，此谓模仿劳动号子的表演形式。《事物纪原》卷九："今版筑役夫，歌以应杵者，此盖其始也。其歌往往叙苦乐之意者，由此尔。《吕氏春秋》云：'翟煎对魏惠王曰：举大木者，前唱舆樗，后亦应之。'此举重劝力之歌也。今人举重出力者，一人倡则为号头，众皆和之曰打号。此盖其始也。七国之时已云然矣。"（按："此盖其始也"之"此"，是指《左传·襄公十七年》中筑台者所讴："泽门之晳，实兴我役。邑中之黔，实慰我心。"）刘辰翁《青玉案》："长记小红楼畔路。杵歌串串，鼓声叠叠，预赏元宵舞。" ⑤幞头：一种男子用的头巾。《梦溪笔谈》卷一："幞头，一谓之四脚，乃四带也。二带反系脑后垂之，二带系头上，令曲折附顶，故亦谓之折上巾。唐制，唯人主得用硬脚；晚唐方镇擅命，始僭用硬脚。本朝幞头有直脚、局脚、交脚、朝天、顺风，凡五等，唯直脚贵贱通服之。又庶人所戴头巾，唐人亦谓之四脚，盖两脚系脑后，两脚系领下，

取其服劳不脱也；无事则反系于顶上。今人不复系领下，两带遂为虚设。" ⑥绘塑：《说文》："绘，会五采绣也。"《资治通鉴·后汉隐帝乾祐三年》："希广信巫觋及僧语，塑鬼于江上。"胡三省注："抟埴为神鬼之形曰塑。" ⑦誓戒：《周礼·天官·大宰》："祀五帝，则掌百官之誓戒。"郑玄注："誓戒，要之以刑，重失礼也。"林尹《周礼今注今译》："誓戒，约束警戒之也。祭祀大事，恐其失礼，先告之以失礼之形而誓戒之也。"《齐东野语》卷一一："先是，会庆节，金国使在庭时受誓戒矣。" ⑧致斋：祭祀或典礼前进行斋戒。《左传·庄公四年》："楚武王荆尸，授师孑焉，以伐随。将齐，入告夫人邓曼曰：'余心荡。'"杨伯峻注："齐同斋，授兵于太庙，故先须斋戒。" ⑨绳（zhēng）结佩：古者君子必佩玉，取其行而有声，而帝王斋戒，当静以致思，不宜有乐，故缔结其佩。绳，屈曲。 ⑩四鼓：即四更，相当于子夜一点到三点。古代把夜晚分成五个时段，用鼓打更报时，所以叫五更、五鼓，或五夜。 ⑪卤簿：帝王出行时随从的仪仗队。蔡邕《独断》："天子出，车驾次第，谓之卤簿。"《汉官仪》："天子出，车驾次第谓之卤；兵卫以甲盾居外为前导，皆谓之簿，故曰卤簿。" ⑫骈阗（tián）：聚集、连属。潘岳《西征赋》："华夷士女，骈阗逼侧。" ⑬㺜矟（bó shuò）：本谓古代仪仗所执兵器之一，借指执该兵器的仪仗。《宋史·仪卫志》："㺜矟。㺜，击声也。一云象㺜牛，善斗，字从牛。唐金吾将军执之。宋制，如节有袋，上加碧油。常置朝堂，车驾卤簿出，则八枚前导；又四枚夹大将者，名卫司㺜矟。"《梦粱录》卷五："又有仪仗内名㺜矟者。按《开元礼志》：金吾将军，执㺜矟以察队伍，去其非违。形如剑而三刃，以虎豹皮为袋盛之。其制始于秦、汉。《尔雅》云：㺜矟，牛抵触，百兽不敢当。故制牛首于上。"杨巨源《贺田仆射子弟荣拜金吾》："五侯恩泽不同年，叔侄朱门犪梢连。""犪牛"《尔雅·释畜》郭璞注:"即犛牛也。领上肉犪胅起,高二尺许,状如橐驼,肉鞍一边,健行者日三百余里。" ⑭杂遝(tà):也作杂沓,纷杂繁多貌。杜甫《丽人行》:"箫管哀吟感鬼神,宾从杂遝实要津。" ⑮喝拦:宋代皇帝在行宫及太庙斋宿时的一种警卫仪式。 ⑯觋灯:持灯,或持灯之人。 ⑰捧俎官:祭祀、庆典时捧持俎豆之人。《续资治通鉴长编》卷三三二:"诸祠祭以礼部为献官,以户部兵部工部为奉俎官。"俎,为古代礼器,祭祀、燕飨时用于陈置牲体或其他食物。《诗·小雅·楚茨》:"执爨踖踖,为俎孔硕。" ⑱片脑:或称冰片脑子,即冰片,香品之一,可入药。《癸辛杂识》后集:"(廖莹中)命爱姬煎茶以进,自于箧中取冰脑一握服之。既而药力不应,而业已求死,又命姬曰:'更欲得热酒一杯饮之。'姬复以金杯进酒,仍于箧中再取片脑数握服之。"李彭老《天香》:"清润俱饶片脑,芬馞半是沉水。" ⑲版位:牌位,神位。《事物纪原》卷二:"《宋朝会要》曰:景德二年九月二日,上封者言郊立天地神位不严,望令重造。诏王钦若详阅修制。十一月一日,版位成,贮以漆匣舁床,覆以黄缣帕。坛上四位,以朱漆金字第一神位,黑漆金字第二,黑漆黄字第三,已降,黑漆朱字。天地祖宗为一匣,余十二陛为一匣。" ⑳壝(wéi)坛:壝和坛,指整个祭祀场所。壝,祭坛四周的矮墙。《周礼·地官·封人》:"掌设王之社壝为畿而树之。"注:"壝谓坛及堳埒也,畿上有封若今时界矣。" ㉑韶濩(hù):亦作韶护、韶護。古乐舞名。周代六舞之一。相传是伊尹所作,为商代纪念商汤伐桀功勋的乐舞,其义盖称汤救天下,濩然得所。周代用以祭祀始祖姜嫄或泛祭先妣。乐辞久亡。唐元结曾用此名作《补乐歌》。《左传·襄公二十九年》:"(季札)见舞《韶濩》者,曰:'圣人之弘也,而犹有惭德,圣人之难也。'" ㉒文武二舞:古代宫廷雅乐舞蹈,用于郊庙祭祀。

《新唐书·礼乐志》："初，隋有文舞、武舞，至祖孝孙定乐，更文舞曰《治康》，武舞曰《凯安》……及高宗崩，改《治康舞》曰《化康》以避讳。"《云麓漫钞》卷一二："今之舞蛮牌，即古武舞，舞《三台》与《调笑》即古文舞。"㉓亚、终献：古代祭祀时献酒三次，有三献之礼，第二次献酒称亚献，第三次称终献。《旧唐书·刘祥道传》："麟德二年，将有事于泰山，有司议依旧礼，皆以太常卿为亚献，光禄卿为终献。"㉔饮福位：帝王祭祀完毕饮食供神酒肉的位置。古代祭祀完毕饮食供神的酒肉称为饮福。《宋会要辑稿》："乾德元年十二月，以南郊礼毕，大宴于广德殿。自后凡大礼毕，皆设宴，例曰饮福宴，盖自此其始也。"㉕胙（zuò）：《说文》："胙，祭福肉也。"㉖大安辇：宋代帝后所乘舆名。《宋史·舆服志》："国朝之辇有七，中兴后，唯存大辇、平辇、逍遥三辇而已。大辇又曰大安辇，其制：赤质，正方，高十五尺三寸，方十一尺六寸。四柱，平盘，上覆青绿锦。上有天轮三层，外施金涂银博山八十一。内有圆镜，金涂银顶龙一，四面行龙十六，火珠四。轮衣以青，坠以金铃，顶有青罗十字分垂四角，曰络带。四角出龙首，衔牦牛五色尾，曰旒绥。四面拱斗，外施方镜，九柱围以朱阑，中设御坐、曲几、屏风、锦褥。下举以长竿四，攒竹筋胶丹漆之。竿为龙首。平盘下，四围结红丝网。"㉗五帝：即五方神，神话传说中远古的五位天帝。《楚辞·九章·惜诵》王逸注："五帝，谓五方神也。东方为太皞，南方为炎帝，西方为少昊，北方为颛顼，中央为黄帝。"又，《周礼·天官·太宰》"祀五帝"贾公彦疏："五帝者，东方青帝灵威仰，南方赤帝赤熛怒，中央黄帝含枢纽，西方白帝白招拒，北方黑帝汁光纪。"㉘祗（zhī）应人：侍从，省称祗应。《梦粱录》卷六："诸色祗应人等各赐大花二朵。"㉙手分：宋时州县雇募的一种差役。苏辙《论衙前及诸役人不便札子》："吴蜀等处,家习书算,故小民愿充州县手分,不待招募,人争为之。"
㉚库子:看管仓库的差役。 ㉛金吾街仗司:宋官署名,属兵部,为外储司之一,掌仪卫。《容斋续笔》卷一一:"今本曹所掌,惟诸州厢军名籍,及每大礼,则书写蕃官加恩告。虽有所辖司局,如金吾街仗司、骐骥车辂象院、法物库、仪鸾司,不过每季郎官一往耳。名存实亡,一至于是。"《宋史·舆服志》:"神宗熙宁五年,诏新建节并移镇,并降敕太常侍排比旌节,下左右金吾街仗司、骐骥院,给执擎人员、鞍马。"

【评析】

　　官方祭祀,既在细节上形式化,又在总貌上蔚为壮观,正好迎合了士大夫的心理要求,从传统上讲他们总是十分看重此类礼仪,包括其象征意味、宗教效果及心理影响。在这些士大夫看来,宗教根本与满足个人的神秘癖好无关,它的目的只在于保障宇宙秩序,而这种宇宙秩序又不是别的,只是由皇帝和百官强加给这个世界的政治秩序的超自然层面的对应物。正因此,统治者们总是感到有必要对帝国宗教生活的一切方面均进行管理调整,使之并入官方宗教的框架之内。全国各地的主要神圣场所均被仔细地分等归类,并被列入官方祭享的名册之中,置入京都的祭坛和庙宇,正是帝国最重要的祭祀仪典举行的地方。这是中央王权的一种努力,目的在于收拢地方宗教中心的势力,同时也对大型民间祭祀保持控制。各种神圣场所依其重要性排序如下:南郊天坛、皇家太庙、社稷坛、地方神明(被神圣化的山、海、湖泊),以及先贤人杰祠。所有这些神明均被皇帝加以封号,赐以官衔,它们的等级不仅根据其功能,也根据其名称的字数多寡划分。这种重外在形式和"行政功能"的宗教概念其实差不多也就等于是全然缺乏宗教信仰了。至少,在上述两者间并不难达至相互协调。(参[法]谢和耐《蒙元入侵前夜的中国日常生活》)

文中"闪试",是指宋代检测新筑道路平稳性的试验。《齐东野语》卷一九记云:

度宗咸淳壬子岁,有事于明堂。先一夕,上宿太庙。至晚,将登辂,雨忽骤至。大礼使贾似道欲少俟,而摄行官使带御器械胡显祖,请用开禧之例,却辂乘辇。上性躁急,遽从之。阁民吏曹垓,竟引摄礼部侍郎陈伯大、张志立奏中严外办,请上服通天冠、绛纱袍,乘逍遥辇入和宁门。似道以为既令百官常服从驾,而上乃盛服,不可。显祖谓泥路水深,决难乘辂。既而雨霁,则上已乘辇而归矣。既肆赦,似道即上疏出关,再疏言:"嘉定间,三日皆雨,亦复登辂。用嘉定例尚放淳熙,用开禧之例,则是韩侂胄之所为。深恐万世之下,以臣与侂胄等。"于是必欲求去,而伯大、志立亦待罪,显祖竟从追削,送饶州居住;曹垓黥断,其子大中为阁职,亦降谪江阴。显祖本太常寺礼直官,以女为美人,故骤迁至此云。未几,有旨,美人胡氏,追毁内命妇告,送妙净寺削发为尼。然践刍忌器,或以为过。似道凡七疏辞位,竟出居湖曲赐第,用吕公著、乔行简典故焉。

按淳熙乙亥,明堂致斋太庙,而大雨终日。夜,有旨:"来早更不乘辂,止用逍遥子诣文德殿致斋。应仪仗排立并放免。从驾官常服以从。"大礼使赵雄密令勿放散,上闻之曰:"若不霁,何施面目?"雄语人曰:"不过罪罢出北关耳。"黄昏后雨止。中夜,内侍思恭传旨御史台、阁门、太常寺,仍旧乘辂,应有合行排办事件,疾速施行。十五日拂明雨止,乘辂而归。盖自有典故,清切如此。而显祖不知出此,乃妄援开禧韩侂胄当国时故事,故时相怒之尤甚也。(按:咸淳无"壬子",当系"壬申"之误。)

又,"五辂"云云,《梦粱录》卷五载所可供参详:

明禋止用玉辂,郊祀用五辂,俱顿于太庙侧辂屋下。玉辂。按《周礼·春官》:"巾车。掌王之玉辂,锡繁缨十有再就,建太常十有二斿以祀。"康成注曰:"玉辂,以玉饰诸末。"今玉辂顶耀叶三层,凡八十一叶,皆镂金间真玉龙,大莲叶攒簇,四柱栏槛,镂玉盘花龙凤,悬挂照山河社稷大镜,及悬缨旗佩。御座后真锦绣围之,后出青绣山河龙凤旗二面。有诗咏曰:"镂琼云朵贴瑶箱,珠网雕檀七宝床。首建太常鸣大佩,玉龙耀叶发祥光。"余金、象、木、革四辂,俱镀金耀叶簇之。俱按《周礼》"巾车职篇"曰:"金辂,钩繁缨九就。"康成注曰:"金辂,以金饰辂。"制以"五凤升龙间火珠,黄衣黄弁驾黄车,画轮金辂裳裹,铃响螭头震九衢"。"象辂,朱繁缨七就。"康成注曰:"象辂,以象饰辂。"制以"铜叶金涂灿有光,贴牙壝轼坐龙床,赤号六驾繁缨七,旗绣红罗鸟集翔"。"革辂,龙勒条缨五就。"康成注曰:"革辂,挽之以革,而漆之无他饰。"制以"赤白飞铜六驾驰,联翩龙虎浅黄旗,革挽漆制条缨五,戎弁宽裁对凤衣"。"木辂,前繁鹄缨建大麾。"康成注云:"木辂,不挽,以革漆之。前读为锱剪之剪。浅黑。"制以"凤衔铃佩响交加,御座华茵织百花,十六金龙齐夹毂,皂罗麾上绣龟蛇"。

文中所引李珏诗,《宋诗纪事》卷七六题作《南郊纪事》;周密二诗,为其《南郊庆成口号二十首》其八、其十三(《宋诗纪事》卷八〇题作《南郊纪事》)。周诗其余十八首依次为:

其一

亲郊诏下半年前,正是咸淳第二年。
执玉奉璋来万国,息烽归马静三边。

其二

别殿斋居极敬严，外庭职祭亦精虔。
事天以实无科扰，应办全支内帑钱。

其三

上界钩陈护属车，绣衣卤簿列旌旗。
驾头已近鸣鞭急，一路迎銮奏起居。

其四

行门赞唱似吹笙，号诺连珠绕禁城。
五使按临严柝静，夜深初听警场声。

其五

和气排冬午夜春，列星呈瑞午阶明。
千官执玉萧芗远，静听登歌奏六成。

其六

苍璧黄琮藉白茅，圜坛八陛际云高。
景光下烛天心享，万岁三呼祝圣尧。

其七

瑞霭烘春夜不寒，骏奔冠佩拥回环。
景钟奏彻升烟起，又报端诚立贺班。

其九

一夜东风斗柄回，紫坛葱蒨若春台。
熙熙万宇风光暖，尽入君王饮福杯。

其十

衙前口号奏谐和，日映龙颜喜气多。
六辔暂停鸾辂稳，凤韶新奏庆成歌。

其十一

锦幕千家尽贵豪,万花呈晓翠帘高。

数声掣电惊清跸,一点红云认御袍。

其十二

喜看回仗自青城,十里东风五色云。

露布西来天一笑,舆图新复广安军。

其十四

换辇登门卷御帘,侍中承制舍人宣。

凤书乍脱金鸡口,一派欢声下九天。

其十五

祝史无私本为民,大和丕应泰阶平。

昕庭未受群臣贺,先过东朝谢礼成。

其十六

启蛰而郊月建寅,新元颁赦又颁春。

端闱拜了熙成表,朝会移班贺紫宸。

其十七

子云无分从甘泉,留滞犹胜叙史迁。

瑞应可书郊祀志,熙功宜被奉常弦。

其十八

曾闻宝庆老人言,不见亲郊四十年。

何幸圣时瞻盛举,咏歌留作画图传。

其十九

我将清庙周诗颂,泰畤汾阴汉史书。

献赋可无徐穆伯,贡谀何取马相如。

其二十

太平寰海扇皇风，千载风云喜际逢。

行见版图恢旧宇，泰山父老俟东封。

该组诗序末有云："敬效宫词体二十首，歌咏承平，庶乎异时采诗之官或有取焉。"此中所谓"宫词体"，与传统意义上专述妃嫔宫女之事、从题材上可分为宫中行乐词和宫怨诗的"宫词"不尽相同。它们基本上与宫廷妇女之事无涉，只是诗题冠以"宫词"等，功能在于歌功颂德。这种题材在宋代比较多地出现，跟宋人的宫词观念大有干系。如宋白《宋文安公宫词》自序："宫中词乐府有之，皆所以夸帝室之辉华，叙王游之壮观，抉彤庭金屋之思，道龙舟凤辇之嬉。然而万乘天高，九重渊邃，禁卫严肃，乘舆至尊，亦非臣子所能知、所宜言也。至丁观往迹以缘情，采新声而结意，鼓舞升平之化，揄扬嘉瑞之征，于以示箴规，于以续骚雅，丽以有则，乐而不淫，则与夫瑶池粉黛之词，玉台闺房之怨，不犹愈乎。是可以锵丝簧、炳缃素，使陈王三阁狎客包羞，汉后六宫美人传诵者矣。援笔一唱，因成百篇，言今则思继颂声，述古则庶几风讽也，大雅君子，其将宛然。"又释觉范《李成德宫词》跋："唐人工诗者多喜为宫词，'天阶夜月凉于水，卧看牵牛织女星'，'玉容不及寒鸦色，犹带昭阳日影来'，世称绝唱。以予观之，此特记恩遇疏绝之意于凝远不言之中，非能模写太平，藻饰万物。读成德所作一百篇，知前人之未工也。其收拾道山绛阙之春色，刻画玉楼金屋之情状，使海山濒海之人，读之如近至尊，非其才当世，何以治此！"又岳珂《宫词一百首》自序："宫词自唐以来有之，如王建则世托近幸，花蕊则身处宫闱，故其所述，皆耳闻目见。后之效其体者徒想象而言，未必近似，反流于亵俚者多矣。珂幼好其词，尝拟采其音律，以肆于毫简，窃谓苟匪止乎礼仪，有以寓讽谏，美音容，均为无益，而困于公，有志未遂。比因棠湖纶钓之暇，适犹子规从军自汴归，诵言宫殿钟簴，俨然犹在，慨想东都盛际，文物典章之伟观，圣君贤相之懿范，了然在目，辄用其体，成一百首，以示黍离宗周之未忘。其间事核文详，监今陈古，固有不待美刺而足以具文见意者。轺轩下采，或者转而上彻乙夜之观，庶几有补于万一云。"（《棠湖诗稿》卷首。按：《四库全书总目》卷一七四《棠湖诗稿》存目提要疑其系后人伪托："其本为鲍氏知不足斋所刊，宋以来公私书目悉不著录，不知其所自来。……又王建、王珪、花蕊夫人、宋徽宗、杨皇后诸家宫词，今或有不省为何语者，盖宫禁旧事，载籍不能备录，往往无征；此一百首则检点宋人说部，无不可注其端委，何珂之所述，尽今人之所知也？昔厉鹗作《宋诗纪事》，凡鲍氏藏书无不点勘，今所进本，标识一一具存，独无一字及此书，则出在鹗后矣。疑鹗及符曾等七人尝合作《南宋杂事诗》，而其《北宋杂事诗》则未及成书，或遗稿偶存，好事者嫁名于珂耶？"杨钟羲《雪桥诗话》余集卷六、余嘉锡《四库提要辨证》皆认定提要所疑为武断。《提要辨证》并云："以本朝臣子而议及祖宗之得失，恐涉不敬之嫌，故托之于宫词云耳。"）

登门肆赦

其日，驾自文德殿，诣丽正门御楼，教坊作乐迎导，参军色①念致语，杂剧色念口号。至御幄降辇，门下阁门进"中严外辨"牌讫，御药喝唱"卷帘"，上出幄临轩，门下鸣鞭，宫架奏曲，帘卷，扇开，乐止，撞右五钟。黄伞才出，门下宰臣以下两拜，分班立。门上中书令称："有敕，立金鸡。"门下侍郎应喏，宣："奉敕，立金鸡。"鸡竿一起，门上仙鹤童子捧赦书降下，阁门接置案上，太常寺击鼓，鼓止，捧案至楼前中心。知阁称："宣付三省。"参政跪受，捧制书出班跪奏，请付外施行。门上中书令承旨宣曰："制可。"门下参政称："宣付三省。"遂以制书授宰臣，跪受讫，阁门提点开拆，授宣赦舍人，捧诣宣制位，起居舍人一员摘句读。舍人称："有制。"宰臣以下再拜。俟读至"咸赦除之"，狱级②奏脱枷讫，罪囚应喏，三呼万岁，歌呼而出。候宣赦讫，门上舍人赞，枢密及中书令曲贺两拜，门下宣制舍人捧赦制书授宰臣，宰臣授刑部尚书，尚书授刑房录事讫。归班两拜，致词，三舞蹈，三叩头。知阁称："有制。"宰臣已下再拜。知阁宣答云："若时大庆，与卿等同之。"又拜舞如前。门上中书令奏礼毕，扇合，宫架乐作，帘降，乐止，撞左五钟。门下礼部郎中奏解严，上还幄次，门下鸣鞭，舍人喝："奉敕放仗③。"宰臣已下再拜，退。次宣劳将士讫。乘辇归内，至南宫门，教坊迎驾，念致语口号如前。至文德殿降辇，舞毕，退。弁阳翁诗云："换辇登门卷御帘，侍中承制舍人宣。凤书乍脱金鸡口，一派欢声下九天。"

金鸡竿，长五丈五尺，四面各百戏，一人缘索而上，谓之"抢金鸡"。先到者得利物，呼万岁④。（襕罗袄子一领，绢十匹，银碗一只重三两。）诸州进奏院各有递铺⑤腰铃黄旗者数人，俟宣赦讫，即先发太平州、万州、寿春府，取"太平万寿"之语。以次俱发，铃声满道，都人竞观。

楼下排立次第：青龙、白虎旗各一，信旗二，方扇二，方圆罕罩二，幢四，剑二；将军二，僧众（居左），道众（居右），玉辂（居中），太常宫架乐，宣赦台，招拜红旗，击鼓，三院罪囚狱级（居左），御马六匹（居右），宣制位（居中），横门，快行，承旨，三省官已下。⑥

【注释】

①参军色：据《东京梦华录》卷九、《梦粱录》卷三，执"竹竿子"者为"参军色"，其职责是勾队、放队、念致语、念口号、指挥舞队、杂剧演出。参军色乃宫廷仪式或教坊乐舞的司仪，并非戏剧脚色，不同于唐宋参军戏中的"参军"。　②狱级：管牢役的小吏。《夷坚志》支甲卷九："陈州人蔡乙者，家素贫，父母俱亡，受雇于狱级陈三之门，遂习其业。"③放仗：放炮仗。《齐东野语》卷三："知阁韩侂胄奏请自往宣押入城，于是宰执入，各还第。复请过宫，许之。至期，过午，有旨放仗。"④"金鸡竿"数句：《梦粱录》卷五："宰执百官立班于丽正楼下，驾兴，

宫架乐作，上升楼，而'扇盖初临楼槛外，卷帘敞坐正临轩。要令祭泽该方国，先示尧民肆罪恩'。丈竿尖直，上有盘，立金鸡，衔红幡，上书'皇帝万岁'，盘底以红彩索悬于四角，令四红巾百戏人争先沿索而上，先得者执金鸡嵩呼谢恩。前辈有诗曰：'立起青云百尺盘，文身骁勇上鸡竿。嵩呼争得金幡下，万姓均欢仰面看。'御楼上以红锦索引金凤衔赦文放下，至宣赦台前，通事舍人接赦宣读，大理寺帅漕两司等处，以见禁杖罪之囚，衣褐衣，荷花枷，以狱卒簪花跪伏门下，传旨释放。'汤网蠲除不任刑，圣心仁恕给民生。传宣脱去花枷后，万岁声连快活声。'楼上帘已垂，伞扇已入，上回内，伶人乐大震，迎驾入内。'赦颁郡邑急翻行，迎拜宣传广圣仁。四海一家沾大霈，尽令黎庶庆维新。'"杨巨源《元日含元殿下立仗丹凤楼门下宣赦相公称贺二首》其一："丹凤楼前歌九奏，金鸡竿下鼓千声。"利物，竞赛获胜者的奖品。　⑤递铺：宋代在水陆交通沿线所设传递公文之机构。其中设于县治者，兼有送往迎来、宴饯官吏之职，故亦称邮驿。按传送文件的速度分为步递、马递、急脚递三级，南宋时统称为省铺。此外又置斥堠铺、摆铺等军邮系统。递铺编制为五至十二人，多从厢兵中挑选少壮健捷之人为之，官给粮饷，称为军递、铺兵，设节级主其事。州（或数州）设巡辖使臣、路由转运使或提刑司提举，中央隶尚书省驾部。递铺间大致相距十至二十五里，传送文书按不同文书的级别不同有时限性，不准违限及私拆、盗匿所传文书。　⑥"楼下排立"数句：罕篳（hàn bì），又作篳罕，皇帝的仪仗。《梦粱录》卷五："或持朱藤结方圆网者，名'篳罕'。按，徐安《释疑》曰：'乘舆黄麾内，左篳右罕，以朱藤结网二，蠣首，红丝拂。盖篳方罕圆，取毕昴二星象。'又云：'天文毕昴之中，谓之天街，故以篳罕前导也。'"幢（chuáng），由所表示的幡盖之意引申，在古时也指旗帜，垂筒形，饰有羽毛、锦绣，常在军事指挥、仪仗行列、舞蹈表演中使用。《说文·巾部》新附:"幢,旌旗之属。"《汉书·韩延寿传》:"千人持幢旁毂。"

【评析】

　　大赦罪犯,是中国古代皇帝标榜"德治"与"仁政"的一种常见做法。最早见于史册的赦令,是《春秋》所载庄公二十二年(前672)"春王正月,肆大眚"。大赦之名,则起于秦庄襄王元年(前249)的"大赦罪人"。秦始皇从不赦免罪人。汉朝统治者将大赦作为缓和社会矛盾的手段,并将儒家"天人合一"的文化观与谶纬学说相融合,皇帝的一言一行都被看作与天有关,一旦出现"天人合一"的景象——但凡皇帝践祚、改元、立皇后及太子,甚至上帝冠、郊祀、封禅、巡狩、祥瑞、灾异等,就会颁布赦令。两汉总共发布大赦令186次,平均2.24年一次。三国两晋南北朝时期最为频繁,大赦多达428次,两晋平均1.35年一次,南朝平均1.22年一次。频繁滥赦,会大大降低法律的权威。每当王朝统治力量比较强大,大赦不再作为缓和统治危机的手段时,大赦频率才逐渐降低。

　　需要指出的是,宋代最常见的大赦,都有对不赦之罪的限制,包括不赦常赦所不原者(十恶罪,劫、谋、故,斗四杀之罪,官典犯赃罪,某些社会犯罪——含杀人放火、造畜蛊毒、盗决江河堤堰、伪造符印等),不赦某些经济犯罪,不赦预期大赦而故犯者,不赦因某些政治原因处置的官员等。总体而言,这些大赦不赦之罪范围较广,很大程度上是按照对统治者及社会的危害性,而并不完全是由罪刑轻重来决定的。(参郭艳艳《宋代大赦不赦之罪行分析》)可见,在罪与罚、赦与不赦之间,宋代统治者的权衡也是煞费苦心的。

恭　谢

大礼后，择日行恭谢礼。第一日，驾出如四孟仪，诣景灵宫天兴殿圣祖①前行恭谢礼，次诣中殿祖宗神御前行礼，还斋殿进膳讫，引宰臣以下赐茶，茶毕奏事讫，还内。第二日，上乘辇自后殿门出，教坊都管已下于祥曦殿南迎驾起居，参军色念致语，杂剧色念口号，乐作，驾后乐东西班则于和宁门外排立，后从作乐。将至太乙宫，道士率众执威仪于万寿观前，入围子内迎驾起居，作法事，前导入太乙宫门降辇，候班齐，诣灵休殿参神，次诣五福、十神、太乙，次诣申佑殿（本命）、北辰殿、通真殿（佑圣）、顺福殿（太后本命）、延寿殿（南极）、火德殿，②礼毕，宣宰臣以下合赴坐官并簪花，对御赐宴。上服幞头，红上盖，玉束带，不簪花。教坊乐作，前三盏用盘盏，后二盏屈卮③。御筵毕，百官、侍卫、吏卒等并赐簪花从驾，缕翠滴金，各竞华丽，望之如锦绣。衙前乐都管已下三百人，自新桩桥西中道排立迎驾，念致语、口号如前。乐动《满路花》，至殿门起《寿同天》曲破④，舞毕，退。姜白石有诗云："六军文武浩如云，花簇头冠样样新。惟有至尊浑不戴，尽将春色赐群臣。""万数簪花满御街，圣人先自景灵回。不知后面花多少，但见红云冉冉来。"（是日皇后及内中车马先还，宫中呼后为"圣人"。）⑤

【注释】

①天兴殿圣祖：《事物纪原》卷二：景德年间，宋真宗梦到老子，上徽号"九天司命天尊"；大中祥符年间又梦到，再上尊号"圣祖上灵高道九天司命保生天尊"，简称"圣祖"，修天兴殿供奉。 ②"次诣五福"二句：《梦粱录》卷八："东太乙宫，在新庄桥南。元东都祠五福太乙神也。驻跸于此，以北隅择地建宫，以奉礼寺讨论，宜设位塑像。按十神者，曰五福、君基、大游、小游、天一、地一、四神、臣基、民基、直符。凡行五宫，四十五年一移，所临之地，岁稔无兵疫。绍兴间，命浙漕度地建宫，凡一百七十四区，殿门扁曰崇真，大殿扁曰云休，挟殿扁曰琼章宝室，元命殿扁曰介福，三清殿扁曰金阙、寥阳，斋殿扁曰斋明，火德殿扁曰明离。两庑俱绘三皇五帝、日月星宿、岳渎九宫贵神等，与从祀一百九十有五，遵太平兴国旧制。每祀用四立日，设笾豆簠簋尊罍，如上帝礼，两庑以次降杀。车驾遇四孟朝飨，尝亲诣焉。孝庙又建元命殿，扁曰崇禧。淳熙建藏殿，扁曰琼章宝藏。钟楼扁曰琼音之楼。理庙建长生殿，奉南极。度宗建通真殿，以奉佑圣；中祐殿，奉元命；顺福殿，奉太皇。元命，盖易长生名，改为延寿，俱宸翰也。又北辰殿，奉北斗。"本命，即本命殿，为祈念帝王本命星而建的宫殿。本命星是指北斗七星中当于其人生年之星。二十八宿中当于其人生年之星亦曰本命宿。 ③屈卮：古代的一种圆形、有把手的酒器。可御用。《梦粱录》卷三："其御宴酒盏皆屈卮，如菜碗样，有把手，殿上纯金，殿下纯银。" ④曲破：曲破是大曲的第三大段，是节奏剧急的部分。宋人有时删去大曲散板及慢板部分，而专注意快板部分，曲破乃成为宋时常常应用的名词。《宋史·乐志》："大曲、曲破并急慢诸曲，与教坊颇同。"可见教坊与钧容直，均已将大

曲与曲破分列为两个类目。曲破之可考者有：《念家山》《振金铃》《宴钧台》《七盘乐》《王母桃》《静三边》《采莲回》《杏园春》《献玉杯》《折枝花》《宴朝簪》《九穗禾》《转春莺》《舞霓裳》《九霞觞》《朝八蛮》《清夜游》《庆云见》《露如珠》《龙池柳》《阳台云》《金步摇》《念边功》《宴新春》《凤城春》《梦钧天》《采明珠》《万年枝》《驾回鸾》《郁金香》《会天仙》《庆成功》《凤来仪》《蘂宫春》《连理枝》《朝天乐》《奉宸欢》《贺昌时》《寰海青》《玉芙蓉》《泛仙槎》《帝台春》《宴蓬莱》《美时清》《寿星见》《万寿无疆薄媚曲破》《万寿梁州曲破》《齐天乐曲破》《老人寿降黄龙曲破》《万花新曲破》《十色菊万花新曲破》《泛兰舟曲破》《剑器曲破》《采莲曲破》《菊花新曲破》。大曲前二大段之被删，并不是因为它们不美。白居易《池上篇》序云："酒酣琴罢，又命乐童登中岛亭，合奏《霓裳散序》；声随风飘，或凝或散，悠然于竹烟波月之间者久之。"　⑤"姜白石"数句：姜夔，号白石道人；所引诗，《两宋名贤小集》卷二七〇题作《春词》。《铁围山丛谈》卷一："国朝禁中称乘舆及后妃，多因唐人故事，谓至尊为'官家'，谓后为'圣人'。"

【评析】

《随隐漫录》卷三比较详细地记载了从驾情形：

孟享驾出，则军器库、御酒库、御厨、祗候库、仪鸾司、御药院从物前导，骐骥院马引从，舍人、内外诸司库务官继之。前驱亲从左右各二十一人，控拢亲从三百十四，沿路喝赞舍人二，文武左右各八，都下亲从如其数。閤门宣赞捧驾头于马上，乃太祖即位所坐，香木为之，金饰，四足随其角，前小偃，织藤冒之。至，则迎驾者起居，引驾，主首左右各五人，閤门提点，御史台诸房副承直，御椅子，簿书官，閤门祗候，金枪，银枪，招箭，东一至五，西一至二，茶酒等班，环卫御带内等子，逍遥子，御辇院官，御燎子，翰林司官，阁门觉察宣赞二人，殿侍五十二，快行如上数而杀其二。御马数十，院官随之。警跸八人，殿侍执从物者十人，行门往来禁卫内，编排三十人，知阁步帅行于中。御龙直执从物者八十人，引驾长八人，祗候左右班各二十人，殿前指挥使如上数各杀其六。亲方围子二百四十人，内殿直、御龙直各二百，崇政殿亲从内外等子各如上数。内等子十七人作内围子，主管殿司公事、主管禁卫官押之。烛笼两行各六十人，快行如初数。行门二十四人，擎辇六十人，中仰天颜盖二扇，二挟辇。殿前指挥使左右各二十四人，内殿直如之。挟辇、御药左右各二人，插带内外御带倍上数，带御器械阁下官又倍之，文武亲从又各如前数。筤一扇二，左贤右戚，乘马从驾弹压。宫殿之行门以下，舒脚幞头，大团花罗袍，击鞭编排小团花罗袍，御龙直茶酒等班，红地方胜练鹊缬罗衫，各涂金束带。控拢御马左右直，执七宝素红玛瑙鞭各二，擎朱红水地虪珠龙杌子各一，皂纱帽，青地荷莲缬罗衫，涂金束带。文武亲从，贴锦帽，紫宝相花大神衫，铜革带。内外围子，皂纱帽，红地黄白狮子缬罗衫，绯线罗背子涂金虪狮束带。前引从并姜牙帽，三色缬衫，铜带。亲事官，曲脚幞头，簇四金雕袍，涂金带。百官诸司并朝服。阮秀实《仰瞻圣驾》诗云："紫烟敛翠碧天长，柳荫旌旗午尚霜。一朵彩云擎瑞日，光华尽在舜衣裳。"僧必万云："轻尘不动马蹄催，警跸声中圣辇来。汉代威仪周礼乐，太平天子拜香回。"若恭谢驾回，围子内作乐，添教坊东西班各三十六人，丞相以下皆簪花。

该书以下尚有引证诗作，除上录姜夔二诗外，尚有四首。潘牥云："辇路安排看驾回，千官花压帽檐垂。君王不辍忧勤念，玉貌还如未插时。"邓克中云："辇路春风锦绣张，裁红剪绿斗芬芳。黄罗伞底瞻天表，万叠明霞捧太阳。"阮秀实云："宫花密映帽檐新，误蝶疑蜂逐去尘。自是近臣偏得赐，绣鞍扶上不胜春。"先臣云："幸骖恭谢睹繁华，马上归来戴御花。老妇稚儿相顾问，也颁春色到诗家。""先臣"即著者陈世崇之父陈郁。

圣 节

其日，候宰执奏事讫，追班，上坐垂拱殿，先引枢密院并管军官[1]上寿，（东京分为二日，今只并为一日。）礼毕，再坐紫宸殿。上公已下分立，候奏班齐，上公诣御茶床[2]前，躬进御酒，跪致词云："文武百僚臣（某）等稽首言：'天基令节[3]，（圣节名逐朝换。）臣等不胜大庆，谨上千万岁寿。'"下殿再拜。枢密宣答云："得公等寿酒，与公等内外同庆。"又再拜。教坊乐作，接盏讫，跪起，舞蹈如仪。阁门官再喝："不该赴坐官先退。"枢密喝："群臣升殿。"阁门分引上公已下合赴坐官升殿。第一盏宣视盏，送御酒，歌板色唱《祝尧龄》，赐百官酒，觱篥[4]起舞《三台》[5]，（后并准此。）供进肉咸豉。第二盏赐御酒，歌板起中腔，供进杂爆。第三盏歌板唱踏歌，供进肉鲊[6]，候内官起茶床，枢密跪奏，礼毕。群臣降阶，舞蹈拜退。

此上寿仪大略也。若锡宴节次，大率如《梦华》所载，兹不赘书。今偶得理宗朝禁中寿筵乐次，因列于此，庶可想见承平之盛观也。

天基圣节排当乐次（正月五日）

乐奏夹钟宫，觱篥起《万寿永无疆》引子，王恩。

上寿：

第一盏，觱篥起《圣寿齐天乐慢》，周润。

第二盏，笛起《帝寿昌慢》，潘俊。

第三盏，笙起《升平乐慢》，侯璋。

第四盏，方响[7]起《万方宁慢》，余胜。

第五盏，觱篥起《永遇乐慢》，杨茂。

第六盏，笛起《寿南山慢》，卢宁。

第七盏，笙起《恋春光慢》，任荣祖。

第八盏，觱篥起《赏仙花慢》，王荣显。

第九盏，方响起《碧牡丹慢》，彭先。

第十盏，笛起《上苑春慢》，胡宁。

第十一盏，笙起《庆寿乐慢》，侯璋。

第十二盏，觱篥起《柳初新慢》，刘昌。

第十三盏，诸部合《万寿无疆薄媚》曲破。

初坐[8]：

乐奏夷则宫，觱篥起《上林春》引子，王荣显。

第一盏，觱篥起《万岁梁州》曲破，齐汝贤；舞头，豪俊迈；舞尾[9]，范宗茂。

第二盏，觱篥起《圣寿永》歌曲子，陆恩显；琵琶起《捧瑶卮慢》，王荣祖。

第三盏，唱《延寿长》歌曲子，李文庆；嵇琴起《花梢月慢》，李松。

第四盏，玉轴琵琶独弹正黄宫《福寿永康宁》，俞达；拍，王良卿；觱篥起《庆寿新》，周润；进谭子笛哨⑩，潘俊；杖鼓，朱尧卿；拍，王良卿。进念致语等，时和。伏以华枢纪节，瑶墀先五日之春；玉历发祥，圣世启千龄之运。欢腾薄海，庆溢大廷。恭惟皇帝陛下睿哲如尧，俭勤迈禹。躬行德化，跻民寿域之中；治洽泰和，措世春台之上。皇后殿下道符坤顺，位俪乾刚，宫闱资阴教之修，海宇仰母仪之正。有德者必寿，八十个甲子环周；申命其用休，亿万载皇图巩固。（臣）等生逢华旦，叨预⑪伶官，辄采声诗，恭陈口号："上圣天生自有真，千龄宝运纪休辰。贯枢瑞彩昭璇象，满室红光袅翠麟。黄阁清夷瑶荚晓，未央闲暇玉卮春。⑫箕畴五福⑬咸敷敛，皇极躬持锡庶民。"日迟鸾旆，喜聆舜乐之和；天近鹓墀，宜进齐谐⑭之伎。上奉天颜。吴师贤已下，上进小杂剧。杂剧：吴师贤已下做《君圣臣贤爨⑮》，断送⑯《万岁声》。

第五盏，笙独吹小石角《长生宝》宴乐，侯璋；拍，张亨；笛起《降圣乐慢》，卢宁。杂剧：周朝清已下做《三京下书》，断送《绕池游》。

第六盏，筝独弹高双调《聚仙欢》，陈仪；拍，谢用；方响起《尧阶乐慢》，刘民和；《圣花》，金宝。

第七盏，玉方响独打道调宫《圣寿永》，余胜；拍，王良卿；筝起《出墙花慢》，吴宣。杂手艺《祝寿进香仙人》，赵喜。

第八盏，《万寿祝天基》，断队。

第九盏，箫起《缕金蝉慢》，傅昌宁；笙起《托娇莺慢》，任荣祖。

第十盏，诸部合《齐天乐》曲破。

再坐：

第一盏，觱篥起《庆芳春慢》，杨茂；笛起《延寿曲慢》，潘俊。

第二盏，筝起《月中仙慢》，侯端⑰；嵇琴起《寿炉香慢》，李松。

第三盏，觱篥起《庆箫韶慢》，王荣祖；笙起《月明对花灯慢》，任荣祖。

第四盏，琵琶独弹高双调《会群仙》，方响起《玉京春慢》，余胜。杂剧：何晏喜已下做《杨饭》，断送《四时欢》。

第五盏，诸部合《老人星降黄龙》曲破。

第六盏，觱篥独吹商角调《筵前保寿乐》。杂剧：时和已下做《四偌少年游》，断送《贺时丰》。

第七盏，鼓笛曲拜舞《六幺》⑱。弄傀儡《踢架儿》，卢逢春。

第八盏，箫独吹双声调《玉箫声》。

第九盏，诸部合无射宫《碎锦梁州歌头》大曲。杂手艺《永团圆》，赵喜。

第十盏，笛独吹高平调《庆千秋》。

第十一盏，琵琶独弹大吕调《寿齐天》。撮弄⑲《寿果放生》，姚润。

第十二盏，诸部合《万寿兴隆乐》法曲。

第十三盏，方响独打高宫《惜春》。傀儡舞《鲍老》。

第十四盏，筝、琶、方响合，《缠令㉑神曲》。

第十五盏，诸部合夷则羽《六幺》。巧百戏，赵喜。

第十六盏，管下独吹无射商《柳初新》。

第十七盏，鼓板。舞绾《寿星》，姚润。

第十八盏，诸部合《梅花伊州》。

第十九盏，笙独吹正平调《寿长春》。傀儡《群仙会》，卢逢春。

第二十盏，觱篥起《万花新》曲破。

祇应人

都管：周朝清、陆恩显。

杂剧色：吴师贤、赵恩、王太一、朱旺（猪儿头）、时和、金宝、俞庆、何晏喜、沈定、吴国贤、王寿、赵宁、胡宁、郑喜、陆寿。

歌板色：李文庆。

拍板色：王良卿、张亨、谢用。

箫色：傅昌宁、朱明复、李允信。

筝色：陈仪、豪辅文、吴宣、豪俊贤、徐显祖、张广。

琵琶色：王荣祖、俞达、豪俊民、豪俊迈、段继祖。

嵇琴色：李松、侯端、孙民显。

笙色：侯璋、叶茂青、任荣祖、董茂、张瑾、潘宝、姚拱、范椿、孙昌、莫正、周珍、马椿、姚舜臣、陈保。

觱篥色：齐汝贤、周润、杨茂、王恩、王荣显、姜师贤、刘昌、杨彬、王福、杜明、喻祥、周忠恕、夏福、徐珏、周喜、闻澄、沈寿、丁预、郑亨、周佐、杨瑾、沈康、郑聪、莫寿、潘显祖、时润、胡佾、周信、李圭、李润、史显、金寿。

笛色：杨德茂、潘俊、卢宁、彭俊、贺昌、贺寿、胡师文、寿椿、姚宝、张茂祖、崔兴、朱珍、张茂才、金贵、潘显祖、沈寿、周兴、李大用、董大有、金明、赵喜、莫及、张春、叶茂、胡宁、任显、张椿、孙宁、彭进、李荣、全宁、金彦恭、董喜、王佑、来亨、王喜、顾和、顾松、金显、董宁、杜松、李椿、张椿、何福、管思齐、朱喜、花椿、李拱辰。

方响色：余胜、彭先、刘民和、黄桂、姜大亨、张荣。

杖鼓色：朱尧卿、冯喜、时忠、施荣、朱拱辰、周忠、李显、姚宝、叶茂、李荣祖。

大鼓色：王喜、邓珍、王宣、顾荣。

舞旋色：范宗茂。

内中上教：张明、倪椿、潘恩、石琇、张琳。

弄傀儡：卢逢春等六人。

杂手艺：姚润等九人。

女厮扑：张椿等十人。

筑球军[21]：陆宝等二十四人。

百戏：沈庆等六十四人。

百禽鸣[22]：胡福等二人。

【注释】

①管军官：宋元时期掌管兵戎的高级官员。《续资治通鉴长编》卷三

四〇:"辛卯,工部郎中范子奇言:昨判军器监创造床子大弓二张,强于神臂弓、独辕弩,较之九牛弩尤为轻便,用人至少,射远而深,可以御敌。诏工部军器监、管军官同比试以闻。" ②茶床:搁置酒食馔肴的几案。《铁围山丛谈》卷一:"顷有老内侍为愚道,昭陵游幸后苑,每独置一茶床,列肴核以自酌。"张籍《和陆司业习静寄所知》:"山开登竹阁,僧到出茶床。" ③天基令节:宝庆元年,宋理宗赵昀登基,以其生日为天基节。每个帝王为自己生日命名的节日名都不同。如本书卷七所载"天申圣节",即高宗赵构的生日。 ④觱篥(bì lì):西域传入的一种竹管乐器。李颀《听安万善吹觱篥歌》:"南山截竹为觱篥,此乐本自龟兹出。"李德裕《霜夜听小童薛阳陶吹笛》残句:"君不见,秋山寂历风飙歇,半夜青崖吐明月。寒光乍出松筱间,万籁萧萧从此发。忽闻歌管吟朔风,精魂想在幽岩中。" ⑤《三台》:曲调名,属汉乐府杂曲,节奏急促。《乐府诗集》卷七五:"《后汉书》曰:'蔡邕为侍御史,又转持书侍御史,迁尚书。三日之间,周历三台。'冯鉴《续事始》曰:'乐府以邕晓音律,制《三台曲》以悦邕,希其厚遗。'刘禹锡《嘉话录》曰:'三台送酒,盖因北齐高洋毁铜雀台,筑三个台。宫人拍手呼上台送酒,因名其曲为《三台》。'李氏《资暇》曰:'《三台》,三十拍促曲名。昔邺中有三台,石季龙常为宴游之所。乐工造此曲以促饮。'未知孰是。" ⑥鲊(zhǎ):以鱼加盐等调料腌渍之,使久藏不坏。《说文》:"鲊,藏鱼也。"后泛指腌制食品。《遵生八笺》卷一一"肉鲊"条:"精肉一斤,去筋,盐一两,入炒米粉些少,多要酸。肉皮三斤,滚水焯,切薄丝片,同精肉切细拌,用箬包,每饼四两重。冬天灰火焙三日用,盖上留一小孔。夏天一周时可吃","生烧猪羊腿,精批作片,以刀背匀捶三两次,切作块子,沸汤随漉出,用布内扭干。每一斤入好醋一盏,盐四钱,椒油、草果、砂仁各少许。供馔亦珍美"。　⑦方响：古磬类打击乐器。由十六枚大小相同、厚薄不一的长方形铁片组成，分两排悬于架上。用小铁槌击奏，声音清浊不等。创始于南朝梁，为隋唐燕乐中常用乐器。牛殳《方响歌》："乐中何乐偏堪赏，无过夜深听方响。"《枫窗小牍》卷下："比上膳，以行在草草无乐，鹦鹉大呼：'卜尚乐起方响！'久之曰：'卜娘子不敬万岁。'盖道君时掌乐宫人以方响引乐者，故犹以旧例相呼。高庙为之罢膳泣下。"　⑧初坐：古代筵席的开端，饮酒十行。《经鉏堂杂志》卷四："今夫筵宴以酒，十行为率，酒先三行，少憩，（俗谓之歇坐。）或弈棋，或纵步，或款语，已，乃复饮，则有终日之欢。"《渑水燕谈录》卷一〇："士大夫筵馔，率以馎饦，或在水饭之前。予近预河中府蒲左丞会，初坐即食馎饦。予惊问之，蒲笑曰：'世谓馎饦为头食。宜为群品之先可知矣。意其唐末、五代乱离之际，失其次序，久抑下列，颇郁，舆论牵复。'坐客皆大笑。"　⑨舞尾：即舞末，宋时舞曲的终结形式。⑩进谭子笛哨：当作"进诨子笛哨"，即用笛哨插科打诨。《梦粱录》卷三："教乐所伶人，以龙笛腰鼓发诨子。参军色执竹竿拂子，奏俳语口号，祝君寿。"（按：据知，《东京梦华录》卷九"第四盏，如上仪。舞毕，发谭子，参军色执竹竿拂子，念致语口号"中"发谭子"，亦当作"发诨子"。邓之诚《东京梦华录注》已为道出。）　⑪叨预：谦辞，犹缀附参与。　⑫"黄阁"二句：黄阁，汉代丞相、太尉和汉以后三公官署厅门涂黄色，故称黄阁。《汉旧仪》卷上："丞相听事阁曰黄阁。"杜甫《送司马入京》："黄阁长司谏，丹墀有故人。"未央，宫名，为汉代朝会议政的重要处所，此代指宫殿。　⑬箕畴五福：就是指九畴第九条，"次九曰向用五福，威用六极"中的"五福"。箕畴，九畴，指古代传说禹继鲧治水时，天帝赐给他的九种治理天下的大法。五福，《书·洪范》："五福：一曰寿，二曰富，三曰康宁，四曰攸好德，五曰考终命。" ⑭齐谐：《庄子·逍遥游》："齐谐者，志怪者也。" ⑮爨（cuàn）：指五花爨弄，院本的别称。《南村辍耕录》卷二五："院本则五人。一曰副净，古谓之参军；一曰副末，古谓之苍鹘，鹘能击禽鸟，末可打副净，故云；一曰引戏；一曰末泥；一曰孤装。又谓之五花爨弄。或曰宋徽宗见爨国人来朝，衣装鞋履巾裹，傅粉墨，举动如此，使优人效之以为戏。"其实，爨弄之名应早于院本。⑯断送：《东京梦华录》卷九："乐部断送《采莲》讫，曲终复群舞。"钱南扬《宋元南戏百一录·总说二》："杂剧之后均有断送……求诸现代江浙方言，当即'饶头'之意。" ⑰筝起、侯端：李小龙评注本《武林旧事》改作"笙起""侯璋"。 ⑱《六幺》：本作绿腰、录要，唐宋大曲名，属软舞类。由女子独舞，节奏先慢后快，舞姿轻盈柔美。宋词有《六幺令》，南北曲有《六幺令》《六幺序》《六幺遍》。《碧鸡漫志》卷三："或云：此曲拍无过六字者，故曰《六幺》。"元稹《琵琶歌》："曲名无限知者鲜，霓裳羽衣偏宛转。凉州大遍最豪嘈，《六幺》散序多笼捻。"白居易《琵琶行》："轻拢慢捻抹复挑，初为《霓裳》后《六幺》。" ⑲撮弄：即变戏法。《通俗编》卷三一："撮弄，亦名手技，即俚俗所谓做戏法也。"《夷坚志》支甲卷九："徐人朱彪赴官宿迁之崔镇，到任累月，有客鲁晋卿来，见丰姿洒落可爱，因留止外馆异待之。每逢人辄出小戏剧资欢笑，而略无所求，见之者无不悦喜。彪会族友饮于后圃，酒方行，晋卿至，彪曰：'今日无以为乐，先生能效古人化鲜鲤作脍与众享之，可乎？'笑曰：'此甚易事，但虽得鱼鳞一片为媒，则可。'彪命仆取数片授之。乃索巨瓮，满贮水，投鳞于中，幕以青巾，时时一揭视。良久举巾，数鳞腾出，一坐大惊。庖人受鱼治脍，鲜腴非买于市者可比。犹以为幻术所至，不深信也。会郡治一新，移文镇吏，令制铁钩钮铰具之属，合数百斤。期限峻迫，仓卒未能办。彪意绪窘挠，晋卿问故，彪诉之。笑曰：'何不早告我，是何足言！且饮我酒。'酒至，连酌六七觥，遣人辇黄土汲水拌和为泥，捏诸物成坯，暴日中，预炽炭以待。稍干，悉置炉中，呼锻工扇以鞴。经时钳出之，皆如精铁所就，不假磨错，无一不坚好。工相顾骇叹。彪始敬服，乘醉丐其法。晋卿无言，翌日失所在。"

⑳缠令：宋代的一种说唱形式。《都城纪胜》："唱赚在京师日，有缠令、缠达。有引子、尾声为缠令；引子后只以两腔递且，循环间用者，为缠达。" ㉑筑球军：宋代朝廷的职业足球队。筑球，即蹴球，专指利用球门进行比赛的蹴鞠形式。《事林广记》戊集卷二："初起，(球)头用脚头踢起与骁色，挟色至球头右手，立倾下球头膝上，用膝累起，一筑过。不过，撞在网子颠下来，着网人踢住与骁色，骁色复挟住，仍前去顿在球头膝上筑过。"《建炎以来朝野杂记》乙集卷四："孝宗性恭俭，即位之初，以钦宗梓宫未还，不肯用乐。及乾道元年会庆节，北使初来，当大宴，始下临安府募市人为之，不置教坊，止令修内司先两旬教习。旧例：用乐人三百人，百戏军百人，百禽鸣二人，小儿队七十一人，女童队百三十七人，筑球军三十二人，起立球门行人三十二人，旗鼓四十人，（以上并临安府差。）相扑等子二十一人。（御前忠佐司差。）上命罢小儿及女童队，余用之。九月二十七日旨也。"《宋史·礼志》："使人到阙筵宴，凡用乐人三百人，百戏军七十人，筑球军三十二人，起立球门行人三十二人，旗鼓四十人，并下临安府差；相扑一十五人，于御前等子内差，并前期教习之。" ㉒百禽鸣：宋代口技表演名。《东京梦华录》卷九："十二日，宰执、亲王、宗室、百官入内上寿，大起居（搢笏舞蹈）。乐未作，集英殿山楼上教坊乐人效百禽鸣，内外肃然，止闻半空和鸣，若鸾凤翔集。"

【评析】

《东京梦华录》卷九所载"宰执、亲王、宗室、百官入内上寿"之锡宴节次,即文中所云"不赘书"者:

十二日,宰执、亲王、宗室、百官入内上寿,大起居(摺笏舞蹈)。乐未作,集英殿山楼上教坊乐人效百禽鸣,内外肃然,止闻半空和鸣,若鸾凤翔集。百官以下谢坐讫,宰执、禁从、亲王、宗室、观察使已上,并大辽、高丽、夏国使副,坐于殿上。诸卿少百官,诸国中节使人,坐两廊。军校以下,排在山楼之后。皆以红面青穄黑漆矮偏钉。每分列环饼、油饼、枣塔为看盘,次列果子。惟大辽加之猪羊鸡鹅兔连骨熟肉为看盘,皆以小绳束之。又生葱韭蒜醋各一碟,三五人共列浆水一桶,立杓数枚。教坊色长二人,在殿上栏干边,皆诨裹宽紫袍,金带义襴,看盏斟御酒。看盏者举其袖,唱引曰"绥御酒",声绝,拂双袖于栏干而止。宰臣酒则曰"绥酒",如前。教坊乐部列于山楼下彩棚中,皆裹长脚幞头,随逐部服紫、绯、绿三色宽衫,黄义襴,镀金凹面腰带,前列拍板,十串一行,次一色画面琵琶五十面。次列箜篌两座,箜篌高三尺许,形如半边木梳,黑漆镂花金装画,下有台座,张二十五弦,一人跪而交手擘之。以次高架大鼓二面,彩画花地金龙,击鼓人背结宽袖,别套黄窄袖,垂结带,金裹鼓棒,两手高举互击,宛若流星。后有羯鼓两座,如寻常番鼓子,置之小卓子上,两手皆执杖击之,杖鼓应焉。次列铁石方响,明金彩画架子,双垂流苏。次列箫、笙、埙、篪、觱篥、龙笛之类,两旁对列杖鼓二百面,皆长脚幞头、紫绣抹额、背系紫宽衫、黄窄袖、结带黄义襴。诸杂剧色皆诨裹,各服本色紫、绯、绿宽衫,义襴镀金带。自殿陛对立,直至乐棚。每遇舞者入场,则排立者叉手,举左右肩,动足应拍，一齐群舞，谓之"挼曲子"。

第一盏，御酒，歌板色一名，"唱中腔"一遍讫，先笙与箫笛各一管和，又一遍，众乐齐举，独闻歌者之声。宰臣酒，乐部起倾杯。百官酒，三台舞旋，多是雷中庆。其余乐人舞者，诨裹宽衫，唯中庆有官，故展裹。舞曲破撷前一遍。舞者入场，至歇拍，续一人入场，对舞数拍。前舞者退，独后舞者终其曲，谓之"舞末"。

第二盏，御酒，歌板色，唱如前。宰臣酒，慢曲子。百官酒，三台舞如前。

第三盏，左右军百戏入场，一时呈拽。所谓左右军，乃京师坊市两厢也，非诸军之军。百戏乃上竿、跳索、倒立、折腰、弄碗注、踢瓶、筋斗、擎戴之类，即不用狮豹大旗神鬼也。艺人或男或女，皆红巾彩服。殿前自有石镌柱窠，百戏入场，旋立其戏竿。凡御宴至第三盏，方有下酒肉，咸豉爆肉，双下驼峰角子。

第四盏，如上仪。舞毕，发谭子，参军色执竹竿拂子，念致语口号，诸杂剧色打和，再作语，勾合大曲舞。下酒，槠炙子骨头、索粉、白肉胡饼。

第五盏，御酒，独弹琵琶。宰臣酒，独打方响。凡独奏乐，并乐人谢恩讫，上殿奏之。百官酒，乐部起三台舞，如前毕。参军色执竹竿子作语，勾小儿队舞。小儿各选年十二三者二百余人，列四行，每行队头一名，四人簇拥，并小隐士帽，着绯、绿、紫、青生色花衫，上领四契，义襕束带，各执花枝排定。先有四人裹卷脚幞头、紫衫者，擎一彩殿子，内金贴字牌，擂鼓而进，谓之"队名牌"，上有一联，谓如"九韶翔彩凤，八佾舞青鸾"之句。乐部举乐，小儿舞步进前，直叩殿陛。参军色作语问，小儿班首近前，进口号，杂剧人皆打和毕，乐作，群舞合唱，且舞且唱。又唱《破子》毕，小儿班首入，进致语，勾杂剧入场，一场两段。是时教坊杂剧色，鳖膨、刘乔、侯伯朝、孟景初、王头喜而下，皆使副也。内殿杂戏，为有使人预宴，不敢深作谐谑，惟用群队装有似像，市语谓之"拽串"。杂戏毕，参军色作语，放小儿队。又群舞《应天长》曲子出场。下酒，群仙炙、天花饼、太平毕罗、干饭、缕肉羹、莲花肉饼。驾兴歇座，百官退出殿门幕次。须臾追班，起居再坐。

第六盏，御酒，笙起慢曲子，宰臣酒，慢曲子。百官酒，三台舞。左右军筑球，殿前旋立球门，约高三丈许，杂彩结络，留门一尺许。左军球头苏述，长脚幞头，红锦袄，余皆卷脚幞头，亦红锦袄，十余人。右军球头孟宣，并十余人，皆青锦衣。乐部哨笛杖鼓断送。左军先以球团转，众小筑数遭，有一对次球头小筑数下，待其端正，即供球与球头，打大㬹过球门。右军承得球复团转，众小筑数遭，次球头亦依前供球与球头，以大㬹打过，或有则便复过者胜。胜者赐以银碗锦彩，拜舞谢恩，以赐锦共披而拜也。不胜者，球头吃鞭，仍加抹抢。下酒，假鼋鱼、蜜浮酥捺花。

第七盏，御酒，慢曲子。宰臣酒，皆慢曲子，百官酒，三台舞讫，参军色作语，勾女童队入场。女童皆选两军妙龄容艳过人者四百余人。或戴花冠，或仙人髻，鸦霞之服，或卷曲花脚幞头，四契红黄生色销金银绣之衣，结束不常，莫不一时新妆，曲尽其妙。杖子头四人，皆裹曲脚向后指天幞头，簪花，红黄宽袖衫，义襕，执银裹头杖子。皆都城角者，当时乃陈奴哥、俎姐哥、李伴奴、双奴，余不足数。亦每名四人簇拥，多作仙童丫髻仙裳，执花，舞步进前成列。或舞《采莲》，则殿前皆列莲花。槛曲亦进队名。参军色作语问队，杖子头者进口号,且舞且唱。乐部断送《采莲》讫,曲终复群舞。唱中腔毕,女童进致语,勾杂戏入场,亦一场两段讫,参军色作语,放女童队,又群唱曲子,舞步出场。比之小儿,节次增多矣。下酒,排炊羊、胡饼、炙金肠。

第八盏,御酒,歌板色,一名唱《踏歌》。宰臣酒,慢曲子。百官酒,三台舞。合曲破舞旋。下酒,假沙鱼、独下馒头、肚羹。

第九盏,御酒,慢曲子。宰臣酒,慢曲子。百官酒,三台舞。曲如前。左右军相扑。下酒,水饭、簇饤下饭。驾兴。

御筵酒盏,皆屈卮,如菜碗样,而有手把子。殿上纯金,廊下纯银。食器,金银棱漆碗碟也。宴退,臣僚皆簪花归私第,呵引从人皆簪花并破官钱。诸女童队出右掖门,少午豪俊争以宝具供送,饮食酒果迎接,各乘骏骑而归。或花冠,或作男子结束,自御街驰骤,竞逞华丽,观者如堵。省宴亦如此。

卷二

御　教

　　寿皇留意武事，在位凡五大阅。[乾道二年（1166）、四年、六年，淳熙四年（1177）、十年。]或幸白石，或幸茅滩，或幸龙山。一时仪文①士马、戈甲旌旗之盛，虽各不同，今撮其要，以著于此。

　　先一日，诸军人马全装执色②于教场东，布列军幕宿营。至日，殿前马步诸军先赴教场下方营，并亲随军排列将坛之后。质明③，三衙管军官并全装从驾。上自祥曦殿戎服乘马，太子、亲王、宰执、近臣并戎服乘骑，以从护圣。马军八百骑，分执枪旗弓矢军器，前后奏随军番部大乐等。（详见后"御教仪卫次第"。）驾入教场，升幄殿。殿帅执挝④，躬奏："诸司人马排齐。"举黄旗招诸军向御殿敲梆子⑤，一鼓唱喏，一鼓呼"万岁"，再一鼓又呼"万岁"，叠鼓呼"万万岁"，又一鼓唱喏。殿帅奏取圣旨，鸣角发严。上御金装甲胄，登将坛幄殿，鸣角戒严。殿帅奏取圣旨，马步军整队成屯，以备教战。连三鼓，马军上马，步军起旗枪，分东西为应敌之势。举白旗教方阵，黄旗变圆阵，皂旗变曲阵，青旗变直阵，绯旗变锐阵，绯心皂旗作长蛇阵，绯心青旗作伏虎阵。殿帅奏取圣旨，两阵各遣勇将挑战，变八圆阵。叠鼓举旗，左马军战右步军，右马军战左步军。再叠鼓交旗，击刺混战。三叠金分阵大势，马军四面大战。三叠金分阵。殿帅奏教阵讫，取旨人马摆列，当头鸣角簇队⑥，以候放教。诸军呈大刀车炮烟枪诸色武艺。御前传宣，抚谕将士，射生官进献獐鹿。上更戎服，赐宰臣以下对御酒五行，殿帅奏取旨谢恩如前，唱喏讫，驾出教场。是日，太上皇于都亭驿设帘幄以观。驾至，邀上入幄，宣唤管军官，赐大金碗酒于帘外。都人赞叹，以为盛观。时殿司旗帜以黄，马司以绯，步司以白。以道路隘促，止用从驾军一万四千二百人，分为二百四十八小队。戈甲耀日，旌旗蔽天，连亘二十余里，粲如锦绣。都人纵观，以为前所未有。凡支犒金银钱帛以巨万计，悉出内库，户部不与焉。

【注释】

①仪文：礼仪形式。张九龄《请行郊礼疏》："圣朝典则，盛世仪文，亦云咸备，可谓无遗矣。" ②全装执色：全装，宋代铠甲名，即全装甲。《东京梦华录》卷一〇："自有《三礼图》可见，更不缕缕。排列殿门内外及御街，远近禁卫、全装铁骑，数万围绕大内。"执色，作仪仗用的器物。 ③质明：天刚亮的时候。《仪礼·士冠礼》："摈者请期，宰告曰：'质明行事。'"郑玄注："质，正也。宰告曰：'旦日正明行冠事。'"梁元帝《和刘尚书兼明堂斋宫》："质明摄上宰，诘旦乘轺轩。" ④挝（zhuā）：马鞭。《齐东野语》卷一五："魏公尝按视端军，端执挝以军礼见，旁无一人。公异之，谓欲点视，端以所部五军籍进。公命点其一部，于廷间开笼纵一鸽以往，而所点之军随至，张为愕然。既而欲尽观，于是悉纵五鸽，则五军顷刻而集，戈甲焕灿，旗帜精明。" ⑤梆子：宋时军

中用以发号的乐器，用竹子或挖空的木头制成。 ⑥簇队：排列整齐。陈允平《宝鼎见》："画鼓簇队行春早。拥烟花、粉黛缭绕。开洞府、桃源路窈。辇外东风吹岸柳。正翠霭、映星桥月榭，十里红莲绽了。庆万家、珠帘半卷，绰约歌裙舞袖。"

【评析】

文中"射生官"，唐宋禁军职官名。射生，为射杀生物之意。《新唐书·兵志》："至德二载，置左右神武军，补元从、扈从官子弟，不足则取它色，带品者同四军，亦曰神武天骑，制如羽林。总曰北衙六军。又择便骑射者置衙前射生手千人，亦曰供奉射生官，又曰殿前射生手，分左、右厢，总号曰左右英武军。"《宋史·礼志》："乾道二年十一月，幸候潮门外大教场，次幸白石教场。应从驾臣僚，自祥曦殿并戎服起居，从驾往回。内管军、御带、环卫官从驾，宰执以下免从。就逐幕次赐食，俟进晚膳毕，免奏万福，并免茶，从驾还内。二十四日，幸候潮门外大教场，进早膳，次幸白石教场阅兵。三衙率将佐等导驾诣白石，皇帝登台，三衙统制、统领官等起居毕，举黄旗，诸军皆三呼万岁拜讫，三衙管军奏报取旨，马军上马打围教场。举白旗，三司马军首尾相接；举红旗，向台合围，听一金止。军马各就围地，作圆形排立。射生官兵随鼓声出马射獐兔，一金止。叠金，射生官兵各归阵队。举黄旗，射生官兵就御台下献所获。帝遂慰劳。赐赍诸将鞍马金带，以及士卒。诸军欢腾，鼓舞就列。百姓观者如山。"

又，"内库"，宋内藏库、封桩库、内杂库的总称。这三类库藏，构成有别于左藏及其他一些由三司、户部所主之杂库的内库系统。宋代内库的性质，较前代之基本上供宫廷消费的内库已经发生了变化，从而发挥出为前代内库所不能相比的作用。（参李伟国《宋代财政和文献考论》）

《宋会要辑稿·职官二七》:"凡货贿输京都者,至则别而受之。供君之用及待边费,则归于内藏;供国之用及待经费,则归于左藏。"《宋史·食货志》:"凡货财不领于有司者,则有内藏库,盖天子之别藏也。"《宋史·职官志》:"内藏库掌受岁计之余积,以待邦国非常之用。"又为唐大盈内库之省称。《旧唐书·杨炎传》:"初,国家旧制,天下财赋皆纳于左藏库,而太府四时以数闻,尚书比部覆其出入,上下相辖,无失遗。及第五琦为度支、盐铁使,京师多豪将,求取无节,琦不能禁,乃悉以租赋进入大盈内库,以中人主之意,天子以取给为便,故不复出。是以天下公赋,为人君私藏,有司不得窥其多少,国用不能计其赢缩,殆二十年矣。"

御教仪卫次第

文物仪卫并同四孟驾出，今止添入后项。

弹压前队侍立使臣都辖：执黄团龙旗使臣，执绣龙旗使臣，带弓箭、汗胯①、豹尾②使臣四员，带汗胯、员琦剑使臣十员。弹压后队侍立使臣都辖：黄罗戏珠龙旗，黄绣龙旗二，豹尾使臣四，员琦剑使臣十人。供进马四匹，带甲御马，御前金装甲马，管押使臣幕士，内中正供马，兽医押槽，黄绣龙传宣旗二，小龙传宣旗十，随逐巡视官，马院禁卫官，引马监官二员，供马监官二员，圣驾供鞭通管二员，掇梢提辖二员，日乌独脚旗，挟驾指挥使四十二人，销金龙旗二，犀皮御座椅，钤③、锤、刀子（左），匙、箸、刀子（右），青毡御笠，褐毡御笠，金凤瓶，丝鞋箧子，御膳箧子，玉靶于阗刀，金洗漱，皂白御靴，马脑于阗刀，水晶于阗刀，通犀④于阗刀，角靶于阗刀，酒鳖子⑤（大、小），白豹皮杖槅⑥，梳刷马盂袋，黑漆套盘，圭木套盘，白虎皮杖槅，销金弓箭葫芦，虎豹皮弓箭袋葫芦，饮水角，拍板二，哨笛四，番鼓二十四人，弹压乐器使臣，管押训练官，杏黄龙旗二，觱篥二，札子⑦九，大鼓十，龙笛四，从驾官宰臣已下（并如常日），临安府弹压官属。

【注释】

①汗胯：革带上可以悬挂兵器的饰物。《元史·舆服志》："汗胯，制以青锦，缘以银褐锦，或绣扑兽，间以云气。" ②豹尾：仪仗名，在赤黄布上画豹纹。《后汉书·舆服志》："古者诸侯二车九乘。秦灭六国，兼其车服，故大驾属车八十一乘，法驾半之。属车皆皂盖赤里，朱轓，戈矛弩箙，尚书、御史所载。最后一车悬豹尾，豹尾以前比省中。" ③铃（qián）：车辖。来鹄《早春》："偏憎杨柳难铃辖，又惹东风意绪来。" ④通犀：犀角的一种。《汉书·西域传赞》："自是之后，明珠、文甲、通犀、翠羽之珍盈于后宫。"颜师古注引如淳曰："通犀，中央色白，通两头。" ⑤酒鳖子：即酒鳖，古代装酒的容器，革制。 ⑥杖榼（kē）：放置兵杖的器物。榼，古代盛酒或贮水的器具。《左传·成公十六年》："公许之，使行人执榼承饮。" ⑦札子：此为乐器名。

【评析】

文中"哨笛"，即竖笛。据《能改斋漫录》卷一和卷一三、《宋会要辑稿·乐三》、《宋史·乐志》等记载，这种乐器曾在北宋末年被禁止使用：

> 崇宁、大观已来，内外街市鼓笛拍板，名曰"打断"。至政和初有旨，立赏钱五百千，若用鼓板改作蕃曲子并著蕃服之类，并禁止支赏。其后，民间不废鼓板之戏，第改名"太平鼓"。

> 政和三年六月，尚书省言："今来已降新乐。其旧来淫哇之声，如打断、哨笛、砑鼓、十般舞之类，悉行禁止。"

> 大观二年八月新乐成，诏令大晟府置图颁降……旧来淫哇之声如打断、哨笛、呀鼓、十般舞之类，悉行禁止。违者杖一百，听之者加

二等；许人告，赏钱五十贯文。其淫哇曲名，令开封府便行取索，由尚书省审讫，颁下禁止。

（政和三年）五月，帝御崇政殿，亲按宴乐，召侍从以上侍立。诏曰："大晟之乐已荐之郊庙，而未施于宴飨。比诏有司，以大晟乐播之教坊，试于殿庭，五声既具，无滟漶焦急之声，嘉与天下共之，可以所进乐颁之天下，其旧乐悉禁。"于是令尚书省立法，新徵、角二调曲谱已经按试者，并令大晟府刊行，后续有谱，依此。其宫、商、羽调曲谱自从旧，新乐器五声、八音方全。埙、篪、鲍、笙、石磬之类已经按试者，大晟府画图疏说颁行，教坊、钧容直、开封府各颁降二副。开封府用所颁乐器，明示依式造粥，教坊、钧容直及中外不得违。今辄高下其声，或别为他声，或移改增损乐器，旧来淫哇之声，如打断、哨笛、呀鼓、十般舞、小鼓腔、小笛之类与其曲名，悉行禁止，违者与听者悉坐罪。（按：坐罪，定罪判刑。《金史·陈规传》："规上章言：'陛下以上圣宽仁之姿，当天地否极之运，广开言路，以求至论，虽狂妄失实者，亦不坐罪。'"也指犯罪。《辽史·耶律隆运传》："不肖子坐罪籍没。"）

制礼作乐，以雅去俗，装点升平的用意很是明显。

燕　射

　　淳熙元年（1174）九月，孝宗幸玉津园讲燕射礼①，皇太子、宰执、使相、侍从②、正任③皆从。辇至殿门外少驻，教坊进念致语、口号，作乐，出丽正门，由嘉会门至玉津园，赐宴酒三行。上服头巾窄衣④，束带丝鞋，临轩内。侍御带进弓箭，看箭人喝："看御箭。"教坊乐作，射垛。前排立招箭班⑤应喏。皇帝第二箭射中，皇太子已下各再拜称贺，进御酒，并宣劝讫。皇太子及臣僚射弓，第四箭射中。上再射第五箭，又中的，传旨不贺。舍人先引皇太子当殿赐窄衣，金束带；次引射中臣僚受赐如前。再进御酒，奏乐，用杂剧。次赐宰臣以下十两银碗各一只。上赋七言诗，丞相曾怀已下属和以进。上乘逍遥辇出玉津园，教坊进念口号。至祥曦殿降辇。招箭班者服紫衣幞头，叉手立于垛前，御箭之来，能以幞头取势⑥转导入的，亦绝伎也。

【注释】

　　①燕射礼：西周、春秋时期贵族及士人在宴饮时所行的射礼。《周礼·乐师》："燕射，帅射夫以弓矢舞。"天子举行燕射之礼，射于路寝庭。诸侯、卿大夫、士也有燕射之典，用以亲四方之宾客与故旧臣下。凡

射皆三次，不胜者饮。 ②侍从：《朝野类要》卷二："侍从，翰林学士、给事中、六尚书、侍郎是也。又，中书舍人、左右史以次谓之小侍从。" ③正任：正任官省称，为武臣迁转阶，非常调官阶。与"遥郡官"相对。《续资治通鉴长编·英宗治平二年五月庚申》："嘉祐三年诏，非军职当罢横行、岁满当迁及有战功殊绩，皆不得除正任。"《宋史·尤袤传》："正任六阶为贵品，祖宗待边境立功者。"《宋大诏令集》卷一六三："正任：节度使、观察留后（后为承宣使）、观察使、防御使、团练使、刺史。"（按：《宋大诏令集》未著编撰人姓名，《直斋书录解题》卷五、《玉海》卷六四认为是宋绶子孙绍兴年间所编。） ④窄衣：宋时戎装之一，与宽衣大袖相对。《石林燕语》卷六："胥吏宽衫，与军伍窄衣，皆服紫，沿习之久，不知其非也。" ⑤招箭班：宋代仪卫名，属军头司，负责帝王出行安全及御射报靶。《宋史·礼志》："苑中皆有射棚，画晕的。射则用招箭班三十人，服绯紫绣衣、帕首，分立左右，以唱中否。"《宋史·兵志》："东西班（弩手、龙旗直、招箭班共十二，旧号东西班承旨。……又择善弓箭者为招箭班）。" ⑥取势：顺势。刘禹锡《寄毗陵杨给事三首》其二："青云直上无多地，却要斜飞取势回。"

【评析】

文中"上赋七言诗"云云，宋孝宗所作一首为《游玉津园赐皇太子以下官》："一天秋色破寒烟，别籞连堤压巨川。欣见岁功成万宝，因行射礼命群贤。腾腾喜气随飞羽，袅袅凄风入控弦。文武从来资并用，酒余端有侍臣篇。"曾怀作《恭和御制玉津园宴射》二首："名园佳气霭非烟，冠佩朝宗似百川。五品并令陪宴射，四镞端欲序宾贤。恩涵春意鱼翻藻，威入秋声雁落弦。竣事更容窥曲雅，宸章应陋柏梁篇。""江山秋日冠轻烟，别苑风光胜辋川。位设虎侯恢盛典，技穿杨叶校名贤。礼均湛露宣飞辇，乐奏钧天看发弦。圣主经文兼纬武，全胜巡幸射蛟篇。"

宋孝宗是一位励精图治、矢志恢复的中兴之君。（按：王夫之《宋论》以"守成之君"论之，所谓"在位二十七年，民心未失，国是未乱"。）所作《新秋雨过述怀》，就集中体现出其"雄武"之气与"规恢"意慨："雨声乱秋声，驱暑逾南海。凉月倍清辉，细云变文彩。长空肃无限，远山青不改。沉吟感素商，凄清鸣万籁。平生雄武心，览镜朱颜在。岂惜常忧勤，规恢须广大。"所以，直到清代，还有人对其叹赏不已："宋南渡令主，惟一孝宗。其见诸歌吟者，雄紧清厉，气概岸然，虽上抑于德寿，下沮于金人，而厥志为可尚矣。"（陈焯《宋元诗会》卷一）

公主下降

南渡以来，公主无及嫁者，独理宗朝周汉国公主出降慈明太后侄孙杨镇①，礼文颇盛，今摭梗概于此。

先是，择日遣天使宣召驸马至东华门，引见便殿，赐玉带靴笏鞍马及红罗百匹，银器百两，衣着百匹，聘财银一万两。对御赐筵五盏，用教坊乐。候毕，谢恩讫，乘涂金御仙花鞍辔狨座马②，执丝鞭，张三檐伞，教坊乐部五十人前引还第，谓之"宣系③"。进财物件，并照《国朝会要》太常寺关报有司办造。先一月，宣宰执常服系鞋，诣后殿西廊观看公主房奁：真珠九翚四凤冠，褕翟④衣一副，真珠玉佩一副，金革带一条，玉龙冠，绶玉环，北珠冠花筐环，七宝冠花筐环，真珠大衣、背子⑤，真珠翠领四时衣服，叠珠嵌宝金器，涂金器，贴金器，出从贴金银装檐⑥等，锦绣销金帐幔、陈设、茵褥、地衣、步障等物。其日驸马常服玉带，乘马至和宁门，易冕服，至东华门，用雁币⑦玉马等行亲迎礼。（用熙宁故事。）公主戴九翚四凤冠服，褕翟缥⑧袖升檐其前。天文官，本位从物从人，烛笼二十，本位使臣，插钗童子八人，方扇四，圆扇四，引障花⑨十，提灯二十，行障，坐障⑩。皇后亲送，乘九龙檐子。皇太子乘马，围子左右两重。其后太师判宗正寺荣王⑪、荣王夫人及诸命妇至第，赐御筵九盏。筵毕，皇后、太子先还，公主归位，行同牢⑫礼。（用开宝礼。）然后亲行盥馈舅姑之礼。（开宝通礼。）谒见舅姑，用名纸⑬一副，衣一袭，手帕一盒，妆奁藻豆袋银器三百两⑭，衣着五百匹。余亲各有差。三朝，公主、驸马并入内谢恩，宣赐礼物，赐宴禁中。外庭奉表称贺。赐宰执、亲王、侍从、内职、管军副都指挥使已上，金银钱币会子⑮有差。（依熙宁式。）驸马家亲属，各等第推恩。

【注释】

①"独理宗朝"句：周汉国公主是宋理宗赵昀的独生女，特见爱重，封两国。慈明太后指宋宁宗赵扩的皇后，理宗即位后尊其为太后，长住慈明殿。杨镇，字子仁，号中斋，浙江桐庐人。（按：《荀子·解蔽》："同时兼知之，两也。"据《建炎以来朝野杂记》甲集卷一二及《宋史·宦者》《宋史·奸臣》二传，徽宗崇宁中特封濮安懿王女安定、普宁两郡主；宣和五年童贯封徐、豫两国公。高宗绍兴十二年，秦桧进封两国公，桧请改封其母为秦、魏国夫人，此封两国夫人之始。时韩世忠夫人梁氏亦封两国夫人。）②"乘涂金"句：御仙花，《宋史·舆服志》："荔枝或为御仙花，束带亦同。"狨（róng）座，《萍洲可谈》卷一："狨座，文臣两制、武臣节度使以上许用。每岁九月乘，三月彻，无定日，视宰相乘则皆乘之，彻亦如之。狨似大猴，生川中，其脊毛最长，色如黄金，取而缝之，数十片成一座，价直钱百千。" ③宣系：宋代皇室婚嫁程序名，即宣布确立婚姻关系。《宋史·礼志》："初被选尚者即拜驸马都尉，赐玉带、袭衣、银鞍勒马、采罗百匹，谓之系亲"，"应婚嫁者委主婚宗室，择三代有任州县官或殿直以上者，列姓名、家世、州里、岁数奏上，宗正司验实召保，付内侍省宣系，

听期而行"。　④褕（yú）翟：《诗·鄘风·君子偕老》："玼兮玼兮，其之翟也。"郑玄笺："侯伯夫人之服，自褕翟而下，如王后焉。"《说文·衣部》："褕，褕翟，羽饰衣。"《北堂书钞·衣冠·法服》引《三礼图》："褕翟，王后从王祭先公服衣也。刻青翟形而采画雉，缀于衣是也。"⑤背子：或作褙子，著于衫上之短袖衣，始于秦。隋唐时期似为宫中礼服。《中华古今注》卷中："隋大业末，炀帝宫人，百官母妻等，绯罗蹙金飞凤背子，以为朝服，及礼见宾客舅姑之长服也。天宝年中，西川贡五色织成背子。"《演繁露》卷八："师古曰：'褐制若裘。'今道士所服者是也。裘即如今之道服也，斜领交裾，与今长背子略同，其异者背子开两胯，裘则缝合两腋也……长背子古无之，或云近出宣政间……长背既与裘制大同小异，而与古中单又大相似，殆加减其制而为之耳。中单腋下缝合，而背子则离异其裾，中单两腋各有带穴，其腋而互穿之，以约定里衣，至背子则既悉去其带，惟此为异也。"　⑥檐（dàn）：即檐子，通"擔（担）"，亦称肩舆。一本作辔。《宋史·舆服志》："龙肩舆，一名棕檐子，一名龙檐子，舁以二竿，故名檐子。……中兴，以太后用龙舆，后惟用檐子，示有所尊也。其制：方质，棕顶，施走脊龙四，走脊云子六，朱漆红黄藤织百花龙为障；绯门帘，看窗帘，朱漆藤坐椅，踏子，红罗茵褥，软屏，夹幔。"《东京梦华录》卷五："至迎娶日，儿家以车子或花檐子发迎客，引至女家门，女家管待迎客，与之彩段，作乐催妆上车。檐从人未肯起，炒咬利市，谓之起檐子，与了然后行。"　⑦雁币：雁与币帛。古代用为聘问之礼，婚嫁时亦用为聘礼。古婚礼六礼中，纳征用币，纳采、问名、纳吉、请期、亲迎用雁。杨衡《夷陵郡内叙别》："雁币任野薄，恩爱缘义深。"　⑧纁（xūn）：《易》郑玄注："盖取诸乾坤，乾为天，其色玄，坤为地，其色黄，但土无正位，托于南方，南方色赤，黄而兼赤，故为纁也。" ⑨引障花：宋时迎亲仪仗之一。《宋史·礼志》："亲迎，用涂金银装肩舆一，行障、坐障各一，方团掌扇四，引障花十树，生色烛笼十，高髻钗插并童子八人骑分左右导扇舆。" ⑩坐障：屏风，与"行障"相对，一般不可移动。 ⑪太师判宗正寺荣王：荣王是理宗的弟弟赵与芮，宗正寺专门掌管皇族事务。判，在古代表示高位兼低职或出任地方官。《旧唐书·李巽传》："顺宗即位，入为兵部侍郎。司徒杜佑判度支盐铁转运使，以巽干治，奏为副使。佑辞重位，巽遂专领度支盐铁使。" ⑫同牢：也称共牢，古代婚礼。《礼记·昏义》："妇至，婿揖妇以入，共牢而食，合卺而酳，所以合体同尊卑以亲之也。"孔颖达疏："共牢而食者，在夫之寝，婿东面，妇西面，共一牲牢而同食，不异牲。" ⑬名纸：名片。孔平仲《孔氏谈苑·名刺门状》："古者未有纸，削竹木以书姓名，故谓之刺。后以纸书，故谓之名纸。" ⑭"妆奁（lǐ）"句：奁，小匣。盛梳妆品之器。有漆器、木器，或饰以金粉花纹。《正字通·皿部》："奁，今人以椟匣小者为奁。"白居易《宿杜曲花下》："篮舆为卧舍，漆奁是行厨。"藻豆，澡豆。供洗涤用的粉剂，用豆粉合诸药制成，以洗手面，润泽皮肤。《世说新语·纰漏》："王敦初尚主，如厕……既还，婢擎金澡盘盛水，琉璃盌盛澡豆。因倒着水中而饮之，谓是干饭。群婢莫不掩口而笑之。" ⑮会子：自绍兴三十年（1160）十二月开始行用的一种宋代纸币。会子所用会子纸，以楮树皮为原料制造，称为楮纸，会子因而也称楮币、楮券或楮。

【评析】

《宋史·礼志》所载"公主下降礼"较详，录以对读：

初被选尚者即拜驸马都尉，赐玉带、袭衣、银鞍勒马、采罗百匹，谓之系亲。又赐办财银万两，进财之数，倍于亲王聘礼。出降，赐甲第。余如诸王夫人之制。掌扇加四，引障花、烛笼各加十，皆行舅姑之礼。诸亲递加赐赉。其县主系亲以金带，赐办财银五千两，纳财赐赉，大率三分减其二。宗室女特封郡君者，又差降焉。

嘉祐初，礼官言："礼阁新仪，公主出降前一日，行五礼。古者，结婚始用行人，告以夫家采择之意，谓之纳采；问女之名，归卜夫庙，吉，以告女家，谓之问名、纳吉。今选尚一出朝廷，不待纳采；公主封爵已行诞告，不待问名。若纳成则既有进财，请期则有司择日。宜稍依五礼之名，存其物数，俾知婚姻之事重、而夫妇之际严如此，亦不忘古礼之义也。"时兖国公主下嫁李玮，诏赐出降日，令夫家主婚者具合用雁、币、玉、马等物，陈于内东门外，以授内谒者，进入内侍掌事者受，唯马不入。

神宗即位，诏以"昔侍先帝，恭闻德音，以旧制士大夫之子有尚帝女者，辄皆升行，以避舅姑之尊。岂可以富贵之故，屈人伦长幼之序。宜诏有司革之，以厉风俗"。于是著为令。仍命陈国长公主行舅姑之礼，驸马都尉王师约更不升行。公主见舅姑行礼自此始。旧例，长公主凡有表章不称妾，礼院议谓："男子、妇人，凡于所尊称臣若妾，义实相对。今宗室伯叔近臣悉皆称臣，即公主理宜称妾。况家人之礼，难施于朝廷。请自大长公主而下，凡上笺表，各据国封称妾。"从王师约之请也。

康国公主下降，太常寺言："按令，公主出降，申中书省，请皇后帅宫闱掌事人送至第外，命妇从，今请如令。"诏："出降日，婉仪帅宫闱掌事者送至第外，命妇免从。"

徽宗改公主为姬，下诏曰："在熙宁初，有诏厘改公主、郡主、县主名称，当时群臣不克奉承。近命有司稽考前世，周称'王姬'，见于《诗·雅》。'姬'虽周姓，考古立制，宜莫如周。可改公主为帝姬、郡主为宗姬、县主为族姬。其称大长者，为大长帝姬，仍以美名二字易其国号，内两国者以四字。"

其出降日，婿家具五礼，修表如上仪。太史局择日告庙。

亲迎。前一日，所司于内东门外量地之宜，西向设婿次。其日，婿父醮子如上仪。乃命之曰："往迎肃雍，以昭惠宗祐。"子再拜，曰："祗率严命！"又再拜，降，出乘马，至东华内下马，礼直官引就次。有司陈帝姬卤簿、仪仗于内东门外，候将升厌翟车，引婿出次于内东门外，躬身西向。掌事者执雁，内谒者奉雁以进，俟帝姬升车，婿再拜，先还第。

同牢。其日初昏，掌事者设巾、洗各二于东阶东南，一于室北。水在洗东，尊于室中，实四爵、两卺于篚。婿至本第，下马以俟。帝姬至，降车，赞者引胥揖之以入，及寝门又揖，导之升阶，入室盥洗。掌事者布对位，又揖帝姬，皆即坐受盏三饮，俱兴，再拜，赞者彻酒。

见舅姑。夙兴，帝姬著花钗、服褕翟以俟见。赞者设舅姑位于堂上，舅位于东，姑位于西，各服其服就位。女相者引帝姬升自西阶，诣舅位前再拜，赞者以枣栗授帝姬奉置舅位前，舅即坐，赞者进彻以东，帝姬退，复位，又再拜；女相者引诣姑位前再拜，赞者以腶修授帝姬奉置姑位前，姑即坐，赞者亦彻以东，帝姬退，复位，又再拜。次醴妇、盥馈、飨妇如仪。

唱 名

第一名承事郎，第二名、三名并文林郎。第一甲赐进士及第，第二甲同进士及第，第三甲、第四甲赐进士出身，第五甲同进士出身。武举第一名秉义郎。特奏①第一名同进士出身。

上御集英殿，拆号唱进士名，各赐绿襕袍、白简、黄衬衫②。武举人赐紫罗袍、镀金带、牙笏。赐状元等三人酒食五盏，余人各赐泡饭。前三名各进谢恩诗一首，皆重戴、绿袍、丝鞭、骏马。快行各持敕黄于前，黄幡杂沓，多至数十百面，各书诗一句于上。呵殿如云，皆平日交游亲旧相迓③之人，或三学④使令斋臧⑤辈。若执事之人，则系帅漕司差到状元局⑥祗应。亦有术人相士辈，自炫预定魁选，鼓舞于中。自东华门至期集所，豪家贵邸，竞列彩幕纵观，其有少年未有室家者，亦往往于此择婿焉。期集所例置局于礼部贡院，前三人主之，于内遴选所长，以充职事，有纠弹、笺表、主管、题名⑦、小录⑧、掌仪、典客、掌计、掌器、掌膳、掌酒果、监门等。后旬日朝谢。又数日，拜黄甲⑨，叙同年⑩。其仪：三名设褥于堂上，东西相向，四十已上立于东廊，四十已下立于西廊，皆再拜。拜已，择榜中年长者一人，状元拜之；复择少者一人，拜状元。又数日，赴国子监，谒谢先圣先师讫，赐闻喜宴于局中，侍从已上及馆职皆与,知举官押宴,遂立题名石刻。凡费悉出于官及诸闱⑪馈遗云。

【注释】

①特奏:即特奏名。《铁围山丛谈》卷二:"国朝科制,恩榜号特奏名,本录潦倒于场屋,以一命之服而收天下士心尔,亦时得遗才,但患此曹子日暮途远而罕砥砺者。又凡在中末之叙,得一文学助教之目而已,或应出仕,盖止许一任。"(按:据裴淑姬《论宋代的特奏名制度》考证,进士特奏名第一等上、中、下,一般只能为从九品选人,授判、司、簿、尉乃至试衔官;第二等上、中、下,一般只能授试衔京师助教。一、二两等的出官人数限为二十三人;第三、四等授予官职更低,很难出官,且总人数限制为八十人。绝大部分特奏名进士终身不能出官。)《续资治通鉴长编》卷一一四:"癸未,诏曰:'朕念天下士乡学益蕃,而取人之路尚狭,或栖迟田里,白首而不得进。其令南省就试进士、诸科,十取其二。进士五举年五十,诸科六举年六十,尝经殿试;进士三举、诸科五举及尝预先朝御试,虽试文不合格,毋辄黜,皆以名闻。'自此率以为常。"(按:《齐东野语》卷一九"不惟特科无及者出官,而三十年特科五等人亦出官"中"特科",盖亦指"特奏名"而言。) ②"各赐"句:襕(lán)袍,当即襕衫。《宋史·舆服志》:"襕衫,以白细布为之,圆领大袖,下施横襕为裳,腰间有辟积,进士及国子监生、州县生员服之。"白简,当即白襕。 ③相迓:犹相迎。《吴船录》卷下:"平江亲戚故旧来相迓者,陆续于道,恍然如隔世焉。" ④三学:南宋国子监所属太学、武学、宗学。《春明梦余录》卷五五:"宋时武学与太学、宗学共称三学。" ⑤斋臧:宋时称学舍中的仆役。《宋史·选举志》:"元丰二年,颁学令,太学置八十斋,斋各五楹,容三十人。"《方言》卷三:"臧、甬、侮、获,奴婢贱称

也。荆、淮、海、岱、杂齐之间，骂奴曰臧，骂婢曰获。"《耆旧续闻》卷七："公因留外馆，流连逾日，忽有快行屡至学，寻问颇急。学臧辈不知公寓处。及归，乃以告。" ⑥状元局：《梦粱录》卷三："帅漕二司，于未唱名前，差人吏客司官等项，行排办礼部贡院充文科状元局，或别院，或借祥符寺充武科状元局，以伺唱名。" ⑦题名：科举时代，新科进士及第后，按甲第先后，刻姓名、乡贯于国子监进士题名碑上。源于唐代新进士放榜后的雁塔题名。现存最早的进士题名碑，是立于北京孔庙中的三座元代进士题名碑。 ⑧小录：宋时廷试，放榜唱名后，谒先圣先师，赴闻喜宴，列叙名氏、乡贯、三代之类具书之，谓之"同年小录"。宋代同年小录现存仅《宋绍兴十八年同年小录》《宝祐四年同年小录》，余不传。《石林燕语》卷五："试院官旧不为小录。崇宁初，霍端友榜，安枢密悖知举，始创为之。余时为点检试卷官。自后遂为故事。进士小录，具生月日时者，叙齿也。" ⑨黄甲：五甲新进士名单，以黄纸书写，故名。 ⑩同年：同榜进士互称"同年"。《唐国史补》卷下："进士……得第谓之前进士。互相推敬谓之先辈。俱捷谓之同年。" ⑪阃（kǔn）：宋制置使别称阃帅，阃帅又或略称阃。《齐东野语》卷三："更易诸阃，以邱崈为两淮宣抚使。"

【评析】

　　文中"第一名承事郎"云云，《梦粱录》卷三所记有异："其状元官授承事郎，职除上郡签判；榜眼授承奉郎，探花授承务郎，职注中郡或下郡签判。或无见阙，则节推、察推之职。……（特奏名）为魁者，附第五甲，补迪功郎，余皆授诸州文学、助教。武举进士，前三名照文科为状元、榜眼、探花恩例，各赐紫囊、金带、靴、笏，状元授秉义郎，榜眼授从义郎，探花授保义郎，俱殿步司正副将之职。……如遇龙飞之年，则三魁黄甲及其余进士皆倍加恩例，却与常年不同，则状元可除下郡通判。"

《宋会要辑稿·选举二三》:"(淳熙五年五月)十一日,诏新及第进士第一人姚颖补承事郎、签书诸州节度判官,第二人叶适、第三人李寅仲并文林郎、两使职官。……既而右丞相史浩言……第二、第三名若在部受阙,却待远次,欲依已得指挥,特与添差。诏依。"《宋史·选举志》:"孝宗初,诏川、广进士之在行都者,令附试两浙转运司。隆兴元年,御试第一人承事郎、签书诸州节度判官,第二、第三人文林郎、两使职官,第四、第五人从事郎、初等职官,第六人至第四甲并迪功郎、诸州司户簿尉,第五甲守选。乾道元年,诏四川特奏名第一等第一名赐同学究出身,第二名至本等末补将仕郎,第二等至第四等赐下州文学,第五等诸州助教。二年,御试,始推登极恩,第一名宣义郎,第二名与第一名恩例,第三名承事郎,第一甲赐进士及第并文林郎,第二甲赐进士及第并从事郎,第三、第四甲进士出身,第五甲同进士出身;特奏名第一名赐进士出身,第二、第三名赐同进士出身。"可见其间变化之一斑。又,附《明史·选举志》相关内容于此以备参:"以举人试之京师,曰会试。中式者,天子亲策于廷,曰廷试,亦曰殿试。分一、二、三甲,以为名第之次。一甲止三人,曰状元、榜眼、探花,赐进士及第;二甲若干人,赐进士出身;三甲若干人,赐同进士出身。状元、榜眼、探花之名,制所定也。而士大夫又通以乡试第一为解元,会试第一为会元,二、三甲第一为传胪云。"

"闻喜宴",是朝廷为新登第者举行的宴会,始于唐朝。《续资治通鉴长编》卷一八:"唐时礼部发榜之后,醵饮于曲江,号曰闻喜宴。"不过,唐代闻喜宴"实际上也是曲江宴会的一种,并无什么特色"(傅璇琮《唐代科举与文学》),所以并不受人关注。宋代闻喜宴虽承之而来,但据《宋史·礼志》所载具体过程来看,显然已经与唐代大为不同:

赐贡士宴,名曰"闻喜宴"。《政和新仪》,押宴官以下及释褐贡士班首,初入门,《正安》之乐作,至庭中望阙位立,乐止。预宴官就位,再拜讫。押宴官西向立,中使宣曰"有敕",在位者皆再拜讫。中使宣曰"赐卿等闻喜宴",在位者皆再拜。搢笏,舞蹈,又再拜。次引押宴官稍前谢坐再拜,在位者皆再拜。若赐敕书,即引贡士班首稍前,中使宣曰"有敕",贡士再拜。中使宣曰"赐卿等敕书",班首稍前,搢笏,跪,中使授敕书讫,少退,班首以敕书加笏上,俯伏,兴,归位再拜,在位者皆再拜。凡预宴官分东西升阶就坐,贡士以齿。酒初行,《宾兴贤能》之乐作。饮讫,食毕,乐止。酒再行,《于乐辟雍》之乐作。酒三行,《乐育人材》之乐作。酒四行,《乐且有仪》之乐作。酒五行,《正安》之乐作。再坐,酒行、乐作,节次如上仪,皆饮讫、食毕,乐止。押宴官以下俱兴,就次,赐花有差。少顷,戴花毕,次引押宴官以下并释褐贡士诣庭中望阙位立,谢花再拜,复升就坐。酒行、乐作,饮讫,食毕,乐止。酒四行讫,退。次日,预宴官及释褐贡士入谢,如常仪。

元　正

朝廷元日、冬至，行大朝会。仪则：百官冠冕朝服，备法驾，设黄麾仗①三千三百五十人，（视东京已减三之一。）用太常雅乐、宫架、登歌，太子、上公、亲王、宰执并赴紫宸殿立班进酒，上千万岁寿。上公致辞，枢密宣答，次诸国使人及诸州入献朝贺，然后奏乐、进酒、赐宴。此礼不能常行，每岁禁中止是。以三茅钟②鸣，驾兴，上服幞头、玉带、靴、袍，先诣福宁殿龙墀及圣堂炷香③，（用腊沉脑子。）次至天章阁祖宗神御殿，行酌献礼，次诣东朝奉贺，复回福宁殿，受皇后、太子、皇子、公主、贵妃至郡夫人、内官、大内已下贺。贺毕，驾始过大庆殿，御史台、阁门分引文武百寮，追班称贺，大起居十六拜，致辞上寿，枢密宣答礼毕，放仗。是日，后苑排办御筵于清燕殿，用插食盘架。午后，修内司排办晚筵于庆瑞殿，用烟火、进市食、赏灯，并如元夕。

【注释】

①黄麾仗：古代仪仗队。主要以黄麾氅、幡等仗具构成，故称。隋已用之，后相沿袭，但规模、形制不一。唐宋卤簿中有前、后之分，殿庭仪又有大、半、角、细之别。《宋史·仪卫志》："宋初，因唐、五代之旧，

讲究修葺，尤为详备。其殿庭之仪，则有黄麾大仗、黄麾半仗、黄麾角仗、黄麾细仗。凡正旦、冬至及五月一日大朝会，大庆、册、受贺、受朝，则设大仗；月朔视朝，则设半仗；外国使来，则设角仗；发册授宝，则设细仗。其卤簿之等有四：一曰大驾，郊祀大飨用之；二曰法驾，方泽、明堂、宗庙、籍田用之；三曰小驾，朝陵、封祀、奏谢用之；四曰黄麾仗，亲征、省方还京用之。南渡之后，务为简省。此其大较也。"　②三茅钟：《咸淳临安志》卷一三："宁寿观，在七宝山，本三茅堂，绍兴二十年，因东都旧名赐观额。殿曰太元，奉茅君像，徽宗皇帝御画也。……有绍兴赐古器玩三种，皆稀世之珍。……其二唐钟，本唐澄清观旧物，尚方出金帛度牒易以赐。今禁中每听钟声，以为寝兴食息之节。"姜夔《鹧鸪天》："三茅钟动西窗晓，诗鬓无端又一春。"　③炷香：点香、上香。《癸辛杂识》别集卷上："且先设二神位，仍题自己及此妇姓名，炷香然烛，酒果羹饭，烛然未及寸而殂矣。"

【评析】

　　文中"大起居"，是朝臣上朝时在大殿向皇帝进行跪拜朝贺的正规仪式，中有多次起兴，烦琐复杂。《随隐漫录》卷一载其情形甚详：

　　　　紫宸殿上寿，三十三拜，三舞蹈。初面西立，阁门进班齐牌，上升座，鸣鞭，侍卫起居，移班，北面，躬身听赞，两拜。起，直身，揙笏，三舞蹈，跪左膝，三叩头，出笏，就一拜。又两拜。躬身，俟班首奏圣躬万福，再听赞，拜两拜，移班如初。殿中监升殿，诣酒尊所，教坊起居、殿侍进御茶床，又北面，躬身听赞，拜两拜，直身，立。上公升殿，注酒，诣御座前躬进，俯伏致辞，并躬身。俟上公降阶，复位，听赞，拜两拜。起，躬身，俟枢密宣答，听赞，拜两拜，移班如初。上公升殿，立御座东，乐作，上饮毕，上公受盏，降阶，复位,北面,躬身听赞,拜两拜,舞蹈如初。不该赴座官先退,赴座官躬身,听枢密诣折槛东宣答讫,听赞,拜两拜,升阶,立席后。俟进酒,乐作,上饮毕,舍人赞,各赐酒,躬身,听赞,拜两拜,起赞,各就座,立如故;复赞,乃坐。酒行,先上公,次百官,揖筯,执盏立席后,躬身,饮讫,听赞,拜两拜,复坐。食至,揖筯,执碟,出筯。再进酒,如上礼。三行,舍人曰:"可起。"立席后,俟上公御座前,俯伏跪奏,复位,降阶,北面听赞,拜两拜,舞蹈如初。鸣鞭,卷班。凡正旦朝贺,一十九拜,三舞蹈。初面西立。上升座,阁门起居,班首以下躬身,北面,俟舍人宣名讫,听赞,拜两拜,舞蹈如前礼。躬身,俟班首奏圣躬万福,听赞,拜两拜。起,直身立,俟枢密升殿,班首出班,俯致辞,并躬身,俟班首复位,听赞,拜两拜。舞蹈如初。起,躬身,俟枢密承旨诣折槛东,称有制,两拜。起,躬身,俟枢密宣答讫,听赞,拜两拜,舞蹈如初。凡冬至,朝贺,一十二拜,一舞蹈。初,百官面西立。仪仗以下起居,知阁次之。次读奏,自舍人宣班首以下起居称贺。北面,躬身,听赞,拜两拜。起,舞蹈如初。起,躬身,俟班首奏圣躬万福,听赞,拜两拜。起,直身立,俟枢密升殿,班首致辞,宣答如正旦礼。凡朔望起居,九拜,一舞蹈。初读奏,自知阁御带行门以下常起居,殿中侍御史大起居,七拜,百官躬身。听舍人宣班首名,北面听赞,拜两拜。舞蹈如初。不候赞,两拜。班首不离位,奏圣躬万福,躬身听赞,拜两拜。起,躬身听赞,各祗候卷班。凡上殿轮对,初面西立,舍人引北面躬身听赞,拜声绝,两拜。起,躬身听赞,祗候直身立,引稍前两步,再躬身,听赞,拜两拜。起,躬身,听赞,祗候面西立,俟三省奏事,退,引升殿立东南角,舍人前奏衔位姓名,上殿,因依引赴御座左侧，身立，揖笏。当殿未出笏，又手及横执札子为失仪。如有宣谕，即口奏云："臣官不该殿上拜，容臣奏事毕。"下殿，谢恩奏事毕，依旧路下殿，北面，不候赞，两拜，随班。凡谢恩，初面西立，舍人奏姓名，引北面，赞，拜两拜。出殿致词归位，赞，两拜，舞蹈，听赞，祗候退。凡朝辞，面西立，舍人奏姓名，引北面，赞，两拜，不出班；奏圣躬万福，又赞，两拜，出班，致辞复位，又赞，两拜，赞，好去。如有赐物，宣有敕，即揖笏，舞蹈，三拜。凡赐茶，引北面，躬身，奏圣躬万福，赞，两拜。赞，就座，升殿，立席后，再赞，乃坐。茶至，揖笏，出笏，降阶。赞，两拜。赞，祗候退。

又，元正民间热闹欢腾景象，则如《梦粱录》卷一所记："官放公私僦屋钱三日，士夫皆交相贺，细民男女亦皆鲜衣，往来拜节。街坊以食物、动使、冠梳、领抹、缎匹、花朵、玩具等物沿门歌叫关扑。不论贫富，游玩琳宫梵宇，竟日不绝。家家饮宴，笑语喧哗。此杭城风俗，畴昔侈靡之习，至今不改也。"吴自牧自序有云："时异事殊""缅怀往事，殆犹梦也"。则此处末三句的痛定思痛语，谅亦不无"商女不知"之恨。

立 春

前一日，临安府造进大春牛，设之福宁殿庭。及驾临幸，内官皆用五色丝彩杖鞭牛，御药院例取牛睛，以充眼药。余属直阁婆（号管人都行首）掌管。预造小春牛数十，饰彩幡①、雪柳，分送殿阁、巨珰，各随以金银钱彩缎为酬。是日，赐百官春幡胜，宰执、亲王以金，余以金裹银及罗帛为之，系文思院②造进。各垂于幞头之左入谢。后苑办造春盘③供进，及分赐贵邸、宰臣、巨珰，翠缕红丝，金鸡玉燕，备极精巧，每盘直万钱。学士院撰进春帖子，帝后、贵妃、夫人、诸阁，各有定式，绛罗金缕，华粲可观。临安府亦鞭春开宴，而邸第馈遗，则多效内庭焉。

【注释】

①彩幡：即春幡，又称幡胜、彩胜。《岁时风土记》："立春之日，士大夫之家，剪裁为小幡，或悬于家人之头，或缀于花枝之下。"　②文思院：太平兴国三年置，掌造金银犀玉工巧之物，金彩绘素装钿之饰，以供舆辇册宝法物及凡器服之用。分上、下界两院，上界造作金银珠玉，下界造作铜铁竹木杂料。《青箱杂记》卷八："《考工记》：'㮚氏掌攻金，其量铭曰时文思索。'故今世攻作之所，号文思院。"《古今合璧事类备要后集》卷三二："绍兴三年，并少府监归工部，以文思院属焉。文思院旧属

少府监,至是以少府监并于工部,故文思院监官乃令工部差。" ③春盘:古代风俗,立春日取生菜、果品等置于盘中为食,取迎新之意,称为春盘。《遵生八笺》卷三:"立春日作五辛盘,以黄柑酿酒,谓之洞庭春色。故苏诗云:'辛盘得青韭,腊酒是黄柑。'"

【评析】

立春日的大规模鞭春祈年活动,《梦粱录》卷一也有记载:

> 临安府进春牛于禁庭。立春前一日,以镇鼓、锣吹、妓乐迎春牛往府衙前迎春馆内。至日侵晨,郡守率僚佐以彩仗鞭春,如方州仪。太史局例于禁中殿陛下,奏律管吹灰,应阳春之象。街市以花装栏,坐乘小春牛,及春幡春胜,各相献遗于贵家宅舍,示丰稔之兆。

行过鞭春之仪后,民间例有争夺牛土之举:"立春鞭牛讫,庶民杂遝如堵,顷刻间分裂都尽,又相攘夺,以至毁伤身体者,岁岁有之。得牛肉者,其家宜蚕,亦治病。《本草》云:'春牛角上土置户上,令人宜田。'"(《岁时广记》卷八)表达的都是祈求丰收的愿望。

文中"春帖子",亦称春端帖子、春端帖、春帖。《清波杂志》卷一〇:宋制,翰林书春词,以立春日剪贴于宫中门帐,谓之"春端帖子"。帖子词是产生、成熟并兴盛于宋代的一种宫廷应用文体。其名称并非仅如徐师曾《文体明辨序说》解释的"黏贴"之义:"按贴子词者,宫中黏贴之词也。古无此体,不知起于何时。第见宋时每遇令节,则命词臣撰词以进,而黏诸阁中之户壁,以迎吉祥。观其词乃五七言绝句诗,而各宫多寡不同,盖视其宫之广狭而为之,抑亦以多寡为等差也。然此乃时俗鄙事,似不足以烦词臣,而宋人尚之,岂所谓声容过盛之一端欤?"而主要是指"用罗帛制造"并悬挂于宫阁的;它以绝句诗体而称为"词",这与长短句"词""宫词""教坊词"等文体的名称、内容形式都很相似,有着某种密切的关系。帖子词源起于汉晋间立春日贴"宜春"字风俗,并受桃符、宫词及君臣节日间奉和唱酬的影响。首创者为晏殊。它在宋代的发展随国势盛衰和政局动荡而起伏;元明中衰,清乾隆君臣再次让它焕发生机。其内容主要是歌咏升平富贵,但欧阳修、司马光、苏轼等"中含规谏"之作更被看作是"得体";在用事、纪实、才思、工拙、格调、正变等方面都有鲜明的特征。(参任竞泽《宋代文体学研究论稿》)

元　夕

　　禁中自去岁九月赏菊灯之后，迤逦试灯，谓之"预赏"。一入新正，灯火日盛，皆修内司诸珰分主之，竞出新意，年异而岁不同。往往于复古、膺福、清燕、明华等殿张挂，及宣德门、梅堂、三闲台等处，临时取旨，起立鳌山。灯之品极多，（见后"灯品"。）每以"苏灯"为最：圈片大者，径三四尺，皆五色琉璃所成，山水、人物、花竹、翎毛，种种奇妙，俨然著色便面也。其后福州所进，则纯用白玉，晃耀夺目，如清冰玉壶，爽彻心目。近岁新安所进益奇，虽圈骨悉皆琉璃所为，号"无骨灯"。禁中尝令作琉璃灯山，其高五丈，人物皆用机关活动，结大彩楼贮之；又于殿堂梁栋窗户间为涌壁①，作诸色故事，龙凤噀水②，蜿蜒如生，遂为诸灯之冠。前后设玉栅帘，宝光花影，不可正视。仙韶内人③，迭奏新曲，声闻人间。殿上铺连五色琉璃阁，皆球文、戏龙、百花。小窗间垂小水晶帘，流苏宝带，交映璀璨。中设御座，恍然如在广寒清虚府④中也。至二鼓，上乘小辇幸宣德门观鳌山。擎辇者皆倒行以便观赏。金炉脑麝，如祥云五色，荧煌炫转，照耀天地。山灯凡数千百种，极其新巧，怪怪奇奇，无所不有。中以五色玉栅簇成"皇帝万岁"四大字。其上伶官奏乐，称念口号致语；其下为大露台，百艺群工，竞呈奇伎。内人及小黄门⑤百余，皆巾裹翠蛾，效街坊清乐、傀儡，缭绕于灯月之下。既而取旨，宣唤市井舞队及市食盘架。先是，京尹预择华洁及善歌叫者谨伺于外，至是歌呼竞入。既经进御，妃嫔内人而下，亦争买之，皆数倍得直，金珠磊落，有一夕而至富者。宫漏既深，始宣放烟火百余架，于是乐声四起，烛影纵横，而驾始还矣。大率效宣和盛际，愈加精妙，特无登楼赐宴之事，人间不能详知耳。

都城自旧岁冬孟驾回，则已有乘肩小女、鼓吹舞绾者数十队，以供贵邸豪家幕次之玩；而天街茶肆，渐已罗列灯球等求售，谓之灯市。自此以后，每夕皆然。三桥等处，客邸最盛，舞者往来最多。每夕楼灯初上，则箫鼓已纷然自献于下，酒边一笑，所费殊不多，往往至四鼓乃还。自此日盛一日。姜白石有诗云：

    灯已阑珊月色寒，舞儿往往夜深还。
    只应不尽婆娑意，更向街心弄影看。

又云：

    南陌东城尽舞儿，画金刺绣满罗衣。
    也知爱惜春游夜，舞落银蟾不肯归。

吴梦窗《玉楼春》云：

    茸茸狸帽遮梅额⑥。金蝉罗剪胡衫窄。乘肩争看小腰身，倦态强随闲鼓笛。　问称家在城东陌。欲买千金应不惜。归来困顿䭔春眠，犹梦婆娑斜趁拍。

深得其意态也。至节后渐有大队，如四国朝、傀儡、杵歌之类，日趋于盛，其多至数十百队。天府每夕差官点视，各给钱酒油烛，多寡有差，且使之南至升旸宫支酒烛，北至春风楼支钱。终夕天街鼓吹不绝，都民士女，罗绮如云，盖无夕不然也。至五夜⑦，则京尹乘小提轿，诸舞队次第簇拥，前后连亘十余里，锦绣填委，箫鼓振作，耳目不暇给。吏魁以大囊贮楮券，凡遇小经纪人⑧，必犒数十，谓之"买市"。至有黠者，以小盘贮梨、藕数片，腾身送出于稠人之中，支请官钱数次者，亦不禁也。李篔房诗云：

    斜阳尽处荡轻烟，辇路东风入管弦。五夜好春随步暖，一
    年明月打头圆。香尘掠粉翻罗带，蜜炬⑨笼绡斗玉钿。人影渐
    稀花露冷，踏歌声度晓云边。

京尹幕次，例占市西坊繁闹之地，蕡烛糁盆⑩，照耀如昼，其前列荷校⑪囚数人，大书犯由云："某人，为不合抢扑钗环、挨搪⑫妇女。"继而行遣一二，谓之"装灯⑬"，其实皆三狱⑭罪囚，姑借此以警奸民。又分委府僚，巡警风烛，及命都辖房使臣等分任地方，以缉奸盗。三狱亦张灯，建净狱道场，多装狱户故事及陈列狱具。邸第好事者，如清河张府、蒋御药家，间设雅戏、烟火，花边水际，灯烛灿然，游人士女纵观，则迎门酌酒而去。又有幽坊静巷好事之家，多设五色琉璃泡灯⑮，更自雅洁，靓妆笑语，望之如神仙。白石诗云：

    沙河云合无行处，惆怅来游路已迷。
    却入静坊灯火空，门门相似列蛾眉。

又云：

    游人归后天街静，坊陌人家未闭门。
    帘里垂灯照樽俎，坐中嬉笑觉春温。

或戏于小楼，以人为大影戏，儿童喧呼，终夕不绝。此类不可遽数也。西湖诸寺，惟三竺张灯最盛，往往有宫禁所赐、贵珰所遗者，都人好奇，亦往观焉。白石诗云：

　　　　珠珞琉璃到地垂，凤头衔带玉交枝。

　　　　君王不赏无人进，天竺堂深夜雨时。

元夕节物，妇人皆戴珠翠、闹蛾⑯、玉梅、雪柳、菩提叶、灯球、销金合、蝉貂袖、项帕，而衣多尚白，盖月下所宜也。游手浮浪辈则以白纸为大蝉，谓之"夜蛾"；又以枣肉炭屑为丸，系以铁丝燃之，名"火杨梅⑰"。节食所尚，则乳糖圆子⑱、馉饳⑲、科斗粉⑳、馉汤㉑、水晶脍、韭饼及南北珍果，并皂儿糕、宜利少㉒、澄沙团子㉓、滴酥鲍螺㉔、酪面、玉消膏、琥珀饧、轻饧、生熟灌藕、诸色龙缠、蜜煎、蜜裹糖、瓜蒌煎㉕、七宝姜豉、十般糖之类，皆用镂鍮㉖装花盘架车儿，簇插飞蛾，红灯彩盏，歌叫喧阗。幕次往往使之吟叫，倍酬其直。白石亦有诗云：

　　　　贵客钩帘看御街，市中珍品一时来。

　　　　帘前花架无行路，不得金钱不肯回。

竞以金盘钿盒簇钉馈遗，谓之"市食合儿"。翠帘销幕，绛烛笼纱，遍呈舞队，密拥歌姬，脆管清吭，新声交奏，戏具粉婴㉗，鬻歌售艺者，纷然而集。至夜阑，则有持小灯照路拾遗者，谓之"扫街"，遗钿堕珥，往往得之，亦东都遗风也。

【注释】

　　①涌壁：有浮雕像的墙壁。　②噀（xùn）水：喷水。吴文英《霜叶

飞·重飞》:"半壶秋水荐黄花,香噤西风雨。" ③仙韶内人:仙韶,即仙韶院。《旧唐书·文宗纪》:(开成三年四月)"己酉,改法曲为仙韶曲,仍以伶官所处为仙韶院。"相当于早期之宫中梨园。《齐东野语》卷一六:"思陵朝,掖庭有菊夫人者,善歌舞,妙音律,为仙韶院之冠。"内人,宫中女伎艺人。《隋书·房陵王勇传》:"太子左庶子唐令则,策名储贰,位长官僚,谄曲取容,音技自进,躬执乐器,亲教内人,赞成骄侈,导引非法。"《教坊记》:"伎女入宜春院,谓之内人,亦曰前头人,常在上前头也。"王建《御猎》:"新教内人唯射鸭,长随天子苑东游。" ④广寒清虚府:《龙城录》:"开元六年,上皇与申天师、道士鸿都客,八月望日夜,因天师作术,三人同在云上游月中……顷见一大宫府,榜曰广寒清虚之府。" ⑤黄门:即阉人,通称太监。因东汉黄门令、中黄门诸官皆宦者任之,故有是称。 ⑥梅额:《太平御览》卷三〇引《杂行五书》:"宋武帝女寿阳公主,人日卧于含章殿檐下,梅花落公主额上,成五出花,拂之不去。皇后留之,看得几时,经三日,洗之乃落。宫女奇其异,竞效之。今梅花妆是也。" ⑦五夜:《大宋宣和遗事》亨集:"且如前代庆赏元宵,只是三夜。盖自唐玄宗开元年间,谓天官好乐,地官好人,水官好灯。上元时分,乃三官下降之日,故从十四至十六夜,放三夜元宵灯烛。至宋朝开宝年间,有两浙钱王献了两夜浙灯,展了十七、八两夜,谓之五夜元宵。"《能改斋漫录》卷一七:"京师上元,国初放灯止三夕。时钱氏纳土,进钱买两夜。其后十七、十八两夜灯,因钱而添。" ⑧经纪人:从事经营活动的小商贩。《癸辛杂识》别集卷上:"时尚有京师流寓经纪人,如李婆婆鱼羹、南瓦张家圆子之类。"《晦庵别集》卷七:"下等:贫乏小经纪人,及虽有些小店业,买卖不多,并极贫秀才,合请历头人户若干。" ⑨蜜炬:蜜采花蕊,酝酿成蜜,其房如脾,谓之蜜脾。蜜脾之为蜡，可以制烛，是为蜜炬。李贺《河阳歌》："觥船饫口红，蜜炬千枝烂。"　⑩蕡（fén）烛糁（shēn）盆：蕡，麻也。糁，粥凝谓之糁。《荆楚岁时记》："除夕作蕡烛，以麻糁浓油如庭燎。"《熙朝乐事》："除夕架松柴齐屋，举火焚之，谓之糁盆。"二者在此处皆用为火炬之雅语。⑪荷校：即带枷。校，《说文》谓之"木囚"。　⑫挨搪：挨，靠。搪，碰。　⑬装灯：宋时官府于元宵夜处置案犯儆民。　⑭三狱：宋制，京师官寺凡有狱囚皆系开封府司、录司及左右军巡院三处（神宗时曾置大理狱，元祐复废）。南渡后，临安府亦设置左右厢官以听讼，各有囚系，并府狱为三狱。　⑮泡灯：古代一种内燃蜡烛的球形灯具。《梦梁录》卷一："更兼家家灯火，处处管弦，如清河坊蒋检阅家，奇茶异汤，随索随应，点月色大泡灯，光辉满屋，过者莫不驻足而观。"　⑯闹蛾：古代女子头饰。《岁时广记》卷一一："都人上元以白纸为飞蛾，长竹梗标之，命从辛插头上，昼日视之，殊非佳物，至夜，稠人列炬中，纸轻竹弱，纷纷若飞焉。"康与之《瑞鹤仙·上元应制》："闹蛾儿满路，成团打块，簇着冠儿斗转。"王夫之《杂物赞》："以乌金纸剪为蛱蝶，朱粉点染，以小铜丝缠缀针上，旁施柏叶。迎春，元日，冶游者插之巾帽，宋柳永词所谓'闹蛾儿'也，或亦谓之'闹嚷嚷'。"　⑰火杨梅：以色近之故，谓用铁丝串着供烧烤的枣丸。（按：似迟至元代，方有水果名火杨梅，与此处所指不同。《本草乘雅半偈》卷八："元朝饮膳皆以草果为上供，南人用火杨梅伪充豆蔻。"）　⑱圆子：《岁时广记》卷一一："煮糯为丸，糖为臛，谓之圆子。"　⑲䭔餤（duī pāi）：一种饼类食品。　⑳科斗粉：一种用米、面粉做成的小食品，形似蝌蚪。或作"科头"。《乡言解颐》卷四："麦、菽二屑各半，和面，用木床铁漏按入沸汤中，熟而取出，拌卤食之，较之活络、瓢儿漏，柔软细腻。蝌蚪子者，象形也。"《东京梦华录》卷六："都下卖鹌鹑骨饳儿、圆子、馉饳、白肠、水晶脍、科头细粉。"《梦粱录》卷一三："狮子巷口爊耍鱼、罐里爊鸡丝粉、七宝科头。" ㉑馂汤：即盐馂汤。《岁时广记》卷一一："盐馂捻头杂肉煮汤，谓之盐馂汤。" ㉒宜利少：一种甜食糕点。《梦粱录》卷一三："及小儿戏耍家事儿，如戏剧糖果之类：行娇惜、宜娘子、秋千稠糖、葫芦、火斋郎果子、吹糖麻婆子孩儿等……" ㉓团子：用米粉等做成的球形食品。 ㉔滴酥鲍螺：一种含有酥油的糕点。《清稗类钞·饮食类·鲍酪》："乾隆时，有以牛乳煮，令百沸，点以青盐卤，使凝结成饼，佐以香粳米粥，食之，绝佳。复有以蔗饧法制如螺形，甘洁异常。始于鲍氏，故名鲍螺，亦名鲍酪。"滴酥，也称点酥。梅尧臣有诗，题云："余之亲家有女子能点酥为诗，并花果麟凤等物，一皆妙绝，其家持以为岁日辛盘之助。余丧偶，儿女服未除，不作岁，因转赠通判。通判有诗见答，故走笔酬之。" ㉕瓜蒌煎：用蜜或糖浸渍的瓜蒌。《本草纲目》卷一八："栝楼即果裸二字音转也，亦作蓏蓏，后人又转为瓜蒌，愈转愈失其真矣。古者瓜姑同音，故有泽姑之名。齐人谓之天瓜，象形也。……其根作粉，洁白如雪，故谓之天花粉。" ㉖鍮（tōu）：黄铜矿石或自然铜。《一切经音义》："鍮石似金而非金也。" ㉗粉婴：当作"纷缨"，杂乱纠缠。

【评析】

　　文中的"买市"，即在节日的集市上高价购买货物，借机赏赐商贩，为古代官府或富豪推动市场繁荣的一种手段。《癸辛杂识》别集卷上："隆兴间，德寿宫与六宫并于中瓦相对，令修内司染坊，设著位观，孝宗冬月正月孟享回，且就看灯买市。帘前堆垛见钱数万贯，宣押市食歌叫直一贯者，犒之二贯。"《梦粱录》卷一八："杭城风俗，凡百货卖饮食之人，多是装饰车盖担儿，盘盒器皿新洁精巧，以耀人耳目，盖效学汴京气象,及因高宗南渡后,常宣唤买市,所以不敢苟简,食味亦不敢草率也。"《都城纪胜》:"孝宗皇帝孟享回,就观灯买市,帘前排列内侍官,堆垛见钱,宣押市食歌叫,支赐钱物,或有得金银钱者。"又,"姜豉",是以猪肉为原料制作的一种食品。《能改斋漫录》逸文:"今市中所卖姜豉,以细抹猪肉冻而为之,自唐以来有也。《朝野佥载》:姜悔为礼部侍郎,眼不识字,手不解书。滥掌铨衡,曾无分别。《选人歌》曰:'今年选数恰相当,抑由坐主无文章。案后一腔冻猪肉,所以名为姜豉郎。'"《岁时广记》卷一五:"寒食煮豚肉,并汁露顿,候其冻取之,谓之姜豉。以荐饼而食之。或剜以匕,或裁以刀,调以姜豉,故名焉。"《齐东野语》卷九所载可参:"昔传江西一士,求见杨诚斋,颇以该洽自负。越数日,诚斋简之云:'闻公自江西来,配盐幽菽,欲求少许。'士人茫然莫晓,亟往谢曰:'某读书不多,实不知为何物?'诚斋徐检《礼部韵略》豉字示之,注云:'配盐幽菽也。'然其义亦未可深晓。《楚辞》曰:'大苦咸酸辛甘行。'说者曰:'大苦,豉也。言取豉汁调以咸酢椒姜饴蜜,则辛甘之味皆发而行。'然古无豆豉,史游《急就篇》乃有'芜荑盐豉'。《史记·货殖传》有'蘖曲盐豉千答'。《三辅决录》曰:'前对大夫范仲公,盐豉蒜果共一筒。'盖秦、汉以来始有之。"

文中所引诗词,姜夔"灯已阑珊""南陌东城""沙河云合""游人归后"四首,《白石道人诗集》据《武林旧事》辑录,总题作《灯词》。吴文英《玉楼春》(茸茸狸帽遮梅额)一首,《词综》卷一九有词题"京市舞女"。李彭老"斜阳尽处"一首,《宋诗纪事》卷六六据《武林旧事》辑录,题作《元夕》;《日涉园集》卷一〇、《两宋名贤小集》卷一一五题作《都城元夜》,其中,"辇路东风""香尘掠粉""踏歌声度"分别作"辇路东西""香麝掠粉""踏歌吹度"。又,姜夔"贵客钩帘"一

首,乃其《观灯口号十首》其八,其余九首依次为:

其一

世间形象尽成灯,烘火旋纱巧思生。
列肆又多看不遍,游人一一把灯行。

其二

市楼歌吹太喧哗,灯若连珠照万家。
太守令严君莫舞,游人空带玉梅花。

其三

游人总戴孟家蝉,争托星球万眼圆。
闹里传呼大官过,后车多少尽婵娟。

其四

花帽笼头几岁儿,女儿学着内人衣。
灯前月下无归路,不到天明亦不归。

其五

好灯须买不论钱,别有琉璃价百千。
都下贵人多预赏,买时长在一阳前。

其六

珠络琉璃到地垂,凤头衔带玉交枝。
君王不赏无人进,天竺堂深夜雨时。

其七

纷纷铁马小回旋,幻出曹公大战年。
若使英雄知事阙,不教儿女戏灯前。

其九

修内司人编戏鼓,辇官营里独烧灯。

春风到处皆君赐,金柳丝丝满凤城。

其十

正好嬉游天作魔,翠裙无奈雨沾何。

御街暗里无灯火,处处但闻楼上歌。

以上第三首中的"孟家蝉",与本书卷六之称歌妓名不同。《中兴小纪》卷五引朱胜非《闲居录》曰:"元祐末,哲宗方择后,京师里巷作打球戏,以一击入窠者为胜,谓之孟入。绍圣间,宫掖造禁缬,有匠者姓孟,献新样,两大蝴蝶相对,缭以结带,曰孟家蝉。民间竞服之。未几后废,处瑶华道宫。议者皆以为谶,蝉者禅也,出家之兆也。"歌妓取为名号,或以此。《萍洲可谈》卷一所云亦可参:"子瞻元祐中知杭州,筑大堤西湖上,人呼为苏公堤,属吏刻石榜名。世俗以富贵相高,以堤音低,颇为语忌。未几,子瞻迁责。时孟氏作后,京师衣饰画作双蝉,目为孟家蝉。识者谓蝉有禅意,久之后竟废。"

舞 队

大小全棚傀儡：查查鬼（查大）、李大口（一字口）、贺丰年、长瓠敛（长头）、兔吉（兔毛大伯）、吃遂、大憨儿、粗旦、麻婆子、快活三郎、黄金杏、瞎判官、快活三娘、沈承务、一脸膜、猫儿相公、洞公觜、细旦①、河东子、黑遂、王铁儿、交椅、夹棒、屏风、男女竹马②、男女杵歌、大小斫刀鲍老③、交衮鲍老、子弟清音、女童清音、诸国献宝、穿心国入贡、孙武子教女兵、六国朝④、四国朝、遏云社、绯绿社、胡安女、凤阮嵇琴、扑蝴蝶、回阳丹、火药、瓦盆鼓⑤、焦锤架儿、乔三教、乔迎酒、乔亲事、乔乐神（马明王）、乔捉蛇、乔学堂、乔宅眷、乔像生⑥、乔师娘、独自乔、地仙、旱划船、教象、装态、村田乐、鼓板、踏橇⑦、扑旗、抱锣⑧、装鬼、狮豹、蛮牌、十斋郎、耍和尚、刘衮、散钱行、货郎、打娇惜⑨。

其品甚夥，不可悉数。首饰衣装，相衿侈靡，珠翠锦绮，眩耀华丽，如傀儡、杵歌、竹马之类，多至十余队。十二、十三两日，国忌禁乐，则有装宅眷笼灯，前引珠翠，盛饰少年尾其后，诃殿而来，卒然遇之，不辨真伪。及为乔经纪人，如卖蜂糖饼、小八块风子、卖字本、虔婆卖旗儿之类，以资一笑者尤多也。

【注释】

①细旦：《梦梁录》卷一："官巷口、苏家巷二十四家傀儡，衣装鲜丽，细旦戴花朵口肩、珠翠冠儿，腰肢纤袅，宛若妇人。"可见，其与"粗旦"都是由男子戴妇人假面扮演的戏弄，跟唐代的"弄假妇人"属于同一性质。　②竹马：儿童游戏时当马骑的竹竿，及由此发展而来的竹马游艺。《博物志》："小儿五岁曰鸠车之戏，七岁曰竹马之戏。"　③鲍老：宋元戏曲、傀儡戏和舞队中经常出现的引人笑乐的人物。杨亿《咏傀儡》："鲍老当筵笑郭郎，笑他舞袖太郎当。若教鲍老当筵舞，转更郎当舞袖长。"《繁胜录》记"福建鲍老一社有三百余人，川鲍老亦有一百余人"。可见"鲍老"的表演在宋代很为盛行。南北曲牌有《鲍老儿》《鲍老催》《耍鲍老》，当为其表演时所唱之曲。　④六国朝：曲牌名。属北曲大石调，字数定格为四、四、五、五、五、四、五、四、六、六、五、五（十二句）。联套时，置于《念奴娇》之后。　⑤瓦盆鼓：所演之事出自《庄子·至乐》："庄子妻死，惠子吊之，庄子则方箕踞鼓盆而歌。惠子曰：'与人居，长子、老、身死，不哭，亦足矣，又鼓盆而歌，不亦甚乎！'庄子曰：'不然。是其始死也，我独何能无概然！察其始而本无生，非徒无生也而本无形，非徒无形也而本无气。杂乎芒芴之间，变而有气，气变而有形，形变而有生，今又变而之死，是相与为春秋冬夏四时行也。人且偃然寝于巨室，而我噭噭然随而哭之，自以为不通乎命，故止也。'"　⑥乔像生：乔，古代戏曲术语。以夸张的滑稽动作，表演各种人物、事件，以为笑乐。纽元子极善口技，模拟各种声音惟妙惟肖，人们把这种技艺叫作"像生"。宋代艺人在"像生"的基础上，杂以插科打诨，令人捧腹，称为"乔像生"。明清时，"像生"讹作"相声"。　⑦踏

橇:宋时百戏之一,犹今之踩高跷。 ⑧抱锣:宋代百戏之一种,《东京梦华录》卷七:"烟火大起,有假面披发、口吐狼牙、烟火,如鬼神状者上场,着青帖金花短后之衣,帖金皂裤,跣足,携大铜锣,随身步舞而进退,谓之抱锣。" ⑨打娇惜:百戏之一种,或为宋代儿童舞蹈之一。《都城纪胜》:"又有专卖小儿戏剧糖果,如打娇惜、虾须、糖宜娘、打秋千、稠饧之类。"《梦粱录》卷一三:"及小儿戏耍家事儿,如戏剧糖果之类:行娇惜、宜娘子、秋千稠糖……"

【评析】

文中"孙武子教女兵",所演之事应出自《史记·孙子吴起列传》:

孙子武者,齐人也。以兵法见于吴王阖庐。阖庐曰:"子之十三篇,吾尽观之矣,可以小试勒兵乎?"对曰:"可。"阖庐曰:"可试以妇人乎?"曰:"可。"于是许之,出宫中美女,得百八十人。孙子分为二队,以王之宠姬二人各为队长,皆令持戟。令之曰:"汝知而心与左右手背乎?"妇人曰:"知之。"孙子曰:"前,则视心;左,视左手;右,视右手;后,即视背。"妇人曰:"诺。"约束既布,乃设鈇钺,即三令五申之。于是鼓之右,妇人大笑。孙子曰:"约束不明,申令不熟,将之罪也。"复三令五申而鼓之左,妇人复大笑。孙子曰:"约束不明,申令不熟,将之罪也;既已明而不如法者,吏士之罪也。"乃欲斩左右队长。吴王从台上观,见且斩爱姬,大骇。趣使使下令曰:"寡人已知将军能用兵矣。寡人非此二姬,食不甘味,愿勿斩也。"孙子曰:"臣既已受命为将,将在军,君命有所不受。"遂斩队长二人以徇。用其次为队长,于是复鼓之。妇人左右前后跪起皆中规矩绳墨,无敢出声。于是孙子使使报王曰:"兵既整齐,王可试下观之,唯王所欲用之,虽赴水火犹可也。"吴王曰:"将军罢休就舍，寡人不愿下观。"孙子曰："王徒好其言，不能用其实。"于是阖庐知孙子能用兵，卒以为将。西破强楚，入郢，北威齐、晋，显名诸侯，孙子与有力焉。

又，"马明王"，蚕神马头娘别称，当系神话传说和宗教相杂糅的产物。《搜神记》卷一四云："旧说太古之时，有大人远征，家无余人，唯有一女。牡马一匹，女亲养之。穷居幽处，思念其父，乃戏马曰：'尔能为我迎得父还，吾将嫁汝。'马既承此言，乃绝缰而去。径至父所。父见马惊喜，因取而乘之。马望所自来，悲鸣不已。父曰：'此马无事如此，我家得无有故乎！'亟乘以归。为畜生有非常之情，故厚加刍养。马不肯食。每见女出入，辄喜怒奋击。如此非一。父怪之，密以问女，女具以告父，必为是故。父曰：'勿言。恐辱家门。且莫出入。'于是伏弩射杀之。暴皮于庭。父行，女与邻女于皮所戏，以足蹙之曰：'汝是畜生，而欲取人为妇耶！招此屠剥，如何自苦！'言未及竟，马皮蹶然而起，卷女以行。邻女忙迫，不敢救之。走告其父。父还求索，已出失之。后经数日，得于大树枝间，女及马皮，尽化为茧，而绩于树上。其茧纶理厚大，异于常蚕。邻妇取而养之。其收数倍。因名其树曰桑。桑者，丧也。由斯百姓竞种之，今世所养是也。言桑蚕者，是古蚕之余类也。"

灯 品

灯品至多，苏、福为冠，新安①晚出，精妙绝伦。所谓"无骨灯"者，其法用绢囊贮粟为胎，因之烧缀，及成，去粟，则混然玻璃球也。景物奇巧，前无其比。又为大屏，灌水转机，百物活动。赵忠惠守吴日②，尝命制春雨堂五大间，左为汴京御楼，右为武林灯市，歌舞杂艺，纤悉曲尽。凡用千工。外此有魫③灯，则刻镂金珀玳瑁以饰之。珠子灯则以五色珠为网，下垂流苏，或为龙船、凤辇、楼台故事。羊皮灯则镞镂精巧，五色妆染，如影戏④之法。罗帛灯之类尤多，或为百花，或细眼，间以红白，号"万眼罗"者，此种最奇。外此有五色蜡纸，菩提叶，若沙戏⑤影灯马骑人物，旋转如飞。又有深闺巧娃，剪纸而成，尤为精妙。又有以绢灯剪写诗词，时寓讥笑，及画人物，藏头隐语，及旧京诨语，戏弄行人。有贵邸尝出新意，以细竹丝为之，加以彩饰，疏明可爱。穆陵喜之，令制百盏，期限既迫，势难卒成，而内苑诸珰，耻于不自己出，思所以胜之。遂以黄草布⑥剪镂，加之点染，与竹无异，凡两日，百盏已进御矣。

【注释】

①新安：安徽歙县与休宁。休宁本歙县地，古名海阳，隋、唐时，两

县迻为新安郡治。 ②"赵忠惠"句：赵与蒠，卒谥忠惠。尝于宝祐六年任建康知府。 ③鮷（shěn）：鱼脑骨。张先《玉树后庭花》："宝床香重春眠觉。鮷窗难晓。" ④影戏：古代的一种用灯光照物显影而进行的戏曲表演，用手显影称为手影戏，用剪纸或皮革制作的人物显影称为皮影戏。《都城纪胜》："凡影戏乃京师人初以素纸雕镞，后用彩色装皮为之，其话本与讲史书者颇同，大抵真假相半，公忠者雕以正貌，奸邪者与之丑貌，盖亦寓褒贬于市俗之眼戏也。" ⑤沙戏：宋时绘有图案的一种纸质玩具。《梦粱录》卷一三："春冬扑卖玉栅小球灯、奇巧玉栅屏风、捧灯球、快行胡女儿沙戏、走马灯、闹鹅儿、玉梅花……等物。" ⑥黄草布：以黄草芯制成的布。《癸辛杂识》续集卷下："每以芒种前，以黄草布作小囊，贮虫子十余枚，遍挂之树间。"

【评析】

文中"藏头"，即藏头诗，也称藏头拆字诗，所谓"每句头字皆藏于每句尾字也"（《文体明辨》）。如白居易《游紫霄宫》、孔平仲《呈章子平》：

水洗尘埃道未尝，甘于名利两相忘。心怀六洞丹霞客，口诵三清紫府章。十里采莲歌达旦，一轮明月桂飘香。日高公子还相觅，见得山中好酒浆。

玉骆声华星斗傍，方州投老憩甘棠。木逃剪伐枝长碧，石耐镌磨性有常。巾褚藏经勤问学，子孙传业富文章。十年流落归何暮，日听除书侍玉皇。

又，"穆陵"为绍兴宋六陵之一。宋六陵共葬有七位宋朝皇帝：徽宗永佑陵、高宗永思陵、孝宗永阜陵、光宗永崇陵、宁宗永茂陵、理宗永穆陵、度宗永绍陵。因其建制简陋，后人称为"攒宫"。宋六陵于至元二十二年（1285）被杨琏真伽盗掘。《癸辛杂识》续集卷上对盗掘一事有比较详细的记载：

> 杨髡发陵之事人皆知之，而莫能知其详。余偶录得当时其徒互告状一纸，庶可知其首尾。云：至元二十二年八月内，有绍兴路会稽县泰宁寺僧宗允、宗恺，盗斫陵木，与守陵人争诉。遂称亡宋陵墓，有金玉异宝，说诱杨总统，诈称杨侍郎、汪安抚侵占寺地为名，出给文书，将带河西僧人，部领人匠丁夫，前来将宁宗、杨后、理宗、度宗四陵，盗行发掘，割破棺椁，尽取宝货，不计其数。又断理宗头，沥取水银、含珠，用船装载宝货，回至迎恩门。有省台所委官拦挡不住，亦有台察陈言，不见施行。其宗允、宗恺并杨总统等发掘得志，又于当年十一月十一日前来，将孟后、徽宗、郑后、高宗、吴后、孝宗、谢后、光宗等陵尽发掘，劫取宝货，毁弃骸骨。其下本路文书，只言争寺地界，并不曾说开发坟墓，因此江南掘坟大起，而天下无不发之墓矣。其宗恺与总统分赃不平，已受杖而死。有宗允者，见为寺主，多蓄宝货，豪霸一方。

《南村辍耕录》卷四所载发陵时间则为戊寅（1278）。

夏承焘《〈乐府补题〉考》提出"寄托发陵说"，认为：《乐府补题》诸作殆有感于杨琏真伽发越陵而作。依周（济）、王（树荣）之说而详推之，大抵龙涎香、莼、蟹以指宋帝，蝉与白莲则托喻后妃。故赋龙涎香屡曰"骊宫""惊蛰"，赋莼赋蟹屡曰"秦宫""髯影"，赋蝉屡用"齐姬""齐宫""故宫""深宫"，赋莲亦屡用"霓裳""太液""环妃""瑶台"，他若"露盘""枯蜕"之辞，不厌稠叠。不一而足。（详参《唐宋词人年谱·周草窗年谱》附）也有学者持反寄托发陵说，代表性论文包括：萧鹏《〈乐府补题〉寄托发微——与夏承焘先生商榷》、欧阳光《六陵冬青之役考述》、刘荣平《释"知君种年星在尾"——对杨琏真伽发宋陵时间之坚证的考辨兼论〈乐府补题〉寄托发陵说不能成立》。大体而言，《乐府补题》诸作寄托容有之，却未必与发陵相关。

挑 菜

二月一日，谓之"中和节"，唐人最重，今惟作假，及进单罗御服，百官服单罗公裳而已。二日，宫中排办挑菜①御宴。先是，内苑预备朱绿花斛，下以罗帛作小卷，书品目于上，系以红丝，上植生菜、荠花诸品。俟宴酬乐作，自中殿②以次，各以金篦挑之。后妃、皇子、贵主③、婕妤④及都知⑤等，皆有赏无罚。以次每斛十号，五红字为赏，五黑字为罚。上赏则成号真珠、玉杯、金器、北珠、篦环、珠翠、领抹，次亦铤⑥银、酒器、冠镯、翠花、段帛、龙涎、御扇、笔墨、官窑、定器⑦之类。罚则舞唱、吟诗、念佛、饮冷水、吃生姜之类。用此以资戏笑。王宫贵邸，亦多效之。

【注释】

①挑菜：唐代风俗，农历二月初二，曲江拾菜，士民游观其间，谓之挑菜节。宋时亦指当天在宫内举办的挑菜宴。白居易《二月二日》："二月二日新雨晴，草芽菜甲一时生。轻衫细马春年少，十字津头一字行。"贺铸《薄幸》："自过了收灯后，都不见、踏青挑菜。"陆游《水龙吟》："挑菜初闲，禁烟将近，一城丝管。" ②中殿：即皇后。《齐东野语》卷七："将作监谢堂，外戚之贪黠者也。狠愎之性，喜于凌物，攫拿之状，旁若无人，不曰'以备中殿宣索'，则曰'当取教旨豁除'。椒德令芳，

天下备颂，不去一堂，必为宫闱之累。"　③贵主：即公主。《后汉书·窦宪传》："宪恃宫掖声势，遂以贱直请夺沁水公主园田，主逼畏，不敢计。后肃宗驾出过园，指以向宪，宪阴喝不得对。后发觉，帝大怒，召宪切责曰：'深思前过，夺主田园时，何用愈赵高指鹿为马？久念使人惊怖。昔永平中，常令阴党、阴博、邓叠三人更相纠察，故诸豪戚莫敢犯法者，而诏书切切，犹以舅氏田宅为言。今贵主尚见枉夺，何况小人哉！国家弃宪如孤雏腐鼠耳。'宪大震惧，皇后为毁服深谢，良久乃得解，使以田还主。虽不绳其罪，然亦不授以重任。"　④婕妤：汉武帝时置，将后妃爵列分为十四等：昭仪、婕妤、娥、容华、美人、八子、充依、七子、良人、长使、少使、五官、顺常、无涓。位视上卿，秩比列侯。　⑤都知：入内内侍省都知、内侍省都知通称，正六品，位次于都都知。《庆元条法事类·官品令》："入内内侍省、内侍省押班……为正六品。"　⑥铤(dìng)：《淮南子》许慎注："铤者，金银铜等未成器，铸作片，名曰铤。"　⑦定器：定窑出产的瓷器。《老学庵笔记》卷二："故都时，定器不入禁中，惟用汝器，以定器有芒也。"

【评析】

中和节，是唐德宗时期确定的节日。《旧唐书·德宗纪》《新唐书·李泌传》云：

> 自今宜以二月一日为中和节，以代正月晦日，备三令节数，内外官司休假一日。宰臣李泌请中和节日令百官进农书，司农献穜稑之种，王公戚里上春服，士庶以刀尺相问遗，村社作中和酒，祭勾芒以祈年谷。从之。

> 帝以前世上巳、九日，皆大宴集，而寒食多与上巳同时，欲以三月名节，自我为古，若何而可？泌请废正月晦，以二月朔为中和节，

因赐大臣戚里尺,谓之裁度。民间以青囊盛百谷瓜果种相问遗,号为献生子。里闾酿宜春酒,以祭勾芒神,祈丰年。百官进农书,以示务本。

又,杨万里《二月一日郡圃寻春二首》:"中和节里半春天,一拂清寒半点暄。憔悴不胜梅欲落,娇饶无对杏初繁。""花绕朱檐柳绕栏,小亭面面锦团栾。春风横欲欺诗瘦,且下东窗护嫩寒。"当然,其中的有些活动内容并非自唐代始。

中和,当源出《中庸》:"喜怒哀乐之未发,谓之中;发而皆中节,谓之和。中也者,天下之大本也;和也者,天下之达道也。致中和,天地位焉,万物育焉。"《列子·黄帝》中的寓言故事,可以帮助理解其意:

赵襄子率徒十万狩于中山,藉芿燔林,扇赫百里。有一人从石壁中出,随烟烬上下,众谓鬼物。火过,徐行而出,若无所经涉者。襄子怪而留之。徐而察之:形色七窍,人也;气息音声,人也。问奚道而处石?奚道而入火?其人曰:"奚物而谓石?奚物而谓火?"襄子曰:"而向之所出者,石也;而向之所涉者,火也。"其人曰:"不知也。"魏文侯闻之,问子夏曰:"彼何人哉?"子夏曰:"以商所闻夫子之言,和者大同于物,物无得伤阂者,游金石,蹈水火,皆可也。"文侯曰:"吾子奚不为之?"子夏曰:"刳心去智,商未之能。虽然,试语之有暇矣。"文侯曰:"夫子奚不为之?"子夏曰:"夫子能之而能不为者也。"文侯大说。

进　茶

仲春上旬，福建漕司进第一纲蜡茶[①]，名"北苑[②]试新"，皆方寸小夸[③]。进御止百夸，护以黄罗软盝，藉以青箬，裹以黄罗夹复，臣封朱印，外用朱漆小匣镀金锁，又以细竹丝织笈贮之，凡数重。此乃雀舌水芽所造，一夸之值四十万，仅可供数瓯之啜耳。或以一二赐外邸，则以生线分解，转遗好事，以为奇玩。茶之初进御也，翰林司例有品尝之费，皆漕司邸吏赂之。间不满欲，则入盐少许，茗花为之散漫，而味亦漓矣。禁中大庆贺，则用大镀金氅，以五色韵果簇钉龙凤[④]，谓之"绣茶"，不过悦目。亦有专其工者，外人罕知，因附见于此。

【注释】

①第一纲蜡茶：南宋的贡茶品第，有细色五纲、粗色七纲。《北苑别录》：细色第一纲，龙焙新贡，水芽；细色第二纲，龙焙试新，水芽；细色第三纲，龙团胜雪，水芽；细色第四纲，龙团胜雪、无比寿芽、万寿银芽、宜年宝玉、玉清庆云、无疆寿芽、玉叶长春、瑞云翔龙、长寿玉圭；细色第五纲，太平嘉瑞、龙苑报春、南山应瑞。细色第四纲以下，用小芽或中芽制造。粗色主要采用拣芽制成。蜡茶，产自福建建瓯。《演繁露》续集卷五："建茶名蜡茶，为其乳泛汤面，与镕蜡相似，故名蜡面茶也。"

《杨文公谈苑》记其凡十品：龙、凤茶，京挺，的乳，石乳，白乳，头金，蜡面，头骨，次骨。"龙茶以供乘舆及赐执政、亲王、长主，余皇族、学士、将帅皆得凤茶，舍人、近臣赐京挺、的乳，馆阁赐白乳。"　②北苑：《梦溪笔谈》补笔谈卷一："建茶之美者，号北苑茶。今建州凤凰山，土人相传谓之北苑，言江南尝置官领之，谓之北苑使。予因读李后主文集，有《北苑诗》及《北苑纪》，知北苑乃江南禁苑，在金陵，非建安也。江南北苑使，正如今之内园使。李氏时有北苑使善制茶，人竞贵之，谓之北苑茶，如今茶器中有学士瓯之类，皆因人得名.非地名也。丁晋公为《北苑茶录》云：'北苑，地名也，今曰龙焙。'又云：'苑者，天子园囿之名。此在列郡之东隅，缘何却名北苑？'丁亦自疑之，盖不知北苑茶本非地名。始因误传，自晋公实之于书，至今遂谓之北苑。"《宋史·食货志》："建宁蜡茶，北苑为第一。"　③夸：当作"銙"（kuǎ），古代腰带上的扣版，受环悬物，后用作装饰。此谓茶饼形制仿銙形。　④自"进御"以下：篛（ruò），若竹而柔弱，故名。笈（jí），《玉篇·竹部》："笈，负书箱也。"漓，陆游《散步湖上至野人家》："渔翁留客频辞谢，鸡瘦难烹酒味漓。"氅（piè），一种盛茶酒的器具。韵果，宋代一种甜食点心。簇钉，积叠果饵于盘上以为陈设。葛长庚《鹧鸪天》："人似玉，酒如饧。果盘簇钉不知名。"

【评析】

　　王巩《随手杂录》记云："子瞻自杭召归，过宋，语余曰：在杭时，一日中使至，既行，送之望湖楼上，迟迟不去。时与监司同席，已而曰：'某未行，监司莫可先归。'诸人既去，密语子瞻曰：'某出京师辞官家，官家曰：辞了娘娘了来。某辞太后殿，复到官家处，引某至一柜子旁，出此一角，密语曰：赐与苏轼，不得令人知。'遂出所赐，乃茶一斤，封题皆御笔。子瞻具札子附进称谢。至宋，语余曰：'且教子由伏事娘娘，我小使头出来，自家门打一解。'哲宗眷遇如此，复为大臣谗逐，至贬海岛，命矣。"宋哲宗赐给苏轼的，正是名贵而又神秘的密云龙茶。此茶，苏轼曾以《行香子》调咏之："绮席才终。欢意犹浓。酒阑时、高兴无穷。共夸君赐，初拆臣封。看分香饼，黄金缕，密云龙。　斗赢一水。功敌千钟。觉凉生、两腋清风。暂留红袖，少却纱笼。放笙歌散，庭馆静，略从容。"题注云："密云龙，茶名，极为甘馨。宋廖正一字明略，晚登苏东坡之门。公大奇之。时黄、秦、晁、张号苏门四学士，东坡待之厚，每来，必令侍妾朝云取密云龙。家人以此知之。一日，又命取密云龙。家人谓是四学士；窥之，乃廖明略也。""东坡待之厚"的原因，在于廖正一与李格非、李禧、董荣齐名，时人号为"后四学士"。(按："后四学士"，出自韩淲《涧泉日记》卷上："廖正一明略、李格非文叔、李禧膺仲、董荣武子，时号'后四学士'。明略有《竹林集》，文叔有《济北集》，膺仲、武子文集未之见也。"余参祝尚书《苏门"后四学士"考论》。)

又，称皇帝为"官家"，除本书中总共出现二十余次外，周密《齐东野语》卷一中也有一例："一日，密谕尚食内侍云：'官家食素多时，甚觉清瘦，汝辈可自作商量。'"其实六朝已然。如《晋书·石季龙载记上》："官家难称，吾欲行冒顿之事，卿从我乎？"《资治通鉴·晋成帝成康三年》注："称天子为官家，始见于此。西汉谓天子为县官，东汉谓天子为国家，故兼而称之。"而宋代之所以盛行，应该是因为当时的皇帝喜好这一称谓。《儒林公议》与《湘山野录》卷下分别所记，可为旁证：

太宗尝问杜镐曰："今人皆呼朕为官家，其义未谕，何谓也？"

镐对曰："臣闻三皇官天下，五帝家天下。考诸古谊，深合于此。"上甚悦其对。(按：《类说》卷一八所载，易"杜镐"为徐铉；卷四五又载下条内容，与《事实类苑》卷一五、《事物纪原》卷一等大同小异。)

李侍读仲容魁梧善饮，两禁号为"李万回"。真庙饮量近臣无拟者，欲敌饮，则召公。公居常寡谈，颇无记论，酒至酣则应答如流。一夕，真宗命巨觥，俾满饮，欲剧观其量。引数大醉，起，固辞曰："告官家撤巨器。"上乘醉问之："何故谓天子为官家？"遽对曰："臣尝记蒋济《万机论》，言三皇官天下，五帝家天下，兼三、五之德，故曰'官家'。"上甚喜。从容数杯，上又曰："正所谓'君臣千载遇'也。"李亟曰："臣惟有'忠孝一生心'。"纵冥搜不及于此。

赏　花

禁中赏花非一。先期后苑及修内司分任排办，凡诸苑亭榭花木，妆点一新，锦帘绡幕，飞梭绣球，以至茵褥设放，器玩盆柈①，珍禽异物，各务奇丽。又命小珰、内司列肆关扑②、珠翠冠朵、篦环绣段、画领花扇、官窑定器、孩儿戏具、闹竿③龙船等物，及有买卖果木酒食、饼饵蔬茹之类，莫不备具，悉效西湖景物。起自梅堂赏梅，芳春堂赏杏花，桃源观桃，粲锦堂金林檎④，照妆亭海棠，兰亭修禊，至于钟美堂赏大花为极盛。堂前三面，皆以花石为台三层，各植名品，标以象牌，覆以碧幕；台后分植玉绣球数百株，俨如镂玉屏；堂内左右各列三层雕花彩槛，护以彩色牡丹画衣，间列碾玉水晶金壶，及大食玻璃、官窑等瓶，各簪奇品，如姚、魏⑤、御衣黄、照殿红之类几千朵；别以银箔间贴大斛，分种数千百棵，分列四面；至于梁栋窗户间，亦以湘筒⑥贮花，鳞次簇插，何翅万朵。堂中设牡丹红锦地茵，自殿中、妃嫔以至内官，各赐翠叶牡丹、分枝铺翠牡丹、御书画扇、龙涎金盒之类有差。下至伶官乐部应奉等人，亦沾恩赐，谓之"随花赏"。或天颜悦怿，谢恩赐予，多至数次。至春暮，则稽古堂、会瀛堂赏琼花，静侣堂紫笑，净香亭采兰挑笋，则春事已在绿阴芳草间矣。大抵内宴赏，初坐、再坐、插食盘架者，谓之"排当"，否则但谓之"进酒"⑦。

【注释】

①盆窠：盆景。《梦梁录》卷一九："又有钱塘门外溜水桥东西马塍诸圃，皆植怪松异桧，四时奇花，精巧窠儿，多为龙蟠凤舞、飞禽走兽之状，每日市于都城，好事者多买之，以备观赏也。"董嗣杲《石榴花》："别有盆窠培埴异，浅黄深碧不相同。"　②列肆关扑：列肆，即市中所设商铺。《史记·平准书》："今弘羊令吏坐市列肆，贩物求利。"关扑，赌戏名。犹今抽签得物、套圈取胜诸端。《东京梦华录》卷六："正月一日年节，开封府放关扑三日。士庶自早互相庆贺，坊巷以食物、动使、果实、柴炭之类，歌叫关扑。如马行、潘楼街、州东宋门外、州西梁门外踊路、州北封丘门外及州南一带，皆结彩棚，铺陈冠梳、珠翠、头面、衣着、花朵、领抹、靴鞋、玩好之类，间列舞场歌馆，车马交驰。向晚，贵家妇女纵赏关赌，入场观看，入市店饮宴，惯习成风，不相笑讶。至寒食冬至三日亦如此。"　③闹竿：敷饰彩色的长竿。《梦梁录》卷一九："内侍蒋苑使住宅侧筑一圃，亭台花木，最为富盛，每岁春月，放人游玩，堂宇内顿放买卖关扑，并体内庭规式，如龙船、闹竿、花篮、花工，用七宝珠翠，奇巧装结，花朵冠梳，并皆时样。"马臻《西湖春日壮游即事二十首》其四："镂玉雕琼簇闹竿，珠花翠叶缕金篮。东家年少贪游冶，正值明朝三月三。"　④林檎：即沙果，也称花红、来禽、文林郎果。或谓此果味甘，果林能招众禽。《本草纲目》卷三○："林檎即柰之小而圆者。其味酢者，即楸子也。其类有金林檎、红林檎、水林檎、蜜林檎、黑林檎，皆以色味立名。黑者色似紫柰。"　⑤姚、魏：欧阳修《洛阳牡丹记》："姚黄者，千叶，黄花，出于民姚氏家……魏家花者，千叶，肉红

花,出于魏相(仁溥)家。" ⑥湘筒:竹筒的雅称。《博物志》:"舜死,二妃泪下,染竹即斑。妃死,为湘水神,故曰湘妃竹。" ⑦"大抵"数句:排当,谓宋代宫中宴会。《宋史·曹辅传》:"自政和后,帝多微行,乘小轿子,数内臣导从。置行幸局,局中以帝出日谓之有排当,次日未还,则传旨称疮痍,不坐朝。"又,作为区别于"进酒"关键的"插食盘架",是指专门用来放置食物的木架子。

【评析】

关于赏花,可以拿来对照参考的,是《梦粱录》卷一八"物产"门开列的一张名为"花之品"的群芳谱,详细记录时人所栽培和喜爱的上百种花卉名称,包括:牡丹(另有一种冬开牡丹,还有一种秋开牡丹),芍药(又有早绯玉、缀露、千叶等),梅花(有绿萼、千叶、香梅等),红梅(有福州红、潭州红、柔枝、千叶、邵武红等),腊梅,碧蝉,棠棣,金林檎,郁李,迎春,长春,桃花(有单叶、千叶、饼子、绯桃、白桃),杏花,玉簪,水仙,蔷薇,宝相,月季,小牡丹,粉团,徘徊,佛见笑,聚八仙,百合,滴滴金,木香,荼蘼,樱桃花,萱草,栀子,蜜友,金橙,金沙,山丹,真珠,剪红罗,锦带,锦堂春,笑靥,大笑,金钵盂,菊花(共有七十余种),荷花,瑞香,红辛夷,蕙,兰,紫薇花,紫杨,紫荆花,鸡冠,凤仙,杜鹃,蜀葵,黄葵,映山红花,金银莲子花,罂粟,七里香,橙花,榴花(有单叶、千叶、色有数十样),木犀,山茶,磬口茶,玉茶,千叶多心茶,秋茶,木芙蓉。而且,提到这些花卉时,又往往在后面附载相当数量的相关咏花诗篇。即此一点,已可见出宋人赏花活动之频密,乐此不疲的浓郁兴致,及其日常生活的诗意化。

《梦粱录》卷六还记载过一份详备的赐花名录(可作制度看),录以附参:

其臣僚花朵，各依官序赐之：宰臣枢密使合赐大花十八朵、栾枝花十朵，枢密使同签书枢密使院事赐大花十四朵、栾枝花八朵，敷文阁学士赐大花十二朵、栾枝花六朵，知阁官系正任承宣观察使赐大花十朵、栾枝花八朵，正任防御使至刺史各赐大花八朵、栾枝花四朵，横行使副赐大花六朵、栾枝花二朵，待制官大花六朵、栾枝花二朵，横行正使赐大花八朵、栾枝花四朵，武功大夫至武翼赐大花六朵，正使皆栾枝花二朵，带遥郡赐大花八朵、栾枝花二朵，閤门宣赞舍人大花六朵，簿书官加栾枝花二朵，閤门祗候大花六朵、栾枝花二朵，枢密院诸房逐房副使承旨大花六朵，大使臣大花四朵，诸色祗应人等各赐大花二朵。自训武郎以下、武翼郎以下，并带职人并依官序赐花簪戴。

卷三

西湖游幸（都人游赏）

淳熙间，寿皇以天下养，每奉德寿、三殿①游幸湖山，御大龙舟，宰执从官，以至大珰、应奉、诸司及京府弹压等，各乘大舫，无虑数百。时承平日久，乐与民同，凡游观买卖，皆无所禁。画楫轻舫，旁午②如织。至于果蔬、羹酒、关扑、宜男、戏具、闹竿、花篮、画扇、彩旗、糖鱼、粉饵、时花、泥婴等，谓之"湖中土宜③"。又有珠翠、冠梳、销金彩段、犀钿、髹漆④、织藤、窑器、玩具等物，无不罗列。如先贤堂、三贤堂、四圣观等处最盛。或有以轻桡趁逐求售者。歌妓舞鬟，严妆自炫，以待招呼者，谓之"水仙子"。至于吹弹、舞拍、杂剧、杂扮、撮弄、胜花⑤、泥丸、鼓板、投壶⑥、花弹、蹴踘⑦、分茶⑧、弄水、踏混木、拨盆、杂艺、散耍、讴唱、息器、教水族飞禽、水傀儡、鬻水道术、烟火、起轮、走线、流星、水爆、风筝，不可指数，总谓之"赶趁人⑨"。盖耳目不暇给焉。御舟四垂珠帘锦幕，悬挂七宝珠翠，龙船梭子、闹竿、花篮等物；宫姬韶部，俨如神仙；天香浓郁，花柳避妍。小舟时有宣唤赐予，如宋五嫂鱼羹，尝经御赏，人所共趋，遂成富媪。朱静佳六言诗云："柳下白头钓叟，不知生长何年。前度君王游幸，卖鱼收得金钱。"往往修旧京金明池故事，以安太上之心，岂特事游观之美哉？湖上御园，南有聚景、真珠、南屏，北有集芳、延祥、玉壶，然亦多幸聚景焉。一日，御舟经断桥，桥旁有小酒肆，颇雅洁，中饰素屏，书《风入松》一词于上，光尧驻目称赏久之。宣问何人所作，乃太学生俞国宝醉笔也。其词云："一春长费买花钱。日日醉湖边。玉骢惯识西泠路，骄嘶过、沽酒楼前。红杏香中歌舞，绿杨影里秋千。　东风十里丽人天。花压鬓云偏。画船载取春归去，余情在、湖水湖烟。明日重携残酒，来寻陌上花钿。"上笑曰："此词甚好，但末句未免儒酸。"因为改定，云："'明日重扶残醉'，则迥不同矣。"即日命解褐⑩云。西湖天下景，朝昏晴雨，四序总宜；杭人亦无时而不游，而春游特盛焉。承平时，头船如大绿、间绿、十样锦、百花宝、胜明玉之类，何翅百余；其次则不计其数，皆华丽雅靓，夸奇竞好。而都人凡缔姻、赛社、会亲、送葬、经会、献神，仕宦恩赏之经营，禁省台府之嘱托，贵珰要地，大贾豪民，买笑千金，呼卢⑪百万，以至痴儿骏子⑫，密约幽期，无不在焉。日糜金钱，靡有纪极⑬，故杭谚有"销金锅儿"之号，此语不为过也。

都城自过收灯，贵游巨室，皆争先出郊，谓之"探春"，至禁烟⑭为最盛。龙舟十余，彩旗叠鼓，交午曼衍，粲如织锦。内有曾经宣唤者，则锦衣花帽，以自别于众。京尹为立赏格，竞渡争标，内珰贵客，赏犒无算。都人士女，两堤骈集，几于无置足地；水面画楫，栉比如鱼鳞，亦无行舟之路。歌欢箫鼓之声，振动远近，其盛可以想见。若游之次第，则先南而后北，至午则尽入西泠桥里湖，其外几无一舸矣。弁阳老人有词云："看画船，尽入西泠，闲却半湖春色。"盖纪实也。既而小泊断桥，千舫骈聚，歌管喧奏，粉黛罗列，最为繁盛。桥上少年郎，竞纵纸鸢以相勾引，相牵剪截，以线绝者为负，此虽小技，亦有专门。爆仗、起轮、走线之戏，多设于此。至花影暗而月华生，始渐散去。绛纱笼烛，车马争门，日以为常。张武子诗云："帖帖平湖印晚天，踏歌游女锦相牵。都城半掩人争路，犹有胡琴落后船。"最能状此景。茂陵在御，略无游幸之事。离宫别馆，不复增修。黄洪诗云："龙舟太半没西湖，此是先皇节俭图。三十六年安静里，棹歌一曲在康衢。"理宗时亦尝制一舟，悉用香楠木抢金⑮为之，亦极华侈，然终于不用。至景定间，周汉国公主得旨，偕驸马都尉杨镇泛湖，一时文物亦盛，仿佛承平之旧，倾城纵观，都人为之罢市。然是时，先朝龙舫久已沉没，独有小舟号"小乌龙"者，以赐杨郡王之故尚在。其舟平底有舵，制度简朴。或传此舟每出，必有风雨。余尝屡乘，初无此异也。

【注释】

①三殿：《演繁露》卷九："国朝有太皇太后时，并皇太后、皇后称三殿；其后，乘舆行幸，奉太后，偕皇后以出，亦曰三殿。"陆游《贺皇后笺》："副笲奉三殿之养，大练受六宫之朝。" ②旁午：纷繁交错。柳宗元《寄许京兆孟容书》："以此大罪之外，诋诃万端；旁午构扇，便为敌仇。" ③土宜：又作土仪。《周礼·地官·大司徒》："以土宜之法，辨十有二土之名物。"孙诒让正义："即辨各土人民鸟兽草木之法也。"引

申为土特产之义。梁适《苦热帖》："遽枉手教，兼惠土宜。祗纫勤眷，愧感深矣。"《梦梁录》卷五："市井扑卖土木粉捏妆彩小象儿，并纸画者，外郡人市去，为土宜遗送。"　④髹（xiū）漆：《汉书·孝成赵皇后传》："其中庭彤朱，而殿上髹漆。"颜师古注："以漆漆物谓之髹。"⑤胜花：宋时一种杂技名，即圣花。许纶《转庵观赵十一圣花》："有艺者赵生，杂出逞活法。飞走异族类，指教各驯狎。参戏竿欲摧，险弄首将压。当场等嬉笑，旁观举震雯。其间圣花术，殆是天下甲。出没鬼物惊，变幻风雨窨。觑面唤名葩，信手如素插。洞视空樊笼，赤立却巾帢。居然齠齔儿，恍出虎兕柙。脱索妇更神，倒锥目不眨。穿杨百步间，设的两口夹。一箭中关捩，四坐骇汗洽。或驰若转轮，或舞若挥篓。机缄孰主张，造化在嘘呷。技进无万殊，妙用才一掐。恍然自胡越，谁能会郦郏。"⑥投壶：一种古老的游戏，起源于春秋时期，在酒席间以矢投入壶口中的多少决定胜负。《左传·昭公十二年》："晋侯以齐侯宴，中行穆子相投壶。"由礼射演变而来。《礼记·投壶》郑玄注："投壶，射之细也。射为燕射。"　⑦蹴鞠（jū）：亦作"蹴鞫"。《汉书·枚乘传》颜师古注："蹴，足蹴之也；鞠，以革为之，中实以物；蹴踘为戏乐也。"　⑧分茶：宋元时期的一种煎茶法，也指以此为核心的茶艺游戏。陆游《临安春雨初霁》："矮纸斜行闲作草，晴窗细乳戏分茶。"《十国春秋》卷一〇三："文了，吴僧也。雅善烹茗，擅绝一时，武信王时来游荆南，延住紫云禅院，日试其艺。王大加欣赏，呼为汤神，奏授华定水大师。人皆目曰乳妖。"《清异录》卷下："馔茶而幻出物象于汤面者，茶匠通神之艺也。沙门福全生于金乡，长于茶海，能注汤幻茶，成一句诗，并点四瓯，成一绝句，泛乎汤表，小小物类，唾手办耳。"　⑨赶趁人：为牟利而奔走活动的人。　⑩解褐：始任官职。郭璞《游仙诗十四首》其十："振发晞翠霞，解褐被绛绡。" ⑪呼卢：古代博戏的一种。削木为杏仁形之子，共五个，涂为黑白两面，五子俱黑即为"卢"，得头彩，故掷子时皆大喊，名"呼卢"。 ⑫痴儿騃（ái）子：天真无知的人，多指少年男女。 ⑬靡有纪极：没有节制。 ⑭禁烟：《荆楚岁时记》："去冬节一百五日，即有疾风甚雨，谓之寒食，禁火三日。"（按：寒食之托始于介子焚死，跟五月五日竞渡之托始于屈子沉江是同性质的，都是在一种习俗的真意已不为一般人所理解时对它的起源所作的一种附会的解释。所不同的是屈子沉江确有其事，而介子焚死之事则是为了解释寒食的起源而编造出来的。参裘锡圭《寒食与改火——介子推焚死传说研究》。） ⑮戗金：又作戕金、镪金，在器物上作嵌金的花纹。《梦粱录》卷一二："湖中大小船只，不下数百舫……各有其名，曰百花、十样锦、七宝、戗金。"

【评析】

　　文中所引诗词，"看画船"二句出自周密《曲游春》，序云："禁烟湖上薄游，施中山赋词甚佳，余因次其韵。盖平时游舫，至午后则尽入里湖，抵暮始出，断桥小驻而归，非习于游者不知也。故中山极击节余'闲却半湖春色'之句，谓能道人之所未云。"词曰："禁苑东风外，扬暖丝晴絮，春思如织。燕约莺期，恼芳情偏在，翠深红隙。漠漠香尘隔。沸十里、乱丝丛笛。看画船，尽入西泠，闲却半湖春色。　　柳陌。新烟凝碧。映帘底宫眉，堤上游勒。轻暝笼烟，怕梨云梦冷，杏香愁幂。歌管酬寒食。奈蝶怨、良宵岑寂。正满湖、碎月摇花，怎生去得。"（按：马臻《西湖春日壮游》诗曾赞美此词："画船过午入西泠，人拥孤山陌上尘。应被弁阳模写尽，晚来闲却半湖春。"查礼《铜鼓书堂词话》谓："马之赞美弁阳啸翁之词，可称佳话。"）朱继芳、黄洪诗，《全宋诗》分别拟题《宋五嫂鱼羹》《宁皇御舟》；张良臣诗，《两宋名贤小集》卷三〇六题作《西湖晚归》。

　　俞国宝词，因曾经乙览，颇得后世文人关注。如虞集《道园学古录》

卷四即载有一诗，诗曰："重扶残醉西湖上，不见春风见画船。头白故人无在者，断堤杨柳舞青烟。"题曰："绍兴间，临安士人有赋曲'一春长费买花钱'（词略），思陵见而喜之，恨其后叠第五句'重携残酒'寒酸，改曰'重扶残醉'。因欧阳原功言及此，与陈众仲寻腔度之，歌之一再。董此字求书其事，因书之，并系以此诗。"况周颐《蕙风词话》卷二更是由此论及古今文字显晦之故："陈藏一《话腴》：赵昂总管始肄业临安府学，困踬无聊赖，遂脱儒冠从禁弁，升御前应对。一日，侍阜陵跸之德寿宫。高庙宴席间，问今应制之臣，张抡之后为谁。阜陵以昂对。高庙俯睐久之，知其尝为诸生，命赋拒霜词。昂奏所用腔，令缀《婆罗门引》；又奏所用意，诏自述其梗概。即赋就进呈云：'暮霞照水，水边无数木芙蓉。晓来露湿轻红。十里锦丝步障，日转影重重。向楚天空迥，人立西风。　　夕阳道中。叹秋色、与愁浓。寂寞三千粉黛，临鉴妆慵。施朱太赤，空惆怅、教妾若为容。花易老、烟水无穷。'高庙喜之，锡银绢加等，仍俾阜陵与之转官。我朝之奖励文人也如此。此事它书未载。淳熙间，太学生俞国宝以题断桥酒肆屏风上《风入松》词'一春常费买花钱'云云，为高宗所称赏，即日予释褐。此则屡经记载，稍涉倚声者知之。其实赵词近沉著，俞第流美而已。以体格论，俞殊不逮赵。顾当时盛传，以其句丽可喜，又谐适便口诵，故称述者多。文字以投时为宜。词虽小道，可以窥显晦之故。古今同揆，感慨系之矣。"

放　春

蒋苑使有小圃，不满二亩，而花木匼匝①，亭榭奇巧。春时悉以所有书画、玩器、冠花、器弄之物罗列满前，戏效关扑。有珠翠冠仅大如钱者，闹竿、花篮之类，悉皆镂丝金玉为之，极其精妙。且立标竿、射垛及秋千、梭门②、斗鸡、蹴鞠诸戏事，以娱游客。衣冠士女至者，招邀杯酒，往往过禁烟乃已。盖效禁苑，具体而微者也。

【注释】

①匼（kē）匝：周匝环绕。白居易《仙娥峰下作》："参差树若插，匼匝云如抱。"　②梭门：宋代的一种娱乐设施。宋徽宗《宫词》第一组其九四："粉杏夭桃出苑墙，堤边杨柳拂波光。梭门耸插彤云里，风引花球丝缕长。"

【评析】

斗鸡，乃是清明应节的游戏，陈鸿《东城父老传》所记可参读：

　　玄宗在藩邸时，乐民间清明节斗鸡戏。及即位，治鸡坊于两宫间。索长安雄鸡，金毫铁距，高冠昂尾千数，养于鸡坊。选六军小儿五百人，使驯扰教饲。上之好之，民风尤甚。诸王子家，外戚家，贵主家，侯家，倾帑破产市鸡，以偿鸡直。都中男女，以弄鸡为事；贫者弄假鸡。帝出游,见(贾)昌弄木鸡于云龙门道旁,召入,为鸡坊小儿,衣食右龙武军。三尺童子,入鸡群,如狎群小,壮者,弱者,勇者,怯者,水谷之时,疾病之候,悉能知之。举二鸡,鸡畏而驯,使令如人。护鸡坊中谒者王承恩言于玄宗,召试殿庭,皆中玄宗意。即日为五百小儿长。加之以忠厚谨密,天子甚爱幸之。金帛之赐,日至其家。开元十三年,笼鸡三百,从封东岳。父忠死太山下,得子礼奉尸归葬雍州。县官为葬器丧车,乘传洛阳道。十四年三月,衣斗鸡服,会玄宗于温泉。当时天下号为"神鸡童"。时人为之语曰:"生儿不用识文字,斗鸡走马胜读书。贾家小儿年十三,富贵荣华代不如。能令金距期胜负,白罗绣衫随软舆。父死长安千里外,差夫持道挽丧车。"昭成皇后之在相王府,诞圣于八月五日。中兴之后,制为千秋节。赐天下民牛酒乐三日,命之曰酺,以为常也。大合乐于宫中,岁或酺于洛。元会与清明节,率皆在骊山。每至是日,万乐具举,六宫毕从。昌冠雕翠金华冠,锦袖绣襦裤,执铎拂道。群鸡叙立于广场,顾盼如神,指挥风生。树毛振翼,砺吻磨距,抑怒待胜,进退有期,随鞭指低昂不失。昌度胜负既决,强者前,弱者后,随昌雁行,归于鸡坊。

社　会

　　二月八日为桐川张王生辰，霍山行宫朝拜极盛，[1]百戏竞集。如绯绿社（杂剧）、齐云社（蹴球）、遏云社（唱赚[2]）、同文社（耍词）、角抵社（相扑）、清音社（清乐）、锦标社（射弩）、锦体社（花绣）、英略社（使棒）、雄辩社（小说）、翠锦社（行院[3]）、绘革社（影戏）、净发社（梳剃）、律华社（吟叫）、云机社（撮弄），而七宝、瀌马[4]二会为最：玉山宝带，尺璧寸珠，璀璨夺目；而天骥龙媒[5]，绒鞯宝辔，竞赏神骏。好奇者至剪毛为花草人物、厨行果局[6]，穷极肴核之珍；有所谓意思作者，悉以通草罗帛雕饰，为楼台故事之类，饰以珠翠，极其精致，一盘至直数万。然皆浮靡无用之物，不过资一玩耳。奇禽则红鹦白雀，水族则银蟹金龟，高丽、华山之奇松，交广、海峤之异卉，不可缕数，莫非动心骇目之观也。若三月三日殿司真武会、三月二十八日东岳生辰，社会之盛，大率类此，不暇赘陈。

【注释】

　　①"二月八日"二句：张王，张渤死后被奉为神，称为张王。钱塘门外霍山上有其供奉地。　②唱赚：宋代的一种曲艺，用鼓板和笛伴奏。

在体裁上，北宋的唱赚主要用缠令和缠达两种不同的曲式。缠令是由若干个曲调连接而成，前有引子，后有尾声；而缠达（又称转踏、传踏）是以引子开始，后有两个曲调轮流重复演唱。南宋绍兴年间，艺人张五牛听到民间说唱"鼓板"中的《太平令》，觉得很有特点，将这种形式用于缠令和缠达中，并袭用"赚鼓板"名称，而称为"赚"，从而确立了唱赚的形式。到南宋中叶，唱赚又发展有"覆赚"，即把几套唱赚连接运用。

③行院：此指妓女、妓院或伶人、演员。　④涮（shuàn）马：马会。涮，洗。　⑤龙媒：天马。《汉书·礼乐志》："天马徕龙之媒。"颜师古注引应劭曰："言天马者乃神龙之类，今天马已来，此龙必至之效也。"　⑥果局：果子局省称，宋时掌官府宴会时果品供应的机构。为宋代四司六局之一。《梦粱录》卷一九："果子局，掌装簇钉盘看果、时新水果、南北京果、海腊肥脯、蔺切、像生花果、劝酒品件。"

【评析】

文中"意思作者"，指能工巧匠，"意思"当谓意思局（尽管此局《宋史》不载），掌管节令礼品制作。《梦粱录》中卷三、卷四、卷六、卷九等处的记载可以为证：

　　五日重午节，又曰"浴兰令节"，内司意思局以红纱彩金盝子，以菖蒲或通草雕刻天师驭虎像于中，四围以五色染菖蒲悬围于左右。又雕刻生百虫铺于上，却以葵、榴、艾叶、花朵簇拥。内更以百索彩线、细巧镂金花朵，及银样鼓儿、糖蜜韵果、巧粽、五色珠儿结成经筒符袋，御书葵榴画扇，艾虎，纱匹段，分赐诸阁分、宰执、亲王。

　　七月七日，谓之"七夕节"……又于数日前，以红燖鸡、果食、时新果品互相馈送。禁中意思蜜煎局亦以"鹊桥仙"故事，先以水蜜木瓜进入。

是日，内司意思局进呈精巧消夜果子合。

殿中省：后苑、御膳所、御厨、六尚局、翰林司、仪鸾司、八作司、修内司、御前内辖司、东西库、南北库、甲仗库、法物库、蜜煎库、内司纲房、青器窑、内司备内库、御前应奉所、万寿香所、御服所、裹御所、丝帛所、腰带所、八作司（按：与前重复）、意思房、灯局、御马院、教乐所、天章阁、乐器库、翰林书艺局、道场库、祗候库、御醋库、主管往来国信所。

祭 扫

清明前三日为寒食节，都城人家，皆插柳满檐，虽小坊幽曲，亦青青可爱。大家则加枣䭅于柳上①。然多取之湖堤，有诗云："莫把青青都折尽，明朝更有出城人。"朝廷遣台臣中使②、宫人车马，朝飨诸陵原庙③，荐献用麦糕、稠饧④；而人家上冢者，多用枣䭅、姜豉。南北两山之间，车马纷然，而野祭者尤多：如大昭庆、九曲等处，妇人泪妆素衣，提携儿女，酒壶肴罍⑤，村店山家，分馂⑥游息；至暮，则花柳土宜，随车而归。若玉津、富景御园，包家山之桃，关东青门之菜市，东西马塍，尼庵道院，寻芳讨胜，极意纵游，随处各有买卖赶趁等人。野果山花，别有幽趣。盖辇下骄民，无日不在春风鼓舞中，而游手末技为尤盛也。

【注释】

①大家则加枣䭅（hú）于柳上：枣䭅，即枣饼。《东京梦华录》卷七："清明节，寻常京师以冬至后一百五日为大寒食，前一日谓之炊熟，用面造枣䭅飞燕，柳条串之，插于门楣，谓之子推燕。" ②中使：宫中派出的使者。多指宦官。沈约《齐故安陆昭王碑文》："勉膳禁哭，中使相望。"张铣注："天子私使曰中使。" ③原庙：正庙之外别立之庙。《汉书·叔孙通传》："愿陛下为原庙渭北，衣冠月出游之，益广宗庙，大

孝之本，上乃诏有司立原庙。"颜师古注："谓从高帝陵寝出衣冠游于高庙，每月一为之"，"原，重也。先已有之，今更立之，故云重也"。《西汉会要》卷一二引《汉旧仪》："原庙一岁十二祠，闰加一祠，月游衣冠以庙馈食之日。"　④饧（xíng）：饴糖。李彭老《浪淘沙》："泼火雨初晴。草色青青。傍檐垂柳卖春饧。"　⑤罍（léi）：古代一种大型容酒器，兼作水器。小口，广肩，深腹，圈足，有盖，多用青铜或陶制成。柳宗元《瓶赋》："鸱夷蒙鸿，罍罃相追。"　⑥餕（jùn）：《说文》："食之余也。"《礼记·曲礼》："餕余不祭，父不祭子，夫不祭妻。"孙希旦集解："朱子曰：'餕余之物，不可以祭先祖。'"

【评析】

文中"东西马塍（chéng）"，常常成为文人诗作吟咏对象。如叶适《同赵振文游马塍》："马塍东西花十里，锦云绣雾参差起。"董嗣杲《东西马塍》："土塍聚落界西东，业在浇畦夺化工。接死作生滋夜雨，变红为白借东风。几家衣食花姿异，两岸园池地势同。病叟扶锄锄晚照，前身莫是橐驼翁。"题注："在溜水桥北，羊角埂是也。河界东西，土脉宜栽花卉。园人工于种接，仰此为业。间有园亭，不过养种。而塍有土神庙，额扁作'马城'。"（按：此为董氏《西湖百咏》之一题。百咏之目为：丰乐楼、涌金池、环碧园、玉莲池、玉壶园、先得楼、古柳林、云洞园、霍山祠、涌泉、东西马塍、石函桥、孤山路、德生堂、总宜园、断桥、大佛头、葛岭、保叔塔、巾子山、水月园、水仙庙、寒泉、参寥泉、葛公双井、江湖伟观、此君轩、杯泉、初阳台、孤山、和靖墓、陈朝柏、玛瑙坡、金沙井、六一泉、西林桥、鸟窠、乐天竹阁、岳鄂王墓、妙智庵洞、九里松、玉泉、鲍家田、忠勇庙、将军墓、灵隐天竺寺门、合涧桥、北高峰、韬光庵、石笋峰、西溪、飞来峰、冷泉亭、呼猿洞、龙泓洞、理公岩、香林、翻经台、重荣桧、炼丹井、跳珠轩、曲水亭、天竺观音、风篁岭、龙井、辩才塔、梅坡园、长耳相、玉岑、南高峰塔、烟霞洞、石佛庵、水乐洞、杨梅坞、石屋、真珠泉、虎跑泉、南屏山、苏公堤、先贤祠、西湖道院、湖山堂、三贤祠、雪江讲堂、崇真道堂、小新堤、翠芳园、甘园、雷峰、胜境园、长桥、刘妃墓、慈云岭、包家山、登云台、五丈观音、表忠观、聚景园、崔府君庙、依光堂。自序云组诗乃"目得意寓,叙实抒写",故每题之下,各注其始末甚悉,主要包括介绍、补充景点的地理方位、历史变迁、沿革兴废、得名由来、胜记地志、前人相关诗文以及有关的本事传说等。《四库全书总目》卷一六五《西湖百咏》提要称其"颇有宋末轶闻为诸书所未载者"。)

浴 佛

四月八日为佛诞日①,诸寺院各有浴佛会。僧尼辈竞以小盆贮铜像,浸以糖水,覆以花棚,铙钹②交迎,遍往邸第富室,以小杓浇灌,以求施利③。是日西湖作放生会④,舟楫甚盛,略如春时,小舟竞卖龟鱼螺蚌放生。

【注释】

①佛诞日:又称浴佛节,是佛教徒纪念释迦牟尼诞生的节日。中国等大乘汉传佛教地区,一般在阴历四月八日举行。届时于佛寺举行诵经法会,并根据佛陀诞生时龙喷香雨以浴佛身的记载,以名香浸水灌洗佛像,供养各种花卉,还举行拜佛祭祖、施舍僧侣等庆祝活动。苏轼《南歌子》:"烘暖烧香阁,轻寒浴佛天。" ②铙钹(náo bó):寺院作法会时使用的法器之一。铙、钹原为两种乐器,后来混而为一,故名。铜制,状如圆盘,两只,擦撞而鸣。 ③施利:布施的钱财。《都城纪胜》:"奉佛则有上天竺寺光明会,皆城内外富家助备香花灯烛,斋衬施利,以备本寺一岁之用。" ④放生会:佛教信众在放生之时依仪式进行的法会。《梦粱录》卷一九:"四月八日,西湖放生池建放生会,顷者此会所集数万人。"(按:放生之精神所在,可参《梵网经卢舍那佛说菩萨心地戒品》卷下:"若佛子以慈心故,行放生业。应作是念:一切男子是我父,一切女人是我母,我

生生无不从之受生。故六道众生，皆是我父母。而杀而食者，即杀我父母，亦杀我故身。一切地水是我先身，一切火风是我本体。故当行放生业，生生受生，常住之法，教人放生。若见世人杀畜生时，应方便救护，解其苦难。常教化讲说菩萨戒，救度众生。若父母兄弟死亡之日，应请法师讲菩萨戒经律，福资亡者，得见诸佛，生人天上。若不尔者，犯轻垢罪。"）

【评析】

佛祖诞辰，汉译佛经根据南传《本生经》将日期换算成我国农历，通用四月八日。实际上，因时因地有不同的说法。《佛说灌洗佛形像经》："所以用四月八日者，以春夏之际，殃罪悉毕，万物普生，毒气未行，不寒不热，时气和适，正是佛生之日。"《荆楚岁时记》："二月八日，释氏下生之日，迦文成道之时。"《大宋僧史略》卷上："今东京以腊月八日浴佛言佛生日者。"元朝《敕修百丈清规》定为四月八日。明、清两朝再无更易。

金盈之《醉翁谈录》卷四不仅提到"诸经说佛生日不同"的问题，而且更为详细地记述了当时的浴佛盛况：

> 诸经说佛生日不同，其指言四月八日生者为多。《宿愿果报经》云：我佛世尊生是此日，故用四月八日灌佛也，南方多用此日，北人专用腊八。皇祐间，圆照禅师来慧林，始用此日，盖行《摩诃刹头经》。浴佛之日，僧尼道流云集相国寺，是会独盛。常年平明，合都士庶妇女骈集，四方携老扶幼，交观者莫不茹素。众僧环立既定，乃出金盘，广四尺余，置于佛殿之前，仍以漫天紫幕覆之于上，其紫幕皆销金为龙凤花木之形。又置小方座，前陈经案，次设香盘。四隅立金频伽，蹬道阑槛，无不悉具。盛陈锦绣襜褥，精巧奇绝，冠于一时。良久，吹螺击鼓，灯烛相映。罗列香花，迎拥一佛子，外饰以金，一手指天，一手指地，其中不知何物为之。唯高二尺许，置于金

盘中。众僧举扬佛事，其声振地。士女瞻敬，以祈恩福。或见佛子金盘中周行七步，观者愕然。今之药傀儡者，盖得其遗意。既而揭去紫幕，则见九龙，饰以金宝，间以五彩，从高噀水，水入盘中，香气袭人。须臾，盘盈水止。大德僧以次举长柄金杓，挹水灌浴佛子。浴佛既毕，观者并求浴佛水饮漱也。（按：另有罗烨撰，十集二十卷本《醉翁谈录》，其丁集卷一《花衢记录》与金氏《醉翁谈录》卷七《平康巷陌记》相同者凡七则，戴望舒跋谓："疑同据别本《北里志》捋扯者，不得谓为互相因袭也。"）

迎 新

户部点检所十三酒库，例于四月初开煮，九月初开清。先至提领所呈样品尝，然后迎引至诸所隶官府而散。每库各用匹布，书库名高品，以长竿悬之，谓之"布牌"。以木床铁擎为仙佛鬼神之类，驾空飞动，谓之"台阁①"。杂剧百戏诸艺之外，又为渔父习闲、竹马出猎、八仙故事，及命妓家女，使裹头花巾为酒家保，及有花䕒五熟盘架、放生笼养等，各库争为新好。库妓之琤琤者②，皆珠翠盛饰，销金红背，乘绣鞯宝勒骏骑，各有皂衣黄号私身数对，诃导于前；罗扇衣笈、浮浪闲客，随逐于后；少年狎客，往往簇钉持杯，争劝马首，金钱彩段，沾及舆台③。都人习以为常，不为怪笑。所经之地，高楼邃阁，绣幕如云，累足骈肩，真所谓"万人海"也。

【注释】

①台阁：宋代酒库向官府呈验新酒时所执仙佛道具。 ②库妓之琤（chēng）琤者：宋代酒楼妓女中声名较著者。琤琤，张缵《南征赋》："凤瑟瑟以鸣松，水琤琤而响谷。" ③舆台：地位卑微者。《左传·昭公七年》："人有十等。下所以事上，上所以共神也。故王臣公，公臣大夫，大夫臣士，士臣皂，皂臣舆，舆臣隶，隶臣僚，僚臣仆，仆臣台。"杜甫《后出塞五首》其四："越罗与楚练，照耀舆台躯。"

【评析】

《都城纪胜》曰:"天府诸酒库,每遇寒食节前开沽煮酒,中秋节前后开沽新酒。"关于"诸库迎煮"以及文中所云"户部点检所十三酒库",《梦粱录》卷二、卷十各有详细记载:

临安府点检所,管城内外诸酒库,每岁清明前开煮,中前卖新迎年,诸库呈覆本所,择日开沽呈样,各库预颁告示,官私妓女,新丽妆著,差雇社队鼓乐,以荣迎引。至期侵晨,各库排列整肃,前往州府教场,伺候点呈。首以三丈余高白布写"某库选到有名高手酒匠,酝造一色上等醲辣无比高酒,呈中第一",谓之"布牌"。以大长竹挂起,三五人扶之而行。次以大鼓及乐官数辈,后以所呈样酒数担,次八仙道人、诸行社队,如鱼儿活担、糖糕、面食、诸般市食、车架、异桧奇松、赌钱行、渔父、出猎、台阁等社。又有小女童子,执琴瑟;妓家伏役婆嫂,乔妆绣体浪儿,手擎花篮,精巧笼仗。其官私妓女,择为三等,上马先以顶冠花衫子裆裤,次择秀丽有名者,带珠翠朵玉冠儿、销金衫儿、裙儿,各执花斗鼓儿,或捧龙阮琴瑟,后十余辈,著红大衣,带皂时髻,名之"行首",各雇赁银鞍闹妆马匹,借倩宅院及诸司人家虞候押番,及唤集闲仆浪子,引马随逐,各青绢白扇马兀供值。预十日前,本库官小呈;五日前,点检所金厅官大呈。虽贫贱泼妓,亦须借备衣装首饰,或托人雇赁,以供一时之用,否则责罚而再办。妓女之后,专知大公,皆新巾紫衫,乘马随之。州府赏以彩帛钱会银碗,令人肩驮于马前,以为荣耀。其日在州治呈中祇应讫,各库迎引出大街,直至鹅鸭桥北酒库,或俞家园都钱库,纳牌放散。最是风流少年,沿途劝酒,或送点心。间有年尊人,不识羞耻,亦复为之,旁观哂笑。诸酒肆结彩欢门,游人随处品尝。追欢买笑,倍于常时。

点检所官酒库,各库有两监官,下有专吏酒匠掌其役。但新、煮两界,系本府关给工本,下库酝造,所解利息,听充本府赡军,激赏公支,则朝家无一毫取解耳。曰东库,清、煮俱为一,在崇新门里,有酒楼,名之曰太和,废之久矣。曰西库,又名金文正库:清界库,在三桥南惠迁桥侧;煮界库,在涌金门外,有酒楼,扁之曰西楼。南库,元名升阳宫:煮界库,在社坛南;新界库,在清河坊南,酒楼扁之曰和乐。北库:煮界库,在祥符桥东;清界库,在鹅鸭桥东,酒楼扁之曰春风。曰中库,在众乐坊北,造清界,有酒楼扁之曰中和;煮库,在井亭桥北。曰南上库,呼为银瓮子库:煮酒库,在东青门外;造清界库,在睦亲坊北,酒楼扁之曰和丰。南外库:造清界库,在便门外清水闸;造煮界库,在嘉会门外,名之曰雪醅库。北外库:造煮界库,在江涨桥南;清界库,在左家桥北,酒楼扁之曰春融。西溪库:清、煮两界俱在九里松大路,乃一门分两库耳。天宗库:造清界,在天宗水门里;煮界库,在余杭门外上闸东。赤山库:造清界库,在赤山教场;前煮库,在左军教场侧。崇新库,清、煮两界俱在崇新门外。徐村库,在六和塔南徐村市中。其诸库皆有官名角妓,就库设法卖酒,此郡风流才子,欲买一笑,则径往库内点花牌,惟意所择,但恐酒家人隐庇推托,须是亲识妓面,及以微利啖之可也。又有九小库,如安溪、余杭、奉口、解城、盐官、长安、许村、临平、汤镇。更有碧香诸库。如钱塘门外上船亭南名为钱塘正库,有楼,扁曰先得。钱塘县前名钱塘前库。鹅鸭桥北曰北正库,正在醋坊巷口也。西桥东曰煮碧香库。礼部贡院对河桥西曰藩封栈库。外有藩封正库,在常州无锡县,并隶临安府点检酒所提领耳。

其中,"设法卖酒"尚有可说处。神宗时,王安石为相,厉行变法。熙宁二年（1069），令官务在酒价上加征酒钱。"新法既行，悉归于公，上散青苗钱于民，设一厅而置酒肆于谯门。民持钱而出者，诱之使饮，十费其二三矣。又恐其不顾，则命娼女坐肆作乐，以蛊惑之。小民无知，竞争斗殴，官不能禁，则又差兵官列架杖以弹压之。名曰设法卖酒。"（《燕翼诒谋录》卷三）元祐元年（1086）八月，苏辙《缴驳青苗法疏》中也曾描述过一些地区的类似情状："官吏无状，于给散之际，必令酒务鼓乐倡优，或关扑买酒牌子，农民至有徒手而归者。但每散青苗，即酒课暴增，此臣所亲见而为之流涕者也。"（载《历代名臣奏议》卷二六九）

值得注意的是，对于古代京师妓女的"重要"社会作用，后来龚自珍《京师乐籍说》尝论曰："自非二帝三王之醇备，国家不能无私举动，无阴谋。霸天下之统，其得天下与守天下皆然。老子曰：'法令也者，将以愚民，非以明民。'孔子曰：'民可使由之，不可使知之。'齐民且然，士也者，又四民之聪明喜论议者也。身心闲暇，饱暖无为，则留心古今而好论议。留心古今而好论议，则于祖宗之立法，人主之举动措置，一代之所以为号令者，俱大不便。"于是乃有乐籍之设，以"钳塞天下之游士"："使之耗其资财，则谋一身且不暇，无谋人国之心矣。使之耗其日力，则无暇日以谈二帝三王之书，又不读史而不知古今矣。使之缠绵歌泣于床笫之间，耗其壮年之雄材伟略，则思乱之志息，而议论图度，上指天下画地之态益息矣。使之春晨秋夜为袞体词赋、游戏不急之言，以耗其才华，则论议军国臧否政事之文章可以毋作矣。如此则民听壹，国事便，而士类之保全者亦众。"钱锺书《管锥编·全上古三代文》更进一步指出，龚氏论帝王募招女子，仅言其可用以"耗"，未识其并可用以侦也。

端　午

先期学士院供帖子，如春日禁中排当，例用朔日，谓之"端一①"，或传旧京亦然。插食盘架设天师、艾虎②、意思山子数十座，五色蒲丝、百草霜③，以大合三层，饰以珠翠、葵、榴、艾花。蜈蚣、蛇、蝎、蜥蜴等，谓之"毒虫"。及作糖霜韵果、糖蜜巧粽，极其精巧。又以大金瓶数十，遍插葵、榴、栀子花，环绕殿阁。及分赐后妃、诸阁、大珰、近侍翠叶、五色葵榴、金丝翠扇、真珠百索、钗符、经筒、香囊、软香、龙涎佩带及紫练、白葛、红蕉之类。大臣贵邸，均被细葛、香罗、蒲丝、艾朵、彩团、巧粽之赐，而外邸节物，大率效尤焉。巧粽之品不一，至结为楼台舫辂，又以青罗作赤口白舌帖子，与艾人并悬门楣，以为禳禬④。道宫法院，多送佩带符篆⑤，而市人门首，各设大盆，杂植艾、蒲、葵花，上挂五色纸钱，排钉果粽，虽贫者亦然。湖中是日，游舫亦盛，盖迤逦炎暑，宴游渐稀故也。俗以是日为马本命，凡御厩、邸第上乘，悉用五彩为鬃尾之饰，奇鞯宝辔，充满道途，亦可观玩也。

【注释】

①端一：端午别称。《陔余丛考》卷二一："古时端午亦用五月内第

一午日。《后汉书·郎颉传》以五月丙午遣太尉,又《论衡》曰:'五月丙午日日中之时铸阳燧。'是午节宜用午日或丙日,后世专用五日,亦误。按《周官·涿壶氏》'午贯象齿'郑注:'午故书为五。'然则午五本通用。……后世以五月五日为午节,盖午五相通之误。"②艾虎:《荆楚岁时记》注文云:"五月五日以艾为虎形,或剪彩为小虎,贴以艾叶,内人争相戴之。"③百草霜:《本草纲目》卷五:"百草霜是灶额及烟炉中的墨烟,质轻而细,故称为霜。"④禳禬(ráng guì):为祈福除殃而祭祀。《旧唐书·李泌传》:"黎幹用左道位至尹京,尝内集众工,编刺珠绣为御衣,既成而焚之,以为禳禬,且无虚月。"⑤符箓(lù):符箓是符和箓的合称,又称符字、墨箓、丹书,是道教法术之一。符是道士书写于黄色纸、帛上的笔画弯曲、似字非字、似图非图的符号或图形;箓是记录天曹官属佐吏名讳,夹杂符的秘文,一般写在黄色纸、帛上。道教称符箓是天神的文字,是传达天神意旨的符信,可以召神驱鬼,降妖镇魔,治病除灾。

【评析】

胡铨《经筵玉音问答》记录了宋代宫中酒宴唱词的诸多有趣情节,兹略录其与端午较为相关者:

隆兴元年癸未岁五月三日晚,侍上于后殿之内阁。……次盏,予执尊立于上前曰:"臣岭海残生,误蒙知遇,天诏俾之还乡足矣。复赐之录用,宠矣。今乃赐之以百世之恩,真小臣万载之幸。前杯已误天手赐之酒矣,但礼有施报,小臣固不当以草茅之语上渎神聪。适面奉玉音,有君臣相聚一堂之说,不避万死,辄捧玉卮,一则以上陛下万岁之寿,二则以谢陛下赐酌百世之恩,三则以见小臣犬马之报。"乃执樽再拜酌酒。上再三令免拜,亦且微揖。潘妃执玉荷杯,唱

《万年欢》，此词乃仁宗亲制。上饮讫，自执樽坐，谓予曰："礼有报施，乃卿所言。"余再三辞避，蒙旨再三劝勉，上乃亲唱一曲，名《喜迁莺》，以酹酒。且谓余曰："'梅霖初歇'，惜乎无雨。"予乃恭揖，饮讫，各就坐。上谓余曰："朕昨苦嗽，声音稍涩。朕每在宫，不妄作此，只是侍太上宴间，被旨令唱，今夕与卿相会，朕意甚欢，故作此乐，卿幸勿嫌。"

其中，宋仁宗所作《万年欢》一阕，恐已佚失；（按：宋仁宗能词，《全宋词》据《宋会要辑稿》录其《合欢歌》[缵重明]一首。）《喜迁莺》一阕，乃黄裳之作，有词题"端午泛湖"，见《演山先生文集》卷三一："梅霖初乍。正绛蕊海榴，争开时节。角黍包金，香蒲切玉，是处玳筵罗列。斗巧尽输年少，玉腕彩丝双结。舣彩舫，见龙舟两两，波心齐发。　奇绝。难画处，激起浪花，飞作湖间雪。画鼓喧雷，红旗闪电，夺罢锦标方彻。望中水天日暮，犹见珠帘高揭。归棹晚，载荷花十里，一钩新月。"此词，《西湖游览志馀》卷三误为吴礼之所作；其中"斗巧尽输年少"二句，《岁时广记》卷二一又引作王诜词。

文中"软香"，乃和合众香制成的各式佩香或曰香佩。也常用作扇坠。史达祖《菩萨蛮·赋软香》："广寒夜捣玄霜细。玉龙睡重痴涎坠。斗合一团娇。偎人暖欲消。　心情虽软弱。也要人抟搦。宝扇莫惊秋。班姬应更愁。"又，"龙涎佩带"，亦软香之属。"佩带"而冠以"龙涎"，是特地说明其制作原料中有龙涎一味，或者只是添得依仿龙涎风味的"龙涎香品"。《负暄杂录》"龙涎香品"条："向尝叙海南香品矣，近有人问曰，今之龙涎香始于何时，盖前代未尝闻也。惟古诗中有'博山炉中百和香，郁金苏合及都梁'，则古亦有合和成香者。""绍兴光尧万机之暇，留意香品，合和奇香，号东阁云头。其次则中兴复古，以古腊沉香为本，杂以脑麝、栀花之类，香味氤氲，极有清韵。又有刘贵妃瑶英香，元总管胜古香，韩钤辖正德香，韩御带清观香，陈门司末札片香，皆绍兴、乾淳间一时之盛耳。庆元韩平原制阅古堂香，气味不减云头。"合香在南北朝已经很盛行，而以龙涎入于合香，则是宋代方始流行。（参扬之水《古诗文名物新证》）

禁中纳凉

禁中避暑，多御复古、选德等殿，及翠寒堂纳凉。长松修竹，浓翠蔽日，层峦奇岫，静窈萦深，寒瀑飞空，下注大池可十亩。池中红白菡萏万柄，盖园丁以瓦盎别种，分列水底，时易新者，庶几美观。又置茉莉、素馨、建兰、麝香藤、朱槿、玉桂、红蕉、阇婆①、簷葡②等南花数百盆于广庭，鼓以风轮，清芬满殿。御笕③两旁，各设金盆数十架，积雪如山；纱厨后先，皆悬挂伽兰木、真蜡④龙涎等香珠百斛；蔗浆金碗、珍果玉壶，初不知人间有尘暑也。闻洪景卢学士⑤尝赐对于翠寒堂，三伏中体粟战栗，不可久立。上问故，笑遣中贵人以北绫半臂赐之，则境界可想见矣。

【注释】

①阇（shé）婆：古国名，其地在今印度尼西亚爪哇岛。此处以产地表示名花。贯休《寿春进祝圣起首》其五《守在四夷》："阇婆香似雪，回鹘马如林。" ②簷（zhān）葡：即蕃栀子花。周锷《佛迹寺》："灵山名达蓬，香水霭簷葡。" ③笕（hàng）：一种装有横档便于悬挂禾把防止发霉的架状农具。 ④真蜡：即真腊。公元七至十五世纪中南半岛吉蔑族所建王国名。唐代或以其当时的都城名之，称邑心国、伊赏那补罗国；或以其民族名称吉蔑、阁蔑名之。宋代亦作"占腊"。 ⑤洪景卢学士：

洪迈，字景卢，号容斋。绍兴十五年进士，历官翰林学士。著有《容斋随笔》《夷坚志》等。

【评析】

　　夏季注重防暑，从宋代礼制上也看得出来。如《宋会要辑稿·礼六二》："凡初伏日，宰臣、观察使已上赐米麨、面麨各五升，蜜一斤。翰林学士承旨以下赐米麨、面麨各三升，蜜半斤。"《宋史·礼志》："又制仆射、御史大夫、中丞、节度、留后、观察、内客省使、权知开封府，正、至、寒食，并客省赍签赐羊、酒、米、面；立春，赐春盘；寒食，神餤、饧粥；端午，粽子；伏日，蜜沙冰；重阳，糕，并有酒；三伏日，又五日一赐冰。"《梦粱录》卷四所载可为旁证："六月季夏，正当三伏炎暑之时，内殿朝参之际，命翰林司供给冰雪，赐禁卫、殿直、观从，以解暑气。"又，丁丙跋《山中白云词》尝引《秋崖津言》曰：

　　　　张濡《湖上别墅》一诗云："弱柳舒眉学远山，四山斜鲜绿云鬟。平湖如鉴一回照，西子明妆浓淡间。"濡字子含，别墅在北新路第二桥，颜曰松窗。中构水亭，四面柽柳数百株，围绕若玦环，下临菡萏一二十顷，三伏销暑，不减禁中翠寒堂也。

似亦可间接佐证文中"体粟战栗"云云。

都人避暑

六月六日，显应观崔府君诞辰，自东都时，庙食已盛。是日都人士女，骈集炷香，已而登舟泛湖，为避暑之游。时物则新荔枝、军庭李（二果产闽）、奉化项里之杨梅、聚景园之秀莲、新藕、蜜筒、甜瓜、椒核、枇杷、紫菱、碧芡、林檎、金桃、蜜渍昌元梅、木瓜、豆儿水、荔枝膏、金橘、水团、麻饮、芥辣、白醪、凉水①、冰雪爽口之物。关扑香囊、画扇、涎花、珠佩，而茉莉为最盛。初出之时，其价甚穹，妇人簇戴，多至七插，所直数十券，不过供一饷之娱耳。盖入夏则游船不复入里湖，多占蒲深柳密宽凉之地，披襟钓水，月上始还。或好事者，则敞大舫、设蕲簟②，高枕取凉，櫛发快浴，惟取适意，或留宿湖心，竟夕而归。

【注释】

①凉水：旧时称夏季冷饮类食品。《东京梦华录》卷八："是月时物，巷陌路口，桥门市井，皆卖大小米水饭……水木瓜、冰雪、凉水、荔枝膏，皆用青布伞，当街列床凳堆垛。冰雪惟旧宋门外两家最盛，悉用银器，沙糖菉豆、水晶皂儿、黄冷团子、鸡头穰、冰雪、细料馉饳儿、麻饮鸡皮、细索凉粉、素签、成串熟林檎、脂麻团子、江豆碌儿、羊肉小馒头、龟儿沙馅之类。" ②蕲簟：韩愈《郑群赠簟》："蕲州簟竹天下知，

郑君所宝尤瑰奇。"

【评析】

文中"崔府君",《文献通考》卷九〇:"崔府君庙在京城北。相传唐滏阳令,设为神,主幽冥事。庙在磁州。淳化初,民有于此置庙。后诏修庙宇,赐名护国庙,及送衣服供具。景德元年重修。每岁春秋令开封府遣官致祭。后封护国显应公。"又,《梦粱录》卷四云:

> 六月初六日,敕封护国显应兴福普佑真君诞辰,乃磁州崔府君,系东汉人也。朝廷建观在暗门外聚景园前灵芝寺侧,赐观额名曰"显应",其神于靖康时高庙为亲王日出使到磁州界,神显灵卫驾,因建此宫观,崇奉香火,以褒其功。此日内庭差天使降香设醮,贵戚士庶,多有献香化纸。是日湖中画舫,俱舣堤边,纳凉避暑,恣眠柳影,饱挹荷香,散发披襟,浮瓜沉李,或酌酒以狂歌,或围棋而垂钓,游情寓意,不一而足。

据此可知,崔府君生日已成临安百姓祭神娱乐的盛大节日。不过,《武林旧事》中称北宋时崔府君"庙食已盛"有可疑处,因为从南宋时"真君"封号看,北宋时不可能已封王。崔府君被正式封王——"齐圣广佑王"是在元代,有传世《加封崔府君诏》碑为证。(参邓绍基《王实甫的活动年代和〈西厢记〉的创作时间》)

乞 巧

立秋日，都人戴楸叶，饮秋水、赤小豆①。七夕节物，多尚果食、茜鸡②。及泥孩儿号"摩睺罗"，有极精巧饰以金珠者，其直不赀。并以蜡印凫雁、水禽之类，浮之水上。妇人女子，至夜对月穿针，饾饤③杯盘，饮酒为乐，谓之乞巧。及以小蜘蛛贮盒内，以候结网之疏密，为得巧之多少。小儿女多衣荷叶半臂，手持荷叶，效颦④摩睺罗，大抵皆中原旧俗也。七夕前，修内司例进摩睺罗十卓，每卓三十枚，大者至高三尺，或用象牙雕镂，或用龙涎佛手香制造，悉用镂金珠翠，衣帽、金钱、钗镯、佩环、真珠、头须及手中所执戏具，皆七宝为之，各护以五色镂金纱厨。制阃、贵臣及京府等处，至有铸金为贡者。宫姬市娃⑤，冠花衣领，皆以乞巧时物为饰焉。

【注释】

①赤小豆：《齐民要术》卷二："正月七日，七月七日，男吞赤小豆七颗，女吞十四枚，竟年无病；令疫病不相染。" ②茜鸡：用茜草根做染料熬制的卤鸡，也叫红鸡。《梦梁录》卷四："又于数日前，以红爊鸡、果食、时新果品互相馈送。" ③饾饤（dòu dìng）：盛于盒中的多种果

饵。《通雅·饮食类》:"五色小饼盛盒,累积曰斗钉,今日春盛是也。因作饳钉。"《食经》:"五色小饼作花卉、禽兽、珍宝形,盛之盒中累积名曰斗钉。" ④效颦:《庄子·天运》:"故西施病心而矉其里,其里之丑人见而美之,归亦捧心而矉其里。其里之富人见之,坚闭门而不出;贫人见之,絜妻子而去之走。" ⑤市娃:城市少女。左思《吴都赋》:"幸乎馆娃之宫,张女乐而娱群臣。"刘逵注:"吴俗谓好女为娃。"

【评析】

　　文中"摩睺(hóu)罗",宋元习俗,七夕供一孩童土偶,名摩睺罗,以为乞巧节物。《梦粱录》卷四:"内庭与贵宅皆塑卖磨喝乐,又名摩睺罗孩儿。悉以土木雕塑,更以造彩装襕座,用碧纱罩笼之,下以桌面架之,用青绿销金桌衣围护,或以金玉珠翠装饰尤佳。"《岁时广记》卷二六:"磨喝乐,南人目为巧儿。"

　　摩睺罗,丁福保《佛学大辞典》:"Mahoraga,莫呼洛伽摩,旧曰休勒,摩睺罗伽,新曰莫呼洛伽,摩护啰誐。八部众之一。大蟒神也。胎藏界第三院之一尊,释迦如来之眷属也。是为大日如来普门示现之一法门身,一类众生,因此法而遂得到于一切智地。"世俗以为"灵巧"的代名词。《东京梦华录》卷八即云:

　　七月七夕,潘楼街东宋门外瓦子、州西梁门外瓦子、北门外、南朱雀门外街及马行街内,皆卖磨喝乐,乃小塑土偶耳。悉以雕木彩装栏座,或用红纱碧笼,或饰以金珠牙翠,有一对直数千者。禁中及贵家与士庶为时物追陪。……七夕前三五日,车马盈市,罗绮满街。旋折未开荷花,都人善假做双头莲,取玩一时,提携而归,路人往往嗟爱。又小儿须买新荷叶执之,盖效颦磨喝乐。儿童辈特地新妆,竞夸鲜丽。至初六日七日晚,贵家多结彩楼于庭,谓之乞巧楼,铺陈磨喝乐、花瓜、酒炙、笔砚、针线，或儿童裁诗，女郎呈巧，焚香列拜，谓之乞巧。妇女望月穿针。或以小蜘蛛安合子内，次日看之，若网圆正，谓之得巧。里巷与妓馆，往往列之门首，争以侈靡相向。（磨喝乐，本佛经"摩睺罗"，今通俗而书之。）

宋无名氏的一首失调名咏七夕词，描写当时扑卖摩睺罗情景，煞是尖新："天上佳期。九衢灯月交辉。摩睺孩儿，斗巧争奇。戴短檐珠子帽，披小缕金衣。嗔眉笑眼，百般地、敛手相宜。转睛底、工夫不少，引得人爱后如痴。快输钱，须要扑，不问归迟。归来猛醒，争如我、活底孩儿。"

中 元

七月十五日,道家谓之"中元节①",各有斋醮等会;僧寺则于此日作盂兰盆斋②;而人家亦以此日祀先,例用新米、新酱、冥衣、时果、彩段、面棋③,而茹素者几十八九,屠门为之罢市焉。

【注释】

①中元节:道家认为有天、地、水(或人)官掌人之罪福,天官赐福,地官赦罪,水官解厄,三官各有生辰,即正月、七月与十月的十五日,此谓三元。唐代,三元发展为节日,七月十五即中元节。 ②盂兰盆斋:"盂兰盆"为梵文音译,意为救倒悬。缘起于佛陀弟子目连看到死去的母亲在地狱受苦,如处"倒悬",求佛救度。佛陀要他在七月十五日夏安居终了之时,备百味饮食,供养十方僧众,可使母亲获得解脱。自南朝梁武帝时,始设盂兰盆斋。节日期间,除施斋供僧外,寺院还举行诵经法会、水陆道场、放焰口、放水灯等活动。后演变为民间的中元节,内容除原有宗教活动外,还包括对孤魂野鬼的施食。 ③面棋:棋形小薄面片。宋人供祭祖先的素食食品之一。《南宋杂事诗》卷七:"松柏青青绕券台,面棋彩段纸钱堆。拜坟儿女悲霜露,莫向菩提拭泪来。"

【评析】

文中"斋醮",俗称道场、法事,是道教祭告神灵、祈求消灾赐福的宗教仪式。斋是洁净其体、斋定其心，是古人在祭祀之前的一种洁身清心的准备，以示对神仙的虔诚。道教早期的斋仪，道士只是在一旁主持仪式，帮助斋主通神致意。醮原是祭祀五星列宿的一种巫仪，早期道教将其发展为道士们祭神的仪式。南北朝时期，斋醮脱离原始巫祝的影响，逐渐形成一套完整的仪范和程式，包括清心洁身、设坛摆供、焚香化符、念咒诵经、上章赞颂等。斋醮结坛之法，《云笈七签》卷一〇三所记甚详：

结坛之法有九。上三坛则为国家设之。其上曰顺天兴国坛，凡星位三千六百，为普天大醮，旌旗鉴剑，弓矢法物，罗列次序，开建门户，具有仪范；其中曰延祚保生坛，凡星位二千四百，为周天大醮，法物仪范，降上坛一等；其下曰祈谷福时坛，凡星位一千二百，为罗天大醮，法物仪范，降中坛一等。傥非时祷祈，不及备此三坛，亦当精洁词章，鲜异花果，叩鼓集神，恳祷而告，去地九尺，焚香以奏，亦可感应也。中三坛则为臣寮设之。其上曰黄箓延寿坛，凡星位六百四十；其中曰黄箓臻庆坛，凡星位四百九十；其下曰黄箓去邪坛，凡星位三百六十。此三坛所用法物仪范，各有差降。下三坛则为士庶设之。其上曰续命坛，凡星位二百四十；其中曰集福坛，凡星位一百二十；其下曰却灾坛，凡星位八十一。所用仪范，量有等差。此九坛之外，别有应物坛，或六十四位，或四十九位，或二十四位。法物所须，各以差降，士民之类，可量力而为之。如臣庶上为帝王祈佑，当作祈谷福时坛，凡一千二百位。或为父母师尊禳灾祈福，当为醮设坛，随仪增益也。

中　秋

禁中是夕，有赏月延桂排当，如倚桂阁、秋晖堂、碧岑，皆临时取旨。夜深，天乐直彻人间。御街如绒线、蜜煎、香铺，皆铺设货物，夸多竞好，谓之"歇眼①"。灯烛华灿，竟夕乃止。此夕浙江放"一点红"羊皮小水灯数十万盏，浮满水面，烂如繁星，有足观者。或谓此乃江神所喜，非徒事观美也。

【注释】

①歇眼：南宋京城中秋节时皇宫附近的夜市。

【评析】

文中"天乐"，指宫廷之乐。源出《庄子·天道》："与人和者，谓之人乐；与天和者，谓之天乐。"庄子将声音之美分为"天籁""地籁""人籁"三类，不受任何约束，不依恃任何外力，完全是天然而生的自然音响，为"天籁"，由"天籁"构成的乐曲，就是"天乐"。"天乐"体现着"道"的本质，合于天地之德，故能养育天下，泽及万物。

王国维在其《人间词话》中辩证过"天乐"一语的含义："曾纯甫中秋应制，作《壶中天慢》词，自注云：'是夜，西兴亦闻天乐。'谓宫中乐声，闻于隔岸也。毛子晋谓：'天神亦不以人废言。'近冯梦华复辨其诬。不解'天乐'二字文义，殊笑人也。"曾觌《壶中天慢》（素飙漾碧）不见于《海野老人长短句》二卷。王国维所谓"自注"云云，实并非曾觌自注，可能是毛晋据《武林旧事》补录。毛晋《宋六十名家词·海野词》跋语中谓"天乐"为天神之乐："进月词，一夕西兴，共闻天乐，岂天神亦不以人废言耶？"王国维不同意这种望文生义又故弄玄虚的说法。又，"冯梦华复辨其诬"云云，是说冯煦与毛晋尽管意见相左，但在认定"天乐"是天上的音乐这一点上，并无二致，也是错误的："曾纯甫赋进御月词，其自记云：'是夜，西兴亦闻天乐。'子晋遂谓天神亦不以人废言。不知宋人每好自神其说。白石道人尚欲以巢湖风驶，归功于平调《满江红》，于《海野》何讥焉？《独醒杂志》谓逻卒闻张建封庙中鬼歌东坡燕子楼乐章，则又出他人之傅会，益无征已。"（冯煦《宋六十一家词选例言》）（按：王国维自己写过一首《踏莎行》："绝顶无云，昨宵有雨。我来此地闻天语。疏钟暝直乱峰回，孤僧晓度寒溪去。　是处青山，前生俦侣。招邀尽入闲庭户。朝朝含笑复含颦，人间相媚争如许。"有意思的是，其中所谓"天语"倒是与毛晋、冯煦之意比较接近，可作梵天之语解。）

观 潮

浙江之潮，天下之伟观也。自既望以至十八日为最盛。方其远出海门，仅如银线，既而渐近，则玉城雪岭，际天而来，大声如雷霆，震撼激射，吞天沃日，势极雄豪。杨诚斋诗云"海涌银为郭，江横玉系腰"①者是也。每岁，京尹出浙江亭教阅水军，艨艟②数百，分列两岸，既而尽奔腾分合五阵之势，并有乘骑弄旗、标枪舞刀于水面者，如履平地。倏尔黄烟四起，人物略不相睹，水爆轰震，声如崩山；烟消波静，则一舸无迹，仅有敌船为火所焚，随波而逝。吴儿善泅者数百，皆披发文身③，手持十幅大彩旗，争先鼓勇，溯迎而上，出没于鲸波万仞中，腾身百变，而旗尾略不沾湿，以此夸能。而豪民贵宦，争赏银彩④。江干上下十余里间，珠翠罗绮溢目，车马塞途，饮食百物，皆倍穹常时，而僦⑤赁看幕，虽席地不容间也。禁中例观潮于天开图画⑥，高台下瞰，如在指掌。都民遥瞻黄伞雉扇于九霄之上，真若箫台⑦、蓬岛⑧也。

【注释】

①"海涌"二句：出自杨万里《浙江观潮》，后两句为："吴侬只言潮到老也看潮。"　②艨艟（méng chōng）：又作艨冲、蒙冲。古代的

一种战船。《释名·释船》:"狭而长曰艨冲,以冲突敌船也。"《太平御览》七七〇引《吴志》:"董袭讨黄祖,祖横两艨冲,夹守沔口。" ③文身:即刺青,又称花绣、文绣、刺绣、锦体、雕青、雕题(专刺面部)等。苏轼《和陶与殷晋安别,送昌化军使张中罢官赴阙》:"久安儋耳陋,日与雕题亲。"《桯史》卷一四:"既涉淮,迄事归,而王师失利,溃兵蔽野下,泣声不忍闻,皆伤痍,或无半体,为之潸然,间有依余马首以南,然不可胜救也。是役也,殿司兵素骄,惯于炊玉,不能茹粝食;部鞞者复幸不折阅,多杂沙土;军中急于无粮,强而受之。人旦莫给饭二盂,沃以炊汤,多弃之道。复负重暑行,不堪其苦,多相泣而就毙,道旁逃屋皆是,臭不可近。地多瞽井,亦或赴死其间。每憩马一汲,辄得文身之皮,浮以桶面,间以井满不可汲。"《宋季三朝政要》卷四:"辛未榜李钫孙者,少时戏雕摩睺罗于股间,惧搜者之见,蒙纸其上。搜者视之,骇曰:'此文身者。'事闻被黜。" ④银彩:"金银彩帛"的缩略。《东京梦华录》卷一〇:"象至宣德楼前,团转行步数遭成列,使之面北而拜,亦能唱喏。诸戚里、宗室、贵族之家,勾呼就私第观看,赠之银彩无虚日。" ⑤僦(jiù):《说文·人部》新附:"僦,赁也。"《史记·平准书》:"天下赋输或不偿其僦费。"《索隐》:"服虔云:'雇载云僦。'言所输物不足偿其雇载之费也。" ⑥天开图画:临安宫殿中所建用以观潮的高台名。(按:《警世通言·乐小舍拼生觅偶》所写故事中,也提到过观潮地点,说"结末来到一个去处,唤做'天开图画',又叫做'团围头'。因那里团团围转,四面都看见潮头,故名'团围头'。后人讹传,谓之'团鱼头'"。) ⑦箫台:《列仙传》:"萧史者,秦穆公时人也,善吹箫,能致孔雀、白鹤于庭。穆公有女,字弄玉,好之,公遂以女妻焉。日教弄玉作凤鸣。居数年,吹似凤声,凤凰来止其屋。公为作凤台,夫妇止其上,不下数年。一旦,皆随凤凰飞去。"　⑧蓬岛：《史记·封禅书》："自威、宣、燕昭使人入海求蓬莱、方丈、瀛洲。此三神山者，其传在勃海中，去人不远；患且至，则船风引而去。盖尝有至者，诸仙人及不死之药皆在焉。其物禽兽尽白，而黄金银为宫阙。未至，望之如云；及到，三神山反居水下。临之，风辄引去，终莫能至云。"

【评析】

《梦粱录》卷四所记，同样剪裁得当，叙次井然，语言简洁，描写生动，可与对读：

> 临安风俗，四时奢侈，赏玩殆无虚日。西有湖光可爱，东有江潮堪观，皆绝景也。每岁八月内，潮怒胜于常时，都人自十一日起，便有观者，至十六、十八日倾城而出，车马纷纷，十八日最为繁盛，二十日则稍稀矣。十八日盖因帅座出郊，教习节制水军，自庙子头直至六和塔，家家楼屋，尽为贵戚内侍等雇赁作看位观潮。向有白乐天《咏潮》诗曰："早潮才落晚潮来，一月周流六十回。不独光阴朝复暮，杭州老去被潮催。"又苏东坡《咏中秋观夜潮》诗："定知玉兔十分圆，已作霜风九日寒。寄语重门休上钥，夜潮留向月中看。""万人鼓噪骇吴侬，犹似浮江老阿童。欲识潮头高几许，越山浑在浪花中。""江边身世两悠悠，人与沧波共白头。造物亦知人易老，故教江水更西流。""吴儿生长狎涛澜，冒利轻生不自怜。东海若知明主意，应教斥卤变桑田。""江神河伯两醯鸡，海若东来气吐霓。安得夫差水犀手，三千强弩射潮低。"林和靖《咏秋江》诗云："苍茫沙嘴鹭鸶眠，片水无痕浸碧天。最爱芦花经雨后，一篷烟火饭鱼船。"治平郡守蔡端明诗："天卷潮回出海东，人间何事可争雄。千年浪说鸱夷怒，一汐全疑渤澥空。浪静最宜闻夜枕，峥嵘须待驾秋

风。寻思物理真难到,随月亏圆亦未通。"其杭人有一等无赖不惜性命之徒,以大彩旗,或小清凉伞、红绿小伞儿,各系绣色缎子满竿,伺潮出海门,百十为群,执旗泅水上,以迓子胥弄潮之戏,或有手脚执五小旗浮潮头而戏弄。向于治平年间,郡守蔡端明内翰见其往往有沉没者,作《戒约弄潮文》云:"斗牛之外,吴越之中,惟江涛之最雄,乘秋风而益怒。乃其俗习,于此观游。厥有善泅之徒,竞作弄潮之戏,以父母所生之遗体,投鱼龙不测之深渊,自谓矜夸,时或沉溺,精魄永沦于泉下,妻孥望哭于水滨,生也有涯,盍终于天命;死而不吊,重弃于人伦。推予不忍之心,伸尔无家之戒。所有今年观潮,并依常例,其军人百姓,辄敢弄潮,必行科罚。"自后官府禁止,然亦不能遏也。向有前辈作《看弄潮》诗云:"弄罢江潮晚入城,红旗飐飐白旗轻。不因会吃翻头浪,争得天街鼓乐迎。"且帅府节制水军,教阅水阵,统制部押于潮未来时,下水打阵展旗,百端呈拽,又于水中动鼓吹,前面导引,后抬将官于水面,舟楫分布左右,旗帜满船,上等舞枪飞箭,分列交战,试炮放烟,捷追敌舟,火箭群下,烧毁成功,鸣锣放教,赐犒等差。盖因车驾幸禁中观潮,殿庭下视江中,但见军仪于江中整肃部伍,望阙奏喏,声如雷震。余扣及内侍,方晓其尊君之礼也。其日帅司备牲礼、草履、沙木板,于潮来之际,俱祭于江中。士庶多以经文,投于江内。是时正当金风荐爽,丹桂飘香,尚复身安体健,如之何不对景行乐乎?

重 九

禁中例于八日作重九排当，于庆瑞殿分列万菊，灿然眩眼，且点菊灯，略如元夕。内人乐部，亦有随花赏，如前"赏花"例。盖赏灯之宴，权舆①于此，自是日盛矣。或于清燕殿、缀金亭赏橙橘，遇郊祀岁则罢宴。

都人是月饮新酒、泛萸、簪菊，且各以菊糕为馈：以糖、肉、秫②面杂糅为之；上缕肉丝鸭饼，缀以榴颗，标以彩旗；又作蛮王狮子③于上，及麋栗为屑，合以蜂蜜，印花脱饼，以为果饵。又以苏子④微渍梅卤，杂和蔗霜、梨、橙、玉榴小颗，名曰"春兰秋菊"。雨后新凉，则已有炒银杏、梧桐子，吟叫于市矣。

【注释】

①权舆：原意为草木初发，此处引申为起始。《诗·秦风·权舆》："於我乎！夏屋渠渠。今也每食无余。于嗟乎！不承权舆。" ②秫(shú)：《说文》："秫，稷之黏者。" ③蛮王狮子：金盈之《醉翁谈录》卷四："又以泥为文殊菩萨骑狮子像，蛮人牵之，以置糕上。或以圣像不可亵渎，每糕上作小狮子形数个，或为泥鹿。" ④苏子：紫苏和白苏的种子。可以入药、榨油。

【评析】

　　文中"都人是月"云云，乃重阳习俗。杜牧《九日齐山登高》："尘世难逢开口笑，菊花须插满头归。"《续齐谐记》："汝南桓景，随费长房游学累年。长房谓景曰：'九月九日，汝家中当有灾，宜急去，命家人各作绛囊，盛茱萸以系臂，登高饮菊花酒，此祸可除。'景如言，齐家登山。夕还，见鸡犬牛羊，一时暴死。长房闻之曰：'此可代也。'今世人九日登高饮酒，妇人带茱萸囊，盖始于此。"又《梦粱录》卷五记曰："是日孟嘉登龙山落帽，渊明向东篱赏菊，正是故事。今世人以菊花、茱萸，浮于酒饮之，盖茱萸名辟邪翁，菊花为延寿客，故假此两物服之，以消阳九之厄。年例，禁中与贵家皆此日赏菊，士庶之家，亦市一二株玩赏。"所载菊糕的制法，与本书在异同之间：

　　此日都人店肆，以糖面蒸糕，上以猪羊肉鸭子为丝簇钉，插小彩旗，名曰重阳糕。禁中閤分及贵家相为馈送。蜜煎局以五色米粉塑成狮蛮，以小彩旗簇之，下以熟栗子肉杵为细末，入麝香糖蜜和之，捏为饼糕小段，或如五色弹儿，皆入韵果糖霜，名之狮蛮栗糕，供衬进酒，以应节序。

开　炉

是日，御前供进夹罗御服，臣僚服锦袄子夹公服，"授衣①"之意也。自此御炉日设火，至明年二月朔止。皇后殿开炉节排当。是月遣使朝陵，如寒食仪。都人亦出郊拜墓，用绵球楮衣②之类。

【注释】

①授衣：裁制冬衣。《诗·豳风·七月》："七月流火，九月授衣。"　②楮衣：用以祭祀的纸质冥衣。

【评析】

开炉，即开炉节，宋时谓冬季暖炉开始生火之日。可能与禅宗寺院开炉上堂有关。丁福保《佛学大词典》："开炉：禅宗寺院为防寒月，于阴历十月一日开启寮房暖炉，称为开炉。该日即称开炉日、开炉节。至次年阴历二月一日关闭，称为闭炉。开炉之日，住持上堂说法，称为开炉上堂。"《圆悟佛果禅师语录》卷二记其情形云："开炉上堂。僧问：'古者道，敲空作响，击木无声。如何是敲空作响？'师云：'释迦老子来也。'师乃云：'三世诸佛向火焰里转大法轮，热发作什么火焰？为三世诸佛说法，三世诸佛立地听，也须照顾眉毛。若是聊闻彻骨彻髓，信得及，见得彻，直下与三世诸佛同生同死，与火焰同起同灭，当处解脱得大安隐，衲被蒙头便是个清凉世界。苟或未然，只知事逐眼前过，不觉老从头上来。'"

又，文人中不乏以词吟咏此节者，如刘辰翁《汉宫春·壬午开炉日戏作》与葛立方《西江月·开炉》，情味隽永：

雨入轻寒，但新笴未试，荒了东篱。朝来暗惊翠袖，重倚屏帏。明窗丽阁，为何人、冷落多时。催重顿，妆台侧畔，画堂未怕春迟。

漫省茸香粉晕，记去年醉里，题字倾欹。红炉未深乍暖，儿女成围。茶香疏处，画残灰、自说心期。容膝好，团栾分芋，前村夜雪初归。

风送丹枫卷地。霜干枯苇鸣溪。兽炉重展向深闺。红入麒麟方炽。　翠箔低垂银蒜，罗帏小钉金泥。笙歌送我玉东西。谁管瑶花舞砌。

冬 至

朝廷大朝会庆贺排当,并如元正仪,而都人最重一阳①。贺冬车马,皆华整鲜好,五鼓已填拥杂遝于九街;妇人小儿,服饰华炫,往来如云;岳祠、城隍诸庙炷香者尤盛。三日之内,店肆皆罢市,垂帘饮博,谓之"做节②"。享先则以馄饨,有"冬馄饨,年馎饦③"之谚。贵家求奇,一器凡十余色,谓之"百味馄饨"。

【注释】

①一阳:冬至这一天太阳几乎直射南回归线,北半球白昼最短,以后夜晚渐短,白昼渐长。古人认为在天地阴阳二气中,阳气又开始占上风,故有"冬至一阳生"之说。 ②做节:南宋临安商家在冬至节三天歇业庆贺。 ③馎饦(bó tuō):即汤饼,古代的一种水煮面条。《资暇集》卷下:"至如不托,言旧未有刀机之时,皆掌托烹之,刀机既有,乃云不托。今俗字有馎饦,乖之且甚。"陆游《岁首书事》二首其二:"中夕祭余分馎饦,(乡俗以夜分毕祭享,长幼共饭其余。又岁日必用汤饼,谓之'冬馄饨,年馎饦'。)黎明人起换钟馗。"

【评析】

《东京梦华录》卷一〇云:"十一月冬至。京师最重此节,虽至贫者,一年之间,积累假借,至此日更易新衣,备办饮食,享祀先祖。官放关扑，庆贺往来，一如年节。"又，《淮南子·天文》首次完整记述了二十四节气："两维之间，九十一度十六分度之五而升，日行一度，十五日为一节，以生二十四时之变。斗指子则冬至，音比黄钟。加十五日指癸则小寒，音比应钟。加十五日指丑则大寒，音比无射。加十五日指报德之维则越阴在地，故曰距日冬至四十六日而立春，阳气冻解，音比南吕。加十五日指寅则雨水，音比夷则。加十五日指甲则雷惊蛰，音比林钟。加十五日指卯中绳，故曰春分则雷行，音比蕤宾。加十五日指乙则清明风至，音比仲吕。加十五日指辰则谷雨，音比姑洗。加十五日指常羊之维则春分尽，故曰有四十六日而立夏，大风济，音比夹钟。加十五日指巳则小满，音比太蔟。加十五日指丙则芒种，音比大吕。加十五日指午则阳气极，故曰有四十六日而夏至，音比黄钟。加十五日指丁则小暑，音比大吕。加十五日指未则大暑，音比太蔟。加十五日指背阳之维则夏分尽，故曰有四十六日而立秋，凉风至，音比夹钟。加十五日指申则处暑，音比姑洗。加十五日指庚则白露降，音比仲吕。加十五日指酉中绳，故曰秋分雷戒，蛰虫北乡，音比蕤宾。加十五日指辛则寒露，音比林钟。加十五日指戌则霜降，音比夷则。加十五日指蹄通之维则秋分尽，故曰有四十六日而立冬，草木毕死，音比南吕。加十五日指亥则小雪，音比无射。加十五日指壬则大雪，音比应钟。加十五日指子。"

赏 雪

禁中赏雪多御明远楼。（禁中称楠木楼。）后苑进大小雪狮儿[1]，并以金铃彩缕为饰，且作雪花、雪灯、雪山之类，及滴酥为花及诸事件，并以金盆盛进，以供赏玩。并造杂煎品味，如春盘馉饳、羊羔儿酒以赐。并于内藏库支拨官券数百万，以犒诸军，及令临安府分给贫民，或皇后殿别自支犒，而贵家富室，亦各以钱米犒闾里之贫者。

【注释】

[1] 雪狮儿：宋代贵族之家，每逢隆冬，开筵宴乐，塑雪狮是一种豪华的排场。《东京梦华录》卷一〇："是月虽无节序，而豪贵之家，遇雪即开筵，塑雪狮，装雪灯雪□，以会亲旧。"张耒《雪狮》："六出装来百兽王，日头出后便郎当。争眉霍眼人谁怕，想你应无熟肺肠。"

【评析】

文中"羊羔儿酒"，即羊羔酒。盛行于宋代，属补酒。苏轼《赵成伯家有姝丽仆忝乡人不肯开樽徒吟春雪谨依元韵以当一笑》自注云：

世传陶谷学士买得党太尉家故妓，遇雪，陶取雪水烹团茶，谓妓曰："党家应不识此。"妓曰："彼粗人，安有此景，但能于销金暖帐下浅斟低唱吃羊羔儿酒。"陶默然愧其言。

又，《本草纲目》卷二五记载过羊羔酒的两种酿制方法："宣和化成殿真方：用米一石，如常浸浆，嫩肥羊肉七斤，曲十四两，杏仁一斤，同煮烂，连汁拌末，入木香一两同酿，勿犯水，十日熟，极甘滑。一法：羊肉五斤煮烂，酒浸一宿，入消梨七个，同捣取汁，和曲、米酿酒饮之。"《北山酒经》所记做法，则较为复杂："白羊酒：腊月，取绝肥嫩羯羊肉三十斤（肉三十斤内要肥臕十斤），连骨，使水六斗已来，入锅煮肉，令息软，漉出骨，将肉丝擘碎，留着肉汁。炊蒸酒饭时，酌撒脂肉于饭上，蒸令软，依常拌搅，使尽肉汁六斗。泼馈了再蒸，良久卸案上，摊令温冷得所，拣好脚醅依前法酘拌，更使肉汁二升以来，收拾案上及元压面水，依寻常大酒法日数，但曲尽于酴米中用尔。（一法：脚醅发，只于酘饭内方煮肉，取脚醅一处搜拌入瓮。）"

岁　除

禁中以腊月二十四日为小节夜，三十日为大节夜。呈女童驱傩①，装六丁、六甲、六神之类，大率如《梦华》所载。后苑修内司，各进消夜果儿，以大合簇钉，凡百余种，如蜜煎珍果，下至花饧、萁豆，以至玉杯宝器、珠翠花朵、犀象博戏之具，销金斗叶、诸色戏弄之物，无不备具，皆极小巧。又于其上作玉辂，高至三四尺，悉以金玉等为饰，护以贴金龙凤罗罩，以奇侈求胜。一合之费，不啻中人十家之产，止以资天颜一笑耳。后妃、诸阁又各进岁轴儿及珠翠百事吉②、利市袋儿、小样金银器皿，并随年金钱一百二十文，旋亦分赐亲王贵邸、宰臣巨珰。至于爆仗，有为果子人物等类不一；而殿司所进屏风，外画钟馗捕鬼之类，而内藏药线，一爇，连百余不绝。箫鼓迎春，鸡人③警唱，而玉漏渐移，金门已启矣。

【注释】

①驱傩（nuó）：傩为古代的一种风俗，迎神以驱逐疫鬼，于年终举行者为大傩。《岁时广记》卷四〇：除夕时做面具，或为鬼神，或为小儿女的样子，驱傩者戴之驱鬼。《东京梦华录》卷一〇："至除日，禁中呈大傩仪，并用皇城亲事官。诸班直戴假面，绣画色衣，执金枪龙旗。教坊使孟景初身品魁伟，贯金副金锻铜甲装将军。用镇殿将军二人，亦介胄，

装门神。教坊南河炭丑恶魁肥,装判官。又装钟馗、小妹、土地、灶神之类,共千余人,自禁中驱祟出南熏门外转龙弯,谓之'埋祟'而罢。"

②百事吉:即百事吉结子,宋代年终吉祥小物件之一。《梦粱录》卷六:"医士亦馈屠苏袋,以五色线结成四金鱼同心结子,或百事吉结子,并以诸品汤剂,送与主顾第宅,受之悬于额上,以辟邪气。街市扑买锡打春幡胜、百事吉斛儿,以备元旦悬于门首,为新岁吉兆。"古人又有用食品来表达期冀百事大吉的风俗。《岁时广记》卷五:"京师人岁旦用盘盛柏一枝、柿、橘各一枚,就中擘破,众分食之,以为一岁百事吉之兆。"《西湖游览志馀》卷二〇:"签柏枝于柿饼,以大橘承之,谓之百事大吉。" ③鸡人:古报晓之官。《周礼·春官·鸡人》:"掌共鸡牲,辨其物。"《东坡志林》卷二:"《汉官仪》:宫中不畜鸡,汝南出长鸣鸡,卫士候朱雀门外,专传鸡鸣。"李商隐《马嵬二首》其二:"空闻虎旅鸣宵柝,无复鸡人报晓筹。"

【评析】

《梦粱录》卷六所记,堪与之对读:

十二月尽,俗云"月穷岁尽之日",谓之"除夜"。士庶家不论大小家,俱洒扫门闾,去尘秽,净庭户,换门神,挂钟馗,钉桃符,贴春牌,祭祀祖宗。遇夜则备迎神香花供物,以祈新岁之安。禁中除夜呈大驱傩仪,并系皇城司诸班直,戴面具,著绣画杂色衣装,手执金枪、银戟、画木刀剑、五色龙凤、五色旗帜,以教乐所伶工装将军、符使、判官、钟馗、六丁、六甲、神兵、五方鬼使、灶君、土地、门户、神尉等神,自禁中动鼓吹,驱祟出东华门外,转龙池湾,谓之"埋祟"而散。是日,内司意思局进呈精巧消夜果子合,合内簇诸般细果、时果、蜜煎、糖煎及市食,如十般糖、澄沙团、韵果、蜜姜饺、皂儿糕、蜜酥、小虬螺酥、市糕、五色其豆、炒槌栗、银杏等品，及排小巧玩具头儿、牌儿、贴儿。小酒器上插□□□□□盒子中做造像生大安辇或玉辂、九□□□□□等。是夜，禁中爆竹嵩呼，闻于街巷。□□□□□烟火屏风诸般事件爆竹，及送在□□□□□爆竹声震如雷。士庶不以贫富家□□□□□如同白日。围炉团坐，酌酒唱歌，鼓□□□□□谓之"守岁"。

文中"钟馗"，传说人物。后世图其像以除邪驱祟。《梦溪笔谈》中《补笔谈》卷三记曰："禁中旧有吴道子画钟馗，其卷首有唐人题记曰：明皇开元讲武骊山，岁□翠华还宫，上不怿，因痁作，将逾月，巫医殚伎不能致良。忽一夕梦二鬼，一大一小。其小者衣绛犊鼻，屦一足，跣一足，悬一屦，搢一大筱纸扇，窃太真紫香囊及上玉笛，绕殿而奔。其大者戴帽，衣蓝裳，袒一臂，鞹双足，乃捉其小者，刳其目，然后擘而啖之。上问大者曰：'尔何人也？'奏云：'臣钟馗氏，即武举不捷之士也。誓与陛下除天下之妖孽。'梦觉，痁若顿瘳而体益壮。乃诏画工吴道子，告之以梦，曰：'试为朕如梦图之。'道子奉旨，恍若有睹，立笔图讫以进，上瞪视久之，抚几曰：'是卿与朕同梦耳。何肖若此哉！'道子进曰：'陛下忧劳宵旰，以衡石妨膳，而痁得犯之。果有蠲邪之物，以卫圣德。'因舞蹈上千万岁寿。上大悦，劳之百金，批曰：'灵祇应梦，厥疾全瘳。烈士除妖，实须称奖。因图异状，颁显有司。岁暮驱除，可宜遍识。以祛邪魅，兼静妖氛。仍告天下，悉令知委。'"又，龚开曾借用上述传说故事，画了一幅著名的鬼趣图——《中山出游图》，描绘钟馗与小妹各坐一肩舆，在鬼卒的簇拥下乘兴出游的情景；并于图后亲书诗跋，表达见解，甚为自负："'髯君家本住中山，驾言出游安所适。谓为小猎无鹰犬，以为意行有家室。阿妹韶容见靓妆，五色胭脂最宜黑。道逢驿舍须少憩，古屋无人供酒食。赤帻乌衫固可烹，美人清血终难得。不如归饮中山酿，一醉三年万缘息。却愁有物觑高明，八姨豪买他人宅。待得君醒为扫除，马嵬金驮去无迹。'人言墨鬼为戏笔，是大不然，此乃书家之草圣也。岂有不善真书而能作草者？在昔，善画墨鬼有如颐真、赵千里。千里丁香鬼诚为奇特，所惜去人物科太远，故人得以'戏笔'目之。颐真鬼虽甚工，然其用意猥近，甚者作髯君野涸，一豪猪即之，妹子持杖披襟赶逐，此何为者耶？仆今作《中山出游图》，盖欲一洗颐真之陋，庶不废翰墨清玩，譬之书，犹真、行之间也。钟馗事绝少，仆前后为诗，未免重用。今即他事成篇，聊出新意焉耳。"

岁晚节物

腊日①，赐宰执、亲王、三衙从官、内侍省官并外阃、前宰执等腊药，系和剂局造进，及御药院特旨制造银合，各一百两以至五十两、三十两各有差。伏日，赐暑药亦同。

都下自十月以来，朝天门内外，竞售锦装新历、诸般大小门神、桃符钟馗、狻猊②虎头及金彩缕花、春帖幡胜之类，为市甚盛。八日，则寺院及人家用胡桃、松子、乳蕈③、柿、栗之类为粥，谓之"腊八粥④"。医家亦多合药剂，侑以虎头丹、八神屠苏⑤，贮以绛囊，馈遗大家，谓之"腊药"。至于馈岁盘合、酒檐⑥羊腔，充斥道路。二十四日，谓之"交年⑦"。祀灶用花饧、米饵及烧替代⑧，及作糖豆粥，谓之"口数⑨"。市井迎傩，以锣鼓遍至人家，乞求利市。至除夕，则比屋以五色纸钱、酒果，以迎送六神于门。至夜，贲烛糁盆，红映霄汉，爆竹鼓吹之声，喧阗彻夜，谓之"聒厅"。小儿女终夕博戏不寐，谓之"守岁"。又明灯床下，谓之"照虚耗⑩"。及贴天行⑪贴儿、财门于楣。祀先之礼，则或昏或晓，各有不同。如饮屠苏、百事吉、胶牙饧⑫、烧术⑬、卖懵等事，率多东都之遗风焉。守岁之词虽多，极难其选，独杨守斋《一枝春》，最为近世所称，并书于此云："爆竹惊春，竞喧阗、夜起千门箫鼓。

流苏帐,翠鼎缓腾香雾。停杯未举。奈刚要、送年新句。应自赏、歌字清圆,未夸上林莺语。　　从他岁穷日暮。纵闲愁、怎减刘郎风度。屠苏办了,迤逦柳忦⑭梅垆。宫壶未晓,早骄马、绣车盈路。还又把、月夕花朝,自今细数。"

【注释】

①腊日:俗以农历十二月八日为腊日,亦称腊八。蔡邕《独断》:"腊者,岁终大祭,纵吏民宴饮,非迎气,故但送不迎也。"《风俗通》:"礼传曰,夏曰嘉平,殷曰清祀,周曰大蜡,汉改曰腊。腊者猎也,因猎取兽祭先祖也。或曰腊接也,新故交接,狎猎大祭以报功也。"杜台卿《玉烛宝典》:"汉以戌日为腊,魏以辰,晋以丑。"《荆楚岁时记》:"十二月八日为腊日。谚语腊鼓鸣,春草生,村人并击细腰鼓,作金刚力士以逐疫。"　②狻猊(suān ní):《升庵外集》卷九:"俗传龙生九子,不成龙,各有所好……八日金猊,形似狮,好烟火,故立于香炉。"　③乳蕈(xùn):嫩质蘑菇。蕈,可食用的菌菇。　④腊八粥:源于释迦腊八成道及佛教牧女供乳糜之故实。《梦粱录》卷六:"此月八日,寺院谓之腊八。大刹等寺,俱设五味粥,名曰腊八粥。"《东京梦华录》卷一〇:"八日,街巷中有僧尼三五人,作队念佛,以银铜沙罗或好盆器,坐一金、铜或木佛像,浸以香水,杨枝洒浴,排门教化。诸大寺作浴佛会,并送七宝五味粥与门徒,谓之腊八粥。都人是日各家亦以果子杂料煮粥而食也。"　⑤八神屠苏:元日进屠苏酒,见《荆楚岁时记》,盖药酒之一种。屠苏,草名。医家多用六神为说,盖指心、肺、肝、肾、脾、胆六脏之神。八神未详。　⑥酒檐:酒担。陈著《八句呈董稼山》:"楼阁高虚压翠微,诗囊酒檐答春晖。"　⑦交年:《岁时广记》卷三九:"旧俗以七祀及百神,

每岁十二月二十四日，新旧更易，皆焚纸币，诵道佛经咒，以送故迎新，而为禳祈云。"　⑧烧替代：以纸为人形烧之，为焚者替死之意。《东京梦华录》卷一〇："二十四日交年，都人至夜请僧道看经，备酒果送神，烧阖家替代钱纸，贴灶马于灶上，以酒糟涂抹灶门，谓之醉司命。"　⑨"及作"二句：糖豆粥，即红豆粥，又名赤豆粥。《荆楚岁时记》："冬至日量日影、作赤豆粥，以禳疫。"注："共工氏有不才之子，以冬至死，为疫鬼，畏赤小豆，故冬至日作赤豆粥以禳之。"口数，即口数粥。范成大《腊月村田乐府十首序》："二十五日，煮赤豆作糜，暮夜阖家同飨，云能避瘟气。虽远出未归者亦留贮口分，至襁褓小儿及僮仆皆预，故名曰口数粥。"《梦粱录》卷六："（十二月）二十五日，士庶家煮赤豆粥，祀食神，名曰人口粥。有猫狗者亦与焉。"　⑩照虚耗：宋代京师除夕风俗，于各处燃灯及旦，以去除耗鬼。虚耗，一说为使一切财物虚耗之鬼，一说指老鼠。　⑪天行：宋世俗语谓时疫为天行，尤以指天花为多。　⑫胶牙饧：即麦芽糖。《荆楚岁时记》："元日食胶牙饧，取胶固之义。"　⑬烧术（zhú）：古代除夜风俗，烧树节、术草以助阳气。　⑭忺（xiān）：惬意。林逋《杂兴》："散帙挥毫总不忺，病怀愁绪坐相兼。"

【评析】

　　文中"卖懵"，即卖懵懂。卖痴呆（聪明留给自己），宋时节日习俗。《岁时广记》卷五："元日五更初，猛呼他人，他人应之，即告之曰：'卖与尔懵懂。'卖口吃亦然。"此俗源于古傩礼。《平江记事》："吴人自相呼为呆子，又谓之苏州呆。每岁除夕，群儿绕街呼叫云：'卖痴呆，千贯卖汝痴，万贯卖汝呆；见卖尽多送，要赊随我来。'盖以吴人多呆，儿辈戏谑之耳。吴推官尝谓人曰：'某居官久，深知吴风，吴人尚奢争胜，所事不切，广置田宅，计较微利，殊不知异时反贻子孙不肖之害，故人以呆目之,谓之苏州呆,不亦宜乎?'"又曾被范成大写入其《腊月村田乐府十首》,第九首《卖痴呆词》小序云:"分岁罢,小儿绕街呼叫云:'卖汝痴,卖汝痴!'世传吴人多呆,故儿辈讳之,欲贾其余,益可笑。"诗曰:

除夕更阑人不睡,厌禳钝滞迎新岁。小儿呼叫走长街,云有痴呆召人买。二物于人谁独无,就中吴侬乃有余。巷南巷北卖不得,相逢大笑相揶揄。栎翁块坐重帘下,独要买添令问价。儿云翁买不须钱,奉赊痴呆千万年。

《浩然斋雅谈》卷下亦载文中杨缵词,又录罗希声所书孙惟信《水龙吟·除夕》一首:"小童教写桃符,道人还了常年例。神前灶下,被除清净,献花酌水。祷告些儿,也都不是,求名求利。但吟诗写字,分数上面,略精进、尽足矣。 饮量添教不醉,好时节、逢场作戏。驱傩爆竹,软饧酥豆,通宵不睡。四海皆兄弟,阿鹊也、同添一岁。愿家家户户,和和顺顺,乐升平世。"并云:"此集中所无也。"又,守岁词,值得一提的还有宋人薛泳的一首《青玉案》:

一盘消夜江南果。吃果看书只清坐。罪过梅花料理我。一年心事,半生牢落,尽向今宵过。 此身本是山中个。才出山来便希差。手种青松应是大。缚茅深处,抱琴归去,又是明年话。(方岳《深雪偶谈》)

词乃濒老怀归,于客中守岁而赋,写出怀才不遇者对现实的深切失望之情。单就联系作者现实遭际这一点而言,不在文中所引杨缵《一枝春》之下。

卷四

故都宫殿

门：丽正（南门）、和宁（北门）、东华（东门）、西华（西门）、苑东、苑西、北宫、南宫、南水门、东水门、会通、上阁、宣德、隔门、斜门、关门、玉华阁、含和、贻谟（二门系天章阁）。

殿：垂拱（常朝四参）、文德（六参①、宣布）、大庆（明堂朝贺）、紫宸（上寿）、集英（策士）。以上谓之"正朝"，亦有随事更名②者。

后殿：延和（宿斋、避殿）、崇政（即祥曦）、福宁（寝殿）、复古（高宗建）、选德（孝宗建。御屏有监司、郡守姓名）、缉熙（理宗建）、熙明（即修政。度宗建）、明华、清燕、膺福、庆瑞（即顺庆。理宗改）、射殿、需云（大燕）、符宝（贮恭膺天命之宝）、嘉明（度宗以绎己堂改）、明堂（即文德，合祭③改）、坤宁（皇后）、秾华（皇后）、慈明（杨太后。累朝母后皆旋更名）、慈元（谢太后）、仁明（全太后）、④进食（即勤政）、钦先（神御）、孝思（神御）、清华。

堂：翠寒（高宗以日本罗木建，古松数十株）、澄碧（观堂）、芳春、凌寒、钟美（牡丹）、灿锦（海棠）、燕喜、静华、清赏、稽古（御书院）、清远、清彻、澄碧（水堂）、蕊渊、环秀（山堂）、文圃（御书院）、书林（御书院）、华馆、衍秀、披香、德勤、云锦（荷堂。李阳冰书扁）、清霁、萼绿华（梅堂。李阳冰书额，度宗易名琼姿）、碧琳、凝光、澄辉、绣香、呈芳、会景（青花石柱，香楠袱额，玛瑙石砌）、正始（后殿。谢后改寿宁殿）、怡然（惠顺⑤位）、信美（婉容⑥位）。

斋：损斋（高宗建）、彝斋、谨习斋、燕申斋。

楼：博雅（书楼）、观德、万景、清暑、清美、明远、倚香。

阁：龙图（太祖、太宗）、天章（真宗。并祀祖宗神御⑦）、宝文（仁宗）、显谟（神宗）、徽猷（哲宗）、敷文（徽宗）、焕章（高宗）、华文（孝宗）、宝谟（光宗）、宝章（宁宗）、显文（理宗）、云章（度宗）、御书、清华、凌虚、清漏、倚桂、来凤、观音、芙蓉、万春（太后殿）。

台：钦天（奉天）、宴春、秋芳、天开图画、舒啸、跑台。

轩：晚清。

阁：清华、睿思、怡真、容膝、受釐、绿绮。

观：云涛。

亭：清凉、清趣、清颢、清晖、清迥、清隐、清寒、清激（放水）、清玩、清兴、静香、静华、春妍、春华、春阳、春信（梅）、融春、寻春、映春、余春、留春、皆春、寒碧、寒香、香琼、香玉（梅）、香界、碧岑、滟碧（鱼池）、琼英、琼秀、明秀、濯秀、衍秀、深秀（假山）、锦烟、锦浪（桃花）、绣锦、万锦、丽锦、丛锦、照妆⑧（海棠）、浣绮、缀金（橙橘）、缀琼（梨花）、秾香、暗香、晚节香（菊）、岩香（桂）、云岫（山亭）、映波、含晖、达观、秀野、凌寒（梅竹）、涵虚、平津、真赏、芳远、垂纶（近池）、鱼乐（池上）、喷雪（放水）、流芳、芳屿（山子）、玉质、此君⑨（竹）、聚芳、延芳、兰亭、激湍、崇峻、惠和、浮醴、泛羽（并流杯亭）、凌穹（山顶）、迎熏、会英、正己（射亭）、丹晖、凝光、雪径（梅）、参月、共乐、迎祥、莹妆、植杖（村庄）、可乐、文杏、壶中天、别是一家春（度宗新创。或谓此非佳谶也，未几果验）。

园：小桃源（观桃）、杏坞、梅冈、瑶圃、村庄、桐木园。

庵：寂然、怡真。

坡：玛瑙、洗马。

桥：万岁、清平、春波、玉虹。

泉：穗泉。

御舟：兰桡、荃桡、旱船。

教场：南教场、北教场。

禁中及德寿宫皆有大龙池、万岁山，拟西湖冷泉、飞来峰，若亭榭之盛、御舟之华，则非外间可拟。春时竞渡及买卖诸色小舟，并如西湖，驾幸宣唤，锡赉⑩巨万。大意不欲数跸⑪劳民，故以此为奉亲之娱耳。

御园：聚景园（清波门外，孝宗致养之地，堂扁皆孝宗御书。淳熙中，屡经临幸；嘉泰间，宁宗奉成肃太后临幸。其后并皆荒芜不修。高疏寮诗曰："翠华不向苑中来，可是年年惜露台。水际春风寒漠漠，官梅却作野梅开。"）、会芳殿、瀛春堂、揽远堂、芳华堂、花光亭（八角）、瑶津、翠光、桂景、滟碧、凉观、琼芳、彩霞、寒碧、柳浪桥、学士桥、玉津园（嘉会门外。绍兴间，北使燕射于此；淳熙中，孝宗两幸；绍熙中，光宗临幸）、富景园（新门外。孝宗奉太后临幸不一。俗呼东花园）、屏山园（钱湖门外。以对南屏山，故名。理宗朝改名翠芳园。余见西湖门）、玉壶园（钱塘门外。本刘鄜王[12]园，有明秀堂。余见西湖门）、琼华园、小隐园、集芳园（葛岭。元系张婉仪园，后归太后。殿内有古梅老松甚多。理宗赐贾平章[13]。旧有清胜堂、望江亭、雪香亭等。余见西湖门）、延祥园（西依孤山，为林和靖[14]故居，花寒水洁，气象幽古。三朝临幸。余见西湖门）、瀛屿（在孤山之椒。旧名凉堂，四壁萧照[15]画山水，理宗易今名。今为西太乙宫黄庭殿）、挹翠堂（旧名黑漆堂，理宗御书）、香远（旧秀莲亭）、香月（倚里湖，旧名水堂，理宗御书）、清新（旧六橡堂）、白莲堂、六一泉[16]堂、桧亭、梅亭、上船亭、东西车马门、西村水阁、御舟港、林逋墓、陈朝桧（有御书诗）、金沙井、玛瑙坡、六一泉。

高疏寮诗云："水明一色抱神州，雨压轻尘不敢浮。山北山南人唤酒，春前春后客凭楼。射熊馆暗花扶扆，下鹄池深柳拂舟。白发邦人能道旧，君王曾奉上皇游。"

德寿宫（孝宗奉亲之所）：聚远楼（高宗雅爱湖山之胜，恐数跸烦民，乃于宫内凿大池，引水注之，以象西湖冷泉；叠石为山，作飞来峰。因取坡诗"赖有高楼能聚远，一时收拾与闲人"名之。周益公进端午帖子云："聚远楼高面面风，冷泉亭下水溶溶。人间炎热何由到，真是瑶台第一重。"孝宗御制《冷泉堂》诗以进，高宗和韵，真盛事也)、香远堂（荷）、清深堂（竹）、松菊三径（菊、芙蓉、竹）、梅坡、月榭、清妍（荼䕷）、清新（桂）、芙蓉冈。(已上并东地分。)射厅、载忻堂（御宴之所）、临赋（荷池）、粲锦（金林檎）、至乐（池上）、清旷（桂）、半绽红（郁李）、泻碧（金鱼池）。(已上并南地分。)冷泉堂（古梅）、文杏馆、静乐（牡丹）、浣溪（海棠）。(已上并西地分。)绛华（罗木堂）、旱船、俯翠（茅亭）。(已上并北地分。)重华宫（孝宗内禅所居，即德寿宫）、慈福宫（宪圣⑰书，成二太后⑱所居，即重华宫）、寿慈宫（即慈福宫。初改重寿殿）。

东宫：资善堂、凤山楼、荣观堂、玉渊堂、清赏堂、新益堂、绎己堂、射圃。

【注释】

①六参：唐时武官五品以上及折冲当番者朝参的制度。以每五日朝参一次，一月朝参六次，故称。参，《能改斋漫录》卷一："下见上谓之参，盖始于战国时也。" ②随事更名：《梦粱录》卷八："丽正门内正衙，即大庆殿，遇明堂大礼、正朔大朝会，俱御之。如六参起居，百官听麻，改殿牌为文德殿；圣节上寿，改名紫宸；进士唱名，易牌集英；明禋为明堂殿。" ③合祭：古代帝王对其世次疏远之祖，依制迁其神主于祧庙而合祭之。 ④杨、谢、全太后：分别为宋宁宗、理宗、度宗的皇后，被理宗、度宗、恭帝尊为皇太后。 ⑤惠顺：贾贵妃，谥惠顺。 ⑥婉容：宋代的嫔妃名号之一。女子初入宫名号有侍御、红霞帔，再进一步，封君，如永嘉郡君、始平郡君；南宋改君为夫人，如齐安郡夫人、咸安郡夫人、

平乐郡夫人，人数及郡名不定，再由此升为才人，由才人进为美人，再上是婕妤、昭仪、昭容、修媛、修仪、修容、充媛、婉容、婉仪、顺容、贵仪等众名号，妃一级是贵妃、淑妃、德妃、贤妃、宸妃。 ⑦祖宗神御：此指宋太祖高祖赵朓、曾祖赵珽、祖父赵敬、父亲赵弘殷的遗像。 ⑧照妆：出自苏轼《海棠》："东风袅袅泛崇光，香雾空濛月转廊。只恐夜深花睡去，故烧高烛照红妆。" ⑨此君：《世说新语·任诞》："王子猷尝暂寄人空宅住，便令种竹。或问：'暂住何烦尔？'王啸咏良久，直指竹曰：'何可一日无此君？'" ⑩锡赉（lài）：赏赐。《文心雕龙·指瑕》："夫赏训锡赉，岂关心解。" ⑪跸（bì）：帝王外出时清道戒严。《汉书·叔孙通传》："惠帝为东朝长乐宫，及间往，数跸烦民，作复道，方筑武库南。" ⑫刘郿王：刘光世，卒赠太师，后改封郿王。 ⑬贾平章：贾似道以其姊为贵妃而获宠，官至参知政事、右丞相。 ⑭林和靖：林逋，谥和靖先生。 ⑮萧照：高宗时任画院待诏。 ⑯六一泉：欧阳修，晚号六一。《西湖梦寻》卷三："六一泉在孤山之南，一名竹阁，一名勤公讲堂。宋元祐六年，东坡先生与惠勤上人同哭欧阳公处也。勤上人讲堂初构，掘地得泉，东坡为作泉铭。以两人皆列欧公门下，此泉方出，适哭公讣，名以六一，犹见公也。其徒作石屋覆泉，且刻铭其上。" ⑰宪圣：宋高宗吴皇后卒谥宪圣慈烈，故称。 ⑱成二太后：宋孝宗夏皇后、谢皇后，卒谥成恭太后、成肃太后，故称。

【评析】

周密详录"故都"的四百多处"宫殿"，可以说正是为了"忘却"的纪念。江山依旧在，而王朝的更迭，终归不以个人意志为转移地发生了。文中所引高似孙第一首诗，《咸淳临安志》卷一五、《两宋名贤小集》卷三一三、《宋诗纪事》卷五五均题《聚景园》；第二首诗，《咸淳临安志》

卷一五题《四圣观凉堂》，《两宋名贤小集》卷三一三题《四圣观》，《宋诗纪事》卷五五题《延祥观》。苏轼"赖有"二句，出自《单同年求德兴俞氏聚远楼三首》其一："云山烟水苦难亲，野草幽花各自春。赖有高楼能聚远，一时收拾与闲人。"其余二首为："无限青山散不收，云奔浪卷入帘钩。直将眼力为疆界，何啻人间万户侯。""闻说楼居似地仙，不知门外有尘寰。幽人隐几寂无语，心在飞鸿灭没间。"周必大诗，《文忠集》卷一一八题《太上皇后阁》，为淳熙四年所作七言端午帖子三首中的第一首，其余二首为："十楝水殿枕湖流，时从东皇御画舟。楚俗不须夸竞渡，新荷香处且夷犹。""午节人传百药良，三千玉女斗群芳。销忧萱草名空美，长乐宫中乐更长。"

文中提及的宋孝宗所制《冷泉堂》诗，《御选宋诗》卷一题作《题宫内飞来峰冷泉堂》："山中秀色何佳哉，一峰独立名飞来。参差翠麓俨如画，石骨秀润神所开。忽闻仿像来宫阃，指顾已惊成列岫。规模绝似灵隐前，面势恍疑天竺后。孰云人力非自然，千岩万壑藏云烟。上有峥嵘倚空之翠壁，下有潺湲漱玉之飞泉。一堂虚敞临清沼，密荫交加森羽葆。山头草木四时春，阅尽岁寒长不老。圣心仁知情优闲，壶中天地非人间。蓬莱方丈渺空阔，岂若坐对三神山。日长雅趣超尘俗，散步逍遥快心目。山光水色无尽时，长将挹向杯中渌。"其中，"山中秀色"原作"山中色秀"，据《咸淳临安志》卷二校改。高宗和诗当已无存。

乾淳教坊乐部

杂剧色

德寿宫：刘景长（使臣①）、王喜（保义郎②，头名都管使臣，又名公谨，号玩隐老人）、茅山重（茅牙头）、盖门贵、盖门庆（末）、侯谅（侯大头，次末）、张顺、曹辛、宋兴（燕子头）、李泉现（引③兼舞三台）。

衙前：龚士美（使臣都管）、刘恩深（都管）、陈嘉祥（节级④）、吴兴祐（德寿宫引兼舞三台）、吴斌、金彦（管干教头）、王青、孙子贵（引）、潘浪贤（引兼末部头）、王赐恩（引）、胡庆全（蜡烛⑤头）、周泰（次）、郭名显（引）、宋定（次德寿宫蚌蛤头）、刘信（副⑥部头）、成贵（副）、陈烟息（副大口）、王侯喜（副）、孙子昌（副末节级）、焦金色、杨名高（末）、宋昌荣（副，欢喜头）。

前教坊：伊朝新、王道昌。

前钧容直⑦：忤谷丰（五味粥）、李外喜。

和顾⑧：刘庆（次刘衮）、梁师孟、朱和（次贴⑨衙前鳝鱼头）、宁贵（宁镢）、蒋宁（次贴衙前利市头）、司进（丝瓜儿）、郝成（次贴衙前小锹）、高门兴、高门显（羔儿头）、高明（灯搭儿）、刘贵、段世昌（段子贵）、司政（仙鹤儿）、张舜朝、赵民欢、龚安节、严父训、宋朝清、宋昌荣（二名守衙前）、周旺（丈八头）、卞畴、宋吉、伊俊、汪泰、王原全（次贴衙前）、王景、郑乔、王来宣、张显（守阙祗应黑俏）、焦喜（焦梅头）。

歌板色

德寿宫：李行高（笛兼）。

衙前：王信（拍兼）。

拍板色（衙前笛色，王均；觱篥色，郑彦；周贤良，兼拍板）

德寿宫：刘益（使臣）、谢春泽。

衙前：吴兴祖（节级）、赵永（部头）、花成、时世俊（守阙节级）。

前钧容直：崔喜。

琵琶色（衙前豪师古兼琵琶）

德寿宫：胡永年（武功大夫）、谢圣泽。

衙前：焦进（部头）、赵昌祖、段从善。

和顾：吴良辅、豪士英、曹彦国。

箫色

衙前：曾延庆（部头）、刘珦、周济（部头）。

和顾：朱世良（兼筝）、王谨、刘宗旺、周亨、陈龠。

嵇琴[⑩]色

德寿宫：曹友闻（承节郎守阙都管）。

衙前：杨春和（人员守阙都管）、魏国忠（节级兼舞）、孙良佐、石俊、冯师贤。

和顾：刘运成、赵进（杖鼓兼）、惠和、冯师贤、王处仁。

筝色

德寿宫：朱邦直（忠训郎）。

衙前：张行福（部头）、豪士良、高俊。

前教坊：聂庭俊。

前钧容直：李吉。

笙色

德寿宫：汤士成、孙显祖。

衙前：宋世宁（节级）、豪师古（兼琵琶）、傅诏（管干人）、邓孝仁、赵福（兼德寿宫）。

前钧容直：吴胜。

前教坊：刘永显。

和顾：张世荣、康彦和、王兴祖。

觱篥色

德寿宫：田正德（教坊大使）、鞠思忠、孙庆祖、刘舜俞、陈永良。

衙前：李祥（守阙节级）、仇彦（节级）、王恩（节级）、李和（部头）、时世荣（部头）、王正德、王道和、慢守恭、李遇、金宗信（兼德寿宫）、郑彦（兼拍板）、张匀、刘道、朱贵（管干人）、曹彦兴、吴良佐、孟诚、陈祐、丘彦（管干人）、邓孝元、王永、周贤良（兼拍板）、陈师授（兼德寿宫）、陈永良（兼德寿宫）。

前教坊：戚兴道、李彦美、郭席珍。

前钧容直：王宣、唐政。

和顾：于庆（兼舞）、冯宣、王椿、倪润、李祥（守阙节级）、陈继祖、季伦、张彦明、陈良畴、冯异、商翼、时世显、王文信、王延庆、谢润、张荣（第三名守阙衙前）、时显祖、费仍裕、任再兴、李乐正、蔡邦彦、郑彬、时允恭、金润、王寿、王思齐、于成、孙良辅、崔显、卢茂春、王师忠、宋康宁、张端、顾宣、王仲礼、郭达宗、刘顺（守阙衙前）。

笛色

德寿宫：元守正（忠翊郎）、孙福（使臣）、孙继祖、张行谨。

衙前都管：孙福（使臣）、朱榛（人员守阙都管）、张守忠（节级）、杨胜（节级）、王喜（节级）、张师孟（部头）、岳兴（部头）、李智友、段从礼、朱顺、陈俊、雷兴祖、王仕宁、时宝（部头兼德寿宫）、孙进、郭彦、杨选（兼德寿宫）、金仪、赵俊（守阙节级）、赵顺、杨元庆、时定、赵兴祖、阴显祖、丘遇、徐识、孙显、王筠（兼德寿宫拍板）、张荣、郭亨、元舜道。

前教坊：金宗训、俞德、谢祖良、曾延广、李进。

前钧容直：王喜、俞德、冀恩。

和顾：张亿、茆庆、张师颜、刘国臣、赵昌、张广、元舜臣、沈琮（杖鼓）、胡良臣、王师仲、徐亨、张义、林显、郑青、陈士恭、巫彦、朱世荣、朱绍祖、翟义、张孝恭、汪定、费兴、李升、冯士恭、陈宝、杨善、尹师授、张介、贺宣、朱荣、朱元（守阙衙前）、轩定（鼓板）、张成（鼓板）、阎兴（鼓板）、王和（鼓板）、陈焕、张世亨、许珍、张渊、孙显宗、崔成（守阙衙前）。

方响色

德寿宫：齐宣、田世荣。

衙前：葛元德（部头）、于喜、齐宗亮（管干人）。

前钧容直：高福。

和顾：马重荣、尹朝、于通、刘才高。

杖鼓色

德寿宫：张名高、孟清。

衙前：高宣（节级）、时思俊（守阙节级部头兼板）、程盛、齐喜、孟文叔（守阙节级）、时和、邓友端、徐宗旺、吴兴福（兼德寿宫）、邓世荣、张兴禄（管干人）、叶喜（兼德寿宫）。

前教坊：鞠端。

前钧容直：阎兴、邢智。

和顾：张士成、张润、张义、张世昌、张世显、孙荣、段锦新、蔡显忠、齐宗景、郭兴祖、时康宁、高润、张皋、傅良佐、李晋臣、思芸、范琦、段锦。

大鼓色

德寿宫：张佑、李吉。

衙前：董福（部头）、李进、周均（小唱[11]）、张佑（兼德寿宫）。

和顾：赵庆（鼓儿）、刘成、孙成（鼓儿习学大鼓）、王富（勾般习学大鼓）、尹师聪（鼓儿）、张守道（唱道情[12]）、张升（鼓儿）、宋棠（掌仪下书写文字）、喻祥（小唱）、钱永（守阙衙前）。

舞旋[13]（嵇琴，魏国忠；琵琶，豪士英并兼舞三台）

德寿宫：刘良佐（武德郎）。

御前：杜士康。

和顾：于庆。

杂剧三甲

刘景长一甲八人：戏头李泉现，引戏吴兴祐，次净茆山重、侯谅、周泰，副末王喜，装旦孙子贵。

盖门庆进香一甲五人：戏头孙子贵、引戏吴兴祐、次净侯谅、副末王喜。

内中祗应一甲五人：戏头孙子贵、引戏潘浪贤、次净刘衮、副末刘信。

潘浪贤一甲五人：戏头孙子贵、引戏郭名显、次净周泰、副末成贵。

筑球三十二人

左军一十六人：球头张俊、跷球王怜、正挟朱选、头挟施泽、左竿网丁诠、右竿网张林、散立胡椿等。

右军一十六人：球头李正、跷球朱珍、正挟朱选、副挟张宁、左竿网徐宾、右竿网王用、散立陈俊等。

杂班：双头侯谅，散耍刘衮、刘信。

小乐器：嵇琴曹友闻、箫管孙福、篥⑭刘运成、拍侯谅。

鼓板

衙前一火：鼓儿尹师聪，拍张顺，笛杨胜、张师孟。

和顾二火：笛张成（老僧）、阎俊（望伯）、张喜、鼓儿张升、笛王和（小四）、鼓儿孙成（换僧）、拍张荣（狗儿）。

马后乐⑮

拍板：吴兴祖。

觱篥：田正德、孙庆祖、陈师授。

笛：孙福、时宝、元守正。

提鼓：孙子贵、札子、孟清、时世俊、高宣、吴兴福、张兴禄。

内中上教博士

王喜、刘景长、曹友闻、朱邦直、孙福、胡永年（各支月银一十两）。

杂剧：王喜、侯谅、吴兴福、吴兴祐、刘景长、张顺。

拍板：田正德、谢春泽。

琵琶：胡永年。

舞：刘良佐。

嵇琴：曹友闻、杨春和。

筝：朱邦直。

方响：齐宣。

笙：汤士成。

篥：刘运成。

觱篥：孙庆祖。

笛：孙福、时宝。

掌仪范等合干人

掌仪范：朱邦直、曹友闻、元守正、孙福、朱榛（守阙）。

衙前都管：刘恩深、孙福、王公谨（守阙）。

管干教头：朱贵、张兴禄、丘彦、傅绍、齐宗亮。

逐色部头：刘信、赵永、焦进、周济、杨春和、宋世宁、李和、时世荣、时宝、岳兴、葛元德、高宣、董福、时世俊、杜士康、潘浪贤。

【注释】

①使臣：都管使臣，指皇帝派遣专门负责德寿宫杂剧演出的官员。　②保义郎：官阶名。北宋徽宗时重定武职官阶，保义郎在五十二阶中居第四十九，旧称右班殿直置。南宋高宗时改官阶次序，在有品之武职五十二阶中，保义郎序列第五十。　③引：《梦粱录》卷二〇："引戏色分付。"有安排、委派的意思。杂剧演出时指挥其他艺人上下场，解说人物动作，介绍剧情。　④节级：即捷讥，取便捷讥谑之意。本指唐宋时军中的低级武官，后来艺人在剧中扮演此类官吏，遂以官名称之。　⑤蜡烛：或指扮演饥病人的脚色。以蜡渣惨白或黄色，正为饥病之人的脸色。　⑥副：副末。《梦粱录》卷二〇："副末色打诨。"即插科打诨、戏谑嘲弄的脚色。　⑦钧容直：《宋史·乐志》："钧容直，亦军乐也。太平兴国三年，诏籍军中之善乐者，命曰引龙直。每巡省游幸，则骑导车驾而奏乐。"《江邻几杂志》："钧容击鼓，百面如一。教坊不如他齐整，打一面如打百面。"　⑧和顾：即和雇，临时雇佣的民间乐人。《汉书·晁错传》："敛民财以顾其功。"颜师古注："顾，雠也。若今言雇赁也。"初无专名，仅谓"顾倩"而已。《东京梦华录》卷八："八月秋社，各以社糕、社酒相赍送。贵戚宫院以猪羊肉、腰子、妳房、肚肺、鸭饼、瓜姜之属，切作棋子片样，滋味调和，铺于饭上，谓之社饭，请客供养。人家妇女皆归外家，晚归，即外公姨舅皆以新葫芦儿、枣儿为遗。俗云宜良外甥。市学先生预敛诸生钱作社会，以致雇倩、祗应、白席、歌唱之人。归时各携花蓝、果实、食物、社糕而散。春社、重午、重九亦是如此。"　⑨贴：即贴净，

比次净更为次要的净色。　⑩嵇琴：或称稽琴、奚琴。《事物纪原》卷二："杜挚赋序曰：'秦末人苦长城之役，弦鼗而鼓之。记以为琵琶之始。'按，鼗如鼓而小，有柄，长尺余。然则系弦于鼓首而属之于柄末，与琵琶极不仿佛，其状则今嵇琴也是。嵇琴为弦鼗遗象明矣。唐《礼乐志》曰：'琵琶体圆修颈而小，号秦汉子，盖弦鼗之遗制，出于胡中，传为秦汉所作。'今人又号嵇琴为秦汉子。《通典》亦云：'秦汉子本出胡中，俗传是汉制兼以秦制者。盖兼用秦汉之法。'而诸家皆记为琵琶之始，何也？或曰嵇琴，嵇康所制，故名嵇琴。虽出于传诵，而理或然也。"《梦溪笔谈》补笔谈卷一："熙宁中宫宴，教坊伶人徐衍奏稽琴，方进酒而一弦绝，衍更不易琴，只用一弦终其曲，自此始为一弦嵇琴格。"欧阳修《试院闻奚琴作》："奚琴本出奚人乐，奚虏弹之双泪落。"　⑪小唱：《都城纪胜》："唱叫小唱，谓执板唱慢曲、曲破，大率重起轻杀，故曰浅斟低唱。与四十大曲舞旋为一体。"　⑫道情：曲艺的一种，原为道教所唱的经韵、道歌，宋代成为一种说唱形式，以渔鼓和简板击节伴奏，有唱有说。　⑬舞旋：宋代一种既在宫廷，又在民间流传的舞蹈形式。在大型酒宴间，或勾栏广场演出时，常与乐曲、杂剧、马戏穿插或轮换表演。主要特征可能是不拿舞具，徒手作舞，并是以旋转舞艺为主的小型舞蹈。　⑭篅（qín）：古代乐器名，形制如筝，有七弦。　⑮马后乐：《演繁露》卷七："今郡守马后乐，即古鼓吹也。"

【评析】

　　文中的"部头"，是指宋代伶官乐师、教坊属下各部的头领，即各乐部之首。《齐东野语》卷一七："赵元父祖母齐安郡夫人徐氏，幼随其母入吴郡王家，又入平原郡王家，尝谈两家侈盛之事，历历可听。其后翠堂七楹，全以石青为饰，故得名。专为诸姬教习声伎之所，一时伶官乐师，皆梨园国工也。吹弹舞拍，各有总之者，号为部头。每遇节序生辰，则旬日外依月律按试，名曰小排当，虽中禁教坊所无也。"《癸辛杂识》后集："韩平原被诛之夕，乃其宠姬四夫人诞辰，张功甫移庖大燕，至五更方散，大醉几不可起。干办府事周筠以片纸入投云：'闻外间有警，不佳，乞关阁门免朝。'韩怒曰：'谁敢如此！'至再三，皆不从。乃盥栉取瑞香番罗衣一袭衣之，登车而往。旋即殿司军已围绕府第矣。是夕所用御前乐部伶官皆闭置于内，饥饿三日始放去。时赵元父祖母蕲国夫人徐氏与其母安部头皆在府中，目击其事。"

当然，宋代教坊乐部也会发生变化，不是一成不变的，如《梦粱录》卷二〇所载："旧教坊有筚篥部、大鼓部、拍板部。色有歌板色、琵琶色、筝色、方响色、笙色、龙笛色、头管色、舞旋色、杂剧色、参军等色。但色有色长，部有部头。上有教坊使、副钤辖、都管、掌仪、掌范，皆是杂流命官。……绍兴年间，废教坊职名，如遇大朝会、圣节，御前排当及驾前导引奏乐，并拨临安府衙前乐人，属修内司教乐所集定姓名，以奉御前供应。……南渡以后，教坊有丁汉弼、杨国祥等。景定年间至咸淳岁，衙前乐拨充教乐所都管、部头、色长等人员，如陆恩显、时和、王见喜、何雁喜、王吉、赵和、金宝、范宗茂、傅昌祖、张文贵、侯端、朱尧卿、周国保、王荣显等。"

卷五

湖山胜概

南山路（自丰乐楼南，至暗门钱湖门外，入赤山烟霞石屋止。南高峰、方家峪、大小麦岭并附于此）

丰乐楼（旧为众乐亭，又改耸翠楼，政和中改今名。淳祐间，赵京尹与籑重建，宏丽为湖山冠。又甃①月池，立秋千、梭门，植花木、构数亭，春时游人繁盛，旧为酒肆，后以学馆致争，但为朝绅同年会拜乡会之地。林晖、施岳皆有赋，赵忠定②《柳梢青》云："水月光中，烟霞影里，涌出楼台。空外笙箫，云间笑语，人在蓬莱。　天香暗逐风回。正十里、荷花盛开。买个小舟，山南游遍，山北归来。"吴梦窗尝大书所赋《莺啼序》于壁，一时为人传诵）、湖堂（旧在耸翠楼侧，又有集贤亭，今并不存）、吕洞宾祠（旧传洞宾尝至此）、灵芝崇福寺（钱王故苑，以芝生其间，舍以为寺，故名灵芝。高宗、孝宗凡四临幸。有浮碧轩、依光堂，亦为新进士会拜、题名之所。朱静佳诗云："黄金匝地小桥通，四面清平纳远空。云气长扶天子座，日光浮动梵王宫。残碑几字莓苔雨，清磬一声杨柳风。沙鸟不知行乐事，背人飞过夕阳东。"③)、显应观（祀磁州神崔府君，六月六日生日，其朝游人甚盛。咸淳间改昭应，今归灵芝寺。旧有萧照山水及苏汉臣画壁，今不复存矣）、杨郡王府④上船亭、聚景园（详见御园门）、灵应堂（俗呼包道堂）、宝莲院、紫霄宫廨院、宝成院（旧名释迦）、兴福院、永隆院、慧光尼庵（张循王府）、省马院船步（内有正觉、超化二院）、长桥、妙净院、宝德寺（杨和王⑤重建，充三衙建圣节道场）、希夷⑥道堂（刘蓑衣⑦建于南屏园左，今移于此）、真珠园（有真珠泉、高寒堂、杏堂、水心亭、御港，曾经临幸，今归张循王府）、南园（中兴后所创，光宗朝，赐平原郡王韩侂胄，陆放翁⑧为记。后复归御前，改名庆乐。赐嗣荣王与芮，又改胜景。有许闲堂、和容射厅、寒碧台、藏春门、凌风阁、西湖洞天、归耕庄、清芬堂、岁寒堂、夹芳、豁望、矜春、鲜霞、忘机、照香、堆锦、远尘、幽翠、红香、多稼、晚节香等亭，秀石为上，内作十样锦亭，并射圃、流杯等处。弁阳翁诗云："清芬堂下千株桂，犹是韩家旧赐园。白发老翁和泪说，百年中见两平原。"又云："旧事凄凉尚可寻，断碑空卧草深深。凌风阁下槎牙树，当日人疑是水沉。"⑨）、雷峰显严院（郡人雷氏所居，故名雷峰。钱王妃建寺筑塔，名皇妃塔。或云地产黄皮，遂讹为黄皮塔。山顶有通玄亭、望湖楼）、普宁寺（又名白莲，有铁塔一，石塔二）、云涛观、净相院（旧名瑞相，有无尽意阁、娱客轩、一段奇轩，幽深可喜。今皆不存）、上清宫（葛仙⑩炼丹旧址，道士胡莹微⑪祖筑庵，郑丞相清之⑫曾此读书。淳祐中重建，赐今额，理宗御书清净道场）、甘园（内侍甘昪园，又名湖曲，曾经临幸。至今有御爱松、望湖亭、小蓬莱、西湖一曲，后归赵观文，又归谢节使⑬。弁阳翁诗云："小小蓬莱在水中，乾淳旧赏有遗踪。园林几换东风主，留得庭前御爱松。"）、御船坊（理宗御舟在焉）、净慈报恩光孝禅寺（孝宗尝临幸。山曰南屏，有慧日峰，旧名慧日永明。太宗赐寿宁院额，孝宗御书慧日阁。有千佛阁、五百罗汉堂。理宗御书华严法界、正偏知阁等额。梁贞明⑭大铁锅存焉。画壁作五十三参⑮等。寺后庵宇甚幽，大抵规模与灵隐相若，故二寺号南北山之最。东坡诗云："卧闻禅老入南山，净扫清风五百间。"其宏壮自昔已然，今益侈大矣）、山南照庆院、惠照寺（后为斋宫，今归净慈）、南屏御园（正对南屏山，又名翠芳）、南屏兴教寺（旧名善庆，有齐云亭、清旷楼、米元章⑯书琴台及唐人磨崖⑰八分家人卦⑱、《中庸》、《乐记》篇，后人于石傍刊"右司马温公⑲书"六字，其实非公书也）、广法院（齐王⑳功德院，有清旷亭）、法因院（景献太子㉑殡㉒所，有古铁塔、钱王井）、宝林院（庄文太子㉓殡所，旧名总持，有可赋轩）、赤山殡宫（旧为瑞龙寺，后为安穆、成恭、慈懿、恭淑四后㉔殡所，今为炽盛光寺）、修吉寺（旧瑞龙寺移于此，有西湖奇艳）、正济寺（又名普门）、法雨寺（旧名水心，又改云龙，有赵清献㉕、杨无为㉖题名等）、安福尼寺、极乐尼寺、高丽寺㉗（旧名惠因寺，湖山间惟此寺无敕额。元丰间，高丽王子僧统义天入贡，学贤首教于此，因施金建华严阁，有易庵、期忏堂。皇姑成国公主㉘殡所）、惠因桥（秦少游㉙《龙井纪游》所谓"濯足于惠因涧"，即此是焉）、玉岑山、广果寺、开化尼寺、六通慈德院（旧名惠德塔）、法兴院、保福院、长耳相院（旧名法相）、定光庵（有定光泉）、永庆院、延长真如院、延寿山、净梵院（旧名瑞峰）、崇教院、石屋洞（大仁院，有石庵、天成石罗汉，其洞后又一石洞，名蝙蝠洞）、水乐洞（院名西关净化，即满觉院山。孝宗时赐李隶，慈明殿赐杨郡王，后归贾平章。山石奇秀，中一洞嵌空有声，以此得名。有声在堂、界堂、爱此留照、独喜玉渊、漱石宜晚、上下四方之宇诸亭及金莲池）、满觉院（旧名圆兴，今在水乐洞岭傍）、石佛接待庵、烟霞洞（清修院，有象鼻石、佛手岩、石罗汉、东坡留题等）、归云庵（宁宗时，水庵清禅师坐禅石窟中，闻南峰钟鸣，遂大悟。今改永兴庵）、关真人道院、小龙井（井侧有龙王祠）、南高峰塔（荣国寺。有白龙王祠及五显祠。险峻甚于北峰，中有坠石。相传云，昔有道者镇魔于此。又有颍川泉）。

方家峪（自方家峪至冷水峪、慈云岭泥路，嘉会门外至大慈山、龙山）

遇真道院、悟真道院、崇真道院、广教院（号小南屏）、褒亲崇寿寺（在凤凰山。刘贵妃功德，有凤凰泉、瑞应泉、松云亭、观音洞、笔架池、偃松、交枝桧。三门有陈公储[30]画龙，甚奇。弁阳翁诗云："鹤羽鸾绡事已空，奉华遗寺对高松。宫斜凤去无人见，且看门前粉壁龙。"奉华，刘妃阁名）、西莲瑞相院（黄贵妃功德）、地藏尼寺、慈光尼寺（张府功德）、广慈院（旧名广福）、宝藏院（有乌龙井、钱武肃庙碑。改额表忠观，立碑，碑抬府学。今钱氏五王庙在焉）、宁清广福院（陈淑妃香火院，院虽小而幽邃可喜)、福全尼寺、广严院（旧名妙严。有徐正节㉛墓）、广恩院、净教院（蔡贵妃殯所）、安福禅院（内侍陈都知㉜香火，名小陈寺）、水月寺（路口有灵因石）、崇教院（旧名荐福，有珍珠泉）、慈云岭、华津洞（赵冀王府园，园水石甚奇胜，有仙人台基）、西林法惠院（旧名兴庆，钱王建。有雪斋㉝，秦少游记、东坡诗）、冷水峪、梯子岭、净明院（郊坛斋宫，有易安斋、梅岩、高、孝两朝御和诗㉞。满山皆棕榈。旧有江月庵、筇乌㉟亭）、龙华宝乘院（本钱王瑞荨园舍建，有傅大士㊱塔，并拍板、门槌犹存，有温公祠堂题名）、天华寺（镜清禅师道场，旧名千春龙册，有颐轩、妙音楼、化生池）、感业寺（旧名天龙，有木观音像）、胜相院（旧名龙兴千佛，有五丈观音像、二并阁、释迦丈六金身像）、大通院（旧名显明）、天真院（旧名登云台，有灵化洞）、龙华山（有石如龙，与两石龙寺接）、下石龙净胜院、上石龙永寿院（旧名资贤，石崖刻仁宗《佛牙赞》）、郊台（钱王郊台亦近焉）、道林院（旧名普济）、大慈寺、般若院、宝惠院（旧名普济）、钱王坟（文穆、忠献二王葬此）、长庆崇福院（皇叔祖太师和王㊲功德）、窑池（一名乌菱池）、圣果寺（在包家山）、真觉院（旧名奉庆，有东坡《瑞香花》诗）、包家山桃花关（桃花甚盛，旧有"蒸霞"二字，春日游人甚多）、法云寺（旧名资崇）、大慈山（旧有广福金书院额）、虎跑泉（旧传性空禅师居此，无泉，二虎跑地而出。东坡诗云："虎移泉眼趁行脚，龙作浪花供抚掌。"）、乾溪寨、小杨寺、香严寺。

小麦岭（饮马桥前后巷至龙井，止九溪十八涧）

道人山（有石洞）、饮马桥（地名放马场）、旌德显庆教寺（咸淳甲戌冬，改旌德袭庆。慈明太后香火。方丈有轩，曰云扉；后山有泉石甚奇，曰林泉。有清壑、凝紫、静云等诸亭）、南山禅关（又名龙井路，今又改南天竺）、仰妃墓（吴越钱王妃）、梅坡园（杨郡王园。又名总秀）、灵隐观（宁宗朝张知宫创，御书冲隐庵。淳祐中道士范善迁重建，赐名今额。今庵在观右，而观改仁寿院矣）、太清宫（宁宗时朱灵宝守固建，杨太后书《道德经》石幢[38]。有岁寒轩、养性、凝神二堂，后为贾贵妃功德，今改观音院）、松庵（杨郡王府）、崇报显庆院（旧名栖真，章粢质夫[39]功德，后为永王[40]、沂王[41]殡所）、章司徒[42]（名得象，枢使粢之祖，栖真院碑可考）墓、翁五峰[43]墓（名孟寅，字宾旸）、徐典乐[44]墓（名申，字干臣，号青山翁）、强金紫[45]墓（名至，字几圣，今石羊虎犹存。其子文宪公渊明[46]墓，在西溪岭钦贤乡，诸子亦多祔[47]此）、陈拾遗墓（唐人，岁久莫考名字，在积庆山下）、冰壑书堂（金枢密渊[48]，号冰壑，尝作书堂于此，因葬焉。积庆、永清二山在后，平鼎山在左，湖山在前。凡钱塘城邑江湖之胜，皆近在几席间。乃南北二峰中之最高一山也。有君子、天一二泉。理宗御书积庆山怡颜藏书农圃以赐，又赐功德寺名曰积庆教忠，后不及建而止）、赞宁[49]塔（天圣间葬此）、灵石山、薛开府[50]墓（名居正，谥贞显）、崇因报德院（有灵石泉，又名岁寒泉，甚清。高宗尝临幸。院与积庆山后永清院皆薛开府功德。此院已废，独灵石塔犹存）、净林广福院（开府杨庆祖[51]坟庵，土人呼为上杨庵。有松关、南泉、芳桂亭。姜白石与铦朴翁[52]等三人来游，诗云："四人松下共盘桓，笔砚花壶石上安。今昔兴怀同此味，老仙留字在屝颜。"后为演福寺，遂废)、无垢寺（旧名无著，乃无著禅师[53]道场，旧在石人岭。庆元中，韩平原以寺为生坟，遂移寺于此。嘉定十一年重修，有鸦鸡岩、仙人台、清音轩，偃松下有茯苓，因名泉为茯苓泉，后为演福寺，遂废)、崇恩演福教寺（宝祐丁巳重建，咸淳中，改禅寺，德祐后，复为教寺。贾贵妃殡所。周汉国端孝公主祔焉。旧山门有妙庄严域，及生清净心亭、诸天阁、真如亭、罗汉阁、灵石堂)、鸡笼山、金钟峰、褚家坎（汉末褚盛族，旧有居此者)、白莲院（相传晋肇法师[54]讲经于此)、风篁岭、小水乐（福邸园)、二老亭[55]（后改德威，旧在风篁岭头。东坡、辩才[56]往来于此，皆有诗。今移于龙井祠下)、龙井（吴赤乌[57]中，葛稚川尝炼丹于此。在风篁岭上，岩壑林樾幽古，石窦一泓，清澈翠寒，甘美可爱，虽久旱不涸。石上流水处，其色如丹，游者视久水辄溢，人去即减，其深不可测。相传与江海通，有龙居之，每祷雨必应。或见小蟹、斑鱼、蜥蜴之类。井旁有惠济龙王祠)、陈寺丞[58]墓（名刚中。绍兴中，以言事，与张状元九成[59]连坐，谪知虔州安远县而卒，后葬风篁岭沙盆坞)、胡侯[60]墓（名则，知杭州。庙在墓前)、刘庵（孝宗朝刘婉容殡所，今归龙井寺)、龙井延恩衍庆寺（辩才故地，旧名报国看经院，后改寿圣，东坡书额犹存。又改广福，元祐以来，诸贤留题甚多，及东坡《竹石》、廉宣仲[61]《枯木》。寺前有过溪桥，又名归隐桥，又名二老桥。寺有方圆庵、寂照阁、清献赵公闲堂、讷斋、潮音堂、涤心沼、镜清堂、冲泉、萨埵石、辩才清献东坡三贤祠、辩才塔、诸天阁，山有狮子峰)、叶苔矶[62]墓（元素，字唐卿，诗人）、五云山（中有真际院。岭上有天井，大旱不竭）、九溪十八涧。

大麦岭

法空寺（旧名资庆）、南资圣院（濮王[63]坟）、花家山、净安院（内侍董宋臣香火）、卢园（内侍卢允升园。景物奇秀，西湖十景所谓"花港观鱼"即此处也）、崇真宫（昔为女冠[64]，今为永净尼寺）、茆家步、独角门、净严广报院（内侍董永仲功德）、隆兴庵（杨寺廨院）、黄泥岭、水陆庵（杨寺廨院，后名庆安院）、妙心寺、水竹坞。

西湖三堤路（苏公堤自南新路直至北新路口，小新堤自曲院至马塍桥）

苏公堤（元祐中，东坡守杭日所筑。起南迄北，横截湖面，夹道杂植花柳，中为六桥九亭。坡诗云："六桥横截天汉上，北山始与南屏通。忽惊二十五万丈，老蛟席卷苍烟空。"后守林希[65]榜之曰苏公堤。章子厚[66]诗云："天面长虹一鉴痕，直通南北两山春。"）、第一桥（港通赤山教场南来，名映波）、旌德观（元系定香寺旧址，宝庆间，京尹袁韶[67]改建为观。有西湖道院，虚舟、云锦二亭。今复为定香教寺）、先贤堂[68]（名仰高，祠许由以下共四十人，刻石作赞，具载事迹。中以宝庆初巴陵之事[69]，谓潘阆有从秦王[70]之嫌，遂去之，及节孝妇孙夫人以下五人，今止三十有九人焉。中有振衣、古香、清风堂。山亭流芳，花竹萦纡，小山曲径。

今归旌德，堂宇皆废）、第二桥（通赤山麦岭路，名锁澜）、湖山堂（旁有水阁，尤宏丽）、三贤堂（祠白乐天、林和靖、苏东坡；后有三堂，曰：水西云北、月香水影、晴光雨色；后有小亭，曰虚舟、曰云梯）、第三桥（通花家山港，名望山）、第四桥（通茆家步港，名压堤。北新路第三桥）、施水庵（名圆通，有石台笼灯，以照夜船）、雪江书堂（胡贤良伉[71]所居）、新水仙王庙（龙王祠，与葛岭者为二）、崇真道院（贾平章建，后有阁，今改为僧寺）、松窗（张濡别墅）、第五桥（通曲院港，名东浦。北新路第二桥）、第六桥（通耿家步港，名跨虹。北新路第一桥）、小新堤（淳祐中，赵京尹与𬙂自北新路第二桥至曲院筑堤，以通灵竺之路，中作四面堂、三亭，夹岸花柳比苏堤，或名赵公堤）、履泰将军庙（有天泽井、葛仙翁所植虬松。将军钱塘人，姓孙名显忠，仕吴越。时嘉熙中，赵与欢[72]尹京祷雨，有验，奏闻，因敕封天泽侯）、杨园（杨和王府）、永宁崇福院（又名小隐寺，元系内侍陈源适安园。近世所歌《菊花新》曲破之事，正系此处。献重华宫，为小隐园，孝宗拨赐张贵妃。寺前有涧曰双峰，又曰金沙）、裴园（裴禧园。诚斋诗云："岸岸园亭傍水滨，裴园飞入水心横。傍人莫问游何处，只拣荷花开处行。"）、乔园（乔幼闻园）、史园（史屏石微孙）、资园院（旧名报国。有东坡书陷秀斋，赵令畤[73]德麟跋语）、淳固先生[74]墓（斌，姓宋，号庸斋，师晦庵先生[75]）、马蝗桥。

孤山路

西陵桥（又名西林桥，又名西泠桥，又名西村）、孤山（旧有柏堂、竹阁、四照阁、巢居阁、林处士庐，今皆不存）、四圣延祥观（有韦太后㊷沉香四圣像、小蓬莱阁、瀛屿堂、金沙井、六一泉。余见御园类）、西太一宫（旧四圣观园，理宗朝建。今黄庭殿，乃昔凉堂也。两壁萧照画尚存。亭馆名并见御园类。弁阳翁诗云："蕊宫广殿号黄庭，突兀浮云最上层。五福贵神留不住，水堂空照九枝灯。"有和靖墓、玛瑙坡、陈朝柏）、四面堂、处士桥（以和靖得名）、涵碧桥、高菊涧㊸墓（名九万，葬孤山后谈家山）、断桥（又名段家桥。万柳如云，望如裙带。白乐天诗云"谁开湖寺西南路，草绿裙腰一带斜"）。

北山路（自丰乐楼北，沿湖至钱塘门外，入九曲路，至德胜桥南印道堂、小溜水桥、黄山桥、扫帚坞、鲍家田、青芝坞、玉泉、驼巘、栖霞岭、东山同、霍山、昭庆教场、水磨头、葛岭、九里松、灵隐寺、石人岭、西溪路止。三天竺附）

柳洲、龙王庙（名会灵，所谓"柳洲五龙王"也）、惠明院（旧名资福，今呼柳洲寺，其地旧为通元庵）、上船亭、养鱼庄（杨郡王府）、环碧园（杨郡王府，堂扁皆御书）、迎光楼（张循王府）、刘氏园（内侍刘公正所居）、一清堂（后改玉莲。竞渡争标于此）、菩提院（旧名惠严，与昭庆寺相连。有灵感大悲像阁、绿野、白莲堂、碧轩、四观轩、南漪、迎薰、澄心、涵碧、玉壶、甗㲲㊸，今废）、玉壶御园、杨和王府水阁、贾府上船亭、钱塘门上船亭、秀邸㊸新园、谢府园（有一碧万顷堂）、隐秀园（刘郾王府）、先得楼（即古望湖楼，坡诗有"望湖楼下水连天"是也）、择胜园

(秀邸。有御书择胜、爱闲二堂)、九曲城下、法济院(旧名观音院,有明、爽二轩)、五圣庙(有苏汉臣画壁存焉)、妙因院(元系慈光庵)、宝严院、真觉尼院(元系隐静庵)、钱氏院(华亭钱府)、新岳庙、东湖道院、关王庙(旧满路种桃,号半道红)、古北关、杨府廨宇(杨郡王府,今舍为寺)、玉虚观、崇果院(德胜桥南,旧名罗汉)、印道堂、赵郭园、罗汉院、史府(今为慧日寺)、水丘园、西隐精舍、丰乐院、铁佛寺、梅冈御园、张氏园、王氏园、小溜水桥、精进院(斋宫。旧名精修)、延庆院、澄寂院(桃花同)、黄山桥、扫帚坞、万花小隐(谢府园)、常清宫(沂王功德)、聚秀园(杨府)、鲍家田、秀野园(谢府)、南禅资福尼寺、极乐尼寺、思故塔、屠墟圣昭庙(广惠侯⑦)、资寿院(元系大圣庵)、明觉院(旧名报先。有虚心轩)、永庵(阎府)、万安院(旧名清化永安)、罗寺、慈圣院(旧名慈云。潘、李二贵妃殡所。有圣水池,大旱不涸)、妙智院(旧名报国观音院)、玉泉净空院(泉色清澈,蓄大金鱼。有龙王祠)、西观音山、青芝坞、愍忠资福普向院(杨和王建,专充殿前诸军功德,及为诸军瘗所)、上关寺(内侍关少师功德,名崇先显庆)、竹所、杜北山⑧墓(汝能,字叔谦,太后诸孙,居曲院,能诗,有声)、天清宫(女冠)、灵峰院(裴氏功德)、裴坟(有双节亭)、驼岘岭、灵耀观、西峰净严院(感义郡王功德)、大明院、圆明崇福禅院(岩阿有井泉,极清冽,内侍霍汝弼功德)、栖霞岭、神仙宫(有偃松如龙,名御爱松)、干湿水洞(有一寺在侧)、净元观、妙明院、东山同、永安院(元系吴秦王府香火庵,有清芬亭)、不空院(旧名传经)、护国仁王禅院（后有龙洞，龙王祠在焉）、西靖宫（女冠）、宁国院、广照院、霍山、长庆院（旧名华严庵，主张王香火）、张王广惠庙、永庆院、光相塔院（山水甚奇）、涌泉（高宗尝取瀹茗）、清心院（旧名涌泉）、瑶池园（吕氏）、金轮梵天院（旧名金轮寺，后即巾子峰）、宝胜院（旧名应天）、金牛护法院、洞明庵、天龙庵（道者无门[81]所居）、云洞园（杨和王府。有万景、天全、方壶、云洞、潇碧、天机、云锦、紫翠、闲濯缨、五色云、玉玲珑、金粟洞、天砌台等处。花木皆蟠结香片，极其华洁。盛时，凡用园丁四十余人、监园使臣二名）、大昭庆寺（与前菩提寺相连，旧名菩提寺，有戒坛）、策选锋教场、古柳林、钱塘县尉司（旧有平湖轩、英游阁，又有片石，周益公字之曰奇俊，盖相传为王子高[82]旧居故也）。

葛岭路

水磨头、石函桥（有水闸，泄湖水入下湖）、放生亭、德生堂（理宗御书）、泳飞亭（理宗御书）、总宜园（水张太尉[83]，后归赵平远淇[84]，今为西太一宫）、大吴园、小吴园、水月园（绍兴中赐杨和王。孝宗拨赐嗣秀王[85]。水月瀛、燕堂、玉林堂，皆御书）、葛岭（葛仙常往来于此，故得名，亦名葛坞）、兜率院、十三间楼相严院（旧名十三间楼石佛院，东坡守杭日，每治事于此。有冠胜轩、雨亦奇轩）、大石佛院（旧传为秦始皇缆船石，俗名西石头。宣和中，僧思净就石镌成大佛半身。或云下通海眼）、保叔塔崇寿院（咸平中，僧永保修，故得名。有应天塔、极乐庵、落星石、石狮峰，又名巾子峰，及石屏风在焉。碑刻旧有《屏风院记》《封山记》)、瑞峰堂、宝稷山、敷惠庙、多宝院（旧名宝积，有绿阴堂）、嘉泽庙（祠水仙王⑱。有荐菊泉及亭）、孙花翁⑲墓（惟信，字季蕃，隐居湖山，弃官自放，能诗，词尤工。赵节斋葬之，刘后村⑳为志，杜清献㉑为文以祭之）、普安院、挹秀园（杨驸马）、秀野园（刘郧王。有四并堂）、上智果院（有参寥泉，东坡题。梁广王殡所）、治平寺（有锦坞、烟云阁）、江湖伟观（即观台旧址，尽得江湖之胜）、寿星院（有寒碧轩、此君轩、观台、杯泉、平秀轩、明远堂、东坡祠及诗刻）、宝云庵（旧名千光王寺，邠王㉒殡所。有宝云庵、清轩、月窟、澄心阁、南隐堂、妙思堂、云巢，今不复存。又有灵泉井、宝云庵、初阳台，亦废）、玛瑙宝胜院（昔在孤山，后改为四圣观，遂迁于此。有中庸子㉓陶器墓，乃法惠法师智圆自号也。有高僧阁、仆夫泉、夜讲堂）、养乐园（贾平章。有光禄阁、春雨观、潇然养乐堂、嘉生堂、生意生物之府）、玉清宫（有葛仙炼丹井）、半春园（史卫王㉔府）、小隐园（史府）、集芳御园（后赐贾平章。内有假山石洞，通出湖滨，名曰后乐园。有蟠翠、雪香、翠岩、倚秀、挹露、玉蕊、清胜，以上皆高宗御题，亦"集芳"旧物也；西湖一曲奇勋，理宗御书；秋壑遂初容堂，度宗御书。又有初阳精舍、警室、熙然台、无边风月、见天地心、琳琅步归舟等不一）、香月邻（廖莹中园，后归贾相）、嘉德永寿教寺（毛娘娘功德。有翔泳堂、芝岩堂）、喜鹊寺（即禅宗院，以鸟窠禅师㉕得名。魏婉仪殡所。白乐天有《紫杨花》诗）、宝严院（旧名垂云，有垂云亭、借竹轩、无量福海）、赵紫芝㉖墓（名师秀，在宝严院后）、定业院（鸟窠禅师道场。有君子泉、石甑山、环峰堂、袭梦轩）、虎头岩（介于宝严、定业之间）、施梅川墓（名岳，字仲山，吴人，能词，精于律吕。杨守斋为寺，后树梅作亭以葬，薛梯飙⑯为志，李篔房书，周草窗题盖）、仁寿尼庵、招贤寺、上官良史墓（在招贤寺后，良史字季长，号淇园）、报恩院（旧名报先，即孤山六一泉寺，后以其地为延祥观，遂迁于此。德国公主殡所）、广化院（旧名永福，自孤山迁于此。旧有白公竹阁、柏堂、水鉴堂、涵晖亭、凌云阁、金沙井、辟支佛骨塔、慧琳⑯塔、白公祠堂。黄宜山诗云："移自孤山占此山，荒凉老屋万琅玕。樱桃杨柳空花梦，千古清风满阁寒。"⑰）、快活园（赵氏）、水竹院落（贾平章园。御书阁曰奎文之阁，有秋水观、第一春、思剡亭、道院）、显明院（旧名兴福保清，仪王仲湜⑱殡所。有鉴空阁、绿净堂存焉）、北新路口、栖霞岭口、古剑关（栖霞岭下）、岳王墓（岳武穆王飞葬所，其子云亦祔焉。叶靖逸⑲诗云："万古知心只老天，英雄堪恨复堪怜。如公少缓须臾死，此寇安能八十年。漠漠凝尘空偃月，堂堂遗像在凌烟。早知埋骨西湖路，学取鸱夷⑳理钓船。"林弓寮㉑诗云："天意只如此，将军足可伤。忠无身报主，冤有骨封王。苔雨楼墙暗，花风庙路香。沉思百年事，挥泪洒斜阳。"王修竹㉒诗云："埋骨西湖土一丘，残阳荒草几经秋。中原望断因公死，北客犹能说旧愁。"）、褒忠演福院（元系智果观音院，后充岳鄂王香火。岳云所用铁枪犹存）、冲虚宫（旧名宁寿庵）、耿家步、东山同口、福寿院（旌德寺子院。有宁宗御书"桂堂"二字）、廖药洲园（有花香、竹香、心太平、相在、世彩、苏爱、君子、习说等亭）、小石板巷口、九里松、一字门（唐刺史袁仁敬守杭日，植松于左右各三行，门扁吴说[103]书，高宗尝欲易之，自以不及，但金饰其字）、驼巘岭口、石板巷口、曲院巷口、行春桥、小行春桥、忠勇庙（统制张玘[104]祠）、左军教场、马三宝[105]墓（在教场内。传云向曾欲去之，有黑蜂数百自墓中出，不可向，遂止。至元[106]十五年六月，内有军厮名狗儿者，因樵采垦土，得一铁券，上有字云"雁门马氏葬于横冲桥"云云，后又有十字云："至元十五六，狗儿坏我屋。"盖古人知数者耳。始知横春桥本名横冲桥云）、三藏塔院、明真宫（女冠。今改为三藏寺）、资德院（慕容贵妃[107]香火）、万寿院（南山。白云宗[108]建）、唐家同、后涧溪、紫芝道院（道士陈崇真）、瑞冈坞、燕脂岭（以土色得名）、普福教寺（芝云堂）、崇寿院、崇亲资福院（张淑妃香火）、天申万寿圆觉教寺（旧为了义法师塔院，有归云堂、三昧正受阁并高宗御书，累朝临幸。有御座御榻，理宗御书清凉觉地）、石狮子路、香林园、斑衣园（韩府）、金沙涧（灵、竺之水自此东入于湖）、显慈集庆教寺（阎贵妃香火。寺扁、殿阁皆理宗御书。有月桂亭甚佳。金碧为湖山诸寺之冠）、灵隐、天竺寺门（俗呼二寺门。袁居中书白乐天诗"一山门作两山门，两寺元从一寺分"，正此也）、合涧桥（灵、竺二山之水会合于此）、龙脊桥、武林山（又曰灵隐山，又曰灵苑山，又曰仙居山；上有五峰，曰飞来、曰白猿、曰稽留、曰月桂、曰莲华；山前有洞，即武林泉也）、呼猿洞、龙泓洞（有蒋之奇篆字，前后诸贤题字极多。二洞在飞来峰）、女儿山（一名玉女岩）、青灵岩、理公岩（乃灵隐开山慧理法师[109]，在灵鹫寺后）、冷泉（有亭在泉上，"冷泉"二字乃白乐天书，"亭"字乃东坡续书。诗扁充栋，不能悉录。林丹山⑩诗云："一泓清可沁诗脾，冷暖年来只自知。流出西湖载歌舞，回头不似在山时。"）、温泉、醴泉（二泉在冷泉之上）、葛坞、朱墅、候仙亭、鏊雷亭、观风亭（又有虚白、见山、袁君、紫薇、翠微、石桥、月桂等亭，及丹灶、隐居、许迈⑪思真三堂、连岩栈、伏龙溅等，今皆废）、景德灵隐禅寺（相传灵隐寺乃葛仙书，或云宋之问书。景德中，续加"景德"二字。有百尺弥勒阁、莲峰堂，方丈曰直指堂，千佛殿、延宾水阁、望海阁、理宗御书觉皇宝殿、妙庄严域。又有巢云亭、见山堂、白云庵、松源庵、东庵等，在山后，尤幽寂可喜）、北高峰塔（在灵隐寺山后绝顶，比南高峰尤高。上有五显祠，远近炷香，四时不绝）、法安院（旧名广严，唐韬光禅师筑庵于院后。有清献、东坡题名）、保宁院（旧名保安无量寿）、资圣院（旧名大明。开山咸泽禅师）、韬光庵（韬光禅师道场，与乐天同时。周伯弜⑫有诗，前后诸贤留题甚多。旧有僧尝于此降仙，请至释子兰以下十人，凡七十三释，皆唐人能诗者，各书一诗，语极奇绝，曲尽其景。今诗尚存壁间）、永福寺（隆国黄夫人⑬功德。咸淳九年建，在灵隐西石笋山下）、石笋普圆院（天福⑭二年，黄氏重修。旧名资严。有石如笋，高数十丈，故名石笋寺。有超然台，金沙、白沙二泉、邺公庵。杭守祖无择爱此山之胜，结庵于此，取公所封名之。方丈左右，金漆板扉，皆赵清献、诸贤苏、秦、黄、陈⑮留题，及文与可⑯竹数枝，如张总得父子⑰、吴傅朋等，题字甚多。岁久暗淡，犹隐隐可见。寺极清古幽邃，为湖山诸刹之冠。后隆国黄夫人，以超然台为葬地，遂移此院于山之西，而古意不复存矣）、天圣灵鹫院（僧德贤建）、铁舌庵、隆亲永福院（温国成夫人香火，今废）、时思荐福寺（吴益王⑱坟寺，旧以下竺为坟寺，后以古刹，遂别建于此。高宗尝临幸。吴太后手书《金刚经》，有杨太后跋，及高宗御书《心经》，并刻石藏下竺灵山塔下。益王神道碑⑲，蒋灿⑳书，字甚佳。墓前二石马，琢刻如生，旧传夜辄驰骤，其鞦辔光莹如玉，至今苔藓不侵。寺有宜对亭、通云亭、双珠亭、万玉轩、雨华堂。湖山至此，极幽邃矣）、黄妃墓（钱王妃）、卓笔峰、明惠尼院（旧名定惠，钱王孙妃香火）、石人岭、海峰庵、无著禅师塔（旧有无垢院，韩平原以为寿地，迁院于灵石山侧。后杨郡王复取为寿地，遂启其塔，乃陶龛，容色如生，发垂至肩，指爪皆绕身，舍利㉑无数，留三日不坏，竟荼毗㉒之。僧肇㉓淮海有诗云："一定空山五百年，不须惆怅启颓砖。路旁多少麒麟冢，过眼无人赠纸钱。"今地为永福所有）。

西溪路

毕宫师墓（毕再遇之父子㉔皆葬于此）。

三天竺（自灵鹫至上竺郎当岭止）

陈明大王庙（汉灵帝熹平余杭令陈浑，后唐明宗长兴中封太平灵卫王）、灵鹫兴圣寺（惠理法师卓锡之地，吴越王建。有灵山海会阁，理宗御书，理公岩，滴翠轩，九品观，东坡祠、东坡题名）、隋观法师塔（下竺，开山祖师真观）、下天竺灵山教寺（在隋号南天竺；五代时号五百罗汉院；祥符初号灵山寺；天禧复名天竺寺；

绍兴改赐天竺时思荐福,为吴秦王香火;庆元复今额。有御书阁,藏仁宗及中兴五朝御书。曲水亭、前塔、跳珠泉、枕流亭、适安亭、清晖亭、九品观堂石、面灵桃石、莲华水波石、悟侍者[125]塔并祠、草堂、西岭卧龙石、石门涧、神尼舍利塔、日观庵。方丈曰佛国法堂,二字乃云房钟离权[126]书,甚奇古。金光明三昧堂、神御殿、瑞光塔、普贤殿、无量寿阁、回轩亭、七叶堂、客儿亭、大悲泉、重荣桧、葛仙丹井、白少傅烹茶井、石梁翻经台、望海阁、香林亭、香林洞、无根藤、斗鸡岩、夜讲台、登啸亭、灵山后塔、慈云忏主[127]榻、七宝普贤阁、旃檀观音瑞像,有记。大抵灵竺之胜,周回数十里,岩壑尤美,实聚于下天竺寺。自飞来峰转至寺后诸岩洞,皆嵌空玲珑、莹滑清润,如虬龙瑞凤、如层华吐萼、如皱縠叠浪,穿幽透深,不可名貌。林木皆自岩骨拔起,不土而生。传言兹岩韫玉,故腴润若此。石间波纹水迹,亦不知何时有之。其间唐宋游人题名,不可殚纪,览者顾景兴怀云)、吴越孝献世子墓(文穆王子)、枫木坞、永清寺(薛开府居正香火)、中天竺天宁万寿永祚禅寺(隋开皇,千岁宝掌和尚[128]开山建寺,吴越时名崇寿院,政和中改赐今名。有摩利支天像、华严阁、如意泉)、弥陀兴福教院(皇子允、邠二王[129]殡所)、显亲多福院(旧名光福)、大明寺(元系兴国庵)、上天竺灵感观音院(天福中建,名天竺看经院;咸平初,赐今名;淳祐中,赐广大灵感观音教寺。旧寺额蔡襄书。后理宗易以御书。外山门乃蔡京书。绍兴、乾道、淳熙皆尝临幸。有十六观堂、应真阁。超诸有海,理宗御书。有云汉之阁,藏累朝所赐御书。两峰堂、白云堂、中印堂、清华轩、延桂阁、秋芳阁、伴云阁，前后赐珠冠、玉炉、珍玩甚多。每水旱，朝廷必祷焉。外古迹有肃仪亭、梅峰庵、崇老桥、金佛桥、复庵、流虹涧、梦泉、植杖亭、谢履亭、凝翠泉、观音泉、云液池、孙公亭、无竭泉）、双桧峰、白云峰、乳窦峰、杨梅岭、郎当岭。

【注释】

①甃（zhòu）：井。白居易《池上即事》："行寻甃石引新泉，坐看修桥补钓船。" ②赵忠定：赵汝愚，卒谥忠定。 ③"朱静佳诗云"诸句：《宋诗纪事》卷六四题作《灵芝寺》。 ④杨郡王府：宋宁宗杨皇后娘家兄侄多封为郡王，故称。 ⑤杨和王：杨存中，卒谥武恭，追封和王。 ⑥希夷：陈抟，宋太宗赐号希夷先生。 ⑦刘蓑衣：南宋初期隐士。 ⑧陆放翁：陆游，号放翁。所作为《南园记》。 ⑨"弁阳翁诗云"诸句：所引周密诗，《宋诗纪事》卷八〇分别题作《南园》《韩氏庆乐园》(《御选宋诗》卷七四又题作《戏咏凌风阁下沉香山》)。后引诸诗，《宋诗纪事》同卷依次题作《甘园》《褒亲崇寿寺》《西太乙宫》。 ⑩葛仙：葛洪。 ⑪胡莹微：宋理宗时道士。 ⑫郑丞相清之：郑清之，初名郑燮，后改今名。累官至左丞相。 ⑬谢节使：谢深甫，尝充贺金国主生辰使节，故称。 ⑭贞明：五代后梁末帝朱瑱年号（915~921）。 ⑮五十三参：佛教著名传说，喻虚心求教，不辞辛苦。《华严经·入法界品》：善财童子最初从文殊菩萨处发菩提心，次第南行，先后向菩萨、佛母、比丘、比丘尼、优婆塞、天神、地神、主夜神、王者、城主、长者、居士、童子、天女、童女、外道、婆罗门等五十三位善知识参访请教，并依教奉行，终于获证善果。 ⑯米元章：米芾，字元章。 ⑰磨崖：即摩崖，在山崖石壁上直接书刻文字。 ⑱家人卦：《易·家人卦》："家人

利女贞。初九：闲有家，悔亡。六二：无攸遂，在中馈，贞吉。九三：家人嗃嗃，悔厉，吉；妇子嘻嘻，终吝。六四：富家，大吉。九五：王假有家，勿恤，吉。上九：有孚，威如，终吉。"　⑲司马温公：司马光，卒赠温国公。　⑳齐王：赵元佐，宋太宗长子，卒后追封齐王。　㉑景献太子：宋太祖十世孙赵与愿，卒谥景献。　㉒殰（cuán）：暂停灵柩以待葬。　㉓庄文太子：宋孝宗长子，乾道元年立为太子，后卒谥庄文。　㉔安穆、成恭、慈懿、恭淑四后：宋孝宗郭皇后、夏皇后以及光宗李皇后、宁宗韩皇后。　㉕赵清献：赵抃，卒谥清献。　㉖杨无为：杨杰，又号无为子，无为人。　㉗高丽寺：本五代钱镠建，名慧因禅院。高丽王子入贡，乞为住持晋水法师弟子，回国后又捐资修缮，故有是称。后有易庵禅师讲经于此，故亦名易庵。　㉘皇姑成国公主：宋太祖二女，早夭。　㉙秦少游：秦观，字少游。　㉚陈公储：陈容，字公储。　㉛徐正节：徐应镳，卒后同舍生私谥正节先生。　㉜内侍陈都知：陈衍。　㉝雪斋：庆历间法言禅师建。秦观《雪斋记》："雪斋者，杭州法惠院言师所居室之东轩也。始言师开此轩，汲水以为池，累石以为小山，又洒粉于峰峦草木之上，以象飞雪之集。州倅太史苏公过而爱之，以为事虽类儿戏，而意趣甚妙，有可以发人佳兴者，为名曰雪斋而去。"　㉞高、孝两朝御和诗：《四朝闻见录》卷一："光尧亲祀南郊，时绍兴二十五年也。御书于郊坛易安斋之梅亭云'谒款泰坛'。因过易安斋，爱其去城不远，岩石幽邃，得天成自然之趣，为赋《梅岩》云：'怪石苍苔映翠霞，梅梢疏瘦正横斜。得因祀事来寻胜，试探春风第一花。'孝宗时在潜邸，恭和圣作云：'秀色环亭拥霁霞，修□（今上嫌讳）冰艳数枝斜。东君欲奉天颜喜，故遣融和放早花。'"　㉟舄（xì）：《古今注》卷上："舄，以木置履下，干腊不畏泥湿也。"《急就篇》："履舄。"颜师古注："复底而有木者谓之乌。" ㊱傅大士：傅翕带发修行，自称善慧大士。 ㊲皇叔祖太师和王：赵栻，宋徽宗第十七子，光宗叔祖，曾官太师，受封和王。 ㊳石幢：佛教寺院中刻有经文的石柱。有座有盖，状如塔。 ㊴章粢（jié）质夫：章粢字质夫。苏轼有《水龙吟·次韵章质夫杨花词》（似花还似非花）。 ㊵永王：宋理宗之子缉，卒追封永王。 ㊶沂王：原误作"祈王"。宁宗之弟抦，卒追封沂王。 ㊷章司徒：章得象，宝元元年拜同中书门下平章事。 ㊸翁五峰：翁孟寅，号五峰。 ㊹徐典乐：徐申，尝为太常典乐。 ㊺强金紫：强至。 ㊻文宪公渊明：强至之子渊明，卒赠金紫光禄大夫，谥文宪。 ㊼祔（fù）：合葬。柳宗元《户部侍郎王君先太夫人河间刘氏志文》："是年八月某日，祔于兵曹君之墓。" ㊽金枢密渊：金渊，尝拜端明殿学士、同签书枢密院事。签书枢密院事亦省称"签书枢密"。 ㊾赞宁：五代北宋间名僧，著有《宋高僧传》。 ㊿薛开府：薛居正，入宋后历官户部侍郎、左仆射、司空。监修《五代史》。 51开府杨庆祖：隋时人，尝为平阳太守，故称。 52铦朴翁：葛天民，落发为僧，更名义铦，字朴翁。 53无著禅师：唐僧。 54肇法师：东晋长安人，师从鸠摩罗什。 55二老亭：苏轼与辩才所建。苏轼有诗记之，题曰："辩才老师退居龙井，不复出入。轼往见之。尝出，至风篁岭。左右惊曰：'远公复过溪矣。'辩才笑曰：'杜子美不云乎：与子成二老，来往亦风流。'因作亭岭上，名之曰'过溪'，亦曰'二老'。谨次辩才韵赋诗一首。" 56辩才：僧元净。神宗尝赐"辩才大师"之号。 57赤乌：三国时期吴大帝孙权的年号（238~251）。 58陈寺丞：陈刚中，官至太府寺丞。 59张状元九成：张九成，绍兴二年（1132）状元。 60胡侯：胡则，尝赐爵显灵侯。 61廉宣仲：廉布，字宣仲。 62叶苔矶：叶元素，号苔矶。 63濮王：赵允让，宋英宗之父，卒追封濮王。 64女冠此指道宫。 ⑥林希：尝为杭州太守。 ⑥章子厚：章惇，字子厚。此处所录为断句。 ⑥袁韶：曾官临安府尹近十年。 ⑥先贤堂：供奉与杭州有关的历代贤人，凡四十（潘阆稍后以事被剔除）：尧时隐士许由；汉隐士严光；三国吴偏将军凌统；西晋吴临海太守范平，中尉褚陶；东晋孝子孙晷；南朝宋广威将军卜天与，义士范叔孙；南朝齐隐士褚伯玉，顾欢，杜京产；南朝梁大夫范述曾，义士范元琰，孝子褚修；唐散骑常侍褚亮，尚书右仆射褚遂良，散骑常侍褚元量，睢阳太守许远，孝子章成缅；五代吴越国王钱镠，钱俶；后梁给事中罗隐；宋工部侍郎郎简，知制诰谢绛，知谏院钱彦远，隐士林逋，翰林学士沈遘，大夫钱藻，龙图阁学士陆诜、钱勰，直秘阁吴师礼，龙图阁学士虞奕，八行先生崔鶠，太师张九成；晋节妇孙夫人，孝妇虞夫人；唐孝女冯氏，节妇何氏；宋孝妇盛氏。 ⑥巴陵之事：宁宗驾崩后，史弥远废太子赵竑而立赵昀，是为理宗。宝庆元年，赵竑为湖州人潘壬等拥立为帝，事败，被贬为巴陵县公。 ⑦秦王：宋太宗之弟廷美，曾谋篡位而败露，远贬房州而卒。 ⑦胡贤良佽：胡佽，历官监察御史、泉州知州。 ⑦赵与欢：宋太祖十世孙，曾三任临安知府。 ⑦赵令畤：初字景贶，苏轼为其改字德麟。 ⑦淳固先生：宋斌，人称淳固先生。 ⑦晦庵先生：朱熹，号晦庵。 ⑦韦太后：徽宗之妃，高宗之母。靖康之变，与徽、钦二帝同被金人掳走，高宗建南宋，遥尊其为宣和皇后，后又遥尊其为皇太后，绍兴十二年（1142）回临安。 ⑦高菊涧：高翥，号菊涧。 ⑦秀邸：赵子偁的府邸。赵子偁，宋太祖六世孙、孝宗之父，卒追封秀王。 ⑦广惠侯：伍子胥，唐景福二年（893）封广惠侯。 ⑧杜北山：杜汝能，号北山。 ⑧无门：释慧开，字无门。 ⑧王子高：苏轼《芙蓉城》序有云："世传王迥子高，与仙人周瑶英游芙蓉城。元丰元年三月，余始识子高，问之信然，乃作此诗。" ⑧水张太尉：

张浚。《癸辛杂识》:"一日,天大雪,方拥炉煎茶,忽有皂衣者阖户,将大珰张知省之命(即水张太尉也),招之至总宜园。" ⑭赵平远淇:赵淇,号平远。 ⑮嗣秀王:赵伯圭,宋太祖七世孙,承袭秀王爵位,故称。 ⑯水仙王:水神名。《舆地纪胜》卷二:"水仙王庙。在钱塘门外,即钱塘龙君庙也。乾化五年,有钱镠所建庙碑存焉。"苏轼《饮湖上初晴后雨二首》其一:"此意自佳君不会,一杯当属水仙王。" ⑰孙花翁:孙惟信,号花翁。 ⑱刘后村:刘克庄,号后村居士。 ⑲杜清献:杜范,辛谥清献。 ⑳邳王:嗣秀王赵师禹之子㙛,辛封邳王。 ㉑中庸子:智圆,自号中庸子。 ㉒史卫王:史弥远,辛追封卫王。 ㉓鸟窠禅师:唐道林禅师。据称曾栖止山间四十余年,有一鹊巢在旁,亦从未离去,故有是称。 ㉔赵紫芝:赵师秀,字紫芝。 ㉕薛梯飙:薛梦桂,号梯飙。 ㉖慧琳:唐僧。著有《一切经音义》。 ㉗"黄宜山诗云"诸句:所引诗,《宋诗纪事》卷六九题作《题竹阁》。 ㉘仪王仲湜:赵仲湜,宋太宗玄孙,辛追封仪王。 ㉙叶靖逸:叶绍翁,一字靖逸。所引诗,《两宋名贤小集》卷二六○题作《题鄂王墓》。 ㉚鸱夷:范蠡,自号鸱夷子皮。 ㉛林弓寮:林泳,又号弓寮。所引诗,《宋诗纪事》卷六六题作《岳武穆王墓》。 ㉜王修竹:王英孙,号修竹。所引诗,《宋诗纪事》卷七九题作《岳武穆王墓》。 ㉝吴说:字傅朋。 ㉞张玘:尝从岳飞征战。 ㉟马三宝:唐雁门人。 ㊱至元:元世祖忽必烈年号(1264~1294)。 ㊲慕容贵妃:宋哲宗贵妃。 ㊳白云宗:宋徽宗大观年间,宝应寺僧清觉所创。因其居杭州白云庵,故名。 ㊴慧理法师:《咸淳临安志》卷二三:"晏元献公《舆地志》云:晋咸和元年,西天僧慧理登兹山,叹曰:'此是中天竺国灵鹫山之小岭,不知何年飞来?佛在世日,多为仙灵所隐,今此亦复尔邪?'因挂锡造灵隐寺,号其峰曰飞来。" ⑩林丹山：林稹，号丹山。所引诗，《宋诗纪事》卷七四题作《冷泉》。 ⑪许迈：东晋时人。 ⑫周伯弼（jiàng）：周弼，字伯弼。曾编选《三体唐诗》。 ⑬隆国黄夫人：德清人，其女为赵与芮妾，生子即为宋度宗。 ⑭天福：后晋高祖石敬瑭年号（936~942），出帝石重贵继位，初期也沿用此年号，到944年，改元"开运"。 ⑮苏、秦、黄、陈：指苏轼、秦观、黄庭坚、陈师道。 ⑯文与可：文同，字与可。 ⑰张总得父子：张祁与其子孝祥。张祁，号总得翁。 ⑱吴益王：吴益，宋高宗吴皇后之弟，秦桧之婿。后封太宁郡王。卒追封卫王。 ⑲神道碑：旧时立于墓道前记载死者事迹的石碑。后亦称刻在神道碑上之文为"神道碑"，成为一种文体。 ⑳蒋灿：一作蒋璨。 ㉑舍利：梵语的音译，意为身骨，即释迦牟尼遗体火化后所留灵骨。后来也指高僧所留灵骨。 ㉒茶毗：梵语音译，也作茶毗。火葬之意。 ㉓僧肇：释元肇，著有《淮海挐语》。所引诗，《宋诗纪事》卷九三题作《无著禅师塔》。（按：蒋正子《山房随笔》记此诗本事可参："穆陵在御，阎贵妃父良臣起香火功德院，欲胜灵竺，乃伐邻松供屋材。僧作诗曰：'不为栽松种茯苓，只缘山色四时青。老僧不惜携将去，留与西湖作画屏。'诗彻于上，遂命勿伐。又山中有寺基久圮，势家规其地营葬。僧亦有诗刺之：'一定空山已有年，不须惆怅起颓砖。道旁多少麒麟冢，转眼无人送纸钱。'遂不复取。"） ㉔毕再遇之父子：毕进与其子再遇。毕再遇，卒赠太师。 ㉕悟侍者：当即思悟侍者。钱塘徐氏子。幼出家，后侍慈云最久，故称。 ㉖钟离权：民间传说中的八仙之一。另七仙为：张果老、韩湘子、铁拐李、曹国舅、吕洞宾、蓝采和、何仙姑。 ㉗慈云忏主：遵式，本姓叶。宋真宗时被授予"慈云"之号，又因其有《金光明忏法补助仪》等著作，提倡行忏恢复天台理观精神，故称慈云忏主。 ㉘千岁宝掌和尚：中印度人。相传唐太宗贞观十五年（641）云游东土至宝掌山，见山秀泉洁，月白风清，因为颂，有"行尽支那四百州，此中偏称道人游"之句。遂驻锡。一日，屈指已一千七十二岁，谓其徒惠云曰："吾将谢世矣。"端坐而化。　㉙兖、邠二王：宋徽宗次子赵柽、十子赵材，各封兖王、邠王。

【评析】

　　文中所引苏轼诗句，一出《病中独游净慈，谒本长老，周长官以诗见寄，仍邀游灵隐，因次韵答之》："卧闻禅老入南山，净扫清风五百间。我与世疏宜独往，君缘诗好不容攀。自知乐事年年减，难得高人日日闲。欲问云公觅心地，要知何处是无还。（《楞严经》云：'我今示汝无所还地。'）"一出《虎跑泉》："亭亭石塔东峰上，此老初来百神仰。虎移泉眼趁行脚，龙作浪花供抚掌。至今游人灌濯罢，卧听空阶环玦响。故知此老如此泉，莫作人间去来想。"一出《轼在颍州与赵德麟同治西湖，未成，改扬州。三月十六日湖成，德麟有诗见怀，次韵》："太山秋毫两无穷，巨细本出相形中。大千起灭一尘里，未觉杭颍谁雌雄。（来诗云：与杭争雄。）我在钱塘拓湖渌，大堤士女争昌丰。六桥横绝天汉上，北山始与南屏通。忽惊二十五万丈，老葑席卷苍云空。揭来颍尾弄秋色，一水萦带昭灵宫。坐思吴越不可到，借君月斧修朣胧。二十四桥亦何有，换此十顷玻璃风。雷塘水干禾黍满，宝钗耕出余鸾龙。明年诗客来吊古，伴我霜夜号秋虫。（德麟见约来扬寄居，亦有意求扬倅。）"一出《六月二十七日望湖楼醉书五首》其一："黑云翻墨未遮山，白雨跳珠乱入船。卷地风来忽吹散，望湖楼下水如天。"姜夔诗，《白石道人诗集·集外诗》题《同朴翁过净林广福院》，《两宋名贤小集》卷二七〇题《同恬朴翁过净林广福院》。（姜夔《庆宫春》［双桨莼波］序云："绍熙辛亥除夕，予别石湖归吴兴，雪后夜过垂虹，尝赋诗云：'笠泽茫茫雁影微，玉峰重叠护云衣。长桥寂寞春寒夜，只有诗人一舸归。'后五年冬，复与俞商卿、张平甫、铦朴翁自封禺同载诣梁溪,道经吴松。山寒天迥,雪浪四合。中夕相呼步垂虹,星斗下垂,错杂渔火,朔吹凛凛,卮酒不能支。朴翁以衾自缠,犹相与行吟,因赋此阕,盖过旬涂稿乃定。朴翁咎予无益,然意所耽,不能自已也。平甫、商卿、朴翁皆工于诗,所出奇诡,予亦强追逐之。此行既归,各得五十余解。"《浩然斋雅谈》卷中记曰:"庆元丙辰冬,姜尧章与俞商卿、铦朴翁、张平甫自封禺同载诣梁溪,道吴淞,既归,各得诗词若干解,钞为一卷,命之曰《载雪录》。其自叙云:'予自武康,与商卿、朴翁同载至南溪,道出苕霅、吴淞,天寒野迥,仰见雁鹜飞下玉鉴中。诗兴横发,嘲哈吟讽,造次出语便工,而朴翁尤敏不可敌。未浃日,得七十余解,复有伽语小词,随事一笑。大要三人鼎立,朴翁似曹孟德,据诗社出奇无穷;商卿似江东,多奇秀英妙之士;独予椎鲁不武,虽自谓汉家子孙,然不敢与二豪抗也。'且云:'此编向见之雪林李和父,后归之僧颐蒙,乃朴翁手书也。古、律、绝句、赞、颂、偈、联句、词曲、纪梦凡一百五十三,多集中所无者。'萧介父题云:'乱云连野水连空,只有沙鸥共数公。想得句成天亦喜,雪花迎棹入吴中。'孙季蕃云:'诗字峥嵘照眼开,人随尘劫挽难回。清苕载雪流寒碧,老我扁舟独自来。'"均可参。)杨万里诗,为其《大司成颜几圣率同舍招游裴园,泛舟绕孤山,赏荷花,晚泊玉壶,得十绝句》其三。白居易诗句,一出《杭州春望》:"望海楼明照曙霞,(城东楼名望海楼。)护江堤白踏晴沙。涛声夜入伍员庙,柳色春藏苏小家。红袖织绫夸柿蒂,(杭州出柿蒂花者尤佳也。)青旗沽酒趁梨花。(其俗,酿酒趁梨花时熟,号为梨花春。)谁开湖寺西南路,草绿裙腰一道斜。(孤山寺路在湖洲中,草绿时望如裙腰。)"一出《寄韬光禅师》:"一山门作两山门,两寺原从一寺分。东涧水流西涧水,南山云起北山云。前台花发后台见,上界钟声下界闻。遥想吾师行道处,天香桂子落纷纷。"

文中谓冷泉亭"诗扁充栋,不能悉录",据《西湖游览志》卷一〇所载,诗作当至少有:其一,白居易留题天竺、灵隐两寺诗:"在郡六百日,入山十二回。宿因月桂落，醉为海榴开。黄纸除书到，青宫诏命催。僧徒多怅望，宾从亦徘徊。寺暗烟埋竹，林香雨落梅。别桥怜白石，辞洞恋青苔。渐出松间路，犹飞马上杯。谁教冷泉水，送我下山来。"其二，苏轼《送唐林夫》诗："灵隐寺前天竺后，两涧春淙一灵鹫。不知水从何处来，跳波赴壑如奔雷。无情有意两莫测，肯向冷泉亭下相萦回。我在钱唐百六日，山中暂来不暖席。今君欲就灵隐居，葛衣草履随僧蔬。肯与冷泉作主一百日，不用二十四考书中书。"其三，曹既明诗："朱檐日静轩窗冷，碧嶂云低草树香。山影倒沉波底月，夜阑相对泻寒光。"其四，张舆诗："小朵峰峦拥翠华，倚云楼阁是僧家。凭栏尽日无人语，濯足寒泉数落花。"其五，赵师秀《冷泉夜坐》诗："众境碧沉沉，前峰月正临。楼钟晴听响，池水夜观深。清静非人世，虚空见佛心。却寻来处宿，风起古松林。"

文中提及的吴文英所赋词，为作于淳祐十一年（1251）的《莺啼序·丰乐楼节斋新建》："天吴驾云阆海，凝春空灿绮。倒银海、蘸影西城，四碧天镜无际。彩翼曳、扶摇宛转，雩龙降尾交新霁。近玉虚高处，天风笑语吹坠。　清濯缁尘，快展旷眼，傍危阑醉倚。面屏障、一一莺花，薜萝浮动金翠。惯朝昏、晴光雨色，燕泥动、红香流水。步新梯，貌视年华，顿非尘世。　麟翁衮舄，领客登临，座有诵鱼美。翁笑起、离席而语，敢诧京兆，以役为功，落成奇事。明良庆会，赓歌熙载，隆都观国多闲暇，遣丹青、雅饰繁华地。平瞻太极，天街润纳璇题，露床夜沉秋纬。　清风观阙，丽日罘罳，正午长漏迟。为洗尽、脂痕茸唾，净卷曲尘，永昼低垂，绣帘十二。高轩驷马，峨冠鸣佩，班回花底修禊饮，御炉香、分惹朝衣袂。碧桃数点飞花，涌出宫沟，溯春万里。"苏轼《雪斋》《瑞香花》诗分别为《雪斋（杭僧法言，作雪山于斋中）》："君不见峨眉山西雪千里，北望成都如井底。春风百日吹不消，五月行人如冻蚁。纷纷市人争夺中，谁信言公似赞公。人间热恼无处洗，故向西斋作雪峰。我梦扁舟入吴越，长廊静院灯如月。开门不见人与牛，（言有诗见寄云：林下闲看水牯牛。）惟见空庭满山雪。"《次韵曹子方龙山真觉院瑞香花》："幽香结浅紫，来自孤云岑。骨香不自知，色浅意殊深。移栽青莲宇，遂冠薝卜林。纫为楚臣佩，散落天女襟。君持风霜节，耳冷歌笑音。一逢兰蕙质，稍回铁石心。置酒要妍暖，养花须晏阴。及此阴晴间，恐致悭啬霖。彩云知易散，鹎鵊忧先吟。明朝便陈迹，试著丹青临。"白居易《紫杨花》诗为《紫阳花（招贤寺有山花一树，无人知名。色紫气香，芳丽可爱，颇类仙物，因以紫阳花名之）》："何年植向仙坛上，早晚移栽到梵家。虽在人间人不识，与君名作紫阳花。"又，周密作有《西江月·延祥观拒霜拟稼轩》，附以备参："绿绮紫丝步障，红鸾彩凤仙城。谁将三十六陂春。换得两堤秋锦。　　眼缬醉迷朱碧，笔花俊赏丹青。斜阳展尽赵昌屏。羞死舞鸾妆镜。"

卷六

诸　市

　　药市（炭桥）、花市（官巷）、珠子市（融和坊南、官巷）、米市（北关外黑桥头）、肉市（大瓦修义坊）、菜市（新门、东青门霸子头）、鲜鱼行（候潮门外）、鱼行（北关外水冰桥）、南猪行（候潮门外）、北猪行（打猪巷）、布市（便门外横河头）、蟹行（新门外南土门）、花团（官巷口、钱塘门内）、青果团（候潮门内泥路）、柑子团（后市街）、鲞①团（便门外浑水闸）、书房（橘园亭）。

【注释】

①鲞（xiǎng）：《本草纲目》卷四四："罗愿云：诸鱼薨干皆为鲞。"

【评析】

　　《梦粱录》卷一三所载手工艺商行组织的形成颇为详细，只是行业部类的界定仍然有相当的不确定性：

　　　市肆谓之"团行"者，盖因官府回买而立此名，不以物之大小，皆置为团行，虽医卜工役，亦有差使，则与当行同也。然虽差役，如官司和雇支给钱米，反胜于民间雇倩工钱，而工役之辈，则欢乐而往也。其中亦有不当行者，如酒行、食饭行，而借此名。有名为"团"者……又有名为"行"者……更有名为"市"者……其他工役之人，或名为"作分"者……又有异名"行"者……大抵杭城是行都之处，万物所聚，诸行百市，自和宁门杈子外至观桥下，无一家不买卖者，行分最多，且言其一二，最是官巷花作，所聚奇异飞鸾走凤，七宝珠翠，首饰花朵，冠梳及锦绣罗帛，销金衣裙，描画领抹，极其工巧，前所罕有者悉皆有之。更有儿童戏耍物件，亦有上行之所，每日街市，不知货几何也。

瓦子勾栏（城内隶修内司，城外隶殿前司）

南瓦①（清冷桥熙春楼）、中瓦（三元楼）、大瓦（三桥街。亦名上瓦）、北瓦（众安桥。亦名下瓦）、蒲桥瓦（亦名东瓦）、便门瓦（便门外）、候潮门瓦（候潮门外）、小堰门瓦（小堰门前）、新门瓦（亦名四通馆瓦）、荐桥门瓦（荐桥门前）、菜市门瓦（菜市门外）、钱湖门瓦（省马院前）、赤山瓦（后军寨前）、行春桥瓦、北郭瓦（又名大通店）、米市桥瓦、旧瓦（石板头）、嘉会门瓦（嘉会门外）、北关门瓦（又名新瓦）、艮山门瓦（艮山门外）、羊坊桥瓦、王家桥瓦、龙山瓦。

如北瓦、羊棚楼等，谓之"游棚"。外又有勾栏②甚多，北瓦内勾栏十三座，最盛。或有路岐③不入勾栏，只在耍闹宽阔之处做场者，谓之"打野呵④"，此又艺之次者。

【注释】

①瓦：亦称瓦子、瓦市、瓦舍、瓦肆，宋人娱乐场所。在城市中，为适应商业需求，产生的商品交易集中点。以"瓦"为名，"谓其来时瓦合，去时瓦解之义，易聚易散也"（《梦粱录》卷一九）。　②勾栏：也作勾阑、游棚，是百戏杂剧演出的场所。因其栏杆上刻有相互勾连的花纹而

得名。一般勾栏建筑都有戏台、戏房、神楼、腰棚等部分，所以多数以"棚"命名。一般设在瓦肆中，最大的可容数千人。勾栏中表演的节目形式花样繁多，嘌唱、唱赚、鼓子词、诸宫调、傀儡戏、杂剧等之外，还有说经书、讲史、散耍、谈浑话、踢球、弄虫蚁等传统百戏。　③路岐：在路边场地以表演各种杂技、说唱故事、杂剧等为生的民间卖艺人，俗称路岐人。他们也借"看棚"表演，不卖票，而是邀人观看（称"邀棚"），一个节目结束或演至要紧关头时停住，向观众收费，然后继续表演。曾三异《同话录》："散乐出《周礼》，注云野人之能乐舞者。今乃谓之路岐人。此皆市井之谈，入士大夫之口而当文之，岂可习为鄙俚？"　④打野呵：宋时称艺人露天献技卖艺。章渊《槁简赘笔》："河中在处临河者，皆曰河市，如今之艺人，于市肆作场谓之打野泊，皆谓不著所，今谓之打野呵。"

【评析】

"瓦舍"一词，本指僧房，又引申为寺院，后被借以指世俗娱乐场所。据康保成《"瓦舍""勾栏"新解》一文考证，最早见于汉译佛经，即竺佛念译《鼻奈耶》卷四：

> 佛世尊游罗阅祇竹园迦兰陀所。时达贰比丘瓦陶家子，便作是念："我工陶作，无与我等者。我既盛壮，前造木舍，阿阇世王欲取吾杀，我今当作瓦舍于中住。"便和泥造大舍。瓦户瓦阈，瓦楣额瓦窗牖，瓦龙牙杙瓦衣架。时此比丘收拾薪草枝叶蓬蒿，放火烧此坏舍，火炎盛炽，国人无不见者。烧瓦舍竟，周行分卫六十日。我所乞者集会，诸比丘入舍。佛见此事，而告阿难曰："汝著衣来，我欲至某处观看。"时世尊将阿难至达贰比丘瓦舍所，世尊遥见瓦舍火炎炽盛，世尊知而问阿难："此事何物，炎火乃尔炽盛？"时尊者阿难，

具白世尊，世尊告白："汝往，阿难，坏此瓦舍。所以然者，当为后世人故。于吾此法，初不见有作瓦舍者。"时阿难即往，坏此瓦舍。达贰比丘二月分卫，还到罗阅城。达贰遥见瓦舍坏，就看起恚意，问比住比丘："谁来坏此瓦舍？"答："世尊来坏。"达贰言："审世尊坏者，当复如之何？"

又，《咸淳临安志》卷一九记曰："故老云，当绍兴和议后，杨和王为殿前都指挥使，以军士多西北人，故于诸军寨左右营创瓦舍，招集伎乐，以为暇日娱戏之地；其后修内司又于城中建五瓦，以处游艺。今其屋在城外者，多隶殿前司；城中者，隶修内司。"据可知瓦舍初创及分布的由来。

酒　楼

和乐楼（升旸宫南库）、和丰楼（武林园南上库）、中和楼（银瓮子中库）、春风楼（北库）、太和楼（东库）、西楼（金文西库）、太平楼、丰乐楼、南外库、北外库、西溪库。

已上并官库①，属户部点检所。每库设官妓数十人，各有金银酒器千两，以供饮客之用。每库有祗直者数人，名曰"下番"。饮客登楼，则以名牌点唤侑樽，谓之"点花牌"。元夕，诸妓皆并番互移他库。夜卖，各戴杏花冠儿，危坐花架，然名娼皆深藏邃阁，未易招呼。凡肴核杯盘，亦各随意携至库中，初无庖人。官中趁课②，初不藉此，聊以粉饰太平耳。往往皆学舍士夫所据，外人未易登也。

熙春楼、三元楼、五间楼、赏心楼、严厨、花月楼、银马杓、康沈店、翁厨、任厨、陈厨、周厨、巧张、日新楼、沈厨、郑厨（只卖好食，虽海鲜、头羹皆有之）、虼蟆眼（只卖好酒）、张花。

已上皆市楼之表表者，每楼各分小阁十余，酒器悉用银，以竞华侈。每处各有私名妓数十辈，皆时妆袨服③，巧笑争妍，夏月茉莉盈头，香满绮陌，凭槛招邀，谓之"卖客④"；又有小鬟不呼自至，歌吟强聒，以求支分，谓之"擦坐"；又有吹箫、弹阮⑤、息气⑥、锣板、歌唱、散耍等人，谓之"赶趁"；及有老妪，以小炉炷香为供者，谓之"香婆"；有以法制青皮、杏仁、半夏、缩砂、豆蔻、小蜡茶、香药、韵姜、砌香、橄榄、薄荷，至酒阁分俵⑦得钱，谓之"撒暂⑧"；又有卖玉面狸、鹿肉、糟⑨决明⑩、糟蟹、糟羊蹄、酒哈蜊、柔鱼⑪、虾茸、鳐⑫干者，谓之"家风⑬"；又有卖酒浸江蟟⑭、章举蛎肉、龟脚锁管、密丁脆螺、鲨酱法虾⑮、子鱼繠鱼⑯诸海味者，谓之"醒酒口味"。凡下酒羹汤，任意索唤，虽十客各欲一味，亦自不妨；过卖、铛头，⑰记忆数十百品，不劳再四；传喝如流，便即制造供应，不许少有违误。酒未至，则先设看菜⑱数碟；及举杯，则又换细菜。如此屡易，愈出愈奇，极意奉承。或少忤客意，及食次少迟，则主人随逐去之。歌管欢笑之声，每夕达旦，往往与朝天车马相接，虽风雨暑雪，不少减也。

【注释】

①官库：国家贮藏财物之所。上古称天子藏物之所为府库。中古称政府贮藏财物或军械之所为官库。《宋史·食货志》："雍熙初，令江南诸州官库所贮杂钱，每贯及四斤半者送阙下，不及者销毁。"又指官营酒楼。②趁课：征收赋税。 ③袨（xuàn）服：华贵的服装。 ④卖客：酒楼用妓女招引客人。 ⑤弹阮：即弹奏阮咸。《晋书·阮咸传》："咸字仲容……妙解音律，善弹琵琶。"《新唐书·元行冲传》："有人破古冢得铜器似琵琶，身正圆，人莫能辨。行冲曰：'此阮咸所作器也。'命易以木，弦之，其声亮雅，乐家遂谓之阮咸。" ⑥息气：宋时乐器名，即渔鼓。⑦俵（biào）：分发。苏轼《奏浙西灾伤第一状》："巡门俵米，拦街散粥，终不能救。" ⑧撒暂：宋时小贩在酒楼中的一种兜售方式，也写作

撒暂。《梦粱录》卷一六："有卖食药香药果子等物，不问要与不要，散与坐客，名之撒暂。"　⑨糟：用酒或酒糟腌制食物。《晋书·孔群传》："公不见肉糟淹更堪久邪？"　⑩决明：即鳆鱼，今称鲍鱼。　⑪柔鱼：即鱿鱼。　⑫鱣（zhàn）：即戋鱼，一种海鱼。　⑬家风：风味小吃。　⑭江蟯（yáo）：亦作江珧，一种贝类。　⑮鲎（hòu）酱法虾：鲎，即鱼戋，一种海生节肢动物，形似蟹。法虾，经过一定程序腌制的虾。《本草纲目》卷四四："虾音霞，俗作虾，入汤则红色如霞也。"　⑯鷙（zhì）鱼：一种海鱼。　⑰过卖、铛头：侍者与厨师。《梦粱录》卷一六："客至坐定，则一过卖执箸遍问坐客。杭人侈甚，百端呼索取复，或热，或冷，或温，或绝冷，精浇熬烧，呼客随意索唤。各桌或三样皆不同名，行菜得之。走迎厨局前，从头唱念，报与当局者，谓之铛头。"　⑱看菜：供陈设的菜品。《都城纪胜》："初坐定，酒家人先下看菜，问买多少，然后别换菜蔬。亦有生疏不惯人，便忽下箸，被笑多矣。"

【评析】

《梦粱录》卷一六也有介绍酒肆的文字，可以对参：

中瓦子前武林园，向是三元楼康、沈家在此开沽，店门首彩画欢门，设红绿杈子，绯绿帘幕，贴金红纱栀子灯，装饰厅院廊庑，花木森茂，酒座潇洒。但此店入其门，一直主廊，约一二十步，分南北两廊，皆济楚阁儿，稳便坐席，向晚灯烛荧煌，上下相照，浓妆妓女数十，聚于主廊檐面上，以待酒客呼唤，望之宛如神仙。次有南瓦子熙春楼王厨开沽，新街巷口花月楼施厨开沽，融和坊嘉庆楼、聚景楼，俱康、沈脚店，金波桥风月楼严厨开沽，灵椒巷口赏新楼沈厨开沽，坝头西市坊双凤楼施厨开沽，下瓦子前日新楼郑厨开沽，俱有妓女，以待风流才子买笑追欢耳。如酒肆门首，排设杈子及栀子灯等，盖因五代时郭高祖游幸汴京，茶楼酒肆俱如此装饰，故至今店家仿效成俗也。

同书卷一九所载"顾觅人力"情形，又说明了丰富的劳动力资源在劳动力市场是如何被组织得井井有条的：

> 凡顾倩人力及干当人，如解库掌事，贴窗铺席，主管酒肆食店博士、铛头、行菜、过买、外出髽儿，酒家人师公、大伯等人，又有府第宅舍内诸司都知，太尉直殿御药、御带，内监寺厅分，顾觅大夫、书表、司厅子、虞候、押番、门子、直头、轿番小厮儿、厨子、火头、直香灯道人、园丁等人，更有六房院府判提点，五房院承直太尉，诸内司殿管判司幕士，六部朝奉顾倩私身轿番安童等人，或药铺要当铺郎中、前后作、药生作，下及门面铺席要当里主管后作，上门下番当直安童，俱各有行老引领。如有逃闪，将带东西，有元地脚保识人前去跟寻。如府宅官员，豪富人家，欲买宠妾、歌童、舞女、厨娘、针线供过、粗细婢妮，亦有官私牙嫂，及引置等人，但指挥便行踏逐下来。或官员士夫等人，欲出路、还乡、上官、赴任、游学，亦有出陆行老，顾倩脚夫脚从，承揽在途服役，无有失节。

歌 馆

平康诸坊，如上下抱剑营、漆器墙、沙皮巷、清河坊、融和坊、新街、太平坊、巾子巷、狮子巷、后市街、荐桥，皆群花所聚之地。外此，诸处茶肆，清乐茶坊、八仙茶坊、珠子茶坊、潘家茶坊、连三茶坊、连二茶坊及金波桥等两河以至瓦市，各有等差，莫不靓妆迎门，争妍卖笑，朝歌暮弦，摇荡心目。凡初登门，则有提瓶献茗者，虽杯茶亦犒数千，谓之"点花茶[①]"；登楼甫饮一杯，则先与数贯，谓之"支酒[②]"；然后呼唤提卖，随意置宴，赶趁、祗应、扑卖者，亦皆纷至，浮费颇多。或欲更招他妓，则虽对街，亦呼肩舆而至，谓之"过街轿"。前辈如赛观音、孟家蝉、吴怜儿等甚多，皆以色艺冠一时，家甚华侈。近世目击者，惟唐安安，最号富盛。凡酒器、沙锣[③]、冰盆、火箱、妆合之类，悉以金银为之。帐幔茵褥，多用锦绮，器玩珍奇，它物称是。下此虽力不逮者，亦竞鲜华。盖自酒器、首饰、被卧、衣服之属，各有赁者。故凡佳客之至，则供具为之一新，非习于游者不察也。

【注释】

①点花茶：宋时狎客进歌馆时付给侍者的赏钱。此中"花茶"为妓

女代称。《梦粱录》卷一六："大街有三五家开茶肆，楼上专安着妓女，名曰花茶坊，如市西坊南潘节干、俞七郎茶坊，保佑坊北朱骷髅茶坊，太平坊郭四郎茶坊，太平坊北首张七相干茶坊。盖此五处多有炒闹，非君子驻足之地也。"　②支酒：预支酒宴钱。　③沙锣：一种可兼作盥洗用具的乐器。银制沙锣可用于赏赐，与赏银无二。

【评析】

扑卖，是宋元时民间流行的一种博戏。用钱币为具，以字幕定输赢。市间杂卖也可用此法售物，买家获赢，即可折价购物。也即关扑。《夷坚志》补卷八中尝记曰：

> 李生将仕者，吉州人。入粟得官，赴调临安，舍于清河坊旅馆。其相对小宅，有妇人常立帘下阅市，每闻其语音，见其双足，着意窥观，特未尝一觌面貌。妇好歌"柳丝只解风前舞，诮系惹那人不住"之词，生击节赏咏，以为妙绝。会有持永嘉黄柑过门者，生呼而扑之，输万钱，愠形于色曰："坏了十千，而一柑不得到口。"正嗟恨不释，青衣童从外捧小盒至，云："赵县君奉献。"启之，则黄柑也。生曰："素不相识，何为如是？且县君何人？"曰："即街南所居赵大夫妻。适在帘间，闻官人有不得柑之叹，偶藏此数颗，故以见意，愧不能多矣。"

又，《扬州画舫录》卷一六所载一条，附以备参：

> 跌成，古博戏也，时人谓之"拾博"。用三钱者为三星，六钱者为六成，八钱者为八乂。均字均幕为成，四字四幕为天分。天分必幕与幕偶，字与字偶，长一尺，不杂不斜，以此为难。盖跌成之戏，古谓之"纯"。元李文蔚有《燕青博鱼》曲，其词云："凭着我六文家铜镘。"又云："你若是博呵，要五纯六纯。"五纯今谓之"拗一"，

六纯即"大成"。又为《金盏儿》曲云:"比及五陵人,先顶礼二郎神,哥也,你便博一千博,我这胳膊也无些儿困。我将那竹根的蝇拂子绰了这地皮尘,不要你蹲着腰虚土里纵,叠着指漫砖上礅,则要你平着身往下撒,不要你探着手可便往前分。"又《油葫芦》曲云:"则这新染来的头钱不甚昏,可不算先道的准。手心里明明白白摆定一文文,呀呀呀,我则见五个镘儿乞丢磕塔稳,更和一个字儿急溜骨碌滚。諕的我咬定下唇,掐定指纹,又被这个不防头爱撒的砖儿隐,可是他便一博六浑纯。"二曲摹写极工。此技遍于湖上,是地更胜。所博之物,以茉莉、玫瑰二花最多。

赁 物

花檐、酒檐、首饰、衣服、被卧、轿子、布囊、酒器、帏设、动用、盘合、丧具。

凡吉凶之事，自有所谓茶酒厨子，专任饮食请客宴席之事。凡合用之物，一切赁至，不劳余力，虽广席盛设，亦可咄嗟①办也。

【注释】

①咄嗟：惊叹之际，形容迅速。杜甫《山寺》："公为顾宾徒，咄嗟檀施开。"吕温《读小弟诗有感因口号以示之》："忆吾未冠赏年华，二十年间在咄嗟。"

【评析】

文中所谓"茶酒厨子"，就是以茶酒司、厨司为主的四司六局。赁物行业，不仅配合了四司六局的需要，也可满足所有居民的需求。《都城纪胜》《梦粱录》卷一九所载各有详略：

官府贵家置四司六局，各有所掌，故筵席排当，凡事整齐，都下街市亦有之。常时人户，每遇礼席，以钱倩之，皆可办也。帐设司，专掌仰尘、缴壁、卓帏、搭席、帘幕、罘罳、屏风、绣额、书画、簇子之类。厨司，专掌打料、批切、烹炮、下食、调和节次。茶酒司，专掌宾客茶汤、暖荡筛酒、请坐咨席、开盏歇坐、揭席迎送、应干节次。台盘司，专掌托盘、打送、赍擎、劝酒、出食、接盏等事。果子局，专掌装簇、盘钉、看果、时果、准备劝酒。蜜煎局，专掌糖蜜花果、咸酸劝酒之属。菜蔬局，专掌瓯钉、菜蔬、糟藏之属。油烛局，专掌灯火照耀、立台剪烛、壁灯烛笼、装香簇炭之类。香药局，专掌药楪、香球、火箱、香饼、听候索唤、诸般奇香及醒酒汤药之类。排办局，专掌挂画、插花、扫洒、打渲、拭抹、供过之事。凡四司六局人祗应惯熟，便省宾主一半力，故常谚曰：烧香点茶，挂画插花，四般闲事，不许戾家。若其失忘支节，皆是祗应等人不学之过。只如结席喝犒，亦合依次第，先厨子，次茶酒，三乐人。

凡官府春宴，或乡会，或遇鹿鸣宴，文武官试中设同年宴，及圣节满散祝寿公筵，官府各将人吏、差拨四司六局人员督责，各有所掌，无致苟简。或府第斋舍，亦于官司差借执役，如富家士庶吉筵凶席，合用椅桌、陈设书画、器皿盘盒动事之数，则顾唤局分人员，俱可完备，凡事毋苟。且谓四司六局所掌何职役，开列于后。如帐设司，专掌仰尘、录压、桌帏、搭席、帘幕、缴额、罘罳、屏风、书画、簇子、画帐等；如茶酒司，官府所用名"宾客司"，专掌宾客过茶汤、斟酒、上食、喝揖而已，民庶家俱用茶酒司掌管筵席，合用金银器具暖荡、请坐、咨席、开话、斟酒、上食、喝揖、喝坐席，迎送亲姻，吉筵庆寿，邀宾筵会，丧葬斋筵，修设僧道斋供，传语取复，上书请客，送聘礼合，成姻礼仪，先次迎请等事；厨司，掌筵生熟看食、妆钉、合食、前后筵几盏食，品坐歇坐，泛劝品件，放料批切，调和精细美味羹汤，精巧簇花龙凤劝盘等事；台盘司，掌把盘、打送、赍擎、劝盘、出食、碗碟等；果子局，掌装簇钉盘看果、时新水果、南北京果、海腊肥脯，脔切、像生花果、劝酒品件；蜜煎局，掌簇钉看盘果套山子、蜜煎像生窠儿；菜蔬局，掌筵上簇钉看盘菜蔬，供筵泛供异品菜蔬、时新品味、糟藏像生件段等；油烛局，掌灯火照耀、上烛、修烛、点照、压灯、办席、立台、手把、豆台、竹笼、灯台、装火、簇炭；香药局，掌管龙涎、沉脑、清和、清福异香、香垒、香炉、香球、装香簇烬细灰，效事听候换香，酒后索唤异品醒酒汤药饼儿；排办局，掌椅桌、交椅、桌凳、书桌，及洒扫、打渲、拭抹、供过之职。盖四司六局等人，祇直惯熟，不致失节，省主者之劳也。欲就名园异馆、寺观亭堂，或湖舫会宾，但指挥局分，立可办集，皆能如仪。俗谚云："烧香点茶，挂画插花，四般闲事，不宜累家。"若有失节者，是祇役人不精故耳。且如筵会，不拘大小，或众官筵上喝犒，亦有次第，先茶酒，次厨司，三伎乐，四局分，五本主人从。此虽末事，因笔述之耳。

作　坊

熟药圆散①、生药饮片②、麸面、团子、馒头、爊炕③鹅鸭、爊炕猪羊、糖蜜枣儿、诸般糖、金橘团、灌肺④、馓子⑤、萁豆、印马、蚊烟。

都民骄惰，凡买卖之物，多与作坊行贩已成之物，转求什一之利。或有贫而愿者，凡货物盘架之类，一切取办于作坊，至晚始以所直偿之，虽无分文之储，亦可糊口。此亦风俗之美也。

【注释】

①圆散：古代中成药之一，指加工成团的中药碎末。　②饮片：供制汤剂的中药，多指经过炮制的。　③爊（āo）炕：烧烤。爊，即熬。④灌肺：灌注有调料的肺，可作小吃。　⑤馓（sǎn）子：《齐民要术》："细环饼，截饼，（环饼一名'寒具'，截饼一名'蝎子'。）皆须以蜜调水溲面。若无蜜，煮枣取汁，牛羊脂膏亦得，用牛羊乳亦好，令饼美脆。"其形颇像扭绳或髻发，细如面条。

【评析】

文中"印马"，是指印马坊印售的民间祭祀用品。《知新录》："唐明皇渎于鬼神，王玙以楮为币，用纸马以祀鬼神。"《陔余丛考》卷三〇："后世刻板以五色纸印神佛像出售，焚之神前者，名曰纸马。或谓昔时画神于纸,皆画马其上,以为乘骑之用,故称纸马。"在宋代,纸马与纸钱相混并用,十分普及,品类与风格也呈现出多样化的趋势。《梦粱录》卷六:"岁旦在迩,席铺百货,画门神桃符,迎春牌儿,纸马铺印钟馗、财马、回头马等,馈与主顾。"《东京梦华录》卷七:"(清明节)士庶阗塞,诸门纸马铺皆于当街用纸衮叠成楼阁之状。"《建炎以来朝野杂记》乙集卷一九:"盖蜀人鬻神祠所用楮马,皆以青红抹之,署曰吴妆纸马。"

骄　民

都民素骄，非惟风俗所致，盖生长辇下，势使之然。若住屋，则动蠲①公私房赁，或终岁不偿一镮②，诸务税息，亦多蠲放，有连年不收一孔者，皆朝廷自行抱认③。诸项窠名④，恩赏则有"黄榜⑤钱"；雪降则有"雪寒钱"；久雨久晴，则又有赈恤钱米；大家富室，则又随时有所资给；大官拜命，则有所谓"抢节钱"；病者则有施药局；童幼不能自育者，则有慈幼局；贫而无依者，则有养济院；死而无殓者，则有漏泽园。民生何其幸欤！

【注释】

①蠲（juān）：免除。白居易《杜陵叟》："十家租税九家毕，虚受吾君蠲免恩。"　②镮（huán）：铜钱之圆形有孔可穿者。　③抱认：犹承担。苏轼《论积欠六事并乞检会应诏所论四事一处行下状》："应大赦以前见欠蚕盐和买青苗钱物，元是冒名，无可催理，或全家逃移，邻里抱认，或元无头主，均及干系人者，并特与除放。"　④窠名：款目，条项。朱熹《论差役利害状》："朝廷曾有指挥，罢支耆户长雇钱，以充经总制窠名起发，遂致州县无钱可雇耆长户长，而此等重役遂一切归于保正保长无禄之人。"　⑤黄榜：皇帝的文告。

【评析】

关于所谓"恩需军民",《梦粱录》卷一八所载更为详细:

宋朝行都于杭,若军若民,生者死者,皆蒙雨露之恩。但需泽常颁,难以枚举,姑述其一二焉。遇朝省祈晴请雨,祷雪求瑞,或降生及圣节、日食、淫雨、雪寒,居民不易,或遇庆典大礼明堂,皆颁降黄榜,给赐军民各关会二十万贯文。盖杭郡乃驻跸之所,故有此恩例耳。兼官私房屋及基地,多是赁居,还僦金或出地钱,但屋地钱俱分大中小三等钱,如遇前件祈祷恩典,官私出榜除放房地钱,大者三日至七日,中者五日至十日,小者七日至半月,如房舍未经减者,遇大礼明堂赦文条划,谓一贯为减除三百,止令公私收七百。或年岁荒歉,米价顿穹,官私置立米场,以官米赈济,或量收价钱,务在实惠及民。更因荧惑为灾,延烧民屋,官司差官吏于火场上,具抄被灾之家,各家老小,随口数分大小给散钱米。官置柴场,城内外共设二十一场,许百司官厅及百姓从便收买,价钱官司量收,与市价大有饶润。民有疾病,州府设施药局于戒子桥西,委官监督,依方修制丸散吮咀,来者诊视,详其病源,给药医治,朝家拨钱一十万贯下局,令帅府多方措置,行以赏罚,课督医员,月以其数上于州家,备申朝省。或民以病状投局,则畀之药,必奏更生之效。局侧有局名慈幼,官给钱典顾乳妇,养在局中,如陋巷贫穷之家,或男女幼而失母,或无力抚养,抛弃于街坊,官收归局养之,月给钱米绢布,使其饱暖,养育成人,听其自便生理,官无所拘。若民间之人,愿收养者听,官仍给月钱一贯、米三斗,以三年住支。更有老疾孤寡,贫乏不能自存,及丐者等人,州县陈请于朝,即委钱塘、仁和县官,以病坊改作养济院,籍家姓名,每名官给钱米赡之。此见朝家恤贫救老如此。又殿步马三司养军以护行都，及秋防之备，月给钱粮，春冬请衣绵，使之饱暖。遇有差出日，给口券，成功则赏。如三司招军补额之时，每刺一卒，官给关会一二封，衣装七事件，则出军先散处，发关会及衣装，则军妻老幼，月支赡家米粮，随军日支券粮，功成则转资给犒，如阵亡，官给津送，妻儿仍支赡孺幼之粮。更有两县置漏泽园一十二所，寺庵寄留柩椟无主者，或暴露遗骸，俱瘗其中。仍置屋以为春秋祭奠，听其亲属享祀，官府委德行僧二员主管，月给各支常平钱五贯、米一石。瘗及二百人，官府察明，申朝家给赐紫衣师号赏之。

其中同样涉及的"漏泽园"，是宋代官府设置的丛葬地，用以集葬因战乱及灾祸而死亡的或家贫无葬地者。《却扫编》卷下尝记曰："漏泽园之法，起于元丰间。初，予外祖以朝官为开封府界使者，常行部，宿陈留佛祠。夜且半，闻垣外汹汹，若有人声，起烛之，四望积骸遍野，皆贫无以葬者委骨于此，意恻然哀之。即具所见闻，请斥官地数顷以葬之，即日报可。神宗仍命外祖总其事，凡得遗骸八万余，每三十为坎，皆沟洫，什伍为曹，序有表，总有图。规其地之一隅以为佛寺，岁输僧寺之徒一人，使掌其籍焉。"（按：《日知录》卷一五有云："自宋以来，此风日盛，国家虽有漏泽园之设，而地窄人多，不能遍葬，相率焚烧，名曰火葬，习以成俗……宋以礼教立国，而不能革火葬之俗，于其亡也，乃有杨琏真伽之事。漏泽园之设，起于蔡京，不可以其人而废其法。"《集释》："是漏泽之设，不自蔡京始也，特其名或起于京耳。"）

游 手

浩穰之区，人物盛夥，游手奸黠，实繁有徒。有所谓美人局（以娼优为姬妾，诱引少年为事）、柜坊赌局（以博戏、关扑结党手法骗钱）、水功德局（以求官、觅举、恩泽、迁转、讼事、交易等为名，假借声势，脱漏①财物），不一而足。又有卖买物货，以伪易真，至以纸为衣、铜铅为金银、土木为香药，变换如神，谓之"白日贼②"。若阛阓③之地，则有剪脱衣囊环佩者，谓之"觅贴儿④"。其他穿窬肷箧⑤，各有称首。以至顽徒，如拦街虎、九条龙之徒，尤为市井之害。故尹京政先弹压，必得精悍钩距⑥，长于才术者乃可。都辖一房有都辖使臣，总辖供申院长，以至厢巡地分头项火下，凡数千人，专以缉捕为职。其间雄驵⑦有声者，往往皆出群盗，而内司又有海巡八厢以察之。

【注释】

①脱漏：骗取。 ②白日贼：以小商贩为掩护的骗子，又作白日鬼。 ③阛阓（huán huì）：街市。左思《魏都赋》："班列肆以兼罗，设阛阓以襟带。"吕向注："阛阓，市中巷绕市，如衣之襟带然。" ④觅贴儿：宋时称在闹市剪脱人衣囊环佩窃取财物者。《折狱龟鉴》卷七："彭

思永侍郎，为益州路转运使时摄成都府事。蜀民以交子贸易，多置衣带中，而盗于爪甲挟刃，伺便微取之，至十百而不败，民甚病之。思永捕获一人，使尽疏其党，悉黥隶诸军，盗以衰息。" ⑤穿窬（yú）胠（qū）箧：《说文》："窬，穿木户也。"《论语·阳货》："色厉而内荏，譬诸小人，其犹穿窬之盗也与！"《庄子·胠箧》："将为胠箧探囊发匮之盗而守备，则必摄缄縢，固扃鐍。"《释文》："司马彪云：从旁开为胠，一云发也。" ⑥钩距：又名钩拒、钩强。古代兵器，专用于水战中的近战搏斗，可推可钩。 ⑦驵（zǎng）：好马。《说文》："驵，壮马也。《六书故》引作奘马，从马，且声。"《史记·樊郦滕灌列传》："苏驵军于泥阳。"《索隐》："驵者，龙马也。"

【评析】

《梦粱录》卷一九所记可与对参：

闲人本食客人。孟尝君门下，有三千人，皆客矣。姑以今时府第宅舍言之，食客者，有训导蒙童子弟者，谓之"馆客"。又有讲古论今、吟诗和曲、围棋抚琴、投壶打马、撇竹写兰，名曰"食客"，此之谓闲人也。更有一等不著业艺，食于人家者，此是无成子弟，能文、知书、写字、善音乐，今则百艺不通，专精陪侍涉富豪子弟郎君，游宴执役，甘为下流，及相伴外方官员财主，到都营干。又有猥下之徒，与妓馆家书写柬帖取送之类。更专以参随服役资生，旧有百业皆通者，如纽元子，学像生叫声，教虫蚁，动音乐，杂手艺，唱词白话，打令商谜，弄水使拳，及善能取覆供过，传言送语。又有专为棚头，斗黄头，养百虫蚁、促织儿。又谓之"闲汉"，凡擎鹰、架鹞、调鹁鸽、斗鹌鹑、斗鸡、赌扑落生之类。又有一等手作人，专攻刀镊，出入宅院，趋奉郎君子弟，专为干当杂事，插花挂画，说合交易,帮涉妄作,谓之"涉儿",盖取过水之意。更有一等不本色业艺,专为探听妓家宾客,赶趁唱喏,买物供过,及游湖酒楼饮宴所在,以献香送欢为由,乞觅赡家财,谓之"厮波"。大抵此辈,若顾之则贪婪不已,不顾之则强颜取奉,必满其意而后已。但看赏花宴饮君子,出著发放何如耳。

又,《随隐漫录》卷五记录有骗窃钱财者的其他方式:"钱唐游手数万,以骗局为业。初愿纳交,或称契家,言乡里族属吻合。稍稔,邀至其家,妻妾罗侍,宝玩充案,屋宇华丽。好饮者与之沉酗同席,或王府,或朝士亲属,或太学生,狎戏喧呼;或诈失钱物,诬之倍偿。好游者与之放恣衢陌,或入豪家,与有势者共骗之。好呼卢者使之旁观,以金玉质镪,遂易瓦砾,访之则封门矣;或诈败以诱之,少则合谋倾其囊;或窃彼物为证,索镪其家,变化如神。如净慈寺前瞽妪,揣骨听声知贵贱。忽有虞候一人,荷轿八人,访妪曰:'某府娘子,令请登轿。'至清河坊张家匹帛铺前少驻,虞候谓铺中曰:'娘子亲买匹帛数十端。'虞候随一卒荷归取镪,七卒列坐铺前。候久不至,二卒促之;又不至,二卒继之;少焉,弃轿皆遁矣。有富者揖一丐曰:'幼别尊叔二十年,何以在此?'引归沐浴更衣,以叔事之。丐者亦因以为然。久之,同买匹帛数十端,曰:'叔留此,我归请偿其直。'店翁讶其不来,挟丐者物色之,至其所,则其人往矣。有华衣冠者,买匹帛,令仆荷归,授钥开箧取镪。坐铺候久,晚不来店,翁随归;入明庆寺,如厕,易僧帽,裹僧衣以逃。戴生货药,观者如堵。有青囊腰缠者,虽企足引领,而两手捧护甚至。白衫者拾地芥衔刺其颈,方引手抓,则腰缠失矣。有术士染银为药,先以水银置锅内,杂投此药,水银化烟去,银在其中。或者欲传之,欺以药尽,重需市药,则堕其计矣。殿步军多贷镪出戍,令母氏妻代领衣赐,出库即货以偿债。有少年高价买老妪绢，引令坐茶肆内，曰：'候吾母交易。'少焉，复高价买一妪绢，引坐茶肆外，指曰：'内吾母也，钱在母处。'取其绢，又入，附耳谓内妪曰：'外吾母也，钱在母处。'又取其绢出门，莫知所之。呜呼，盗贼奸宄，皋陶明刑则治；晋用士会，盗奔于秦。治之之法，在上不在下。"两相结合，足以警人心目。

市　食

鹌鹑馉饳①儿、肝脏馃子②、香药灌肺、灌肠、猪胰胡饼③、羊脂韭饼、窝丝姜馂、划子④、科斗细粉、玲珑双条、七色烧饼、杂炸、金铤裹蒸⑤、市罗角儿⑥、宽焦薄脆、糕糜⑦、旋炙犯⑧儿、八糙⑨鹅鸭、炙鸡鸭、爊肝、罐里爊、爊鳗鳝、爊团鱼、煎白肠、水晶脍、煎鸭子、脏驼儿、焦蒸饼、海蛰鲊、姜虾米、辣齑粉、糖叶子、豆团、麻团、螺头、膘皮⑩、辣菜饼、炒螃蟹、肉葱齑、羊血、鹿肉犯子。

果子：皂儿膏⑪、宜利少、瓜蒌煎、鲍螺、裹蜜、糖丝线、泽州饧、蜜麻酥、炒团、澄沙团子、十般糖、甘露饼、荔枝膏、蜜姜馂、韵姜糖、玉屑糕、爊木瓜、糖脆梅、破核儿、查条、橘红膏、花花糖、二色灌香藕、糖豌豆、芽豆、栗黄、乌李、酪面、蓼花、蜜弹弹、望口消、桃穰酥、重剂、蜜枣儿、天花饼⑫、乌梅糖、玉柱糖、乳糖狮儿、薄荷蜜、琥珀蜜、饧角儿、诸色糖蜜煎。

菜蔬：姜油多、蕹⑬花茄儿、辣瓜儿、倭菜、藕鲊、冬瓜鲊、笋鲊、茭白鲊、皮酱、糟琼枝、莼菜笋、糟黄芽⑭、糟瓜齑、淡盐齑、鲊菜、醋姜、脂麻⑮辣菜、拌生菜、诸般糟淹、盐芥。

粥：七宝素粥、五味粥、粟米粥、糖豆粥、糖粥、糕糷、馓子粥、绿豆粥、肉庵饭。

犯鲊：算条、界方条、线条、鱼肉影戏、胡羊犯、削脯、槌脯、松脯、兔犯、獐犯鹿脯、糟猪头、干咸馂、皂角铤⑯、腊肉、炙骨头、旋炙荷包、荔枝皮、鹅鲊、荷包旋鲊⑰、三和鲊、切鲊、骨鲊、桃花鲊、雪团鲊、玉板鲊、鲟鳇鲊、春子鲊、黄雀鲊、银鱼鲊、蝛⑱鲊。

凉水：甘豆汤、椰子酒、豆儿水、鹿梨浆、卤梅水、姜蜜水、木瓜汁、茶水、沉香水、荔枝膏水、苦水、金橘团、雪泡缩脾饮⑲、梅花酒、香薷⑳饮、五苓大顺散、紫苏饮。

糕：糖糕、蜜糕、栗糕、粟糕、麦糕、豆糕、花糕㉑、糍糕、雪糕㉒、小甑糕、蒸糖糕、生糖糕、蜂糖糕、线糕、间炊糕、干糕、乳糕、社糕、重阳糕。

蒸作从食：子母茧、春茧、大包子、荷叶饼、芙蓉饼、寿带龟、子母龟、欢喜、捻尖、剪花、小蒸作、骆驼蹄、太学馒头、羊肉馒头、细馅、糖馅、豆沙馅、蜜辣馅、生馅、饭馅、酸馅㉓、笋肉馅、麸蕈馅、枣栗馅、薄皮、蟹黄、灌浆㉔、卧炉、鹅项、枣䭔、仙桃、乳饼㉕、菜饼、秤锤蒸饼、睡蒸饼、千层、鸡头㉖篮儿、鹅弹、月饼、馣子㉗、炙焦㉘、肉油酥、烧饼、火棒、小蜜食、金花饼、市罗、蜜剂、饼餤、春饼、胡饼、韭饼、诸色馃子、诸色包子、诸色角儿、诸色果食、诸色从食。

【注释】

①馉饳（gǔ duò）儿：古代的一种面食，有馅。　②馃（jiá）子：

类似今天的肉夹馍的一种食品。　③猪胰胡饼：《都城纪胜》："其余店铺夜市不可细数，如猪胰胡饼，自中兴以来只东京脏三家一分，每夜在太平坊巷口，近来又或有效之者。"唐代以前的胡饼，是在炉中烤熟、表皮鼓起并撒芝麻、个头较大的面饼。唐代时出现了笼蒸和有馅的胡饼，敦煌地区的胡饼有时也并不加芝麻，但非今日之烧饼。后来，"胡饼"的名称虽然逐渐消失，但其制作花色和品种自从东汉以来一直在不断发展和创新。（参闫艳《唐诗食品词语语言与文化之研究》）　④划子：宋时的一种点心。如《梦粱录》卷一六"及沿街巷陌盘卖点心"中有"虾鱼划子"。⑤金铤裹蒸：一种食品。制法是：将糯米淘净，蒸至软熟，加糖拌匀，再用箬叶裹作小角子形，蒸熟即可食用。　⑥角儿：也叫驼峰角子，长椭圆形，两头有尖角，脊有一棱如驼峰。　⑦糕縻：清真食品。据元《居家必用事类全集》所载，制法是：取羊头治净，入锅煮至极烂，捞出去骨后再入原汤中，加胡豆同煮至豆子软时，再加入糯米粉，使之成稠的糕縻，再下些乳酥、松仁、胡桃仁搅匀，即可盛食。　⑧犯（bā）：即䃿，加工过的干肉。　⑨八糙：当为禽肉的一种制法。　⑩臕皮：经过加工的肉皮。臕本指五花肉。《经典释文》引《三苍》云："小腹两边肉也。"⑪皂儿膏：《鸡肋编》："浙中少皂荚，澡面、浣衣，皆用肥珠子。木亦高大，叶如槐而细，生角长者不过三数寸，子圆黑肥大，肉亦厚，膏润于皂荚，故一名肥皂，人皆蒸熟暴干乃收。京师取皂荚子仁煮过，以糖水浸食，谓之水晶皂儿。"⑫天花饼：用天花粉做的饼类食品。天花粉，即瓜蒌根。瓜蒌，根、果实均可食，又名天花。　⑬薤（xiè）：一种草本植物，茎名薤白，可食，亦可入药。　⑭黄芽：莴苣。《梦粱录》卷一八："黄芽，冬至取巨菜，覆以草，即久而去腐叶，以黄白纤莹者，故名之。"　⑮脂麻：即胡麻，俗作芝麻，非。《本草纲目》卷二二："时珍曰：按沈存中

《笔谈》云：胡麻即今油麻，更无他说。古者中国止有大麻，其实为蕡。汉使张骞始自大宛得油麻种来，故名胡麻，以别中国大麻也。" ⑯皂角铤：即皂角铤子，皂角状干肉块。 ⑰旋鲊：本谓新鲜肉酱，或亦指肉末干。《铁围山丛谈》卷六："开宝末，吴越王钱俶始来朝。垂至，太祖谓大官：'钱王，浙人也。来朝宿共帐内殿矣，宣创作南食一二以燕衎之。'于是大官仓猝被命，一夕取肥羊为齑，以献焉，因号旋鲊。至今大宴，首荐是味，为本朝故事。" ⑱蚬（xiǎn）：一种蛤类。 ⑲雪泡缩脾饮：可能是加了冰块的冷饮。《梦粱录》卷一六："四时卖奇茶异汤：冬月添卖七宝擂茶、馓子、葱茶，或卖盐豉汤；暑天添卖雪泡梅花酒，或缩脾饮、暑药之属。" ⑳香薷（rú）：一年生或多年生草本植物，茎、叶可提取芳香油。 ㉑花糕：又名菊糕，即重阳糕。《山堂肆考》卷一九四："唐武则天花朝日游园，令宫女采百花和米捣碎蒸糕以赐从臣。又赵宋九日以花糕法酒赐近臣。" ㉒雪糕：一种色白如雪的糯米糕。 ㉓酸馅：本为酸豏或酸䭃。豏，饭后小食品。《归田录》卷二："京师食店卖酸䭃者，皆大出牌榜于通衢，而俚俗昧于字法，转酸从食，䭃从臽。有滑稽子谓人曰：'彼家所卖馂馅，不知为何物也？'饮食四方异宜，而名号亦随时俗言语不同，至或传者转失其本。汤饼，唐人谓之不托，今俗谓之馎饦矣。" ㉔灌浆：馅内有汤的包子，宋时或称灌浆馒头。《梦粱录》卷一六："更有包子酒店，专卖灌浆馒头、薄皮春茧包子、虾肉包子、鱼兜杂合粉、灌燠大骨之类。" ㉕乳饼：用牛羊奶等制成的豆腐状食品。《寿亲养老新书》卷一："牛乳最宜老人，平补血脉，益心，长肌肉，令人身体康强润泽，面目光悦，志不衰。故为人子者，常须供之以为常食。或为乳饼，或作断乳等，恒使恣意，充足为度。此物胜肉远矣。" ㉖鸡头：《梦粱录》卷一八："鸡头，古名芡，又名鸡壅，钱塘梁诸、窬头、仁和藕湖、临平湖俱产，独西湖生者佳，却产不多，可筛为粉。"又卷四："鸡头亦有数品，若拣银皮子嫩者为佳，市中叫卖之声不绝。中贵戚里，多以金盒络绎买入禁中，如宅舍市井欲市者，以小新荷叶包裹，掺以麝香，用红小索系之。"《尔雅翼》卷六："芡，鸡头也。幽州人谓之雁头。叶如荷而大，叶上蹙衄如沸，有芒刺，兼有觜，若鸡雁之头，又名雁喙。实内有米，圆白如珠，久食宜人。" ㉗馌（yè）子：糍糕。《梦粱录》卷一六："卖米薄皮春茧、生馅馒头、馌子、笑靥儿。" ㉘炙焦：即炙焦馒头。《梦粱录》卷一三："日午卖糖粥、烧饼、炙焦馒头、炊饼、辣菜饼、春饼、点心之属。"

【评析】

文中"太学馒头"，本来是宋代太学提供给三舍生员的馒头。《苕溪渔隐丛话》后集卷二八云：

两学公厨例于三八课试日设别馔：春秋炊饼，夏冷淘，冬馒头。而馒头尤有名，士人得之，往往转送亲识。询前辈云："元丰初，神庙留神学校，尝恐饮食菲薄，未足以养士。一日，有旨诣学取学生食以进，其日食馒头，神庙尝之曰：朕以此养士，可无愧矣。自是饮食稍丰洁，而馒头遂知名。"

也提供给廷试举子：

廷试之日，士人由和宁门入，徐行，执号乐卫士收数。成行而入，至集英殿门外，中官展视而收之。殿外挂混图于露天，甚高。良久，天大明，了然分明知位次。士人聚于殿门外，待百官常朝毕，方引士人进拜，列于殿下。宰臣进题，上览焉。天子临轩，天颜可瞻。起居赞曰："省元某人以下躬拜，再拜。"又躬身而退。各依坐图行列而坐。每位有牌一枚，长三尺，幂以白纸，已书某人某乡贯，或东西廊第几人，不得移动及污损。坐定，中官行散御题，士人皆以御题录于卷头草纸上，以黄纱袋子垂系于项上。若有损污，谓之不恭，纳卷所不收受。散题后，驾已兴，入内进膳，赐食于士子：太学馒头一枚，羊肉泡饭一盏。食毕，不见赐，谢恩。或要登东作旋，则抱牌、卷卷子而往，卫士相引，而出亦不甚远。既坐而试，不得与邻座说话。中官、从官杂处董之，宰执巡行。至申时天子复临轩，纳卷于殿廷。东庑阶下之幕中，一中官监视收其牌及御题卷子，亦不容人临时于纳处展视。若至昏时，则见传者云："已不在黄甲矣。"士人每出一门，必书姓名于门东。历四门，皆书姓名、押字。出时无号，无人押行，亦不待人齐出。（《钱塘遗事》卷一〇）

后来，在使用上就趋于泛化了。不仅《梦粱录》卷一六中录有"太学馒头"，更有文人如岳珂曾赋《馒头诗》咏之："几年太学饱诸儒，薄技犹传笋蕨厨。公子彭生红缕肉，将军铁杖白莲肤。芳馨正可资椒实，粗泽何妨比瓠壶。老去牙齿辜大嚼，流涎才合慰馋奴。"

诸色酒名

蔷薇露、流香（并御库①）；宣赐碧香、思堂春（三省激赏库）；凤泉（殿司）、玉练槌（祠祭）；有美堂②、中和堂、雪醅③、真珠泉、皇都春（出卖）、常酒④（出卖）、和酒（出卖。并京酝）；皇华堂（浙西仓）；爱咨堂（浙江仓）；琼花露（扬州）；六客堂（湖州）；齐云清露、双瑞（并苏州）；爱山堂、得江（并东总⑤）；留都春、静治堂（并江阃）；十洲春、玉醅（并海阃）；海岳春（西总）；筹思堂（江东漕）；清若空（秀州）；蓬莱春（越州）、第一江山、北府兵厨⑥、锦波春、浮玉春（并镇江）；秦淮春、银光（并建康）；清心堂、丰和春、蒙泉（并温州）；潇洒泉（严州）；金斗泉（常州）；思政堂、龟峰（并衢州）；错认水（婺州）；谷溪春（兰溪）；庆远堂（秀邸）；清白堂（杨府）；蓝桥风月⑦（吴府）；紫金泉（杨郡王府）；庆华堂（杨驸马府）；元勋堂（张府）；眉寿堂、万象皆春（并荣邸）；济美堂、胜茶（并谢府）。

点检所酒息日课，以数十万计，而诸司邸第及诸州供送之酒不与焉，盖人物浩繁，饮之者众故也。

【注释】

①并御库：指蔷薇露、流香两种酒均出自御库。《老学庵笔记》卷

七:"寿皇时,禁中供御酒名蔷薇露,赐大臣酒谓之流香。"《玉堂杂记》卷下:"淳熙乙未初伏,必大以待制侍讲,赐流香酒四斗(后二年减半)、时果七楪、冰一担。"蔷薇露即蔷薇水,本香水名。《铁围山丛谈》卷五:"旧说蔷薇水,乃外国采蔷薇花上露水,殆不然。实用白金为甑,采蔷薇花蒸气成水,则屡采屡蒸,积而为香,此所以不败。但异域蔷薇花气,馨烈非常。故大食国蔷薇水虽贮琉璃缶中,蜡蜜封其外,然香犹透彻,闻数十步,洒着人衣袂,经十数日不歇也。" ②有美堂:《庚溪诗话》卷上:"嘉祐初,龙图阁直学士尚书吏部郎中梅挚公仪,出守杭州,上特制诗以宠赐之。其首章曰:'地有吴山美,东南第一州。'梅既到杭,欲侈上之赐,遂建堂山上,名曰有美。" ③雪醅:南宋京城酒名。《清波杂志》卷一〇:"酝法言人人殊,故色香味亦不等,醇厚、清劲,复系人之嗜好。泰州雪醅著名,惟旧盖用州治客次井蟹黄水,蟹黄不堪他用,止可供酿。绍兴间有呼匠辈至都下,用西湖水酿成,颇不逮。有诘之者云,蟹黄水重,西湖水轻,尝较以权衡得之。辉向还乡郡,饮所谓雪醅,亦未见超胜。岂秫米日损、水泉日增而致然耶?抑酝法久失其传?大抵今号兵厨皆有此弊,不但泰之雪醅也。"陆游《芳华楼夜饮》二首其二:"香生赭汗连钱马,光溢金船拨雪醅。" ④常酒:本谓经常饮酒,故或称经常所饮之酒为常酒。《书·酒诰》:"文王诰教小子:有正有事,无彝酒。"传:"无常饮酒。"《童蒙训》卷下:"正献公作相时,每月以上尊分遗亲旧。杨十七学士应之,公之甥也,月送两壶。杨学士得酒,即送酒家易常酒数壶,欲饮酒即取之。东莱公以为杨学士英气伟度,必不以唇舌间沾玩上尊滋味为美也,得酒贵多不问美恶,过人远矣。" ⑤东总:总领淮东军马钱粮所便称。叶适《朝请大夫主管冲佑观焕章侍郎陈公墓志铭》:"思诚名景思,姓陈氏……授淮东总领所干办事。" ⑥北府兵厨:宋时镇江酒名。《鹤林玉露》卷四："顷在太学时，同舍以思堂春合润州北府兵厨，以庆远堂合严州潇洒泉，饮之甚佳。"《世说新语·任诞》："步兵校尉□，厨中有贮酒数百斛，阮籍乃求为步兵校尉。"刘孝标注引《文士传》曰："（籍）后闻步兵厨中有酒三百石，忻然求为校尉。"《演繁露》续集卷六："今人谓公库酒为兵厨酒，言公库之酒因犒军而酝也。太守正厅为设厅，公厨为设厨，皆以此也。汉有步兵校尉，掌上林苑屯兵。晋阮籍闻步兵厨营人善酿，有贮酒三百斛，乃求为之。则亦兵厨之祖也。"　⑦蓝桥风月：酒名。出于裴铏《传奇·裴航》：裴航遇仙人樊夫人，夫人赠诗云："一饮琼浆百感生，玄霜捣尽见云英。蓝桥便是神仙窟，何必崎岖上玉清。"后裴航于蓝桥求浆而得仙人云英为妻，一同仙去。

【评析】

　　文中"错认水"，又称错煮水，是薄酒的谑称。苏轼《调谑编·巧对》："东坡在黄州时，尝赴何秀才会，食油果甚酥，因问主人此名为何，主人对以无名。东坡又问：'为甚酥？'坐客皆曰：'是可以为名矣。'又，潘长官以东坡不能饮，每为设醴。坡笑曰：'此必错煮水也。'他日忽思油果，作小诗求之云：'野饮花前百事无，腰间唯系一葫芦。已倾潘子错煮水，更觅君家为甚酥。'李端叔尝为余言：'东坡云：街谈市语皆可入诗，但要人熔化耳。'"又，《调鼎集》卷八《错认水》："冰糖、荸荠浸烧酒，其清如水，夏月最宜。"夏元鼎《西江月·答王和父送错认水酒》："甘露醴泉天降。琼浆玉液仙方。一壶馥郁喷天香。曲蘖人间怎酿。要使周天火候，不应错认风光。浮沉清浊自斟量。日醉蓬莱方丈。"

　　胜茶，也是对薄酒的谑称。苏轼《薄薄酒二首》序云："胶西先生赵明叔，家贫，好饮，不择酒而醉。常云：'薄薄酒，胜茶汤；丑丑妇，胜空房。'其言虽俚，而近乎达，故推而广之，以补东州之乐府。既又以为未也，复自和一篇，聊以发览者之一噱云尔。"曰：

  薄薄酒，胜茶汤。粗粗布，胜无裳。丑妻恶妾胜空房。五更待漏靴满霜，不如三伏日高睡足北窗凉。珠襦玉柙，万人相送归北邙，不如悬鹑百结独坐负朝阳。生前富贵，死后文章，百年瞬息万世忙。夷齐盗跖俱亡羊，不如眼前一醉，是非忧乐都两忘。

  薄薄酒，饮两钟。粗粗布，著两重。美恶虽异醉暖同，丑妻恶妾寿乃公。隐居求志义之从，本不计较东华尘土北窗风。百年虽长要有终，富死未必输生穷。但恐珠玉留君容，千载不朽遭樊崇。文章自足欺盲聋，谁使一朝富贵面发红。达人自达酒何功，世间是非忧乐本来空。

小经纪（他处所无者）

班朝录①、供朝报②、选官图、诸色科名③、开先牌④、写牌额、裁板尺、诸色指挥⑤、织经带、棋子棋盘、蒲牌骰子、交床试篮⑥、卖字本、掌记册儿⑦、诸般簿子、诸色经文、刀册儿、纸画儿、扇牌儿⑧、印色盝、剪字、缠令、耍令、琴阮弦、开笛、艳笙⑨、鞔鼓⑩、口簧、位牌、诸般盝儿、屋头挂屏、剪镞花样、檐前乐⑪、见成皮鞋、提灯䒤灯、头须编掠、香橼络儿、香橼坐子、挂杖、粘竿⑫、风幡、钓钩、钓竿、食罩、吊挂、拂子、蒲坐⑬、椅褥、药焙、烘篮⑭、风袋、烟罨、糊刷、鞋楦、桶钵、搭罗儿⑮、姜擦子、帽儿、鞋带、修皮鞋、穿交椅、穿罢罳⑯、鞋结底、穿珠、领抹、钗朵、牙梳、洗翠、修冠子、小梳儿、染梳儿、接补梳儿、香袋儿、面花儿、绢孩儿、符袋儿、画梅七香丸、胶纸、稳步膏、手皱药、凉药、香药、膏药、发垛儿、头髲⑰、磨镜、弩儿、弩弦、弹弓、箭翎、射帖、壶筹、鹁鸽铃、风筝、药线、象棋、鞭子、斗叶、香炉灰、纸刷儿⑱、笾子剔、剪截段尺、出洗衣服、簇头消息、提茶瓶、鼓炉钉铰、钉看窗⑲、札熨斗、供香饼、使绵、打炭墼⑳、补锅子、泥灶、整漏、箍桶㉑、襻膊儿㉒、竹猫儿、消息子、老鼠药、蚊烟、闹蛾儿、凉筒儿、纽扣子、接绦、修扇子、钱索、麻索、红索儿、席草、鸡笼、修竹作㉓、使法油、油纸、油单、毡坐子、修砧头、磨刀、磨剪子、棒槌、舂米、劈柴、擂槌㉔（俗谚云：杭州人一日吃三十丈木头。盖以三十万家为率，大约每十家日吃擂槌一分，合而计之，则三十丈矣）、淘井、猫窝、猫鱼、卖猫儿、改猫犬、鸡食、鱼食、虫蚁食、诸般虫蚁、鱼儿活、蛇虬儿㉕、促织儿、小螃蟹、金麻、马蚤儿㉖、蜘蟟㉗、虫蚁笼、促织盆、麻花子、荷叶、灯草、发烛㉘、肥皂团、茶花子、买瓶掇、旧铺衬、圪伯纸、竹钉㉙、淘灰土、淘河、剔拨叉、黄牛粪灰、挑疥虫、卖烟火、旋影戏。

若夫儿戏之物，名件甚多，尤不可悉数，如相银杏、猜糖、吹叫儿、打娇惜、丁丁车、轮盘儿，每一事率数十人，各专藉以为衣食之地，皆他处之所无也。

【注释】

①班朝录：专录在朝官员官职姓名的书册，犹后世之职官录、缙绅录。《容斋三笔》卷五："绍熙四年冬，客从中都来，持所抄《班朝录》一编相示，盖朝士官职姓名也。" ②朝报：朝廷发布之公报。上载诏令、奏章及官吏任免等事项。汉代郡国、唐代节度使皆在京设邸，由邸所传钞，因谓之邸钞或邸报。后亦有由内阁钞发者，谓之阁钞；由六科钞发者，谓之科钞。在外省统称为朝报，亦称京报。《池北偶谈》卷四："今之朝报，或曰邸报，亦有所本，见王明清《挥麈录》。《朝野类要》云：朝报，日生事宜也。每日门下后省编定，请给事判报，方行下都进奏院报行天下。其有所谓内探、省探、衙探之类，皆衷私小报，率有漏泄之禁，故隐而号之曰新闻。盖自宋时已然。" ③诸色科名：登录科考中第人名

的簿册。 ④开先牌：登载佛寺名录的簿册。南唐中主李璟少好文，于五老峰下建舍，有农人地，以为书屋。后即位，改书堂为僧舍。以农人献地为建立王朝之祥，故名僧舍为"开先"。 ⑤诸色指挥：登录军事编制单位的名录。 ⑥交床试篮：参加科考者所用的物品。交床，胡床的别称，一种有靠背、能折叠的坐具，即交椅。《贞观政要·慎所好》："隋炀帝性好猜防，专信邪道，大忌胡人，乃至谓胡床为交床，胡瓜为黄瓜。"试篮，试子入考场时所提的篮子，内装笔砚与食品等。 ⑦掌记册儿：冯沅君《古剧说汇·才人考》："掌记这种东西是优人随身携带的脚本。掌记的'掌'字大约与'袖珍'的'袖'字同，取其本头小，携带方便。"俞为民《南戏通论》：伶人的舞台记录本，也即剧本。 ⑧扇牌儿：纸牌儿。《戏瑕》卷二《叶子戏》："按叶子戏自唐咸通以来，天下尚之，即今之扯纸牌，亦谓之斗叶子。近又有马钓之名，则以四人为之者……凡士人宴会、闺房杂聚，与夫歌台舞榭之间、酒坛博馆之下，盛行叶子。举樗蒲、象戏之乐，无以加于此矣。" ⑨靘（qìng）笙：《齐东野语》卷一七："盖笙簧必用高丽铜为之，靘以绿蜡，簧暖则字正而声清越，故必用焙而后可。"和凝《宫词》："兰殿春融自靘笙，玉颜风透象纱明。" ⑩鞔（mán）鼓：把皮革绷紧，蒙在鼓框上。《酉阳杂俎》前集卷一二："宁王尝夏中挥汗鞔鼓。"《通俗编》卷三六："今人犹谓作鞋底曰鞔底，钉鼓皮曰鞔鼓。" ⑪檐前乐：即檐马，亦称铁马、凤马儿。《芸窗私志》："元帝时临池观竹，既枯，后每思其响，夜不能寝。帝为作薄玉龙数十枚，以缕线悬于檐外，夜中因风相击，听之与竹无异。民间效之，不敢用龙，以什骏代。今之铁马，是其遗制。"苏轼《上元夜》："牙旗穿夜市，铁马响春冰。" ⑫粘竿：顶端涂上粘的物质，用以捕鸟的竹竿。 ⑬蒲坐：用蒲草编制的坐具，即蒲团。许棐《赠龚彦质》："蒲坐夜间猫占卧，笋舆春暖鹤随行。" ⑭烘篮：中间放小火盆的竹篮。用以取暖或烘干衣物。 ⑮搭罗儿：一种细密的小罗。《竹屿山房杂部》卷一七："缸面有一层黑泥末，以搭罗掠之去尽。"又指护顶，乃新凉时孩子所戴小帽，以帛堆缕如发圈然。 ⑯罣罳（guà sī）：筛子。《事物原始》："罣罳以竹为筐，以绢为幔，以筛米麦之粉，留粗以出细者。" ⑰头髲（bì）：假发。《世说新语·贤媛》："陶公少有大志，家酷贫，与母湛氏同居。同郡范逵素知名，举孝廉，投侃宿。于时冰雪积日，侃室如悬磬，而逵马仆甚多。侃母湛氏语侃曰：'汝但出外留客，吾自为计。'湛头发委地，下为二髲，卖得数斛米，斫诸屋柱，悉割半为薪，锉诸荐以为马草。日夕，遂设精食，从者皆无所乏。" ⑱纰刷儿：补衣服所用的刷子。 ⑲看窗：宋时一种木制窗户。《营造法式》卷六："凡睒电窗，刻作四曲或三曲；若水波文，造亦如之。施之于殿堂后壁之上，或山壁高处。如作看窗，则下用横钤、立旌，其广厚并准版棂窗所用制度。" ⑳打炭墼（jī）：用炭末捣制成的块状燃料，制法似土墼，故名。《豹隐纪谈》："九九八十一，家家打炭墼。" ㉑箍桶：用竹篾或铁丝做成圆圈套在桶上，使桶片紧固不漏水。《文公易说》卷一七："有箍桶人以此问伊川，伊川不能答，其人云：'三阳失位。'" ㉒襻（pàn）膊儿：《类篇·衣部》："衣系曰襻。"宋代的一种工具，挂在颈项间，用来搂起衣袖使方便劳动。沈从文《中国古代服饰研究》谓为沿街专卖这种用具并兼修理的手艺人。 ㉓竹作：竹器，或类似今之竹器制作协会。 ㉔擂槌：一种木制的手用研物工具。《七修类稿》卷五一："本朝少保于公谦幼时，其母梳其发为双角，日游乡校，僧人兰古春见之，戏曰：'牛头喜得生龙角。'于即对曰：'狗口何曾出象牙。'僧已惊之。于回对母曰：'今不可梳双髻矣。'他日，古春又过学堂，见于梳成三角之髻，又戏曰：'三角如鼓架。'于又即对曰：'一秃似擂槌。'"㉕虼（gè）蚪儿：即蝌蚪。《张协状元》第十九出："（末白）买油作甚么用？（净）买三十钱麻油，把虼蚪儿煎了，吃大麦饭。（末）且是恶心！"㉖马蚻（zhá）儿：一种像蝉而较小的鸣虫。苏轼《张安道见示近诗》："荒林蜩蚻乱，废沼蛙蝈淫。"㉗蝍蟟（jí liáo）：知了。㉘发烛：引火物。《南村辍耕录》卷五："杭人削松木为小片，其薄如纸，熔硫黄涂木片顶分许，名曰发烛，又曰淬儿。盖以发火及代灯烛用也。"㉙竹钉：竹制钉子。周文璞《怀何月湖》："珍图想挂茅斋壁，巧石应随竹钉舟。"

【评析】

文中"选官图"，是一种古代博具，唐人称彩选。其图上列官位，掷骰子以定官之升降。《陔余丛考》卷三三所记甚详：

世俗局戏有"升官图"，开列大小官位于纸上，以明琼掷之，计点数之多寡，以定升降。按房千里有《骰子选格序》云：以穴骰双双为戏，更投局上，以数多少为进身职官之差，丰贵而约贱，有为尉掾而止者，有贵为将相者，有连得美名而后不振者，有始甚微而倏然于上位者；大凡得失不系贤不肖，但卜其偶不偶耳。此即"升官图"所由本也。东坡文云：流俗经营，倘来惴惴，惟恐后于他人，何异掷骰者心动于中而色形于外也。王逢原《彩选》诗云："卒无及第效，徒有高人气。昏昏忘其大，扰扰争其细。"见《黄常时诗话》。可见此戏唐以来已有之。王阮亭谓：彩选始唐李郃，宋尹师鲁踵而为之。元丰官制行，有宋保国老又更定。刘贡父则取西汉官秩为之，又取本传所以升黜之语注其下，其兄原父喜而序之。此所述尤为详备。而赵明远亦有《彩选格》，见沈作喆《寓简》。又宋时有"选仙图"，亦用骰子比色，先为散仙，次为上洞，以渐至蓬莱、大罗等列仙。其比色之法，首重绯四，次六与三，最下者幺。凡有过者，谪作采樵、思凡之人，遇胜色仍复位。王珪宫词有云："尽日窗间赌选仙，小娃争觅列盆钱。上筹须占蓬莱岛，一掷乘鸾出洞天。"亦彩选之类也。今"升官图"一名"百官铎"，有明一代官制略备，以明琼掷之定迁擢，有赃则降罚，相传为倪鸿宝所造。又有"忠佞升官图"，有严嵩、杨椒山诸人，则以人品优劣定胜负矣。又有判为三教者，各以彩色定进身之途，则亦选仙之流也。《辽史》兴宗晚年倦勤，用人不能自择，令各掷骰子，以采胜者官之。则真以骰子选官矣。（见《耶律俨传》）

诸色伎艺人

御前应制：姜梅山①（特立。观察使）、周葵窗②（端臣）、曹松山③（邍）、陈藏一④（郁）、徐良、陈爱山、程奎、耿待聘。

御前画院：马和之⑤、苏汉臣、李安中、陈善、林春⑥、吴炳、夏圭⑦、李迪、马远⑧、马璘⑨、萧照。

棋待诏⑩：郑日新（越童）、吴俊臣（安吉吴）、施茂（施猁狲）、朱镇、童先、杜黄（象⑪）、徐彬（象）、林茂（象）、礼重（象）、尚端（象）、沈姑姑（象。女流）、金四官人（象）、上官大夫（象）、王安哥（象）、李黑子（象）。

书会：李霜涯（作赚绝伦）、李大官人（谭词⑫）、叶庚、周竹窗、平江周二郎（猁狲）、贾廿二郎。

演史⑬：乔万卷、许贡士、张解元、周八官人、檀溪子、陈进士、陈一飞、陈三官人、林宣教、徐宣教、李郎中、武书生、刘进士、巩八官人、徐继先、穆书生、戴书生、王贡士、王贡元、李黑子、陆进士、丘几山、张小娘子、宋小娘子、陈小娘子。

说经诨经⑭：长啸和尚、彭道（名法和）、陆妙慧（女流）、余信、周太辩（和尚）、陆妙静（女流）、达理（和尚）、啸庵、隐秀、混俗、许安然、有缘（和尚）、借庵、保庵、戴悦庵、息庵、戴忻庵。

小说[15]：蔡和、李公佐、张小四郎、朱修（德寿宫）、孙奇（德寿宫）、任辩（御前）、施珪（御前）、叶茂（御前）、方瑞（御前）、刘和（御前）、王辩（铁衣亲兵）、盛显、王琦、陈良辅、王班直（洪）、翟四郎（升）、粥张二、许济、张黑剔、俞住庵、色头陈彬、秦州张显、酒李一郎、乔宜、王四郎（明）、王十郎（国林）、王六郎（师古）、胡十五郎（彬）、故衣毛三、仓张三、枣儿徐荣、徐保义、汪保义、张拍、张训、沈佺、沈喁、湖水周、爊肝朱、掇绦张茂、王三教、徐茂（象牙孩儿）、王主管、翁彦、嵇元、陈可庵、林茂、夏达、明东、王寿、白思义、史惠英（女流）。

影戏：贾震、贾雄、尚保义、三贾（贾伟、贾仪、贾佑）、三伏（伏大、伏二、伏三）、沈显、陈松、马俊、马进、王三郎（升）、朱祐、蔡咨、张七、周端、郭真、李二娘（队戏）、王润卿（女流）、黑妈妈。

唱赚：濮三郎、扇李二郎、郭四郎、孙端、叶端、牛端、华琳、黄文质、盛二郎、顾和（蜡烛）、马升、熊春、梅四、汪六、沈二、王六、许曾三、邵六（伟）、小王三、媳妇徐、沈七、谢一珪。

小唱：萧婆婆（韩太师府）、贺寿、陈尾犯、画鱼周、陆恩显（都管）、笙张、周颐斋（执礼）、忤都事、丁八。

丁未年拨入勾栏弟子嘌唱[16]赚色：施二娘、时春春、时佳佳、何总怜、童二、严偏头、向大鼻、葛四、徐胜胜、耿四、牛安安、余元元、钱寅奴、朱伴伴（大虎头）。

鼓板：段防御（舍生）、张眼光、张开、张驴儿（谓之三张）、陈宜娘（笛）、陈喜生（拍）、周双顶、潘小双、莫及（笛）、陈喜（拍）、来七（笛）、董大有、金四（札子皮）、朱关生。

杂剧：赵太、慢星子（女流）、王侯喜、宋邦宁、唐都管（世荣）、三何（晏喜、晏清、晏然）、锄头段、唧伶头、诸国朝、宋清朝、王太（铁笠）、郝城（小锹）、宋吉、宋国珍、赵恩、王太、吴师贤、朱太（猪儿头）、王见喜、铁太、冯舜朝、王珍美、吴国贤、郑太、惠恩泽、时和、颜喜、萧金莲、一窟王、时丰稔、时国昌、金宝、赵祥、吴国昌、王吉、王双莲（女流）、沈小乔、杜太、蒋俊。

杂扮[17]（纽元子）：铁刷汤、江鱼头、兔儿头、菖蒲头、眼里乔、胡蜀葵、迎春茧、卓郎妇、笑靥儿、科头粉、韵梅头、小菖蒲、金鱼儿、银鱼儿、胡小俏、周乔、郑小俏、鱼得水（旦）、王道泰、王寿香（旦）、厉太、顾小乔、陈橘皮、小橘皮、菜市乔（旦）、自来俏（旦）。

弹唱因缘[18]：童道、费道、蒋居安、陈端、李道、沈道、顾善友、甘道、俞道、徐康孙、张道。

唱京词[19]：蒋郎妇、孟客、吴郎妇、马客。

诸宫调[20]（传奇）：高郎妇、黄淑卿、王双莲、袁太道。

唱耍令：大祸胎、小祸胎、李俊、香陈渊、大小王、熊二、路淑卿、陈昌、叶道（道情）、王保、王定、陆槐、郭忠、牛昌、郭双莲、陈新、徐喜、吴昌、赵防御（双目无。御前）。

唱拨不断[21]：张胡子、黄三。

说诨话[22]：蛮张四郎。

商谜[23]：胡六郎、魏大林、张振、周月岩（江西人）、蛮明和尚、东吴秀才、陈赟、张月斋、捷机和尚、魏智海、小胡六、马定斋、王心斋。

覆射：女郎中。

学乡谈[24]：方斋郎。

舞绾百战：张遇喜、刘仁贵、宋十将、常十将、错安头、欢喜头、柴小升哥、林赛哥、张名贵、花念一郎、花中宝。

神鬼：谢兴哥、花春、王铁一郎、王铁三郎。

撮弄杂艺：林遇仙、赵十一郎、赵家喜、浑身手、张赛哥、王小仙、姚遇仙、赵念五郎、赵世昌、赵世祥、耍大头（踢弄）、金宝、施半仙、金逢仙、林遇仙、小关西、陆寿、包显、女姑姑、施小仙。

泥丸：王小仙、施半仙、章小仙、袁丞局。

头钱[25]：包显、包喜、包和、黄林。

踢弄[26]：吴金脚、耍大头、吴鹞子。

傀儡[27]（悬丝、杖头、药发、肉傀儡[28]、水傀儡）：陈中喜、陈中贵、卢金线、郑荣喜、张金线、张小仆射（杖头）、刘小仆射（水傀儡）、张逢喜（肉傀儡）、刘贵、张逢贵（肉傀儡）。

顶撞踏索[29]：李赛强、一块金、李真贵、间生强。

清乐：黄显贵、没眼动乐。

角抵[30]：王侥[31]大、张关索[32]、撞倒山、刘子路、卢大郎、铁板沓、赛先生、金重旺、赛板沓、曹铁凛、赛侥大、赛关索、周黑大、张侥大、刘春哥、曹铁拳、王急快、严关索、韩铜柱、韩铁僧、王赛哥、一拔条、温州子、韩归僧、黑八郎、郑排、昌化子、小住哥、周僧儿、广大头、金寿哥、严铁条、武当山、盖来住、董急快、董侥大、周板沓、郑三住、周重旺、小关索、小黑大、阮舍哥、傅卖鲜、郑白大。

乔相扑③：元鱼头、鹤儿头、鸳鸯头、一条黑、一条白、斗门乔、白玉贵、何白鱼、夜明珠。

女飐④：韩春春、绣勒帛、锦勒帛、赛貌多、侥六娘、后辈侥、女急快。

使棒：朱来儿、乔使棒、高三官人。

打硬⑤：孙七郎、酒李一郎（说话）。

举重：天武张（击石球）、花马儿（掇石墩）、郭介、端亲、王尹生、陆寿。

打弹：俞麻线（二人）、杨宝、姚四、白肠吴四、蛮王、林四九娘（女流）。

蹴球：黄如意、范老儿、小孙、张明、蔡润。

射弩儿：周长（造弩）、康沈（造箭）、杳大、林四九娘（女流）、黄一秀。

散耍：杨宝、陆行、庄秀才、沈喜、姚菊。

装秀才：花花帽孙秀、陈斋郎。

吟叫：姜阿得、钟胜、吴百四、潘善寿、苏阿黑、余庆。

合笙⑥：双秀才。

沙书：余道、姚遇仙、李三郎（改画）。

教走兽：冯喜人、李三（教熊）。

教飞禽虫蚁：赵十一郎、赵十七郎、猢狲王。

弄水：哑八、谢棒杀、画牛儿、僧儿。

放风筝：周三、吕偏头。

烟火：陈太保、夏岛子。

说药㊲：杨郎中、徐郎中、乔七官人。

捕蛇：戴官人。

七圣法㊳：杜七圣。

消息：陆眼子、高道。

【注释】

①姜梅山：姜特立，著有《梅山续稿》。　②周葵窗：周端臣，号葵窗。　③曹松山：曹邆，号松山。　④陈藏一：陈郁，号藏一。著有《藏一话腴》。　⑤马和之：擅画人物、佛像、山水。　⑥林春：擅花鸟画，画院待诏。　⑦夏圭：即夏珪，画院待诏，与李唐、马远、刘松年并称南宋四大家，擅画山水，喜作长卷。　⑧马远：画院待诏。　⑨马璘：马远之子。　⑩棋待诏：待命供奉内廷的棋手。唐时称侍棋待诏。《旧唐书·韦皋传》："顺宗即位，加检校太尉。顺宗久疾，不能临朝听政，宦者李忠言、侍棋待诏王叔文、侍书待诏王伾等三人颇干国政，高下在心。"《湘山野录》卷中："太宗喜奕棋，谏臣有乞编窜棋待诏贾玄于南州者。且言玄每进新图妙势，悦惑明主，而万机听断，大致壅遏，复恐坐驰睿襟，神气郁滞。"　⑪象：指象棋待诏。吕渭老《选冠子》："雨湿花房，风斜燕子，池阁昼长春晚。檀盘战象，宝局铺棋，筹画未分还

懒。" ⑫谭词：即弹词。宋末兴起、流行于南方的一种说唱形式。自《西厢记挡弹词》《弦索西厢》始有曲有白，一人弹唱，而以代言体脚色制分诸剧中人物，具备后世弹词或南词之体制。 ⑬演史：宋代说话四家之一。《都城纪胜》："讲史书，讲说前代书史文传兴废争战之事。" ⑭说经诨经：说经，宋代说话四家之一。《都城纪胜》："说经，谓演说佛书。"诨经，宋代说经的一种，意谓滑稽可笑地讲说佛经。《都城纪胜》首提宋代说话四家之分，其中未提及说诨经。 ⑮小说：宋代说话四家之一。《都城纪胜》："小说，谓之银字儿，如烟粉、灵怪、传奇；说公案，皆是搏刀赶棒及发迹交泰之事；说铁骑儿，谓士马金鼓之事"，"最畏小说人，盖小说者，能以一朝一代故事，顷刻间提破"。 ⑯嘌唱：宋代的一种说唱形式。《都城纪胜》："嘌唱，谓上鼓面唱令曲小词，驱驾虚声，纵弄宫调，与叫果子、唱耍曲儿为一体，本只街市，今宅院往往有之。" ⑰杂扮：宋代戏曲名词，亦称杂班、拔和、纽元子。一种装扮各种人物以资耍笑的演出形式。《梦梁录》卷二〇谓为"杂剧之后散段"。实相较杂剧演出仍有相对的独立性，并不一定在杂剧之后。《东京梦华录》卷七："复有一装田舍儿者入场，念诵言语讫，有一装村妇者入场，与村夫相值，各持棒杖互相击触如相殴态。其村夫者以杖背村妇出场毕。" ⑱弹唱因缘：或以为是唐五代俗讲一类说唱形式发展至南宋的一种变体。亦有认为弹唱因缘是一种以道教故事为题材的说唱。因缘，为佛教名词。 ⑲唱京词：《事物纪原》卷九："京师凡卖一物，必有声韵，其吟哦俱不同，故市人采其声调，间以词章，以为戏乐。"《都城纪胜》："叫声，自京师起撰，因市井诸色歌吟卖物之声，采合宫调而成也。若加以嘌唱为引子，次用四句就入者，谓之下影带。无影带者，名散叫。若不上鼓面，只敲盏者，谓之打拍。" ⑳诸宫调：又名诸般宫调。流行于宋、金、元时期的一种以唱为主的大型说唱表演形式，唱的部分由多种宫调的不同曲调组成，故名。现存三种：《西厢记诸宫调》《刘知远诸宫调》《天宝遗事诸宫调》。　㉑拨不断：一种北曲曲牌，又名《续断弦》。如王和卿《双调·拨不断·大鱼》："胜神鳌，夯风涛，脊梁上轻负着蓬莱岛。万里夕阳锦背高，翻身犹恨东洋小。太公怎钓？"　㉒说诨话：滑稽诙谐的言语表演。《三朝北盟会编》卷三一："（王黼）每入禁中，为柔曼之容，效俳优诨话以说上意。"《耆旧续闻》卷三："坡至都下，就宋氏借本看，宋氏诸子不肯出，谓东坡滑稽，万一摘数语作诨话，天下传为口实矣。"或谓说诨话即十七字诗（俗称"三句半"）。　㉓商谜：《都城纪胜》："商谜，旧用鼓板吹《贺圣朝》，聚人猜诗谜、字谜、戾谜、社谜，本是隐语。有道谜（来客念隐语说谜，又名打谜）、正猜（来客索猜）、下套（商者以物类相似者讥之，人名对智）、贴套（贴智思索）、走智（改物类以困猜者）、横下（许旁人猜）、问因（商者喝问句头）、调爽（假作难猜，以定其智）。"　㉔学乡谈：模仿方言乡音以娱乐的表演。张嵲《紫微集》卷一五中有一文，题作"王挺因叶祚学乡谈相争打，叶祚上齿一角断折二分。系有战功，特降一官制"，文曰："敕：尔击人折其齿，若不有罚，何以为暴桀之戒？贬官一列，祗服宽恩。可。"　㉕头钱：关扑中定胜负时的一掷之钱，因需与所赌之钱区分，故名，且需染色以标明。　㉖踢弄：以踢瓶、弄碗为代表的杂手艺的代称。《梦粱录》卷二〇："且杂手艺，即使艺也，如踢瓶、弄碗、踢磬、踢缸、踢钟、弄花钱、花鼓槌、踢笔墨……"　㉗傀儡：木偶戏表演。《梦粱录》卷二〇："如悬线傀儡者，起于陈平六奇解围故事也，今有金线卢大夫、陈中喜等，弄得如真无二，兼之走线者尤佳。"　㉘肉傀儡：宋时称真人模仿傀儡戏的表演。《潭州沩山灵佑禅师语录》："沩山晚年好则剧，教得一棚肉傀儡。

直是可爱。且作么生是可爱处？面面相看手脚动，争知语话是他人。"由幼童装扮，模仿杖头悬丝傀儡而来，出现在北宋后期，至迟于南宋理宗初年达到鼎盛。（参刘琳琳《肉傀儡辨》）　㉙顶撞踏索：两人在同一绳上对舞。《事物纪原》卷九："后汉天子正旦受贺，以大绳系两柱，相去数丈，两倡女对舞，行于绳上，相逢比肩而不倾。"　㉚角抵：本为古代的一种角力竞技的体育游戏活动。《史记·李斯传》裴骃《集解》："两两相当，角力，角伎艺射御，故曰角抵也。"以角抵为基础的、有故事情节和配乐的武打娱乐活动称角抵戏，又称百戏。　㉛僬（yáo）：即僬侥，古代的小人国。《列子·汤问》记其人长一尺五寸。《山海经·大荒东经》和《史记·孔子世家》则记其人长三尺。　㉜关索：艺人中称呼勇敢善战者的诨名。　㉝乔相扑：用乔装的形式把相扑融进杂技表演中，大致是用稻草与棉花扎成两个假人上身，并给其穿上衣服，一个演员藏身在偶人衣袍下操纵偶人进行相扑表演。　㉞女颩：女子所进行的角抵表演。《梦粱录》卷二〇："先以女颩数对打套子，令人观睹，然后以膂力者争交。"　㉟打硬：本为佛家的一种修行方法，后演变为一种杂技表演。《朱子语类》卷五二："只是硬制压那心，使不动，恰如说打硬修行一般。"张叔仁《送谢叠山入燕》："打硬修行三十年，如今证验作儒仙。"　㊱合笙：又作合生，宋代说话四家之一。《夷坚志》支乙卷六："江浙间路岐伶女，有慧黠，知文墨，能于席上指物题咏，应命辄成者，谓之合生。其滑稽含玩讽者，谓之乔合生。盖京都遗风也。"　㊲说药：一种以药名组合为戏并生发语趣及韵致的表演。（按：用药名作隐语，很早就有。如《三国志·姜维传》注引孙盛《杂记》曰："初姜维诣亮，与母相失；复得母书，今求当归。维曰：良田百顷，不在一亩；但有远志，不在当归也。"）　㊳七圣法：又名七圣刀，宋时一种百戏节目，源自祆教法术。《朝野佥载》卷三："河南府立德坊,及南市西坊,皆有胡袄神庙。每岁商胡祈福,烹猪羊,琵琶鼓笛,酣歌醉舞。酬神之后,募一胡为袄主,看者施钱并与之。其袄主取一横刀,利同霜雪,吹毛不过,以刀刺腹,刃出于背,仍乱扰肠肚流血。食顷,喷水咒之,平复如故。此盖西域之幻法也。"《东京梦华录》卷七:"又爆仗响,有烟火就涌出,人面不相睹。烟中有七人,皆披发文身,着青纱短后之衣,锦绣围肚看带,内一人金花小帽、执白旗,余皆头巾,执真刀,互相格斗击刺,作破面剖心之势,谓之七圣刀。"《繁胜录》:"十三军大教场、教奕军教场、后军教场、南仓内、前权子里、贡院前、佑圣观前宽阔所在,扑赏并路歧人在内作场,行七圣法,切人头下,卖符,少间依元接上。"

【评析】

文中"书会",是宋代出现的主要从事技艺(如鼓子词、唱赚、诸宫调、小说、讲史、戏曲等)底本创作和表演的民间团体组织。据欧阳光《宋元诗社研究丛稿》考证,书会是宋元时期与科举有关的会社名称,又称课会、课社、文会。"书会"之名始见于李光诗题:"戊辰冬,与邻士纵步至吴由道书会,所课诸生作梅花诗,以'先'字为韵,戏成一绝句。后三年,由道来昌化,索前作,复次韵三首,并前诗赠之。"作为读书课诗的场所,《都城纪胜》也有记载:"都城内外自有文武两学、宗学、京学、县学之外,其余乡校、家塾、舍馆、书会,每一里巷须一二所。弦诵之声,往往相闻。遇大比之岁,间有登第补中舍选者。"渐渐地,因其走向专门化,故名称各异,以致被人们视同为一般的"行会",且统称之为"社会",如《都城纪胜》所记:

> 文士则有西湖诗社。此社非其他社集之比,乃行都士夫及寓居诗人。旧多出名士。隐语则有南北垕斋、西斋,皆依江右。谜法、习诗

之流，萃而为斋。又有蹴鞠打球社、川弩射弓社。奉佛则有上天竺寺光明会，皆城内外富家助备香花灯烛，斋衬施利，以备本寺一岁之用。又有茶汤会。此会每遇诸山寺院作斋会，则往彼以茶汤助缘，供应会中善人。城中太平兴国传法寺净业会，每月十七日则集男士，十八日则集女人，入寺讽经听法。岁终则建药师会七昼夜。西湖每岁四月放生会，其余诸寺经会各有方所日分。每岁行都神祠诞辰迎献，则有酒行、锦体社、八仙社、渔父习闲社、神鬼社、小女童像生叫声社、遏云社、奇巧饮食社、花果社、七宝考古社（皆中外奇珍异货）、马社（豪贵）、绯绿清乐社（此社风流最胜）。

卷七

乾淳奉亲

此书丛脞①无足言，然间有典章一二可观，故好事者或取之，然遗阙故不少也。近见陈源家所藏《德寿宫起居注》及吴居父、甘昪所编《逢辰》等录②，虽皆琐碎散漫，参考旁证，自可互相发挥。又皆乾、淳奉亲之事，其一时承颜养志之娱、燕间文物之盛，使观之者锡类③之心，油然而生，其于世教民彝④，岂小补哉！因辑为一卷，以为此书之重。然余所得而闻者，不过此数事耳。若二十八年之久，余虽不得尽知而尽纪之，然即其所知，其所不知盖亦可以想见矣。因益所未备，通为十卷，杂然书之。既不能有所次第，亦不暇文其言词，贵乎纪实，且使世俗易知云尔。

乾道三年（1167）三月初十日，南内⑤遣阁长至德寿宫，奏知："连日天气甚好，欲一二日间，恭邀车驾幸聚景园看花，取自圣意，选定一日。"太上云："传语官家，备见圣孝，但频频出去，不惟费用，又且劳动多少人。本宫后园，亦有几株好花，不若来日请官家过来闲看。"遂遣提举官同到南内奏过，遵依讫。次日，进早膳后，车驾与皇后、太子过宫⑥，起居二殿讫，先至灿锦亭，进茶，宣召吴郡王、曾⁷两府已下六员侍宴，同至后苑看花。两廊并是小内侍及幕士，效学西湖，铺放珠翠、花朵、玩具、匹帛，及花篮、闹竿、市食等，许从内人关扑；次至球场，看小内侍抛彩球、蹴秋千；又至射厅，看百戏，依例宣赐；回至清妍亭，看荼蘼，就登御舟，绕堤闲游。亦有小舟数十只，供应杂艺、嘌唱、鼓板、蔬果，与湖中一般。太上倚阑闲看，适有双燕掠水飞过，得旨，令曾觌赋之。遂进《阮郎归》云："柳阴庭院占风光。呢喃春昼长。碧波新涨小池塘。双双蹴水忙。　　萍散漫，絮飞扬。轻盈体态狂。为怜流水落花香。衔将归画梁。"即登舟，知阁张抡⑧进《柳梢青》云："柳色初浓，余寒似水，纤雨如尘。一阵东风，縠纹微皱，碧沼鳞鳞。　　仙娥花月精神。奏凤管、鸾弦斗新。万岁声中，九霞杯内，长醉芳春。"曾觌和进云："桃脸红匀，梨腮粉薄，鸳径无尘。凤阁凌虚，龙池澄碧，芳意鳞鳞。　　清时酒圣花神。看内苑、风光又新。一部仙韶，九重鸾仗，天上长春。"各有宣赐。次至静乐堂，看牡丹。进酒三盏，太后邀太皇、官家，同到刘婉容位奉华堂听摘阮。奏曲罢，婉容进茶讫，遂奏太后云："本位近教得二女童名琼华、绿华，并能琴阮、下棋、写字、画竹、背诵古文，欲得就纳与官家则剧⑨。"遂令各呈伎艺，并进自制阮谱三十曲。太后遂宣赐婉容宣和殿玉轴沉香槽三峡流泉正阮一面、白玉九芝道冠、北珠缘领道氅、银绢三百匹两、会子三万贯。是日三殿并醉。酉牌还内。自此官里知太上圣意，不欲频出劳人，遂奏知太上，命修内司日下于北内后苑，建造冷泉堂，叠巧石为飞来峰，开展大池，引注湖水，景物并如西湖。其西又建大楼，取苏轼诗句，名之曰"聚远",并是今上御名恭书。又御制堂记,太上赋诗,今上恭和,刻石堂上。是岁翰苑进《端午帖子》云:"聚远楼前面面风,冷泉堂下水溶溶。人间炎热何由到,真是瑶台第一重。"又曰:"飞来峰下水泉清,台沼经营不日成。境趣自超尘世外,何须方士觅蓬瀛。"⑩皆纪实也。

淳熙三年五月二十一日,天申圣节。先十日,驾诣德寿宫进香,并进奉银五万两、绢五千匹、钱五万贯、度牒一百道,用绿油匣二百个,上贴签云:"臣某(御名)谨进。"今幕士安顿寝殿前,候阁长到宫,移入殿上,并铺放七宝金银器皿等。十二日,皇后到宫进香。排日皇太子、皇太子妃并大内职典等进香。至日卯时,车驾率皇后、太子、太子妃、文武百僚,并诣宫上寿。车驾至小次降辇,太上遣本宫提举传旨减拜行礼,上回奏云:"上感圣恩,容臣依礼上寿。"太上再命减十拜。俟太上升殿,皇帝起居拜舞如仪,并率皇太子、百官奉上御酒,乐作,卫士山呼,驾兴,入幄次小歇。乐人再排立,殿上降帘,太上再坐,太后率皇后、太子妃上寿,六宫次第起居,礼毕退。上侍太上过寝殿,进早膳。太上令宣唤吴郡王等官前来伴话,上侍太上同往射厅,看百戏,依例宣赐。再入幄次小歇。上遣阁长奏知太上:"午时二刻,恭请赴坐。"至期,车驾并赴德寿殿排当。自皇帝已下,并簪花侍宴。至第三盏,太上遣内侍请官家免花帽儿、束带,并卸上盖衣,官里回奏:"上感圣恩。"并免皇后头冠。皇太子穿执,并谢恩讫。太上泛赐皇太子垒金嵌宝盘盏、紫罗、紫纱,南北内互赐承应人目子钱⑪,主管禁卫官率禁卫等人,于殿门外谢恩。又入幄次小歇。约二刻,再请太上往至乐堂再坐,教坊大使申正德进新制《万岁兴龙曲》乐破、对舞,各赐银绢有差。又移宴清华,看蟠松,宫嫔五十人皆仙妆,奏清乐,进酒,并衔前呈新艺。约至五盏,太上赐官里御书《急就章》并《金刚经》,官家却进御书真草《千字文》,太上看了甚喜,云:"大哥近日笔力甚进。"上起谢。同皇太子步至蟠松下,看御书诗,再入坐。太上宣索翡翠鹦鹉杯,官里与皇后亲捧杯进酒。太上曰:"此是宣和间外国进到,可以屑金,就以为赐。"上谢恩。时太上、官家并已七八分醉,遂再服上盖,率皇后、太子谢恩。宣平辇近里升辇,太上宣谕知省云:"官家已醉,可一路小心照管。"知省等领圣旨还内。来早,上遣知省至宫,恭问二圣起居,并奏欲亲到宫谢恩。太上就令提举往问兴居,并免到宫行礼。

八月二十一日,寿圣皇太后生辰。先十日,车驾过宫,先至太上处起居,方至本殿进香。次皇后、皇太子、太子妃、庄文太子妃、张娘娘已下,并进香起居。上至太上内书院进泛索[12],遂奏安止还内。十二日,婉容到宫,至西便门廊下,先至太上处奏起居,次入本殿进香,值雨,免下阶起居,大内进香。十三日,知省及大官到宫进香,阁长就管押进奉银绢度牒等、并七宝银金器皿(比天申节减半)、并珠子十号,并于后殿铺放。十六日,本殿提举率本宫官属进香,并设放寿星及神仙意思书画等物,隔帘奏喏,免起居,退。次日,皇太后宅亲属到宫进香,并本宫人吏后苑官属作苑使臣等,并节次进香。二十一日卯时,皇后先到宫,候驾到。至太上前殿起居,次至本宫殿。官家第一班,皇后第二班,太子并太子妃第三班,共上寿讫。太后宅亲属上寿,并同天申节仪。太上邀官里至清心堂，进泛索，值雨，不呈百戏，依例支赐。午初二刻，奏办就本殿大堂面北坐，官家花帽儿上盖，皇后三钗头冠，并赐簪花。至五盏，并免大衣服，官里便背儿赴坐。第七盏，小刘婉容进自制《十色菊千秋岁》曲破，内人琼琼、柔柔对舞。上于阁子库取赐五两数珠子一号、细色北段各十匹。太后又赐七宝花十枝、珠翠芙蓉缘领一副。又移坐灵芝殿有木犀处，进酒，次到至乐堂再坐，至更后还内。

十月二十二日，今上皇帝会庆圣节。至日，车驾过宫，太上升殿，起居讫。簪花拜舞，进寿酒讫。太上回赐寿酒。次至太后殿行礼（详见第一卷）。从太上至后苑梅坡，看早梅。又至浣溪亭，看小春海棠。午初，至载忻堂排当，官家换素帽儿，太后赐官里女乐二十人，上再拜谢恩，并教坊都管王喜等，进新制《会庆万年薄媚》曲破，对舞。并赐银绢。太上以白玉桃杯赐上御酒云："学取老爹年纪，早早还京。"上饮酒，再拜谢恩。三盏后，官家换背儿，免拜；皇后换团冠背儿；太子免系裹，再坐。本宫御侍六人，并升郡夫人，就赐诰，谢恩，并照例支散目子钱。太上又赐官里玉酒器十件、垒珠嵌宝器皿一千两、克丝作金龙装花软阁子一副。侍宴官吴郡王已下，各赐金盘盏、匹段并蔷薇露酒、香茶等。是日官里大醉，申后，宣逍遥子入便门，升辇还内。

淳熙五年（1178）二月初一日，上过德寿宫起居，太上留坐冷泉堂，进泛索讫。至石桥亭子上看古梅，太上曰："苔梅有二种，一种宜兴张公洞者，苔藓甚厚，花极香；一种出越上，苔如绿丝，长尺余。今岁二种同时著花，不可不少留一观。"上谢曰："恭领圣旨。"上皇因言多日不见史浩[13]，命内侍宣召。既至，起居讫，赐坐。并召居广[14]、郑藻[15]。初筵，教坊奏乐呈伎，酒三行，太上宣索市食，如李婆婆杂菜羹、贺四酪面[16]、脏三猪胰胡饼[17]、戈家甜食等数种。太上笑谓史浩曰："此皆京师旧人，各厚赐之。"史起谢。又移宴静乐堂，尽遣乐工，全用内人动乐。且用盘架品味百余种，酒行无算。又宣索黄玉紫心葵花大盏，太上亲自宣劝，史捧觞为两宫寿。时君臣皆已沾醉，小内侍密语史相公云："少酌。"上闻之，曰："满酌不妨，当为老先生一醉。"太上极喜，赐史少保玉带一条、冰片脑子一金合、紫泥罗二十匹、御书四轴。史相谢恩而退。

淳熙六年（1179）三月十五日，车驾过宫，恭请太上、太后幸聚景园。次日，皇后先到宫起居，入幕次，换头面，候车驾至，供泛索讫，从太上、太后至聚景园。太上、太后至会芳殿降辇，上及皇后至翠光降辇，并入幄次小歇。上邀两殿至瑶津少坐，进泛索。太上、太后并乘步辇，官里乘马，遍游园中。再至瑶津西轩，入御筵，至第三盏，都管使臣刘景长，供进新制《泛兰舟》曲破，吴兴祐舞。各赐银绢。上亲捧玉酒船上寿酒，酒满玉船，船中人物多能举动如活。太上喜见颜色，散两宫内官酒食，并承应人目子钱。遂至锦壁赏大花，三面漫坡，牡丹约千余丛，各有牙牌金字，上张大样碧油绢幕，又别剪好色样一千朵，安顿花架，并是水晶、玻璃、天青汝窑、金瓶，就中间沉香卓儿一只，安顿白玉碾花商尊，约高二尺，径二尺三寸，独插照殿红十五枝。进酒三杯，应随驾官人内官，并赐两面翠叶滴金牡丹一枝、翠叶牡丹沉香柄金彩御书扇各一

把。是日,知阁张抡进《壶中天慢》云:

> 洞天深处,赏妖红轻玉,高张云幕。国艳天香相竞秀,琼苑风光如昨。露洗妖妍,风传馥郁,云雨巫山约。春浓如酒,五云台榭楼阁。　　圣代道洽功成,一尘不动,四境无鸣柝。屡有丰年天助顺,基业增隆山岳。两世明君,千秋万岁,永享升平乐。东皇呈瑞,更无一片花落。

太上喜,赐金杯盘法锦等物。(此词或谓是康伯可[⑱]所赋,张抡以为己作。)又进酒两盏,至清辉少歇,至翠光登御舟,入里湖,出断桥,又至珍珠园。太上命尽买湖中龟鱼放生,并宣唤在湖卖买等人。内侍用小彩旗招引,各有支赐。时有卖鱼羹人宋五嫂,对御自称东京人氏,随驾到此。太上特宣上船起居,念其年老,赐金钱十文、银钱一百文、绢十匹,仍令后苑供应泛索。时从驾官丞相赵雄、枢密使王淮、参政钱良臣,并在显应观西斋堂侍班,各赐酒食、翠花、扇子。至申时,御舟梢泊[⑲]花光亭,至会芳少歇,时太上已醉,官里亲扶上船,并乘轿儿还内。都人倾城尽出观瞻,赞叹圣孝。

九月十五日,明堂大礼。十三日,值雨,未时,奏请宿斋,北内送天花蘑菇、蜜煎山药、枣儿、乳糖、巧炊、火烧、角儿等。十四日早,车驾诣景灵宫,回太庙宿斋,雨终日不止。午后,太上遣提举至太庙,传语官家:"连日祀事不易,所有十六日诣宫饮福,以阴雨泥泞劳顿,可免到宫行礼。天气阴寒,请官家善进御膳,频添御服。"圣旨遣阁长回奏:"上感圣恩,至日若登楼肆赦时,依旧诣宫行礼。若值雨不登门时,续当奏闻。"至晚雨不止,宣谕大礼使赵雄:"来早更不乘辂,止用逍遥辇诣文德殿致斋,一应仪仗排立,并行放免。从驾官并常服以从。"并遣御药奏闻北内:"来日为值雨,更不乘辂。谨遵圣旨,更不过宫行饮福礼。"太上令传语官家:"既不乘辂,此间也不出去看也。"大礼使赵雄虽已得旨,犹不许放散。上闻之曰:"来早若不晴时,有何面目?"雄闻之曰:"纵使不晴,得罪不过罢相耳。"坚执不肯放散。至黄昏后,雨止月明。上大喜,遣内侍李思恭宣谕大礼使,仍旧乘辂。再遣御药奏闻北内:"以天晴,仍旧乘辂。候登门肆赦讫,诣宫行饮福礼。"十五日晴色甚佳,车驾自太庙乘辂还内,日映御袍,天颜甚喜。都民皆赞叹圣德。至巳时,太上直阁子官往斋殿,传语官家:"且喜晴明,可见诚心感格。"赐御用匹缎、玉鞦辔、七宝篦刀子事件、素食果子等,仍谕:"连日劳顿,免行饮福礼。"今上就遣知省回奏:"上感圣恩,天气转晴,皆太上皇帝圣心感格,容肆赦讫,诣宫行礼,并谢圣恩。"十六日,登门肆赦毕,车驾诣宫小次降辇,提举传太上皇圣旨,特减八拜,仍免至寿圣处饮福。行礼毕,略至绛华堂,进泛索。知阁张抡进《临江仙》词云:"闻道彤庭森宝仗,霜风逐雨驱云。六龙扶辇下青冥。香随鸾扇远,日映赭袍明。　帘卷天街人顶戴,满城喜气氤氲。等闲散作八荒春。欲知天意好,昨夜月华新。"

淳熙七年十二月二十八日,南内遣御药并后苑官管押进奉两宫守岁合食、则剧、金银钱、消夜、岁轴、果儿、锦历、钟馗、爆仗、羔儿法酒、春牛、花朵等,就奏知太上皇帝:"元日欲先诣宫朝贺,然后还内,引见大金人使⑳。"太上不许,传语官家:"至日可先引见人使讫,却行到宫。"

淳熙八年(1181)正月元日,上坐紫宸殿,引见人使讫,即率皇后、皇太子、太子妃至德寿宫,行朝贺礼(详见第一卷),并进呈画本人使面貌、姓名及馆伴问答。是岁太上圣寿七十有五,旧岁欲再行庆寿礼。太上不许,至是乃密进黄金酒器二千两,上侍太上,于椤木堂香阁内说话。宣押棋待诏并小说人孙奇等十四人,下棋两局,各赐银绢,供泛索讫。官家恭请太上、太后来日就南内排当。初二日,进早膳讫,遣皇太子到宫,恭请两殿,并只用轿儿,禁卫簇拥入内,官家亲至殿门恭迎,亲扶太上降辇,至损斋进茶;次至清燕殿闲看书画玩器;约午时初,后苑恭进酥酒、十色熬煮;午正二刻,就凌虚排当;三盏,至萼绿华堂看梅。上进银三万两、会子十万贯,太上云:"宫中无用钱处,不须得[21]。"上再三奏请,止受三分之一。未初,雪大下,正是腊前。太上甚喜,官家云:"今年正欠些雪,可谓及时。"太上云:"雪却甚好,但恐长安有贫者。"上奏云:"已令有司比去年倍数支散矣。"太上亦命提举官:"于本宫支拨官会,照朝廷数目,发下临安府,支散贫民一次。"又移至明远楼,张灯进酒。节使吴琚进喜雪《水龙吟》词云:"紫皇高宴萧台,双成戏击琼包碎。何人为把,银河水剪,甲兵都洗。玉样乾坤,八荒同色,了无尘翳。喜冰消太液,暖融鸂鶒,端门晓、班初退。　　圣主忧民深意。转鸿钧、满天和气。太平有象,三宫二圣,万年千岁。双玉杯深,五云楼迥,不妨频醉。细看来不是,飞花片片,是丰年瑞。"上大喜,赐镀金酒器二百两、细色段匹、复古殿香、羔儿酒等。太后命本宫歌板色歌此曲进酒,太上尽醉。

至更后，宣轿儿入便门，上亲扶太上上辇还宫。

淳熙九年（1182）八月十五日，驾过德寿宫起居，太上留坐至乐堂，进早膳毕，命小内侍进彩竿垂钓。上皇曰："今日中秋，天气甚清，夜间必有好月色，可少留看月了去。"上恭领圣旨，索车儿同过射厅射弓，观御马院使臣打球，进市食，看水傀儡。晚宴香远堂，堂东有万岁桥，长六丈余，并用吴璘进到玉石甃成，四畔雕镂阑槛，莹彻可爱。桥中心作四面亭，用新罗白罗木盖造，极为雅洁，大池十余亩，皆是千叶白莲，凡御榻、御屏、酒器、香奁、器用，并用水晶。南岸列女童五十人，奏清乐；北岸芙蓉冈一带，并是教坊工，近二百人。待月初上，箫韶齐举，缥缈相应，如在霄汉。既入座，乐少止，太上召小刘贵妃，独吹白玉笙《霓裳中序》，上自起执玉杯，奉两殿酒，并以垒金嵌宝注碗、杯盘等赐贵妃。侍宴官开府曾觌，恭上《壶中天慢》一首云："素飙扬碧，看天衢稳送，一轮明月。翠水瀛壶人不到，比似世间秋别。玉手瑶笙，一时同色，小按霓裳叠。天津桥上，有人偷记新阕。　　当日谁幻银桥，阿瞒儿戏，[22]一笑成痴绝。肯信群仙高宴处，移下水晶宫阙。云海尘清，山河影满，桂冷吹香雪。何劳玉斧[23]，金瓯千古无缺。"上皇曰："从来月词，不曾用金瓯事，可谓新奇。"赐金束带、紫番罗、水晶注碗一副，上亦赐宝盏、古香。至一更五点还内。是夜隔江西兴，亦闻天乐之声。

淳熙十年（1183）八月十八日，上诣德寿宫，恭请两殿往浙江亭观潮。进早膳讫，御辇檐儿及内人车马，并出候潮门。先命修内司于浙江亭两旁，抓缚席屋五十间，至是并用彩缬幕帘[24]。得旨，从驾百官，各赐酒食，并免侍班，从便观看。先是澉浦金山都统司水军五千人抵江下，至是又命殿司新刺防江水军、临安府水军，并行阅试。军船摆布西兴、龙山两岸近千只。管军官于江面分布五阵，乘骑、弄旗、标枪、舞刀，如履平地。点放五色烟炮满江，及烟收炮息，则诸船尽藏，不见一只。奉圣旨，自管军官已下，并行支犒一次。自龙山已下，贵邸豪民彩幕，凡二十余里，车马骈阗，几无行路。西兴一带，亦皆抓缚幕次，彩绣照江，有如铺锦。市井弄水人有如僧儿、留住等，凡百余人，皆手持十幅彩旗，踏浪争雄，直至海门迎潮。又有踏混木、水傀儡、水百戏、撮弄等，各呈伎艺，并有支赐。太上喜见颜色，曰："钱塘形胜，东南所无。"上起奏曰："钱塘江潮，亦天下所无有也。"太上宣谕侍宴官，令各赋《酹江月》一曲，至晚进呈。太上以吴琚为第一，其词云："玉虹遥挂，望青山隐隐，一眉如抹。忽觉天风吹海立，好似春霆初发。白马凌空，琼鳌驾水，日夜朝天阙。飞龙舞凤，郁葱环拱吴越。

此境天下应无，东南形胜，伟观真奇绝。好似吴儿飞彩帜，蹴起一江秋雪。黄屋天临，水犀云拥，看击中流楫。晚来波静，海门飞上明月。"两宫并有宣赐。至月上还内。

淳熙十一年（1184）六月初一日，车驾过宫，太上命提举传旨："盛暑请官家免拜。"至内殿起居，太上令小内侍扶掖免拜，谢恩，太后处亦免拜。太上邀官里便背儿，至冷泉堂，进早膳讫。太上宣谕云："今岁比常年热甚。"上起答云："伏中正要如此。"太上云："今日且留在此纳凉，到晚去。或三省有紧切文字，不妨就幄次进呈。"上领圣旨，遂同至飞来峰，看放水帘。时荷花盛开，太上指池心云："此种五花同干，近伯圭自湖州进来，前此未见也。"堂前假山、修竹、古松，不见日色，并无暑气。后苑小厮儿三十人，打息气，唱道情。太上云："此是张抡所撰鼓子词[25]。"后苑进沆瀣浆[26]、雪浸白酒。上起奏曰："此物恐不宜多吃。"太上曰："不妨，反觉爽快。"上曰："毕竟伤脾。"太上首肯，因闲说："宣和间，公公每遇三伏，多在碧玉壶及风泉馆、万荷庄等处纳凉，此处凉甚。每次侍宴，虽极暑中，亦著衲袄儿也。"命小内侍宣张婉容，至清心堂抚琴，并令棋童下棋，及令内侍投壶赌赛利物则剧。官家进水晶提壶连索儿，可盛白酒二斗，白玉双莲杯盘、碾玉香脱儿[27]一套六个，大金盆一面，盛七宝水戏，并宣押赵喜等教舞水族，又进太皇后白玉香珀扇柄儿四把、龙涎香数珠佩带五十副、真珠香囊等物。直至酉初还内。

【注释】

①丛脞（cuǒ）：琐碎，杂乱。《书·益稷》："元首丛脞哉，股肱惰哉，万事堕哉。"孔传："丛脞，细碎无大略。"《旧唐书·李密传》："他日，（宇文）述谓密曰：'弟聪令如此，当以才学取官，三卫丛脞，非养贤之所。'" ②"近见"句：吴居父，吴琚，字居父。甘昇，宋孝宗时任内侍省押班。《逢辰》，或即《直斋书录解题》卷七所著录钱惟演《玉堂逢辰录》二卷。《挥麈后录》卷一："钱文僖惟演尝纂书名《逢辰录》，排日尽书其父子承恩荣遇及朝廷盛典，极为详尽。" ③锡类：孝敬双亲。《诗·大雅·既醉》："孝子不匮，永锡尔类。"毛传："类，善也。"郑玄笺："孝子之行非有竭极之时，长以与女之族类，谓广之以教导天下也。"也指以善施及众人。任昉《启萧太傅固辞夺礼》："是知孝治所被，

爰至无心；锡类所及，匪徒教义。"　④民彝：人伦。《诗·大雅·烝民》："天生烝民，有物有则。民之秉彝，好是懿德。"孔颖达疏："言天生其众民，使之心性有事物之象，情志有去就之法，既禀此灵气而有所依凭，故民之所执持者有常道，莫不爱好有美德之人以为君也。"　⑤南内：南宋皇帝所居住的宫殿，也称大内。此指孝宗。　⑥过宫：过宫礼。《宋史·彭龟年传》："孝宗崩，宁宗受禅。是夕召对，宁宗蹙额云：'前但闻建储之议，岂知遽践大位，泣辞不获，至今震悸。'龟年奏：'此乃宗祐所系，陛下安得辞，今日但当尽人子事亲之诚而已。'因拟起居札子，乞日进一通。又与翊善黄裳同奏往朝南内，因定过宫之礼，乞先一日入奏，率百官恭谢。宁宗朝泰安宫，至则寝门已闭，拜表而退。"　⑦曾：即曾觌（dí），宫廷供奉文人。　⑧张抡：应制文人，与曾觌齐名。　⑨则剧：嬉戏作乐。《齐东野语》卷一○："或导之入慈福宫，为乐部头。后方十岁，以为则剧孩儿。宪圣尤爱之，举动无不当后意。"《朱子语类》卷一○四："此等议论，恰如小儿则剧一般。"刘克庄《贺新郎》："生不逢场闲则剧，年似龚生犹夭。吃紧处、无人曾道。"《夷坚志》支丁卷九："郡守使释缚，以好语问之（指窦致远）。对曰：'致远，穷书生也，何能为？所学者则剧术耳！'"　⑩"是岁翰苑"数句：这两首诗分别为周必大、汪应辰所写《端午帖子》中的一首，总题作《太上皇后阁端午帖子》《太上皇帝阁端午帖子词》。　⑪目子钱：宋朝皇宫中的一种赏钱。　⑫泛索：宋时宫中供给帝王的点心。《梦粱录》卷八："省门上有一人呼唱，谓之拨食。次有紫衣裹卷脚幞头者，谓之院子家，托一合，用黄绣龙合衣笼罩，左手携一条红罗绣手巾进入，于此样约十余合，继后又托金瓜各十余合进入。若非时取唤，名曰泛索。"点心只是针对普通大众的通俗称谓。《东京梦华录》卷三："每日交五更，诸寺院行者打铁牌子，或木鱼，循门报晓,亦各分地分,日间求化。诸趋朝入市之人,闻此而起。诸门桥市井已开,如瓠羹店门首坐一小儿,叫'饶骨头',间有灌肺及炒肺。酒店多点灯烛沽卖,每分不过二十文,并粥饭点心。亦间或有卖洗面水,煎点汤茶药者,直至天明。" ⑬史浩:绍兴十五年(1145)进士,官至右丞相。 ⑭居广:孝宗之兄,卒谥永王。 ⑮郑藻:徽宗郑皇后近亲。 ⑯贺四酪面:《都城纪胜》:"如酪面,亦只后市街卖酥贺家一分,每个五百贯,以新样油饼两枚夹而食之。" ⑰脏三猪胰胡饼:《都城纪胜》:"如猪胰胡饼,自中兴以来,只东京脏三家一分,每夜在太平坊巷口,近来又或有效之者。" ⑱康伯可:康与之,字伯可。 ⑲梢泊:停泊。《吴船录》卷下:"舟行速,且难梢泊。" ⑳人使:宋金时称外国使者为人使。《癸辛杂识》前集:"枢密施师点奏曰:'百日之制,其实不可行,正碍正月人使朝见。'"《宋史·徽宗本纪》:(宣和元年正月)"丁巳,金人使李善庆来,遣赵有开报聘,至登州而还。" ㉑须得:需要、必须。《齐东野语》卷三:"(韩侂胄)于是往见慈福宫提举张宗尹曰:'事势如此,我辈死无日矣。'宗尹曰:'今当如何?'遂告以内禅事,且云:'须得太皇主张方可。'" ㉒"当日"二句:《类说》卷二七:"罗公远中秋侍明皇宫中玩月,曰:'陛下要至月宫否?'以拄杖向空掷之,化为银桥,与帝升桥,寒气侵人,遂至大城,曰:'此月宫也。'见女仙数百,素练霓裳,舞于广庭。上问曲名,曰《霓裳羽衣》也。上记其音调,归作《霓裳羽衣曲》。"阿瞒儿,《羯鼓录》自注:"上(指唐玄宗)于诸亲尝自称阿瞒。" ㉓玉斧:《酉阳杂俎》前集卷一:"郑仁本表弟……游嵩山……见一人……枕一幞物,方眠熟,即呼之……且问其所自,其人笑曰:'君知月乃七宝合成乎?……常有八万二千户修之,予即一数。'因开幞,有斤凿数事。"曾几《癸未八月十四日至十六夜月色皆佳》:"明时谅费银河洗,缺处应须玉斧修。"　㉔帟(yì):小幕帐。《释名·释床帐》:"小幕曰帟。"《周礼·天官·幕人》:"掌帷幕幄帟绶之事。"　㉕鼓子词:宋代民间说唱技艺。特点是反复演唱同一曲调,以鼓伴奏。表演形式分为有说有唱、只唱不说两种。文人创作的鼓子词,现存较早的是欧阳修的《渔家傲》十二首和《采桑子》十首。而真正应用曲艺体式的,则是赵令畤的《蝶恋花》商调十二首。　㉖沆瀣浆:宋时的一种醒酒汤,以甘蔗、萝卜为原料制成。本谓清露。司马相如《大人赋》:"呼吸沆瀣兮餐朝霞,咀噍芝英兮叽琼华。"颜师古注引应劭曰:"《列仙传》:陵阳子言春食朝霞者,日始欲出赤黄气也。夏食流瀣、沆瀣,北方夜半气也。并天地玄黄之气为六气。"曹植《五游》:"带我琼瑶佩,漱我沆瀣浆。"林洪《山家清供》:"雪夜,张一斋饮客。酒酣,簿书何君时峰出沆瀣浆一瓢,与客分饮,不觉酒,客为之洒然。问其法,谓得之禁苑,止用甘蔗、萝菔各切作方块,以水烂煮即已。盖蔗能化酒,菔能化食也,酒后得其益可知矣。《楚辞》有蔗浆,恐即此也。"　㉗香脱儿:用以承香的器皿。脱儿,即托子。《演繁露》卷一五:"托始于唐,前世无有也。崔宁女饮茶,病盏热熨指,取楪子融蜡,象盏足大小而环结其中,置盏于蜡,无所倾侧。因命工髹漆为之,宁喜其为,名之曰托,遂行于世。"

【评析】

　　应制之作,非仅限于御前文人,平民有时也有机会参与。如《大宋宣和遗事》亨集所载词事(虽为小说家言),即是如此:

　　是夜(指宣和六年正月十五日夜)鳌山脚下,人丛闹里,忽见一个妇人,吃了御赐酒,将金杯藏在怀袖里,吃光禄寺人喝住:"这金盏是御前宝玩,休得偷去。"当下被内前等子拿住这妇人,到端门下,有阁门舍人具将偷金盏的事奏知徽宗皇帝,圣旨问取因依,妇人奏道："贱妾与夫婿同到鳌山下看灯，人闹里与夫相失。蒙皇帝赐酒，妾面带酒容，又不与夫同归，为恐公婆怪责，欲假金杯归家，与公婆为照。臣妾有一词，上奏天颜，这词名《鹧鸪天》：'月满蓬壶灿烂灯。与郎携手至端门。贪观鹤降笙箫举，不觉鸳鸯失却群。天渐晓，感皇恩。传宣赐酒脸生春。归家切恐公婆责，乞赐金杯作照凭。'"徽宗览毕，就赐金盏与之。当有教坊大使曹元宠奏道："适来妇人之词，恐是伊夫宿构此词，来骗陛下金盏，只当押妇人当面命题，令他撰词，做得之时赐与金盏，做不得之时明正典刑。"帝准奏，再令妇人做一词，妇人请命题，准圣旨令将金盏为题，《念奴娇》为调。女子领了圣旨，口占一词道："桂魄澄辉，禁城内、万盏华灯罗列。无限佳人穿绣径，几多妖艳奇绝。凤烛交光，银灯相射，奏箫韶初歇。呜梢响处，万民瞻仰宫阙。　妾自闺门给假，与夫携手，共赏元宵，误到玉皇金殿砌，赐酒金杯满设。量窄从来，红凝粉面，尊见无凭说。假王金盏，免公婆责罚臣妾。"徽宗见了此词大悦，不许后人攀例，赐盏与之。

御前文人之作，也不必仅限于某一种艺术风格，如《古今合璧事类备要》前集卷一七引《荆楚岁时记》所载：

重阳日常有疏风冷雨。康伯可在翰苑日，尝重九遇雨，奉敕撰词，伯可口占《望江南》一阕进云："重阳日，阴雨四垂垂。戏马台前泥拍肚，龙山会上水平脐。直浸到东篱。　茱萸胖，菊蕊湿滋滋。落帽孟嘉寻箬笠，休官陶令觅蓑衣。两个一身泥。"（按：周必大《二老堂诗话》所录词作有不少异文：庆元丙辰重九，风雨中，七兄约登高于神冈西，喜，因记康与之在高宗时谑词云："重阳日，四面雨垂垂。戏马台前泥拍肚，龙山路上水平脐。淹浸倒东篱。　茱萸胖，黄菊湿釐釐。落帽孟嘉寻箬笠，漉巾陶令买蓑衣。都道不如归。"为之一笑。与之自语人云：

"末句或传'两个一身泥',非也。")

文中宋高宗赞曾觌应制词以"新奇",实有可议处。本来,应制词也跟应制诗一样,泰半"典实富艳""如出一人之手":"应制诗非他诗比,自是一家句法,大抵不出于典实富艳尔。夏英公《和上元观灯》诗云:'鱼龙曼衍六街呈,金锁通宵启玉京。冉冉游尘生辇道,迟迟春箭入歌声。宝坊月皎龙灯淡,紫馆风微鹤焰平。宴罢南端天欲晓,回瞻河汉尚盈盈。'王岐公诗云:'雪消华月满仙台,万烛当楼宝扇开。双凤云中扶辇下,六鳌海上驾山来。镐京春酒沾周燕,汾水秋风陋汉材。一曲升平人共乐,君王又进紫霞杯。'二公虽不同时,而二诗如出一人之手,盖格律当如是也……皆典实富艳有余。若作清癯平淡之语,终不近尔。"(《韵语阳秋》卷二)但典出《南史·朱异传》的"金瓯无缺",是指疆土完固:"(梁武帝言)我国家犹若金瓯,无一伤缺。"在当时情况下,南宋君臣如此谀颂受赏,实在是有些恬不知耻。

卷八

车驾幸学

先期三日，仪鸾司及内侍省官，至国子监①相视八厢，亦至学中搜检。次日，诸斋生员尽行搬出学外安泊，各斋门并用黄封，学官预拟御课题（咸淳丁卯（1267）出《辟雍扬缉熙赋》②），用黄罗装背，大册面签云"太学某斋生臣姓某供"，以大黄罗袱护之，置于各斋之前，以备驾至点索。崇化堂后，即圣驾歇泊之所，皆设御屏、黄罗帏设、供御物等。凡敕入宫门号，止于国子监外门；敕入殿门号，止于国子监内门；敕入禁卫号，止于崇化堂天井，谓之"隔门"③。除司业、祭酒外，其余学官、前廊、长谕，并带黄号，于隔门外席地坐，赐酒食三品，以俟迎驾。驾至纯礼坊，随驾乐部，参军色念致语，杂剧色念口号、起引子，导驾至大成殿棂星门。礼部太常寺官、国子监三学官及三学前廊、长谕，率诸生迎驾起居。上乘辇入门，至大成殿门，降辇，有旨免鸣鞭，以昭至敬。阁门太常礼直官前导入御幄，太常卿跪奏称："太常卿臣某言，请皇帝行酌献之礼。"上出御幄，升殿，诣文宣王位前，三上香，跪受爵，三祭酒，奠爵两拜，在位皆两拜。降阶，归幄。太常卿奏

"礼毕"，陪位官并退。上乘辇鸣鞭，入崇化堂。降辇，入幄更衣。（上所至皆设御幄。）礼官、国子监官、三学官、三学生，并于堂下分东西立。次引执经官④、讲书官⑤于堂下东壁面西立。宰臣、执政已下北向立。阁门奏"班齐"。上服帽、红上盖、玉束带、丝鞋，出崇化堂坐。宰臣已下，宣名奏圣躬万福。御药传旨宣升堂，各两拜赞，赐坐。分东西阶升堂，席后立。次引执经官、讲书官奏万福，（官该宣名者即宣名。）两拜。次引国子监、三学官并三学生，奏万福，两拜。分引升两廊，席后立。内官进书案听宣，以经授执经官，进于案上，讲筵内承受对展经册入，内官进牙界方⑥，舍人赞赐坐，宰相已下及两廊学官生员应喏讫，各就坐听讲。讲书官进读经义，执经官执牙篦⑦执读，入内官收撒经书，再以讲义授讲官。讲书官指讲讫，入内官撒书。堂上、两廊官并起分行，宰臣已下降阶，讲书官当御前躬身致词，北向立，两拜。御药降阶宣答云："有制：谒款将圣，肃尊视学之仪；讲绎中庸⑧，爰命敷经之彦。茂明彝训，允当朕心。"再两拜。御药传旨宣坐，赐茶讫，舍人赞："躬身不拜，各就坐。"分引升堂，席后立，两拜，各就坐。翰林司供御茶讫，宰臣已下并两廊官赞吃茶讫，宰臣已下降阶，北向立。御药传旨不拜，引两廊官北向，各再拜讫，出。皇帝起，易服幞头、上盖、玉带、丝鞋，乘辇鸣鞭出学。百官诸生迎驾如前，随驾乐部参军色迎驾念致语，杂剧色念口号，曲子起《寿同天》引子，导驾还宫。在学前廊并该恩出官诸生，各有免解⑨恩例，余并推恩有差。

【注释】

①国子监：古代中国的最高学府，兼有教育行政机构的职能。始于隋朝。唐沿其制，下设国子、太学、四门、律学、书学和算学，各学皆立博士，设祭酒一员，祭酒以下设司业、监丞、主簿、教授和直讲等教职人员。　②"咸淳丁卯"句：辟雍，亦作璧雍。《礼记·王制》："大学在郊，天子曰辟雍，诸侯曰泮宫。"桓谭《新论》："王者作圆池如璧形，实水其中，以圜壅之，故曰辟雍。言其上承天地，以班教令，流转王道，周而复始。"缉熙，光明。《诗·周颂·敬之》："日就月将，学有缉熙于光明。"孔颖达疏："日就，谓学之使每日有成就；月将，谓至于一月则有可行，言当习之以积渐也。"　③隔门：宋代称门号的有效范围。盖因门号在宫门之间不得通行而得名。　④执经官：古代官职名，谓捧执经书之人。《宋史·度宗纪》："礼部尚书陈宗礼、国子祭酒陈宜中进读《中庸》。己酉，执经官宗礼、讲经官宜中各进一秩，宜中赐紫章服。"　⑤讲书官：古代官职名，谓讲解经义之人。《东斋记事》卷一："景祐三年，始置大宗正司……其后增置讲书官四员，别置小学教授一十二员，又增同知大宗正一员，而置官益多，其疏属又听其出外官，则自励而向学者弥众矣。"　⑥牙界方：象牙的镇纸。　⑦牙篦：即牙签。《钱塘遗事》卷一〇："皇帝临轩。宰臣进三名卷子，读于御案前。用牙篦点读毕，宰执立于上前，阁门立于御案之西向。宰执先于御案前拆视姓名，则曰：'某人。'阁门则承之，以传于阶下，卫士凡六七人皆齐其声传其名呼之，谓之胪传，亦谓绕殿雷也。凡呼而唱者三四声，士人方从众中出应。"周必大《进读三朝宝训终篇赐宴赐赉谢恩诗》："往来寒暑今一章，牙篦谬执心彷徨。"　⑧中庸：朱熹《中庸章句》："中者，不偏不倚，无过不及之

名。庸，平常也。"引子程子曰："不偏之谓中，不易之谓庸。中者天下之正道，庸者天下之定理。" ⑨免解：宋承五代后唐制度，举人获准不经解试（荐名于朝廷的地方考试），直接参加礼部试，称免解。《宋史·选举志》："旧，太学遇覃恩无免解法，孝宗始创行之。"

【评析】

文中"文宣王"，孔子谥号。唐玄宗开元二十七年（739）追谥孔子为文宣王。宋真宗大中祥符元年（1008）追谥孔子为玄圣文宣王，五年改谥至圣文宣王。（按：自鲁哀公作诔，称孔子为尼父。尼父是否为谥，历来歧见纷纭。自汉平帝时追赠褒成宣尼公后，孔子之谥，递有演变。北魏时称文圣尼父，唐时尊为宣父、文宣王，宋时则为玄圣文宣王、至圣文宣王，元武宗时"至圣"前又加"大成"二字，明嘉靖后止称至圣先师。其封爵代有不同，或称公，或称王，宋真宗时欲追加帝号未遂，其后儒生议此者甚多，至嘉靖定祀典，夺王爵而称先师。其谥号演变既受议谥规律所限，又与儒学发展及帝王崇抑纠葛在一起。参董喜宁、陈戍国《孔子谥号演变考》。）又，"门号"即门符，宋时谓出入宫门的信符。《癸辛杂识》别集卷下："于是尽易敕号，内宫门号八角样，禁卫号银锭样，殿门号四如意样，每岁一易，各立样式，承袭为例。"《唐律疏义》卷七："诸奉敕以合符，夜开宫殿门符虽合不勘而开者，徒三年；若勘，符不合而为开者，流二千里，其不承敕而擅开闭者，绞。"《宋史·舆服志》："门符制，以缯裹纸版，谓之'号'，皇城司掌之。敕入禁卫号，黄绫八角，三千道；入殿门黄绢以方，入宫门黄绢以圆，八千道；入皇城门黄绢以长，三千道。绍兴二年正月所定也。后更宫门号以绯红绢方，皇城门以绯红绢圆，遂久用之。后复尽以黄，或方或圆，各随其制。"

北使到阙

北使到阙，先遣伴使[①]赐御筵于赤岸之班荆馆[②]，中使传宣抚问，赐龙茶一斤、银合三十两。次日，至北郭税亭茶酒，上马，入余杭门，至都亭驿，中使传宣赐龙茶、银合如前，又赐被褥、银沙锣等。明日，临安府书送酒食，阁门官说朝见仪，投朝见榜子。又明日，入见于紫宸殿。见毕，赴客省茶酒，遂赐宴于垂拱殿。酒五行，从官已上与坐。是日，赐茶酒名果，又赐使、副衣各七事、幞头、牙笏、二十两金带一条，并金鱼袋靴一双、马一匹、鞍辔一副，共折银五十两，银沙锣五十两、色绫绢一百五十匹，余并赐衣带银帛有差。明日，赐牲饩[③]，折博生罗十匹、绫十匹、绢布各二匹。朝见之二日，与伴使偕往天竺寺烧香，赐沉香三十两，并斋筵、乳糖、酒果。次至冷泉亭、呼猿洞游赏。次日，又赐内中酒果、风药、花饧，赴守岁夜筵，用傀儡。元正，朝贺礼毕，遣大臣就驿，赐御筵，中使传宣劝酒九行。三日，客省签赐酒食，禁中赐酒果，遂赴浙江亭观潮，酒七行。四日，赴玉津园燕射，命善射者假官伴之，赐弓矢、酒行。乐作，伴射与大使射弓，馆伴与副使射弩，酒五行。五日，大燕集英殿，尚书、郎官、监察御史已上并与，学士院撰致语。六日，装班朝辞退，赐袭衣、金带三十两、银沙锣五十两、红锦二色、绫二匹、小绫十色、绢三十匹、杂色绢一百匹，余各有差。临安府书送赠仪，复遣执政就驿赐燕，晚赴解换夜筵，伴使始与亲劝酬，且以衣物为侑，谓之"私觌④"。次日，赐龙凤茶、金银合，乘马出北关，登舟。又次日，遣近臣赐御筵，自到阙至朝辞，密赐大使银一千四百两，副使八百八十两，衣各三袭，金带各三条；都管、上节各银四十两、衣二袭，中、下节各银三十两、衣一袭、涂金带副之。

【注释】

①伴使：外国专使的陪从官员。有馆伴使、接伴使、送伴使等之分。属临时差遣。《清波杂志》卷六："伴使致词竦贺，馆人以手加额上，谓前此未有，为特礼也。"　②班荆馆：五代、宋时用以接待外国使臣的场所。《入蜀记》卷一："班荆者，北使宿顿及赐燕之地，距临安三十六里。"《左传·襄公二十六年》：楚伍举与声子相善，"伍举奔郑，将遂奔晋。声子将如晋，遇之于郑郊，班荆相与食，而言复故"。班荆，折荆铺地而坐。　③饩（xì）：古代祭祀或馈赠用的牲畜。《论语·八佾》："子贡欲去告朔之饩羊。"何晏注："郑曰：'牲生曰饩。'"　④私觌：《礼记·聘仪》："君亲礼宾，宾私面私觌。"郑玄注："私觌者，私以己礼觌主国之君，以其非公聘正礼，故谓之私。"

【评析】

陆游《老学庵笔记》卷一中载有南宋淳熙年间宴请金国使臣的若干情形，录以备参：

集英殿宴金国人使，九盏：第一肉咸豉，第二爆肉双下角子，第三莲花肉油饼骨头，第四白肉胡饼，第五群仙炙太平毕罗，第六假圆鱼,第七柰花索粉,第八假沙鱼,第九水饭咸馂旋鲊瓜姜。看食:枣锢子、脆饼、白胡饼、环饼(淳熙)。

与此相关的是,绍熙元年(1190),杨万里奉命去迎接金朝派来的贺正使,来到边境,写下过广为人知的《初入淮河四绝句》:

船离洪泽岸头沙,人到淮河意不佳。何必桑干方是远,中流以北即天涯。

刘岳张韩宣国威,赵张二相筑皇基。长淮咫尺分南北,泪湿秋风欲怨谁。

两岸舟船各背驰,波痕交涉亦难为。只余鸥鹭无拘管,北去南来自在飞。

中原父老莫空谈,逢着王人诉不堪。却是归鸿不能语,一年一度到江南。

宫中诞育仪例略

宫中凡阁分①有娠，将及七月，本位医官申内东门司及本位提举官奏闻，门司特奏，再令医官指定降诞月分讫，门司奏排办产阁，及照先朝旧例，三分减一，于内藏库取赐银绢等物如后：

罗二百匹、绢四千六百七十四匹（钉设产阁三朝②、一腊、二腊、三腊、满月、百晬、头晬）、金二十四两八钱七分四厘（裹木篦、竿杈、针眼、铃镯、镀盆）、银四千四百四十两、银钱三贯足、大银盆一面、醽醁③沉香酒五十三石二斗八升、装画扇子一座、装画油盆八面、簇花生色袋身单一副、催生海马皮二张、檀香匣盛砗④铜剃刀二把金镀银锁钥全、彩画油栲栳⑤簸箕各一、彩画油砖八口、彩画油瓶二、新罗漆马衔铁⑥一副、装画胎衣瓶、铁秤锤五个、铁钩五十条、眠羊卧鹿二合各十五事、金银果子五百个、影金贴罗散花儿二千五百、锦沿席一、绿席毡蒲合褥子各二、码磘缬绢一匹、大毡四领、干蓐草一束、杂用盆十五个、暖水釜⑦五个、绿油柳木槌十个、生菜一合、生艾一斤、生母姜二斤、黑豆一斗（栲栳全）、无灰酒二瓶、米醋二瓶、纽地黄汁布二条、滤药布二条（金漆箱儿全）、香墨十铤（钿漆影金匣）、鸡子五十个（金漆箱儿）、小石子五十颗（竹作笼）、竹柴五十把、红布袋二（盛马桶末用)、带泥藕十挺、生芋子一合（彩画）、银杏一合五十斤（内装画一千个）、嘉庆子⑧五十斤（内装画七百个）、菱米五十斤（内装画七百个）、荔枝五十斤、胡桃二千个（装画）、圆眼五十斤（装画）、莲肉五十斤、枣儿五十斤、柿心五十斤、栗子五十斤、梁子十合、吃食十合（蒸羊一口、生羊剪花八节、羊六色子、枣大包子、枣浮图儿、豌豆枣塔儿、炊饼⑨、糕、糖饼、髓饼）。

仍令太医局差产科大小方脉医官宿直，供画产图方位、饮食禁忌、合用药材、催生物件，合本位踏逐老娘、伴人、乳妇、抱女、洗泽人等，申学士院，撰述净胎发、祝寿文，排办产阁了毕，犒赐修内司、会通门官本司人吏，库子医官、仪鸾司等人，银绢官会有差。候降诞日，本位官即便申内东门司转奏：降诞、三日、一腊、两腊、四节次拆产阁，三腊、满月、二次、百晬、头晬，已上十次，支赐银绢，仍添本位听宣内人请给十分。已上并系常例，此外特恩临时取旨，不在此限。外廷仪礼，不在此内。

【注释】

① 閤分：宋时对嫔妃的称呼。《东京梦华录》卷七："大龙船约长三四十丈……两边列十閤子，充閤分歇泊，中设御座龙水屏风。" ② 三朝：《俚言解》卷一："生子三日谓之三朝，是日祭祖先、洗儿、灸脐，俗称洗三。" ③ 醽醁（líng lù）：美酒。黄庭坚《念奴娇》："寒光零乱，为谁偏照醽醁。" ④ 硾（zhuì）：系重物使之下沉。《吕氏春秋·劝学》："是拯溺而硾之以石也。" ⑤ 栲栳（kǎo lǎo）：即笆斗，用柳条或竹篾编成的盛器。卢延让《樊川寒食二首》其二："五陵年少粗于事，栲栳量金买断春。" ⑥ 马衔铁：《医宗金鉴》卷八六："制针用马嚼环铁者，以马

属午，午为火，火克金，取克制之义也。"《普济方》卷三四三："以右手持马衔铁，左手持石燕一对，合手坐，死胎即下。" ⑦暖水釜：古代用来贮存热水的容器。《普济方》卷三四四《产妇杂要物》："暖水釜（五斗以上者，泥在近处，入月后，昼夜须要暖水）。" ⑧嘉庆子：即李。《两京记》："东都嘉庆坊有美李，人称为嘉庆子。" ⑨炊饼：即蒸饼，宋代因避仁宗讳而更名。《清波杂志》卷一："（高宗）语宰执曰：'朕性不喜与妇人久处，早晚食只面饭、炊饼、煎肉而已。食罢，多在殿旁小阁垂帘独坐。设一白木卓，置笔砚，并无长物。'"

【评析】

《东京梦华录》卷五、《梦粱录》卷二〇对"育子"有过大致相似的记载：

凡孕妇入月，于初一日父母家以银盆，或錂或彩画盆，盛粟秆一束，上以锦绣或生色帕复盖之，上插花朵及通草帖罗五男二女花样，用盘合装，送馒头，谓之"分痛"。并作眠羊、卧鹿羊、生果实，取其眠卧之义。并牙儿衣物裯籍等，谓之"催生"。就蓐分娩讫，人争送粟米炭醋之类。三日落脐灸囟。七日谓之"一腊"。至满月则生色及绷绣钱，贵富家金银犀玉为之，并果子，大展洗儿会。亲宾盛集，煎香汤于盆中，下果子彩钱葱蒜等，用数丈彩绕之，名曰"围盆"。以钗子搅水，谓之"搅盆"。观者各撒钱于水中，谓之"添盆"。盆中枣子直立者，妇人争取食之，以为生男之征。浴儿毕，落胎发，遍谢坐客，抱牙儿入他人房，谓之"移窠"。生子百日，置会，谓之"百晬"。至来岁生日，谓之"周晬"，罗列盘盏于地，盛果木、饮食、官诰、笔研、算秤等经卷针线应用之物，观其所先拈者，以为征兆，谓之"试晬"。此小儿之盛礼也。（按："五男二女"是唐宋美满家庭的一个衡量标准。《南柯太守传》中的淳于梦,就是"生有五男二女,男以门荫授官,女亦聘于王族"。司空图《障车文》:"二女则牙牙学语,五男则雁雁成行。"《夷坚志》乙志卷七:"公闻狐婿虎之说乎?狐有女择婿,得虎焉。成礼之夕,傧者祝之曰:'愿早生五男二女。'狐拱立曰:'五男二女非敢望,但早放却臊命为幸耳。'")

杭城人家育子,如孕妇入月,期将届,外舅姑家以银盆或彩盆,盛粟秆一束,上以锦或纸盖之,上簇花朵、通草、贴套、五男二女意思,及眠羊卧鹿,并以彩画鸭蛋一百二十枚、膳食、羊、生枣、栗果,及孩儿绣褓彩衣,送至婿家,名"催生礼"。足月,既坐蓐分娩,亲朋争送细米炭醋。三朝与儿落脐灸囟。七日名"一腊",十四日谓之"二腊",二十一日名曰"三腊",女家与亲朋俱送膳食,如猪腰肚蹄脚之物。至满月,则外家以彩画钱或金银钱杂果,及以彩缎珠翠囟角儿食物等,送往其家,大展"洗儿会"。亲朋俱集,煎香汤于银盆内,下洗儿果彩钱等,仍用色彩绕盆,谓之"围盆红"。尊长以金银钗搅水,名曰"搅盆钗"。亲宾亦以金钱银钗撒于盆中,谓之"添盆"。盆内有立枣儿,少年妇争取而食之,以为生男之征。浴儿落胎发毕,以发入金银小合,盛以色线结绦络之,抱儿遍谢诸亲坐客,及抱入姆婶房中,谓之"移窠"。若富室宦家,则用此礼。贫下之家,则随其俭,法则不如式也。生子百时,即一百日,亦开筵作庆。至来岁得周,名曰"周晬",其家罗列锦席于中堂,烧香炳烛,顿果儿饮食,及父祖诰敕、金银七宝玩具、文房书籍、道释经卷、秤尺刀剪、升斗等子、彩段花朵、官楮钱陌、女工针线、应用物件,并儿戏物,却置得周小儿于中座,观其先拈者何物,以为佳谶,谓之"拈周晬试"。其日诸亲馈送,开筵以待亲朋。

其中,周岁拈试的风俗起源当甚早。《颜氏家训·风操》即云:"江南风俗，儿生一期，为制新衣，盥浴装饰，男则用弓矢纸笔，女则刀尺针缕，并加饮食之物，及珍宝服玩，置之儿前，观其发意所取，以验贪廉愚智，名之为试儿。"又，有些文人还会把小儿在拈试中的表现写入文学作品。如楼钥就写过一首《阿虞试晬戏作》："阿虞匍匐晬盘中，事事都拿要学翁。最是传家清白处，不将双手向顽铜。"

册皇后仪

先一日，宣押翰林学士锁院①草册后制词，赐学士润笔②金二百两。次日，百官听宣布，皇后三辞免，不允。差官奏告天地、宗庙、社稷、诸陵，太史局择日，先期命有司陈设。至日早，文武百僚集于大庆殿门外，节次赞引执事官入，立班定。皇帝自内服幞头、红袍、玉带、靴入幄，更服通天冠、绛纱袍，礼部侍郎奏中严外办。礼仪使俯伏跪称："礼仪使臣某言，请皇帝发册。"（余与德寿宫上册宝礼仪并同。）侍中诣御坐前，躬承旨讫，降东阶立，称有制，皆再拜。太傅、太保躬身，侍中宣制曰："册妃某氏，立为皇后。命公等持节展礼。"太傅、太保再拜。参政帅掌节者脱节衣，诣太傅位；掌节者以节授参政；参政奉节西向，以节授太傅；太傅受讫，以节授掌节者。次中书令以册授太傅，太傅受讫，置于案。次侍中转宝授太保，并如前仪。复位，并再拜。持节者前导，册、宝进行，太傅押册，太保押宝（《正安乐》作），由中道出文德殿东偏门（乐止），掌节者加节衣，至穆清殿外幄次，初册宝出门，礼仪使至御座前跪奏："礼仪使臣某言，礼毕。"内侍承旨索扇，扇合，帘降，鸣鞭，协律郎举麾，鼓柷（《乾安乐》作）。皇帝降坐，入东房，戛敔（乐止）。③侍中版奏解严。是日，穆清殿设乐架、黄麾仗，皇后常服，乘金龙肩舆，至穆清殿后西阁，内命妇④等应陪列者奉从至阁内，侍中版奏中严外办。应行事执事官，各就门外位立定，持节者立于左，内命妇各就位。皇后首饰、袆衣，内侍引司言，司言引尚宫⑤，尚宫引皇后出阁，协律郎举麾（《坤安乐》作），由西房至殿上，南向立定（乐止）。礼直官引太傅、太保就内给事前西向，跪称："册使太傅某、副使太保某，奉制授皇后前备物、典册。"俯伏，兴退，复位。内给事诣皇后前跪奏如前，次太傅以册授内侍，内持受册，举册官奠册，举册举案，俱诣内谒者监位，以册授内谒者监，受册奠讫。次太保转宝授内谒者监如前仪，掌节者脱节衣，以节授掌节。内侍前导册、宝进行入殿门，内谒者监、都大主管后从，以次入殿庭（《宜安乐》作），至位（乐止）。尚宫引皇后自东阶至殿下中褥位北向（《承安乐》作），至位（乐止）。举册宝官并案进于皇后之右少前，西向跪奠讫。内侍称有制，后再拜。读册官跪宣册文，后又再拜。次内谒者监奉册授皇后，皇后受讫，以授司言。次奉宝授皇后，皇后受讫（乐止），皇后再拜，退。内侍以谢皇太后笺授皇后，皇后置于案，再拜，内侍奉表以出投进。次谢皇帝表如前。内侍奏礼毕。次尚宫引皇后升堂（《和安乐》作），司宝奉宝，至于坐前（乐止）。司宾引内命妇次就位，班首初行（《惠安乐》作），至位（乐止）。命妇皆再拜。司赞引班首升阶（《惠安乐》作，乐止），进当皇后北向致词称赞，降自西阶（《惠安乐》作），至位（乐止）。内外命妇皆再拜。司言称"令旨"，命妇皆再拜。宣令旨讫，又皆再拜。司宾以次引命妇还宫（《惠安乐》作），出门（乐止）。次内侍引外命妇出（《咸安乐》作），至阶上（乐止）。北向致词（《咸安乐》作），降阶（乐止）。外命妇皆再拜，又宣答如前。内侍奏礼毕，皇后降坐（《徽安乐》作），皇后归阁（《泰安乐》作），至阁（乐止）。受贺毕，皇后更常服升坐，命外命妇如宫中仪，会毕两拜，以次出。

【注释】

①锁院：锁闭院门，以防泄密。"凡言锁院者，机密之谓也"（《朝野类要》卷一），用于考试士官和撰写麻制。诏令类文书多达数十种，需要锁院的主要是除授罢免官职的麻制，表疏、青词、斋文等则不必锁院。②润笔：稿酬。《隋书·郑译传》："上令内史令李德林立作诏书，高颎戏谓译曰：'笔干。'译答曰：'出为方岳，杖策言归，不得一钱，何以润笔。'上大笑。"《容斋续笔》卷六："作文受谢，自晋宋以来有之，至唐始盛。" ③"鼓柷（zhù）"数句：柷、敔（yǔ），古代的两种打击乐器，演奏开始前、将结束时分别敲击。《书·益稷》："下管鼗鼓，合止柷敔。" ④内命妇：《周礼·春官·肆师》："禁外内命男女之衰不中法者，且授之杖。"郑玄注："内命女，王之三夫人以下。"贾公彦疏："三夫人以下者，通九嫔、二十七世妇、八十一御妻。"《礼记·丧大记》郑玄注："卿、大夫之妻为外命妇。" ⑤司言尚宫：宫中女官，分掌传宣、导引等事。

【评析】

《宋史·礼志》载有元祐七年（1092）三月礼部、太常寺所上纳后仪注，录以备参：

> 发六礼制书。太皇太后御崇庆殿，内外命妇立班行礼毕，内给事出殿门，置六礼制书案上，出内东门；礼直官、通事舍人引由宣祐门

至文德殿后门入，权置案于东上閤门。

命使纳采、问名。文德殿，宰臣、亲王、执政官、宗室、百僚、大小使臣易朝服，乐备而不作。班定，内给事奉制书案置横街北稍东，西向北上，礼直官、通事舍人引门下、中书侍郎，次引使、副就横街南承制位，北向东上，内给事诣使者东，北面称"太皇太后有制"，典仪曰"再拜"，在位官皆再拜。宣制曰："皇帝纳后，命公等持节行礼。"典仪曰"再拜"，使、副皆再拜。授制书讫，典仪曰"再拜"，在位官皆再拜。礼直官、通事舍人、太常博士引使、副从制案出，载于油络网犊车，出宣德门，鼓吹备而不作。至皇后行第大门外，令史二人对奉制案立，主人立大门内，傧者立主人之左，北面，进受命，出曰："敢请事。"使者曰："某奉制纳采。"傧者入告，主人曰："臣某之女若而人，既蒙制访，臣某不敢辞。"傧者出告，入引主人出大门外，再拜。使者先入，使者曰："太皇太后制。"主人再拜。宣制书毕，主人再拜受讫，主人进表讫，再拜，使者出。问名同上仪。使者曰："将加卜筮，奉制问名。"主人曰："臣某之女若而人，既蒙制命，臣某不敢辞。"

命使纳吉、纳成、告期并同命使纳采、问名仪。纳吉，使者曰："加请卜筮，占曰从制，使某纳吉。"主人曰："臣某之女若而人，龟筮云吉，臣预有焉。臣某谨奉典制。"告期，使者曰："某奉制告期。"主人曰："臣某谨奉典制。"以上纳吉、纳成、告期。请见、授制、接表并如纳采仪。

临轩命使册后及奉迎于文德殿。百官朝服，皇帝常服乘辇至殿后閤，侍中奏中严外办，乃服通天冠、绛纱袍，乘辇出自西房，降辇即御坐。两省官及待制、权侍郎、观察使以上，分东西入殿门，各就位，东西相向立。奉宝置御坐前，奉宣后册由东上阁门出，至文德殿庭横行，典仪曰"拜"，在位官皆再拜。使、副受册，宣制曰："册某氏为皇后，命公等持节展礼。"典仪曰"拜"，使、副再拜受册宝讫，典仪赞百官再拜。宣制曰："太皇太后制：命公等持节奉迎皇后。"典仪赞使、副再拜受节，又赞百官再拜。侍中奏礼毕解严，百官再拜出，皇帝常服还内。册宝至皇后行第，如纳采仪。使者曰："某奉制授皇后备物典册。"皇后受册宝，内外命妇序立如仪，主人以书奉使者。

奉迎。百官常服班宣德门外行第，傧者请，使者曰："某奉制以礼奉迎。"傧者入告，主人曰："臣某谨奉典制。"傧者出告，入引主人出大门外再拜。使者先入，曰"有制"，主人再拜，使者宣制毕，主人再拜受制，答表又再拜。姆导皇后，尚宅前引，升堂出立房外，典仪赞使、副再拜。使者曰："今月吉日，某等承制以礼奉迎。"内侍受以入，使、副退，主人以书授使者，奉于司言，受以奏闻。皇后降立堂下再拜讫，升堂，主人升自东阶西向曰："戒之戒之，夙夜无违命。"主人退，母进西阶上东向，施衿、结帨曰："勉之戒之，夙夜无违命。"皇后升舆至中门，升车出大门，使、副及群臣前引。将至宣德门，百官、宗室班迎，再拜讫，分班。皇后入门，鸣钟鼓，班迎官退，乃降车入，次升舆入端礼门、文德殿、东上阁门，出文德殿后门，入至内东门内降舆，司舆前导，诣福宁殿门大次以俟。晡后，皇后车入宣德门，侍中版奏请中严，内侍转奏，皇帝服通天冠、绛纱袍，御福宁殿，尚宫引皇后出次，诣殿庭之东，西向立。尚仪跪奏外办，请皇帝降坐礼迎，尚宫前引，诣庭中之西，东面揖皇后以入，导升西阶入室，各就榻前立。尚食跪奏具，皇帝揖皇后皆坐，尚食进馔，食三饭，尚食进酒，受爵饮，尚食以馔从；再饮如初，三饮用卺如再饮。尚仪跪奏礼毕，俱兴，尚宫请皇帝御常服，尚寝请皇后释礼服入幄。次日，以礼朝见太皇太后、皇太后，参皇太妃，如宫中之仪。

诏从之。

皇后归谒家庙（用咸淳全后例）

　　太史局①预择日，降旨，命礼寺参酌礼典所属排办。至日，皇后出宫，至祥曦殿。上升龙檐，出和宁门，至皇后家庙。本府干办使臣等并穿秉②，兵士并衫帽，于大门外香案前排立，俟仪卫至，各两拜。本府亲属于门内，妇人于厅下侧立，俟龙檐升厅至堂门降檐，入幄次少歇。次本府亲属并立幄前兴居，退，诣家庙，以俟陪立。次本阁官奏请皇后服团冠、背儿，乘小车入，诣家庙（内侍传呼乐官，乐作），西阶降车（乐止）。皇后升堂西向立（乐作），两拜，陪位官各两拜，读祝文，两拜，陪位各两拜，如上仪（乐作、乐止如上）。皇后还位，再拜，陪位官各两拜。皇后降东侧阶升车（乐止），又诣后堂炷香如前仪，次赴赐筵。皇后坐于堂中，南向，堂前施帘，亲属并常服，诣厅下，南向谢恩，俟皇后升堂，诣帘前两拜，妇人于帘内两拜，亲属并系鞋立定以俟，就坐，供进酒食，如家人礼。至第五盏，各于席前立俟，皇后降坐少歇。再坐，并如前仪。又至第九盏，酒毕，并靴、笏各两拜，赐筵、赐物，次于厅前排立，谢恩，各两拜。俟皇后出幄，乘龙檐，亲属北向两拜，退，皇后还内，诣御前谢恩。进纳御前，及送诸阁分夫人、御侍韶部、职事内人，及诸位次内人、本殿内人，并细色匹帛、盘盏、细果、海鲜、时新吃食，及支给内侍省大官已下及本殿官吏银绢有差。次日，内降指挥，皇后封赠三代，亲属并行推恩。

早泛索：

皇后：下饭七件、菜蔬五件、茶果十合、小碟儿五件。亲属：各早食十味。

赐筵：

皇后：绣高饤十、时果十碟、脯腊十碟、细京果③十碟、细蜜煎十碟、看菜十碟。亲属：京果四十垒、脯腊三百碟、时果干果共五百碟。

初坐：

皇后：下酒吃食九盏、上细看食十件、果子意思十件。

歇坐：

下酒吃食十盏、果子十件、时果十件。

宣赐折食钱：大官四员、阁长已下十三员、皇后阁内人、押班等二十五人、本殿随从官、仪鸾司官、御酒库官、御辇院官、御厨官、翰林司官、祗候库官、讲殿幕士、乐官。

赐筵乐次：

家庙酌献三盏，诸部合《长生乐》引子。

赐筵初坐：《蕙兰芳》引子。

第一盏，觱篥起《玉漏迟慢》，笛起《侧犯》，笛起《真珠髻》，觱篥起《柳穿莺》，合《喜庆》曲破，对舞。

第二盏：觱篥起《圣寿永》歌曲子，琵琶起《倾杯乐》。

第三盏：琵琶起《忆吹箫》，觱篥起《献仙音》。

第四盏：琵琶独弹《寿千春》，笛起《芳草渡》，念致语、口号，勾杂剧色时和等，做《尧舜禹汤》，断送《万岁声》，合意思副末念。（"雨露恩浓金穴贵，风光远胜马侯家。"）

第五盏：觱篥起《卖花声》，笛起《鱼水同欢》。

歇坐：

第一盏：觱篥合小唱《帘外花》。

第二盏：琵琶独弹《寿无疆》。

第三盏：筝、琶、方响合《双双燕》神曲。

第四盏：唱赚。

第五盏：鼓板、觱篥合小唱《舞杨花》。

再坐：

第六盏：笙起《寿南山》，方响起《安平乐》。

第七盏，筝弹《会群仙》，笙起《吴音子》，勾杂剧吴国宝等做《年年好》，断送《四时欢》，合意思副末念。（"香生花富贵，绿嫩草精神。"）

第八盏：笛起《花犯》，觱篥起《金盏倒垂莲》。

第九盏：诸部合《喜新春慢》曲犯。

宫乐官五十八人，各帽子、紫衫、腰带。都管一人，幞头、公服、腰带、系鞋、执杖子。

乐官犒设：内藏库支赐银、皇后殿外库支赐钱酒、本府支犒钱酒。

皇后散付本府亲属、宅眷、干办使臣已下：金合、金瓶、金盘盏、金杯、金镯、金钗、金钱（共金五百两）、银盘盏（共二千两)、细色段匹、翠领、翠花、翠冠、翠扇、翠篦环、银钱、画扇、龙涎香、刺绣领、画领、生色罗。

【注释】

①太史局：古代专掌观测天象、推算历法的官署，又名司天监。《梦梁录》卷一："太史局例于禁中殿陛下，奏律管吹灰，应阳春之象。"②穿秉：穿礼服而执朝笏。《癸辛杂识》后集："凡行罚之际，学官穿秉序立堂上，鸣鼓九通，二十斋长谕并襕幞，各随东西廊序立，再拜谢恩，罪人亦谢恩。" ③京果：点心或水果。朱熹《按唐仲友第六状》："及南果、京果、海味等物入宅，有支送钱物具出帐状。"

【评析】

文中"折食钱"，是发给御厨、史官的俸钱，似为宋代所特有。《建炎以来系年要录》卷一八八："建王府内知客龙斋、曾觌乞月给御厨折食钱如在京王府例，许之。"《清波杂志》卷九："旧制：御厨折食钱凡十一等。第一等，旧折八十余千，绍兴初减半，余递减有差。至第十一等，旧折三十千，亦损其半。然尚宫内人赴景灵宫酌献，却系临安府依格馔造。食味每分白肉胡饼、汤肉粉杂飣、炊作、炒肉、煮菜羹饭、软肉，所破料止羊肉十三两，面五两，盏豆粉二两，米五合，薪炭之属准此，其俭如此。或云乃承平旧制，虽御厨末等折食则例，亦不致是之窘也。"《宋史·职官志》："建炎南渡以后，奉禄之制，参用嘉祐、元丰、政和之旧，少所增损。惟兵兴之始，宰执请受权支三分之一，或支三分之二，或支赐一半，隆兴及开禧自陈损半支给，皆权宜也。其后，内外官有添支料钱，职事官有职钱、厨食钱，职纂修者有折食钱，在京厘务官有添支钱、添支米，选人、使臣职田不及者有茶汤钱，其余禄粟、傔人，悉还畴昔。"

《麟台故事》卷五："折食钱每日五十，素日二十五。"

又，"皇后家庙"是南宋从制度层面上将官员家庙制进行适度的移植，而做出的前所未有的创造。《宋会要辑稿·礼一二》："乾道元年四月一日，诏：'将来皇后归谒家庙，所有合用制度等，令有司检照礼例条具。'十一日，礼部、太常寺言：'今检照家庙制度等礼例，条具下项：一、四孟月择日飨家庙，差本宅亲宾行事。及应合用酒、斋、礼料等，并差人赴宅祇应，合照应寿圣太上皇后宅礼例施行。一、祭器：每位笾、豆各一十只并巾、盖，簠、簋各二副，铏鼎二只并栖，俎二面，壶尊二只并巾、杓，壶罍二只并巾、杓，爵坫三副，祝坫一只，烛台三座，登二只，罍洗一副，篚、杓、巾全。速令工部行下所属制造给赐。一、将来皇后归谒家庙，于典礼别无该载，其归谒止合依家礼。'诏依。"

皇子行冠礼仪略

太史择日，降旨，令太常寺参酌旧礼，有司具办仪物。至日质明，百僚立班，皇帝即御座，礼直官、通事舍人、太常博士引掌冠、赞冠者入就位。（掌冠以太常卿，赞冠以閤门官。）初入门（《祗安乐》作），至位（乐止）。典仪赞"再拜"，在位皆再拜，跪。左辅诣御坐前承制，降自东阶，诣掌冠者前，称"有制"，典仪赞"再拜"，在位皆再拜讫。左辅宣制曰："皇子冠，命卿等行礼。"掌冠、赞冠者再拜，左辅复位。王府官入诣皇子东房，礼直官、通事舍人、太常博士引皇子内侍二人夹侍，王府官后从（自后并准此）。皇子初行（《恭安乐》作），即席，南向坐（乐止）。礼直官等引掌冠、赞冠诣罍洗①（乐作），搢笏②、盥手、帨手③讫，执笏升（乐止）。执折上巾者升，掌冠者降一等受之，右执项左执前进皇子席前，北向跪冠（《修安乐》作），掌冠者兴，席南北面立，赞者进席前，北面跪正冠，兴，立于掌冠者后。皇子兴，内侍跪进服，服讫（乐止），掌冠者揖皇子复坐。赞冠者跪取爵，内侍以酒注于爵，掌冠受爵，跪进皇子席前，北向立，祝曰："酒醴和旨，笾豆④静嘉。授尔元服⑤，兄弟具来。永言保之，降福孔皆。"皇子搢笏跪受爵（《翼安乐》作），饮讫，奠爵。执笏太官令奉馔，设于皇子席前，皇子搢笏食讫（乐止）。执笏太官令撤馔，礼直官等复引掌冠、赞冠降诣罍洗（乐作），搢笏、盥水，执笏升（乐止）。赞冠者进席前，北向跪，脱折上巾，置于匴⑥，兴；内侍跪受服，兴，置于席。执七梁冠⑦者升，掌冠者降二等受之。右执项左执前进皇太子席前，北向跪冠（《进安乐》作），掌冠者兴，席南北面立，赞者进席前，北面跪，簪结纮，兴，立于掌冠者之后。皇子兴，内侍跪进服，服讫（乐止），赞冠者揖皇子复坐。赞冠者跪取爵，内侍以酒注爵，掌冠者跪受，进爵皇子席前，北向立，祝曰："宾赞既戒，肴核惟旅。申加厥服，礼仪有序。允观尔诚，受天之祜。"皇子搢笏跪受爵（《辅安乐》作），饮讫，奠爵，执笏太官令进馔、撤馔并如前。赞冠者进席前，北向跪，脱七梁冠，置于匴，兴；内侍跪受服，兴，置于席。执九旒⑧冕者升，掌冠者降三等受之，右执项左执前进皇子席前，北向跪冠（《广安乐》作），掌冠者兴，赞冠者进席前，北面跪，簪结纮，兴，立，皇子兴，内侍进服，服讫（乐止），皇子复坐。赞冠者再进酒如前，祝曰："旨酒既清，嘉荐令芳。三加尔服，眉寿无疆。永承天庥⑨，俾炽而昌。"皇子跪受爵（《咸安乐》作），太官令奉馔如前。皇子降自东阶，诣朵殿⑩东房，易朝服，降立于横街南王府官阶下，西向。皇子初行（乐作），至位（乐止）。礼直官等引掌冠者诣皇子位，少进，字之曰："岁日云吉，威仪孔时。昭告厥字，君子攸宜。顺尔成德，永言保之。奉敕字某。"皇子再拜，舞蹈，再拜，奏"圣躬万福"，又再拜。左辅诣御坐前承旨，降阶，诣皇子前宣曰："有敕。"皇子再拜，左辅宣敕戒曰："好礼乐善，服儒讲艺。蕃我王室，友于兄弟。不溢不骄，惟以守之。"皇子再拜，余如皇太子仪。次日，文武百僚诣东上阁门，拜表称贺。

【注释】

①罍洗：古代祭礼或进食前用以洁手的器皿。罍盛清水，用枓取水洁手，下承以洗。黄庭坚《次韵秦觏过陈无己书院观鄙句之作》："碌碌盆盎中，见此古罍洗。" ②搢（jìn）笏：《春秋穀梁传·僖公三年》："阳谷之会，桓公委端、搢笏而朝诸侯。"范宁集解："搢，插也。笏，以记事者也。" ③帨（shuì）手：擦手，专指册封、礼典中的擦手环节。《经典释文》："帨，拭手也。" ④笾（biān）豆：两种古代食器。 ⑤元服：《汉书·昭帝纪》："(元凤)四年春正月丁亥，帝加元服，见于高庙。"颜师古注："元，首也。冠者，首之所著，故曰'元服'。" ⑥匴（suǎn）：古代行冠礼时盛冠弁的竹器。 ⑦七梁冠：顶部带有七根梁脊的礼冠。梁冠为在朝文官所戴，源于进贤冠，自汉朝以来，一直保有重要地位。冠上之梁数的多少，为区分爵位等级的标志。宋代文官，从一品到七品，所服梁冠有七梁到二梁之别。《宋史·舆服志》："貂蝉笼巾七梁冠，天下乐晕锦绶，为第一等。蝉，旧以玳瑁为蝴蝶状，今请改为黄金附蝉，宰相、亲王、使相、三师、三公服之。七梁冠，杂花晕锦绶，为第二等，枢密使、知枢密院至太子太保服之。六梁冠，方胜宜男锦绶，为第三等，左右仆射至龙图、天章、宝文阁直学士服之。五梁冠，翠毛锦绶，为第四等，左右散骑常侍至殿中、少府、将作监服之。四梁冠，簇四雕锦绶，为第五等，客省使至诸行郎中服之。三梁冠，黄狮子锦绶，为第六等，皇城以下诸司使至诸卫率府率服之。内臣自内常侍以上及入内省内侍省内东西头供奉官、殿头，前班、东西头供奉官、左右侍禁、左右班殿直，京官秘书郎至

诸寺、监主簿,既预朝会,亦宜朝服从事。今参酌自内常侍以上,冠服各从本等,寄资者如本官,入内、内侍省内东西头供奉官、殿头,三班使臣陪位京官为第七等,皆二梁冠,方胜练鹊绵绶。高品以下服色依古者,袴、袯、舄、履并从裳色。" ⑧瑬(liú):古代冠冕悬垂的玉串。《正字通》:"瑬,以丝绳贯玉,垂冕前后也。"《礼记·礼器》:"天子之冕,朱绿藻,十有二瑬,诸侯九,上大夫七,下大夫五,士三。" ⑨庥(xiū):荫庇、保护。《尔雅·释言》:"庥,荫也。"柳宗元《非国语》:"凡诸侯之会霸主,小国,则固畏其力而望其庥焉者也。" ⑩朵殿:大殿的侧堂。《东斋记事》卷一:"(仁宗)冬不御炉。每御殿,则于朵殿设炉以御寒气,寒甚则于殿之两隅设之。"

【评析】

《宋史·礼志》所载"皇太子冠仪"更为详确,录以对参:

皇太子冠仪,尝行于大中祥符之八年。徽宗亲制《冠礼沿革》十一卷,命仪礼局仿以编次。

其仪:前期奏告天地、宗庙、社稷、诸陵、宫观。殿中监帅尚舍张设垂拱、文德殿门之内,设香案殿下螭陛间,又为房于东朵殿。大晟展宫架乐于横街南,太常设太子冠席东阶上、东官官位于后,设褥位,陈服于席南,东领北上。远游冠簪导、衮冕簪导同箱,在服南。设罍洗阼阶东,罍在洗东,篚在洗西,实巾一,加勺羃。光禄设醴席西阶上,南面,实侧尊在席南。又设馔于席,加羃。执事者并公服,立罍洗酒馔之所。九瑬冕、远游冠、折上巾各一匴,奉礼郎三人执以侍于东阶之东、西北上。设典仪位于宫架东北,赞者二人在南,西向。

礼直官、通事舍人、太常博士引太子诣朵殿东房。皇帝乘辇,驻垂拱殿,百官起居,如月朔视朝仪。左辅版奏中严,内外符宝郎奉宝先出；左辅奏外办，皇帝服通天冠、绛纱袍诣文德殿，帘卷。大乐正令撞黄钟之钟，右五钟皆应。殿上鸣鞭，皇帝出西閤乘辇，协律郎俯伏，跪，举麾，兴，工鼓柷，奏乾安之乐，殿上扇合。礼直官、太常博士引礼仪使导皇帝出，降辇即坐，帘卷扇开，鞭鸣乐止，炉烟升。符宝郎奉宝陈于御坐左右，礼直官、通事舍人、太常博士引掌冠、赞冠者入门，肃安之乐作，至位，乐止。典仪曰"再拜"，在位者皆再拜。左辅诣御坐前，承制降东阶，诣掌冠者前西向称有制，典仪赞在位官再拜讫，宣制曰："皇太子冠，命卿等行礼。"掌冠、赞冠者再拜讫，文臣侍从官、宗室、武臣节度使以上升殿，东西立，应行礼官诣东阶下立。

东宫官入，诣太子东房，次礼直官等引太子，内侍二人夹侍，东宫官后从，钦安之乐作，即席西向坐，乐止。引掌冠、赞冠者以次诣罍洗，乐作，搢笏，盥帨讫，出笏，升，乐止。执折上巾者升，掌冠者降一等受之，右执项，左执前，进皇太子席前，北向立，祝曰："咨尔元子，肇冠于阼。筮日择宾，德成礼具。于万斯年，承天之祜。"乃跪冠，顺安之乐作，掌冠者兴，（席南北面立，后准此。）赞冠者进席前，北面跪正冠，兴，立于掌冠者之后。太子兴，内侍跪进服，服讫，乐止。

掌冠者揖太子复坐，礼直官等引掌冠者降诣罍洗，如上仪。赞冠者进席前，北向跪，脱折上巾置于匴，兴，内侍跪受，兴，置于席。执远游冠者升，掌冠者降二等受之，右执项，左执前，进太子席前，北向立，祝曰："爰即令辰，申加元服。崇学以让，三善皆得。副予一人，受天百福。"乃跪冠，懿安之乐作，掌冠者兴。赞冠者进，跪簪结纮，兴。太子兴，内侍跪进服，服讫，乐止。

掌冠者揖太子复坐，掌冠者降诣罍洗，及赞冠者跪，脱远游冠，并如上仪。执衮冕者升，掌冠者降三等受之，右执项，左执前，进太子席前，北向立，祝曰："三加弥尊，国本以正。无疆惟休，有室大竞。懋昭厥德，保兹永命。"乃跪冠，成安之乐作。掌冠者兴。赞冠者如上仪，跪簪结纮。内侍进服，服讫，乐止。礼直官等引太子降自东阶，乐作，由西阶升，即醴席南向坐，乐止。又引掌冠者诣罍洗，乐作，盥帨讫，升西阶，乐止。赞冠者跪取爵，内侍注酒，掌冠者受爵，跪进太子席前，北向立，祝曰："旨酒嘉荐，有飶其香。拜受祭之，以定尔祥。令德寿岂，日进无疆。"太子搢圭，跪受爵，正安之乐作，饮讫，奠爵执圭。太官令设馔席前，太子搢圭，食讫，乐止，执圭兴，太官令彻馔、爵。

礼直官等引自西阶诣东房，易朝服，降立横街，南北向，东宫官复位，西向。（太子初行，乐作，至位，乐止。）礼直官等引掌冠、赞冠者诣前，西向，掌冠者少进，字之曰："始生而名，为实之宾。既冠而字，以益厥文。永受保之，承天之庆。奉敕字某。"太常博士请再拜，太子再拜讫，搢笏，舞蹈，再拜，奏圣躬万福，又再拜。左辅承旨，降自东阶，诣太子前，西向，宣曰"有敕"，太子再拜，宣敕曰："事亲以孝，接下以仁。远佞近义，禄贤使能。古训是式，大猷是经。"宣讫，太子再拜讫。礼直官等引太子前，俯伏，跪，奏称："臣虽不敏，敢不祗奉！"奏讫，兴，复位，再拜讫，引出殿门，乐作，出门，乐止。侍立官并降复位，典仪曰"拜"，赞者承传，在位者皆再拜。礼仪使奏礼毕，鸣鞭。大乐正令撞蕤宾之钟，左五钟皆应，乾安之乐作，皇帝降坐，左辅奏解严，放仗，在位官皆再拜，退。

太子入内，朝见皇后，如宫中仪。乃择日谒太庙、别庙，宿斋于本官。质明，服远游冠、朱明衣，乘金辂。至庙，改服衮冕，执圭行礼，群臣称贺，皇帝赐酒三行。

皇子冠，前期择日奏告景灵宫，太常设皇子冠席文德殿东阶上，稍北东向，设褥席，陈服于席南，东领北上。九旒冕服、七梁进贤冠服、折上巾公服、七梁冠簪导、九旒冕簪导同箱，在服南。设罍洗、酒馔、旒冕、冠、巾及执事者，并如皇太子仪。

其日质明，皇帝通天冠、绛纱袍，御文德殿。皇子自东房出，内侍二人夹侍，王府官从，恭安之乐作，即席南向坐，乐止。掌冠者进折上巾，北向跪冠，修安之乐作；赞冠者进，北面跪正冠，皇子兴，内侍跪进服讫，乐止。掌冠者揖皇子复坐，以爵跪进，祝曰："酒醴和旨，笾豆静嘉。授尔元服，兄弟具来。永言保之，降福孔皆。"皇子搢笏，跪受爵，翼安之乐作，饮讫，太官令进馔讫。再加七梁冠，进安之乐作。掌冠者进爵，祝曰："宾赞既成，肴核惟旅。申加厥服，礼仪有序。允观尔成，承天之祜。"皇子跪受爵，辅安之乐作，太官奉馔。三加九旒冕，广安之乐作。掌冠者进爵，祝曰："旨酒嘉栗，甘荐令芳。三加尔服，眉寿无疆。永承天休，俾炽而昌。"皇子跪受爵，贤安之乐作，太官奉馔，馔彻。

皇子降，易朝服，立横阶南，北向位，掌冠者字之曰："岁日云吉，威仪孔时。昭告厥字，君子攸宜。顺尔成德，永受保之。奉敕字某。"皇子再拜，舞蹈，又再拜，奏圣躬万福，又再拜。左辅宣敕，戒曰："好礼乐善，服儒讲艺。蕃我王室，友于兄弟。不溢不骄，惟以守之。"皇子再拜，进前俯伏，跪称："臣虽不敏，敢不祗奉！"俯伏，兴，复位，再拜，出。殿上侍立官并降，复位，再拜，放仗。明日，百僚诣东上阁门贺。

卷九

高宗幸张府节次略

绍兴二十一年十月，高宗幸清河郡王第，供进御筵节次如后：

安民靖难功臣、太傅、静江宁武靖海军节度使、醴泉观使、清河郡王、臣张俊进奉：

绣花高饤一行八果垒：香圆、真柑、石榴、枨子、鹅梨、乳梨、榠楂①、花木瓜。

乐仙干果子叉袋儿一行：荔枝、圆眼、香莲、榧子②、榛子、松子、银杏、梨肉、枣圈③、莲子肉、林檎旋、大蒸枣。

缕金香药一行：脑子花儿、甘草花儿、朱砂圆子、木香、丁香、水龙脑、史君子④、缩砂⑤花儿、官桂花儿、白术、人参、橄榄花儿。

雕花蜜煎一行：雕花梅球儿、红消花、雕花笋、蜜冬瓜鱼儿、雕花红团花、木瓜大段儿、雕花金橘、青梅荷叶儿、雕花姜、蜜笋花儿、雕花枨子、木瓜方花儿。

砌香咸酸一行：香药木瓜、椒梅、香药藤花、砌香樱桃、紫苏奈香、砌香萱花柳儿、砌香葡萄、甘草花儿、姜丝梅、梅肉饼儿、水红姜、杂丝梅饼儿。

脯腊一行：肉线条子、皂角铤子、云梦䶈儿、虾腊、肉腊、奶房、旋鲊、金山咸馂、酒醋肉、肉瓜齑。

垂手八盘子：拣蜂儿、番蒲萄、香莲事件、念珠巴榄子⑥、大金橘、新椰子象牙板、小橄榄、榆柑子。

再坐：

切时果一行：春藕、鹅梨饼子、甘蔗、乳梨月儿、红柿子、切梸子、切绿橘、生藕铤子。

时新果子一行：金橘、葴⑦杨梅、新罗葛、切蜜蕈、切脆梸、榆柑子、新椰子、切宜母子⑧、藕铤儿、甘蔗柰香、新柑子、梨五花子。

雕花蜜煎一行（同前）。

砌香咸酸一行（同前）。

珑缠⑨果子一行：荔枝甘露饼、荔枝蓼花、荔枝好郎君、珑缠桃条、酥胡桃、缠枣圈、缠梨肉、香莲事件、香药葡萄、缠松子、糖霜玉蜂儿、白缠桃条。

脯腊一行（同前）。

下酒十五盏：

第一盏：花炊鹌子、荔枝白腰子。

第二盏：奶房签、三脆羹⑩。

第三盏：羊舌签、萌芽肚胘⑪。

第四盏：肫掌签、鹌子羹。

第五盏：肚胘脍、鸳鸯炸肚。

第六盏：沙鱼脍、炒沙鱼衬汤。

第七盏：鳝鱼炒鲎、鹅肫掌汤齑。

第八盏：螃蟹酿枨[12]、奶房玉蕊羹。

第九盏：鲜虾蹄子脍、南炒鳝。

第十盏：洗手蟹[13]、鲟鱼假蛤蜊[14]。

第十一盏：五珍脍、螃蟹清羹。

第十二盏：鹌子水晶脍、猪肚假江珧。

第十三盏：虾枨脍、虾鱼汤齑。

第十四盏：水母脍、二色茧儿羹。

第十五盏：蛤蜊生、血粉羹。

插食：

炒白腰子、炙肚胘、炙鹌子脯、润鸡、润兔、炙炊饼、炙炊饼脔骨。

劝酒果子库十番：砌香果子、雕花蜜煎、时新果子、独装巴榄子、咸酸蜜煎、装大金橘小橄榄、独装新椰子、四时果四色、对装拣松番葡萄、对装春藕陈公梨。

厨劝酒十味：江珧炸肚、江珧生、蝤蛑[15]签、姜醋生螺、香螺炸肚、姜醋假公权、煨牡蛎、牡蛎炸肚、假公权炸肚、蟑蚷炸肚。

准备上细垒四卓。

又次细垒二卓（内蜜煎、咸酸、时新、脯腊等件）。

对食十盏二十分：莲花鸭签、茧儿羹、三珍脍、南炒鳝、水母脍、鹌子羹、鲟鱼脍、三脆羹、洗手蟹、炸肚胘。

对展每分时果子盘儿：知省、御带、御药、直殿官、门司。

晚食五十分各件：二色茧儿、肚子羹、笑靥儿[16]、小头羹饭、脯腊鸡、脯鸭。

直殿官大碟下酒：鸭签、水母脍、鲜虾蹄子羹、糟蟹、野鸭、红生水晶脍、鲟鱼脍、七宝脍、洗手蟹、五珍脍、蛤蜊羹。

直殿官合子食：脯鸡、油饱儿、野鸭、二色姜馂、杂爊、八糙鸡、鹿鱼、麻脯鸡脏、炙焦、片羊头、菜羹一葫芦。

直殿官果子：时果十隔碟。

准备：薛方瓠羹。

备办外官食次：

第一等（并簇送）：

太师尚书左仆射同中书门下平章事秦桧：烧羊一口、滴粥、烧饼、食十味、大碗百味羹、糕儿盘劝、簇五十馒头（血羹）、烧羊头（双下）[17]、杂簇从食五十事、肚羹、羊舌托胎羹、双下大膀子、三脆羹、铺羊粉饭、大簇钉、鲊糕鹁子、蜜煎三十碟、时果一合（切榨十碟）、酒三十瓶。

少保观文殿大学士秦熺：烧羊一口、滴粥、烧饼、食十味、蜜煎一合、时果一合（切榨）、酒十瓶。

第二等：

参知政事余若水、签书枢密巫伋、少师恭国公殿帅杨存中、太尉两府吴益、普安郡王、恩平郡王：各食十味、蜜煎一合、切榨一合、烧羊一盘、酒六瓶。

第三等：

侍从七员：左朝散郎礼部侍郎兼权吏部尚书陈诚之，左中大夫刑部侍郎兼权吏部侍郎韩仲通、右承议郎权吏部侍郎李如岗、右奉议郎起居舍人汤思退、右朝散大夫太府卿兼户部侍郎徐宗说、右宣教郎枢密院检详诸房文字兼兵部侍郎陈相、右宣教郎中书门下省检正诸房公事兼给事中陈夔；管军二员：马军太尉成闵、步军太尉赵密；知阁六员：保信军节度使领阁门使兼客省四方馆事提点皇城司郑藻、照化军承宣使领阁门使兼客省四方馆事提点皇城司钱、成州团练使领阁门事兼客省四方馆事提点皇城司赵恺、贵州团练使领阁门事兼客省四方馆事提点皇城司宋、武节大夫吉州刺史领阁门事兼客省四方馆事提点皇城司孟、武节大夫惠州刺史领阁门事兼客省四方馆事提点皇城司苏；御带四员：降授郢州防御使带御器械潘端卿、忠州防御使带御器械石清、武功大夫遥郡防御使带御器械冀彦明、武功大夫兼阁门宣赞舍人带御器械李彦实；宗室三员：安庆军承宣使同知大宗正事士街、建州观察使士剧、琼州观察使居广；外官六员：建宁军节度使提举万寿观韦谦、崇庆军节度使提举万寿观韦、庆远军节度使提举万寿观吴盖、崇信军承宣使提举佑神观刘光烈、永宁军承宣使提举佑神观朱孝庄、武庆军承宣使提举佑神观王安道：各食七味、蜜煎一合、时果一合、酒五瓶。

第四等：

环卫官九员：右监门卫大将军贵州刺史居闲、右监门卫大将军福州防御使士辐、右监门卫大将军荣州团练使士邳、右监门卫大将军贵州团练使士歆、右监门卫大将军宣州刺史士铢、右监门卫大将军宣州刺史士赫、右监门卫大将军吉州刺史士陪、右监门卫大将军吉州刺史士暗、右监门卫大将军吉州刺史士闸；宣赞舍人十八人：

王汉臣、陈清、郭蔓之、王正月、许彦洪、郑应之、裴良弼、陈迪、李大有、王邦昌、张彦圭、梁份、郑立之、李邦杰、蔡舜臣、谷璹、王德霖、张安世；阁门祗候二十人：李丙、李唐谊、郑明、范涉、周谭、张令绰、张拱、杨介、贾公正、陈仲通、刘尧咨、张耘、何忱、张俩、王谦、董原、刘伉、刘康祖、何超祖、朱邦达；看班祗候八人：梁振之、王谊、董珩、司马纯、潘思夔、张赫、冯倚、刘尧卿；提点兼祗应行首五人：李观、边思聪、逯镐、郑孝礼、常士廉；三省枢密房副承旨逐房副承旨六人：刘兴仁、刘兴贤、韩师文、武铸、边俊民、严经安；随驾诸局干办监官等十八人：成州团练使干办皇城司冯持、右武郎干办皇城司刘允升、保义郎干办御厨潘邦、保义郎干办御厨冯藻、保义郎干办翰林司王喜、修武郎干办仪鸾司郭公既、保义郎干办祗候司黎安国、武翼郎阁门宣赞舍人兼翰林干办御辇院邵璇、忠翊郎干办左右骐骥院班彦通、武忠郎干办左右骐骥院张淳、承信郎阁门祗候兼干办左右骐骥院裴良从、武功大夫干办行在左藏库石瑜、右朝散大夫干办行在左藏库刘份、武功大夫干办行在右藏库吴铸、忠翊郎阁门祗候兼干办行在左藏库赵节、承节郎阁门祗候兼干办行在左藏库刘懃、忠翊郎主管军头司兼祗应杜渊、保义郎主管军头司兼祗应徐宗彦：各食五味、时果一盒、酒二瓶。

第五等：

阁门承受十人，知班十五人，御史台十六人：各食三味、酒一瓶。

听叫唤中官等五十分：各食五味、斩羊一斤、馒头五十个、角子一个、铺姜粉饭、下饭咸馊、各酒一瓶。

进奉盘合：

宝器：御药带一条、玉池面带一条、玉狮蛮乐仙带一条、玉鹘兔带三条、玉璧环二、玉素钟子一、玉花高足钟子一、玉枝梗瓜杯一、玉瓜杯一、玉东西杯一、玉香鼎二（盖全）、玉盆儿一、玉橡头碟儿一、玉古剑璲[18]等十七件、玉圆临安样碟儿一、玉靶独带刀子二、玉并三靶刀子四、玉犀牛合替儿一、金器一千两、珠子十二号共六万九千五百九颗、珠子念珠一串一百九颗、马价珠金相束带一条、翠毛二百合、白玻璃圆盘子一、玻璃花瓶七、玻璃碗四、马瑙碗大小共二十件。

古器：龙文鼎一、商彝[19]二、高足商彝一、商父彝一、周盘一、周敦[20]二、周举罍一、有盖兽耳周罍一。

汝窑[21]：酒瓶一对、洗一、香炉一、香合一、香球一、盏四只、盂子二、出香一对、大奁一、小奁一。

合仗：螺钿合一十具（织金锦褥子全）、犀毗合一十具（织金锦褥子全）。

书画：有御宝十轴：曹霸[22]《五花骢》、冯瑾《霁烟长景》、易元吉《写生花》、黄居宝《雀竹》、吴道子《天王》[23]、张萱[24]《唐后竹丛》、边鸾《萱花山鹨》、黄筌[25]《萱草山鹨》、宗妇曹氏《蓼岸》、杜庭睦《明皇斫鲙》；无宝有御书九轴：赵昌《踯躅鹌鹑》、梅竹思《踯躅母鸡》、杜霄《扑蝶》、巨然[26]《岚锁翠峰》、徐熙[27]《牡丹》、易元吉《写生枇杷》、董源[28]《夏山早行》二轴、伪主李煜《林泉渡水人物》；无宝无御书二轴：荆浩[29]《山水》、吴元俞

《紫气星》。

匹帛：捻金锦五十匹、素绿锦一百五十匹、木绵二百匹、生花番罗二百匹、暗花婺罗二百匹、樗蒲绫二百匹。

进奉犒设：

随驾官知省御带御药门司直殿官：紫罗五百匹、杂色縬罗五百匹、马下目子钱一万贯文。

禁卫一行祗应人等：钱二万贯文、炊饼二万个、熟猪肉三千斤、燋爆三十合、酒二千瓶。

本家亲属推恩：

弟拱卫大夫张保、男右奉议郎直敷文阁主管台州崇道观赐紫金鱼袋张子颜、男右宣教郎直敷文阁主管台州崇道观赐紫金鱼袋张子正、孙承事郎籍田令赐紫金鱼袋张宗元、侄龙神卫四厢都指挥使清海军承宣使添差两浙西路马步军副总管张子盖、侄右朝请大夫直徽猷阁主管佑神观赐紫金鱼袋张子仪、侄承奉郎张子安、侄忠翊郎张子文、侄孙保义郎张宗旦、侄孙保义郎张宗亮、侄孙登仕郎张宗说、侄孙成忠郎张宗益、侄孙登仕郎张宗颖，妻秦国夫人魏氏、妾咸宁郡夫人章氏、妾和宁郡夫人杨氏、妾硕人潘氏、妾硕人沈氏、妾硕人曹氏、妾硕人周氏、弟妇太硕人王氏、弟妇恭人任氏、第二女孺人张氏、第三女孺人张氏、第四女孺人张氏、男子颜妇王氏、男子正妇王氏、孙宗元妇王氏、侄子盖妇硕人赵氏、侄子仪妇宜人郭氏。

绍兴二十一年十一月日，和州防御使干办府事兼提点兼排办一行事务张贵具。

【注释】

①榠（míng）楂：《本草纲目》卷三〇："榠楂乃木瓜之大而黄色无重蒂者也。"王安石《示安大师》："踞堂俯视何所有，窈窕榉木垂榠楂。" ②榧（fěi）子：榧子树的种子，坚果。 ③枣圈：《本草衍义》卷一八："青州枣去皮核，焙干为枣圈，达都下，为奇果。" ④史君子：《桂海虞衡志》："史君子花，蔓生，作架植之。夏开，一簇一二十葩，轻盈似海棠。" ⑤缩砂：多年生草本植物。 ⑥巴榄子：《曲洧旧闻》卷七："如杏核，色白，褊而尖长。来自西蕃，比年近畿人种之亦生。树似樱桃，枝小而极低。" ⑦葴（zhēn）：即马蓝，又称酸浆草。 ⑧宜母子：又名黎檬、广东柠檬。 ⑨珑缠：食品制作的一种工艺，在干鲜果实外沾裹糖霜之类的东西，也指由此工艺制成的食品。缠，即瀍，把食物置于粉状物中沾润。宋时将珑缠果子归入蜜饯类消闲食品，如荔枝蓼花，据周密《浩然斋雅谈》卷中，就是在荔枝肉外滚上麦芽糖之类的糖衣："俗以油饧缀糁作饵，名之曰蓼花，取其形似也。放翁诗云：'新蝶饧枝缀红糁。''饧枝'二字甚新。" ⑩三脆羹：以嫩笋、小草、枸杞头做的羹汤。 ⑪胘（xián）：牛百叶。 ⑫螃蟹酿枨：或作"枨酿蟹"（《梦粱录》卷一六）。《山家清供·蟹酿橙》："橙用黄熟大者，截顶，剜去穰，留少液，以蟹膏肉实其内，仍以带枝顶覆之，入小甑，用酒、醋、水，蒸熟。用醋、盐供食，香而鲜，使人有新酒、菊花、香橙、螃蟹之兴。"枨，即橙子。 ⑬洗手蟹：宋人食蟹法之一，又称蟹生。《蟹谱》："北人以蟹生析之，酤以盐梅，芼以椒橙，盥手毕，即可食，目为洗手蟹。" ⑭鲫（jì）鱼假蛤蜊：鲫鱼，即鳜鱼。《事林广记》卷四："用鳜鱼，批取精肉，切作蛤蜊片子，用葱丝、盐、酒、胡椒淹一处，淹了，别作虾汁汤熟。"

⑮蝤蛑（yóu móu）：即梭子蟹。《明越风物志》："蝤蛑，并螯十足，生海边泥穴中，大者曰青蟳，小者曰黄甲。"郑獬《再至会稽》："正是西风吹酒熟，蝤蛑霜饱蛤蜊肥。" ⑯笑靥儿：即果食。《东京梦华录》卷八："七月七夕……又以油面糖蜜造为笑靥儿，谓之果食，花样奇巧百端，如捻香方胜类。若买一斤，数内有一对被介胄者如门神之像，盖自来风流，不知其从，谓之果食将军。" ⑰双下：双份。《云麓漫钞》卷六："食十三盏并双下。" ⑱璏（zhì）：剑鼻。《初学记》卷二二引《字林》："（剑）鼻谓之璏。" ⑲彝：先秦祭祀用礼器。自宋以来，以青铜器中侈口圈足两耳者为彝。 ⑳敦：东周时期盛食器，多为铜制。器形分为器、盖两部分，上下相扣合成球形或椭球形，器、盖相同或大致相同，各有两耳、三足。器身等部位多有纹饰。 ㉑汝窑：宋代著名瓷窑之一，在今河南汝州。 ㉒曹霸：唐代画家。杜甫尝作《丹青引赠曹将军霸》。 ㉓吴道子《天王》：吴道子，唐代"画圣"。此处《天王》乃其《送子天王图》。 ㉔张萱：唐代画家，工人物，尤工贵公子与闺房写照。 ㉕黄筌：五代后蜀画家，擅画花鸟。 ㉖巨然：五代、宋初僧人画家。擅以淡墨画江南烟岚景致。 ㉗徐熙：五代南唐画家，擅江湖野逸之景。 ㉘董源：南唐画家，与巨然并称。 ㉙荆浩：五代后梁画家，擅画山水，与关仝并称"荆关"。

【评析】

　　张俊其人颇有可议之处。《宋史》本传即云："俊力赞和议，与秦桧意合，言无不从。荐士大夫监司、郡守者甚众，虽刘子羽自谪籍起家，亦俊力也。加太傅，封广国公，寻进益国公。十二年十一月，以殿中侍御史江邈论之，罢为镇洮、宁武、奉宁军节度使，充醴泉观使。初，桧以俊助和议，德之，故尽罢诸将，以兵权付俊。岁余，俊无去意，故桧使邈攻之。寻进封清河郡王，奉朝请。十三年，敕修甲第，遣中使就第赐宴，侑以教坊乐部。十六年,改镇静江、宁武、静海军。二十一年冬,帝幸其第,拜太师,以其侄清海军承宣使子盖为安德军节度使,其他子弟迁秩者十三人。南渡后,俊握兵最早,屡立战功,与韩世忠、刘锜、岳飞并为名将,世称张、韩、刘、岳。然濠、寿之役,俊与锜有隙,独以杨沂中为腹心,故有濠梁之劫。岳飞冤狱,韩世忠救之,俊独助桧成其事,心术之殊也,远哉!帝于诸将中眷俊特厚,然警敕之者绝口。自淮西入见,则教其读《郭子仪传》,召入禁中,戒以毋与民争利,毋兴土木。"

张俊的豪华富贵绝非浪得虚名,试以文中所记与后来的满汉全席相较,亦无甚愧色:

上买卖街前后寺观皆为大厨房,以备六司百官食次。第一分头号五簋碗十件:燕窝鸡丝汤、海参汇猪筋、鲜蛏萝卜丝羹、海带猪肚丝羹、鲍鱼汇珍珠菜、淡菜虾子汤、鱼翅螃蟹羹、蘑菇煨鸡、辘轳锤、鱼肚煨火腿、鲨鱼皮鸡汁羹、血粉汤、一品级汤饭碗;第二分二号五簋碗十件:鲫鱼舌汇熊掌、米糟猩唇猪脑、假豹胎、蒸驼峰、梨片伴蒸果子狸、蒸鹿尾、野鸡片汤、风猪片子、风羊片子、兔脯、奶房签、一品级汤饭碗;第三分细白羹碗十件:猪肚假江瑶鸭舌羹、鸡笋粥、猪脑羹、芙蓉蛋、鹅肫掌羹、糟蒸鲥鱼、假班鱼肝、西施乳、文思豆腐羹、甲鱼肉片子汤、玺儿羹、一品级汤饭碗;第四分毛血盘二十件:获炙哈尔巴小猪子、油炸猪羊肉、挂炉走油鸡鹅鸭、鸽臛、猪杂什、羊杂什、燎毛猪羊肉、白煮猪羊肉、白蒸小猪子小羊子鸡鸭鹅、白面饽饽卷子、十锦火烧、梅花包子;第五分洋碟二十件,热吃劝酒二十味,小菜碟二十件,枯果十彻桌,鲜果十彻桌,所谓满汉席也。(《扬州画舫录》卷四)

可以附带提及的是,清人袁枚曾撰有一部《随园食单》,分须知单、戒单、海鲜单、江鲜单、特牲单、杂牲单、羽族单、水族有鳞单、水族无鳞单、杂素菜单、小菜单、点心单、饭粥单和菜酒单等十四个方面。兹录其自序,以见其文人情怀乃至人生哲学之一斑:"诗人美周公而曰'笾豆有践',恶凡伯而曰'彼疏斯稗'。古之于饮食也若是重乎!他若《易》称'鼎烹',《书》称'盐梅',《乡党》《内则》琐琐言之。孟子虽贱饮食之人,而又言饥渴未能得饮食之正。可见凡事须求一是处,都非易言。《中庸》曰:'人莫不饮食也,鲜能知味也。'《典论》曰:'一世长者知居处,三世长者知服食。'古人进鬐离肺皆有法焉,未尝苟且。'子与人歌而善,必使反之,而后和之。'圣人于一艺之微,其善取于人也如是。余雅慕此旨,每食于某氏而饱,必使家厨往彼灶觚,执弟子之礼。四十年来,颇集众美。有学就者,有十分中得六七者,有仅得二三者,亦有竟失传者。余都问其方略,集而存之。虽不甚省记,亦载某家某味,以志景行。自觉好学之心,理宜如是。虽死法不足以限生厨,名手作书,亦多出入,未可专求之于故纸;然能率由旧章,终无大谬,临时治具,亦易指名。或曰:'人心不同,各如其面。子能必天下之口,皆子之口乎?'曰:'执柯以伐柯,其则不远。吾虽不能强天下之口与吾同嗜,而姑且推己及物;则食饮虽微,而吾于忠恕之道,则已尽矣。吾何憾哉!'若夫《说郛》所载饮食之书三十余种,眉公、笠翁亦有陈言。曾亲试之,皆阏于鼻而蜇于口,大半陋儒附会,吾无取焉。"

卷十

官本杂剧段数

争曲六幺、扯拦六幺（三哮①）、教声六幺、鞭帽六幺、衣笼六幺、厨子六幺、孤②夺旦六幺、王子高六幺③、崔护④六幺、骰子六幺、照道六幺、莺莺六幺⑤、大宴六幺、驴精六幺、女生外向六幺、慕道六幺、三偌⑥慕道六幺、双拦哮六幺、赶厥⑦夹六幺、羹汤六幺。

索拜瀛府、厚熟瀛府、哭骰子瀛府、醉院君瀛府、懊骨头瀛府、赌钱望瀛府。

四僧梁州、三索梁州、诗曲梁州、头钱梁州、食店梁州、法事馒头梁州、四哮梁州。

领伊州、铁指甲伊州、闹五伯⑧伊州、裴少俊⑨伊州、食店伊州。

桶担新水、双哮新水、烧花新水⑩。

简帖⑪薄媚、请客薄媚、错取薄媚、传神薄媚、九妆薄媚、本事现薄媚、打调⑫薄媚、拜褥薄媚、郑生遇龙女薄媚。

土地大明乐、打球大明乐、三爷老⑬大明乐。

列女降黄龙⑭、双旦降黄龙、柳玭⑮上官降黄龙。

赶厥胡渭州、单番将胡渭州、银器胡渭州、看灯胡渭州（三厥）。

入寺降黄龙、榆标降黄龙。

打地铺逍遥乐、病郑逍遥乐⑯、崔护逍遥乐、瀺湳逍遥乐。

单打石州、和尚那石州、赶厥石州。

塑金刚大圣乐、单打大圣乐、柳毅大圣乐。

霸王中和乐、马头中和乐、大打调中和乐。

喝贴万年欢、托合万年欢。

迓鼓⑰儿熙州、骆蛇熙州、二郎熙州。

大打调道人欢、会子道人欢、双拍道人欢、越娘⑱道人欢。

打勘长寿仙、偌卖妲长寿仙、分头子长寿仙。

棋盘法曲、孤和法曲、藏瓶儿法曲、车儿法曲。

病爷老剑器、霸王剑器。

黄杰进延寿乐、义养娘延寿乐。

扯篮儿贺皇恩、催妆贺皇恩（三偌）。

封陟⑲中和乐。

唐辅采莲、双哮采莲、病和采莲。

诸官调霸王、诸官调卦册儿。

相如文君、崔智韬艾虎儿⑳、王宗道休妻、李勉负心㉑、四郑舞杨花、四偌皇州、槛偌宝金枝（磕瓦）、浮沤㉒传永成双、浮沤暮云归、老孤嘉庆乐、两相宜万年芳、进笔庆云乐、裴航相遇乐。

能知他泛清波、三钓鱼泛清波。

五柳菊花新、梦巫山彩云归、青阳观碑彩云归、四小将整乾坤、四季夹竹桃花、禾打千秋乐、牛五郎罢金征。

新水爨、三十拍爨、天下太平爨㉓、百花爨、三十六拍爨、门子打三教爨、孝经借衣爨、大孝经孙㉔爨、喜朝天爨、说月爨、风花雪月爨、醉青楼爨、宴瑶池爨、钱手帕爨（小字太平歌）、诗书礼乐爨、醉花阴爨、钱爨、鹈鹕㉕爨、借听爨、大彻底错爨、黄河赋爨、睡爨、门儿爨、上借门儿爨、抹紫粉爨、夜半乐爨、火发爨、借衫爨、烧饼爨、调燕爨、棹孤舟爨、木兰花爨、月当听爨、醉还醒爨、闹夹棒爨、扑胡蝶爨、闹八妆爨、钟馗爨、铜博爨、恋双双爨、恼子爨、像生爨㉖、金莲子爨。

思乡早行孤、睡孤、迓鼓孤、论禅孤、讳药孤、大暮故㉗孤、小暮故孤、老姑遣姐㉘、孤惨、双孤惨（骨突肉）、三孤惨、四孤醉留空、四孤夜宴、四孤好、四孤披头、四孤擂。

病孤三乡题、王魁三乡题㉙、强偌三乡题、文武问命、两同心卦铺儿、一井金卦铺儿、满皇州卦铺儿、变猫卦铺儿、白芷卦铺儿、探春卦铺儿、庆时丰卦铺儿、三哮卦铺儿、三哮揭榜、三哮上小楼、三哮文字儿、三哮好女儿、三哮一檐脚、褴哮合房、褴哮店休姐、褴哮负酸、秀才下酸擂、急慢酸、眼药酸、食药酸、风流药、黄元儿、论淡、医淡、医马、调笑驴儿、雌虎（崔智韬）、解熊、鹘打兔变二郎、二郎神变二郎神、毁庙、入庙霸王儿。

单调霸王儿、单调宿、单背影、单顶戴、单唐突、单折洗、单兜、单搭手。

双搭手、双厥送、双厥投拜、双打球、双顶戴、双园子、双索帽、双三教、双虞候、双养娘、双快、双捉、双禁师、双罗罗啄木儿、赖房钱啄木儿、围城啄木儿、大双头莲、小双头莲、大双惨、小双惨、小双索、双排军、醉排军、双卖姐。

三人舍、三出舍、三笑月中行、三登乐院公狗儿、三教安公子、三社争赛、三顶戴、三偌一赁驴、三盲一偌、三教闹著棋、三借窑货儿、三献身㉚、三教化、三京下书、三短鞭㉛、打三教庵宇、普天乐打三教、满皇州打三教、领三教、三姐醉还醒、三姐黄莺儿、卖花黄莺儿。

大四小将、四小将、四国朝、四脱空㉜、四教化、泥孤。

【注释】

①哮：为酸之一类，多指贫困书生。酸是当时称秀才的市语，如《眼药酸》，大致是表演儒生卖眼药而闹出笑话的滑稽戏。　②孤：一般是指扮演官员者。　③王子高六幺：《云麓漫钞》卷一〇："王迥，字子高……旧有周琼姬事，胡徽之为作传，或用其传作《六幺》，东坡复作《芙蓉城》诗以实其事。"《萍州可谈》卷一："朝士王迥，美姿容，有才思。少年时不甚持重，间为狎邪辈所诬，播入乐府，今《六幺》所歌'奇俊王家郎'者，乃迥也。"　④崔护：本事出自《本事诗》。卷一载："博陵崔护，姿质甚美，而孤洁寡合。举进士下第。清明日，独游都城南，得居人庄，一亩之宫，而花木丛萃，寂若无人。扣门久之，有女子自门隙窥之，问曰：'谁耶？'以姓字对，曰：'寻春独行，酒渴求饮。'女入，以杯水至，开门设床命坐，独倚小桃斜柯伫立，而意属殊厚，妖姿媚态，绰有余妍。崔以言挑之，不对，目注者久之。崔辞去，送至门，如不胜情而入。崔亦眷盼而归。嗣后绝不复至。及来岁清明日，忽思之，情不可

抑,径往寻之。门墙如故,而已锁扃之。因题诗于左扉曰:'去年今日此门中,人面桃花相映红。人面只今何处去,桃花依旧笑春风。'后数日,偶至都城南,复往寻之,闻其中有哭声,扣门问之,有老父出曰:'君非崔护邪?'曰:'是也。'又哭曰:'君杀吾女。'护惊起,莫知所答。老父曰:'吾女笄年知书,未适人,自去年以来,常恍惚若有所失。比日与之出,及归,见左扉有字,读之,入门而病,遂绝食数日而死。吾老矣,此女所以不嫁者,将求君子以托吾身,今不幸而殒,得非君杀之耶?'又持大哭。崔亦感恸,请入哭之。尚俨然在床。崔举其首,枕其股,哭而祝曰:'某在斯,某在斯。'须臾开目,半日复活矣。父大喜,遂以女归之。" ⑤莺莺六幺:宋元以莺莺事为题材的作品很多。除出于《会真记》的崔莺莺外,还有一个出于传奇文的李莺莺,见《青琐高议》和《绿窗新话》。《莺莺六幺》以前者为主人公的可能性为大。 ⑥倈:市井闲人的角色。 ⑦厥:为对妓乐人家男汉的称呼。 ⑧五伯:胡忌《宋金杂剧考》:"《宾退录》有萧乐夫所作的《吴伍百传》可知'伍佰'是宋代指痴呆之人的语言,董西厢与元曲有'九百',含义比较相似。" ⑨裴少俊:裴少俊墙头马上的故事。 ⑩烧花新水:"烧"字当是"浇"之误。金院本名目有《浇花新水》,关汉卿有《卢亭亭挑水浇花旦》,题材相类。 ⑪简帖:叙一奸僧贪恋一有夫之妇,故意送错简帖及饰物,以使其丈夫生疑,丈夫果然生疑,出其妻,僧乃著发返俗取之。后于无意中自供,妻诉于官,僧乃伏法。 ⑫打调:街市调谑之意。《芦浦笔记》卷三:"街市戏谑,有打砌、打调之类。" ⑬爷老:《宋元戏曲考》云"爷老"二字疑是契丹语,又据当时资料推测"爷老"即"拽刺"音转,这可能是北宋和辽订立盟约时输入的语言,所叙内容不详。 ⑭列女降黄龙:本事出于《列女传》。楚康王舍人韩凭妻何氏有美色,王欲夺之,乃作青陵台而望，终乃囚凭夺何，何作《乌鹊歌》二首以明志，又作书答夫。凭得书自杀，何亦投身台下而死。有遗书在衣带间，云愿与凭合葬，王大怒，偏命分葬之，使两家相望。隔一夜，忽有梓木生于二冢，枝连于上，根交于下，又有鸟如鸳鸯，常双栖其上，朝夕悲鸣。　⑮柳玭（pín）：唐代华原人，两《唐书》均有传。本事不详。　⑯病郑逍遥乐：本事出于《李娃传》。郑公子因恋妓女李娃，为父所逐，以致在街头唱挽歌度日。后一病几殆，赖李娃救助之，得中状元，父子重圆，娃亦封一品夫人。　⑰迓鼓：又称"讶鼓"。《续墨客挥犀》卷七："王子醇初平熙河，边陲宁静，讲武之暇，因教军士为讶鼓戏，数年间遂盛行于世。其举动舞装之状，与优人之词，皆子醇所制也。或云：子醇初与西人对阵，兵未交，子醇命军士百余人装为讶鼓队，绕出军前，虏见皆愕眙，进兵奋击，大破之。"《朱子语类》卷一三九："如舞迓鼓，其间男子、妇人、僧道、杂色，无所不有，但都是假的。"　⑱越娘：本事出《青琐高议》别集卷三。杨舜俞遇女鬼越娘，为其迁坟，越娘为报德而与之私，然后以此有损于杨，故止之。杨不见越娘，思念至深，至于伐墓。适遇道人，为杨以符拘越娘而捶挞之，杨不忍请免。　⑲封陟：取材于裴铏《传奇》。封陟孝廉隐居少室山，夜半，忽有仙女下降，愿与为配，陟拒不肯从，女乃赠诗而别。后再来二次，陟仍不为之动。三年后，陟病死，魂为太山所追，途遇仙女，始知为上元夫人。夫人垂念前情，为之判延寿一纪，始得回生。陟醒，追悔往事，痛哭不已。　⑳崔智韬艾虎儿：本事出自《集异记》（载《太平广记》卷四三三，人名无"智"字）。蒲州秀才于旅途中与一雌虎精所化的女子结合，而藏去了她的皮。后生子又得官，路过旧地，虎精于诳得原皮后仍化为虎，把崔韬和其儿子都吃掉了，逃往山中。　㉑李勉负心：钱南扬《宋元戏文辑佚》据佚曲钩出本事，大意如下："李勉是个穷书生，娶妻韩氏，已生有孩子。一日游春，认识了某氏女，就同她离了家乡，住在阆州，几年之后，生了两个孩子。一次，李勉回家，受了岳丈的斥责，竟把韩氏鞭死。"㉒浮沤：本事出《鸡肋编》，云出吕缙叔《夏卿文集·淮阴节妇传》。妇年少美色，有里人慕之，乘与其夫同出经商，推其夫于江。夫指水泡说道："他日此当为证。"及毙，里人伪呼求救，载其尸归，尽以其资付死者母，且奉母如己亲。母感其义，以寡媳嫁之，已生有儿女数人。一日天雨，里人视庭中积水而笑，妇叩其故，乃告以其夫死时指水泡为证事。妇伺其出，即赴诉于官，置里人于法，而妇亦投淮水以死。㉓天下太平囊：是字舞。专门作为庆祝用，而且可能只是一种没有歌唱的哑舞。《齐东野语》卷一〇："州郡遇圣节赐宴，率命猥妓数十，群舞于庭，作天下太平字，殊为不经。……王建《宫词》云：'罗衫叶叶绣重重，金凤银鹅各一丛。每年舞头分两向，太平万岁字当中。'则此事由来久矣。"㉔孙：男子的角色。 ㉕舴（zé）鸊：或即舴鸊。 ㉖像生：是以说唱演剧为业的妇女。《繁胜录》："选像生有颜色者三四十人，戴冠子花朵，著颜色衫子。" ㉗暮故：糊涂之意。 ㉘老孤遣妲：疑叙白居易开阁放杨枝事，本事出自《云溪友议》。杨枝是诗人白居易爱妾，诗人因自伤年迈，恐有误她芳年，置酒与别。卒因彼此恋恋不舍，未能实现。 ㉙王魁三乡题：出自刘斧《青琐摭遗》。王魁下第，妓女桂英资助之攻读，临上京时共誓于海神庙，愿偕白首。后魁中状元，负心别娶，桂英因自杀。魁白日见其魂，不久亦死。 ㉚三献身：疑与话本《三现身》（罗烨《醉翁谈录》甲集卷一有目）同题材。《三现身》当即《警世通言》卷一三《三现身包龙图断冤》。押司孙文救起了一个冻倒在大雪里的人，后来因卖卦先生说他三更当死，这人和他浑家趁此把他害死，又设计娶了他的浑家。后来鬼魂三次显现，卒由包公为之破案明冤。㉛短镫（dèng）：《东京梦华录》卷四："又有宫嫔数十，皆真珠钗插、吊朵、玲珑簇罗头面，红罗销金袍帔，乘马双控双搭，青盖前导，谓之短镫。"㉜脱空：空心的偶人，古代用作殉葬物。《清异录》卷四："长安人物，繁习俗，侈丧葬，陈拽寓像，其表以绫绢金银者曰大脱空，楮外而设色者曰小脱空。"后引申为谎骗。蜀妓《鹊桥仙》："说盟说誓，说情说意，动便春愁满纸。多应念得脱空经，是那个先生教底。"

【评析】

这是一份极其珍贵的中国戏剧遗产。王国维《宋元戏曲考》专门从乐曲方面考虑，认为在这二百八十目中，用大曲的有一百零三种，用法曲的四种，用诸宫调的二种，用普通词曲调的三十五种；其他不著乐曲名而有实用曲调的四种，疑为俗曲的五种，共一百五十七种，占总数的一半以上。谭正璧《宋官本杂剧段数内容考》则考证出，在这二百八十目中，五十多种是有故事内容的。

具体而言，上列名目大抵分为三种情况：一是滑稽调笑、诙谐风趣的剧目。如《讳药孤》《眼药酸》《急慢酸》《双打球》《三社争赛》《四教化》《门子打三教爨》《天下太平爨》等，内容以滑稽的动作和行为为主，比较短小，但寓意都很明显。二是以人名和故事命名的剧目。如《相如文君》《崔智韬艾虎儿》《王宗道休妻》《李勉负心》等，已经有比较复杂的剧情，人物也比较多，以现实时事或历史典故为题材，可以大致揣测其所要表现的主题。三是人物名加上乐曲名或者是故事名加上曲子名的剧目。如《王子高六幺》《崔护六幺》《莺莺六幺》用六幺大曲，《裴少俊伊州》《柳毅大圣乐》《霸王剑器》用《伊州》《大圣乐》《剑器》等大曲，《棋盘法曲》《孤和法曲》《藏瓶儿法曲》《车儿法曲》用法曲，《五柳菊花新》用曲破，《病郑逍遥乐》《三教安公子》《三姐黄莺儿》等二十九个用普通词调，《诸官调霸王》《诸官调卦册儿》用诸宫调，《四小将整乾坤》《赖房钱啄木儿》《王魁三乡题》等十四个用其他杂曲。这些都是以歌唱或舞曲的形式来演故事的。

宋杂剧事实上不止这二百八十种，如本书卷一《天基圣节排当乐次》即载有若干名目："杂剧：吴师贤已下做《君圣臣贤爨》，断送《万岁声》。杂剧：周朝清已下做《三京下书》，断送《绕池游》。杂剧：何晏喜已下做《杨饭》，断送《四时欢》。杂剧：时和已下做《四偌少年游》，断送《贺时丰》。"即便如此，《官本杂剧段数》也已经在很大程度上反映出了宋杂剧的总体面貌，而其中有不少是在北宋时代就存在的。《宋元戏曲考》即引《王子高六幺》《三爷老大明乐》《病爷老剑器》为例，说明"与其视为南宋之作，不若视为两宋之作为妥也"。还有一点，就像《宋元戏曲考》曾指出过的那样："至《武林旧事》所载之《官本杂剧段数》，则多以故事为主，与滑稽戏截然不同，而亦谓之'杂剧'。盖具初本为滑稽为名，后扩而为戏剧之总名也。"的确，宋杂剧是具有文学底本的，如《都城纪胜》曾载："教坊大使，在京师时，有孟角球曾撰杂剧本子。"只是现在几乎都已经失传了。

张约斋赏心乐事（并序）

余扫轨林扃，不知衰老。节物迁变，花鸟泉石，领会无余。每适意时，相羊小园，殆觉风景与人为一。闲引客携觞，或幅巾曳杖，啸歌往来，淡然忘归。因排比十有二月燕游次序，名之曰《四并集》，授小庵主人，以备遗忘，非有故，当力行之。然为具真率，毋致劳费及暴殄沉湎，则天之所以与我者，为无负无袭。昔贤有云："不为俗情所染，方能说法度人。"①盖光明藏中，孰非游戏，若心常清净，离诸取著，于有差别境中，而能常入无差别定，则淫房酒肆，偏历道场，鼓乐音声，皆谈般若。倘情生智隔，境逐源移，如鸟黏黐②，动伤躯命，又乌知所谓说法度人者哉。圣朝中兴七十余载，故家风流，沦落几尽。有闻前辈典刑③，识南湖之清狂者，必长哦曰："人生不满百，常怀千岁忧。昼短苦夜长，何不秉烛游。"④一旦相逢，不为生客。嘉泰元年（1201）岁次辛酉十有二月，约斋居士⑤书。

正月孟春：岁节家宴、立春日迎春春盘、人日⑥煎饼会、玉照堂赏梅、天街观灯、诸馆赏灯、丛奎阁赏山茶、湖山寻梅、揽月桥看新柳、安闲堂扫雪。

二月仲春：现乐堂赏瑞香、社日⑦社饭、玉照堂西赏缃梅、南湖挑菜、玉照堂东赏红梅、餐霞轩看樱桃花、杏花庄赏杏花、群仙绘幅楼前打球、南湖泛舟、绮互亭赏千叶茶花、马塍看花。

三月季春：生朝家宴、曲水修禊⑧、花院观月季、花院观桃柳、寒食祭先扫松、清明踏青郊行、苍寒堂西赏绯碧桃、满霜亭北观棣棠、碧宇观笋、斗春堂赏牡丹芍药、芳草亭观草、宜雨亭赏千叶海棠、花苑蹴秋千、宜雨亭北观黄蔷薇、花院赏紫牡丹、艳香馆观林檎花、现乐堂观大花、花院尝煮酒、瀛峦胜处赏山茶、经寮斗新茶、群仙绘幅楼下赏芍药。

四月孟夏：初八日亦庵早斋随诣南湖放生食糕麋、芳草亭赏斗草⑨、芙蓉池赏新荷、蕊珠洞赏荼蘼、满霜亭观橘花、玉照堂尝青梅、艳香馆赏长春花、安闲堂观紫笑、群仙绘幅楼前观玫瑰、禅堂观盘子山丹、餐霞轩赏樱桃、南湖观杂花、鸥渚亭观五色莺粟花。

五月仲夏：清夏堂观鱼、听莺亭摘瓜、安闲堂解粽、重午节泛蒲⑩家宴、烟波观碧芦、夏至日鹅炙⑪、绮互亭观大笑花、南湖观萱草、鸥渚亭观五色蜀葵、水北书院采蘋、清夏堂赏杨梅、丛奎阁前赏榴花、艳香馆尝蜜林擒⑫、摘星轩赏枇杷。

六月季夏：西湖泛舟、现乐堂尝花白酒、楼下避暑、苍寒堂后碧莲、碧宇竹林避暑、南湖湖心亭纳凉、芙蓉池赏荷花、约斋赏夏菊、霞川食桃、清夏堂赏新荔枝。

七月孟秋：丛奎阁上乞巧家宴、餐霞轩观五色凤儿、立秋日秋叶宴、玉照堂赏玉簪、西湖荷花泛舟、南湖观稼、应铉斋东赏葡萄、霞川观云、珍林剥枣。

八月仲秋：湖山寻桂、现乐堂赏秋菊、社日糕会、众妙峰赏木樨、中秋摘星楼赏月家宴、霞川观野菊、绮互亭赏千叶木樨、浙江亭观潮、群仙绘幅楼观月、桂隐攀桂、杏花庄观鸡冠黄葵。

九月季秋：重九家宴、九日登高把萸、把菊亭采菊、苏堤上玩芙蓉、珍林尝时果、景全轩尝金橘、满霜亭尝巨螯香橙、杏花庄筜⑬新酒、芙蓉池赏五色拒霜⑭。

十月孟冬：旦日开炉家宴、立冬日家宴、现乐堂暖炉、满霜亭赏蚤霜、烟波观买市、赏小春花、杏花庄挑荠、诗禅堂试香、绘幅楼庆暖阁。

十一月仲冬：摘星轩观批杷花、冬至节家宴、绘幅楼食馄饨、味空亭赏腊梅、孤山探梅、苍寒堂赏南天竺、花院赏水仙、绘幅楼前赏雪、绘幅楼削雪煎茶。

十二月季冬：绮互亭赏檀香腊梅、天街阅市、南湖赏雪、家宴试灯、湖山探梅、花院观兰花、瀛峦胜处赏雪、二十四夜饧果食、玉照堂赏梅、除夜守岁家宴、起建新岁集福功德。

【注释】

①"不为俗情所染"二句：《北梦琐言》卷六："唐裴相公休，留心释氏，精于禅律……常被毳衲，于歌妓院持钵乞食。自言曰：'不为俗情所染，可以说法为人。'每自发愿：'愿世世为国王，宏护佛法。'"　②黏黐（chī）：韩愈《寄崔二十六立之》："燕席谢不诣，游鞍悬莫骑。敦敦凭书案，譬彼鸟黏黐。"黐，是一种胶，所以黏鸟。　③典刑：本谓旧的典章法规，借指典型、典范。《诗·大雅·荡》："虽无老成人，尚有典刑。曾是莫听，大命以倾。"　④"人生不满百"四句：出自《古诗十九首》之第十五首，后六句为："为乐当及时，何能待来兹。愚者爱惜

费,但为后世嗤。仙人王子乔,难可与等期。" ⑤约斋居士:张镃,号约斋居士。循王张俊曾孙、张炎曾祖。著有《南湖集》。 ⑥人日:《荆楚岁时记》:"正月七日为人日。以七种菜为羹,剪彩为人或镂金箔为人,以贴屏风,亦戴之头鬓。又造华胜以相遗,登高赋诗。"注引董勋《问礼俗》曰:"正月一日为鸡,二日为狗,三日为羊,四日为猪,五日为牛,六日为马,七日为人,以阴晴占丰耗,正旦画鸡于门,七日贴人于帐。" ⑦社日:古时乡俗,通常在立春、立秋后第五个戊日祭土地神,称社日。每至社日,四邻集会,备牲祭神。祭毕,各家分飨其肉,以求降福。王驾《社日》:"桑柘影斜春社散,家家扶得醉人归。" ⑧曲水修禊(xì):古代民俗。于农历三月上旬的巳日(三国魏以后始固定为三月三日)到水边嬉戏,以祓除不祥。王羲之《兰亭集序》:"永和九年,岁在癸丑。暮春之初,会于会稽山阴之兰亭,修禊事也。群贤毕至,少长咸集。此地有崇山峻岭,茂林修竹。又有清流激湍,映带左右,引以为流觞曲水,列坐其次。虽无丝竹管弦之盛,一觞一咏,亦足以畅叙幽情。" ⑨斗草:古代在女子之间流行的游戏,内容一般为对花草名,或斗草的多寡、韧性等。晏殊《破阵子》:"疑怪昨宵春梦好,元是今朝斗草赢。笑从双脸生。" ⑩泛蒲:将菖蒲泛入酒中,以供饮用。周必大《皇帝阁端午帖子》(淳熙三年七言三首其三):"水殿开筵酒泛蒲,冰盘进膳黍缠菰。" ⑪炙(zhì):同"炙"。 ⑫蜜林檎:蜜林檎。《吴郡志》卷三〇:"蜜林檎,实味极甘如蜜,虽未大熟,亦无酸味。本品中第一,行都尤贵之。他林檎虽硬大,且酣红,亦有酸味,乡人谓之平林檎,或曰花红林檎。皆在蜜林檎之下。" ⑬筹(chōu):漉酒竹器,此作过滤解。杜荀鹤残句:"旧衣灰絮絮,新酒竹筹筹。"皮日休《奉和鲁望新夏东郊闲泛》:"碧莎裳下携诗草,黄篾楼中挂酒筹。"周邦彦《齐天乐》:"正玉液新筹,蟹螯初荐。" ⑭拒霜：《本草纲目》卷三六：（木芙蓉）"艳如荷花，故有芙蓉、木莲之名。八九月始开，故名拒霜。"柳永《醉蓬莱》："嫩菊黄深，拒霜红浅。"

【评析】

《东京梦华录》的后五卷，《梦粱录》的前六卷，以及本书的卷二和卷三，基本上都是"岁时记"写法，期冀以一年之事来概括北、南宋各一百余年之所历，收以小见大之功。而张镃此文，则以一篇尽之，高度浓缩，又丰富异常。以其中上巳修禊为例，辛弃疾也曾先后写过两首同调橥栝体《新荷叶》，小序分别为"上巳日，子似谓古今无此词，索赋"，"徐思乃子似生朝，因为改定"，词曰：

> 曲水流觞，赏心乐事良辰。兰蕙光风，转头天气还新。明眸皓齿，看江头、有女如云。折花归去，绮罗陌上芳尘。　能几多春。试听啼鸟殷勤。览物兴怀，向来哀乐纷纷。且题醉墨，似兰亭、列序时人。后之览者，又将有感斯文。

> 曲水流觞，赏心乐事良辰。今几千年，风流禊事如新。明眸皓齿，看江头、有女如云。折花归去，绮罗陌上芳尘。　丝竹纷纷。杨花飞鸟衔巾。争似群贤，茂林修竹兰亭。一觞一咏，亦足以畅叙幽情。清欢未了，不如留住青春。

词作主要不是节令与相关民俗活动的反映，却是对人生哲理的感叹，对生命意识的追寻与揭示。人生少年时期的狂欢节日已成过去，但是词人仍在借上巳日的题目，表明对人生与生命的理解。应该说，在这点上并没有背离上巳日原始的意义。张氏此《赏心乐事》文，似亦可作如是观。

当然，与此相关的是，对于南宋后期士风的败坏，元人程钜夫在《送黄济川序》中进行过猛烈的批评：

> 数十年来，士大夫以标致自高，以文雅相尚，无意乎事功之实。文儒轻介胄，高科厌州县，清流耻钱谷，滔滔晋清谈之风，颓靡坏烂，至于宋之季极矣。穷则变，敝则新，固然之理也。国朝合众智群力壹宇内，自筦库达于宰辅，莫不以实才能立实事功，而清谈无所用于时……士大夫顾不屑为，直度其不能而不敢耳，诡曰清流以掩其不才之羞，此清谈之所以误晋，尚忍言之哉？

这几乎等于是说，就像清谈误晋一样，江湖士人的"滔滔晋清谈之风"也是亡宋之因。不过，如果以宋元学术发展的角度来看，这段反思之语的批评对象，显然又直指"理学误国"。于是，从中也可以让我们从反面认识到，在元代如许学术导向和世风下，像宋儒那样"为往圣继绝学"，沉潜于心性义理之辨的学术，将不再可能出现。这是学术史发展的规律使然。

约斋桂隐百课

淳熙丁未（1187）秋，余舍所居为梵刹，爰命桂隐堂馆桥池诸名，各赋小诗，总八十余首。逮庆元庚申（1200），历十有四年之久，匠生于心，指随景变，移徙更葺①，规模始全，因删易增补，得诗凡数百。纲举而言之：东寺为报上严先之地；西宅为安身携幼之所；南湖则管领风月；北园则娱燕宾亲；亦庵，晨居植福以资净业也；约斋，昼处观书以助老学也。至于畅怀林泉，登赏吟啸，则又有众妙峰山，包罗幽旷，介于前六者之间。区区安恬嗜静之志，造物亦不相负矣。或问余曰："造物不负子，子亦忍负造物哉？释名宦之拘囚，享天真之乐适，要当于筋骸未衰时。今子三仕中朝，颠华②齿堕，涉笔才十二旬，如之何则可？"余应之曰："仕虽多，不使胜闲日，余之愿也，余之幸也，敢不勉旃③。"壬戌（1202）岁中夏，张镃功父书。

东寺（敕额广寿慧云）：大雄尊阁（千佛铁像）、静高堂（寝室）、真如轩（种竹）。

西宅：丛奎阁（安奉被赐四朝宸翰）、德勋堂（祖庙。以高宗御书二字名）、儒闻堂（前堂。用告词④字取名）、现乐堂（中堂。用朱岩壑⑤语）、安闲堂（后堂）、绮互亭（有小四轩）、瀛峦胜处

（东北小堂前后山水）、柳塘花院、应铉斋（筮得鼎卦[6]，故名）、振藻（取告词中字名）、宴颐轩、尚友轩、赏真亭（山水）。

亦庵：法宝千塔（铁铸千塔藏经千卷）、如愿道场（药师佛坛）、传衣庵、写经寮（书《华严》等大乘[7]诸经）。

约斋：泰定轩。

南湖：阆春堂（牡丹芍药）、烟波观、天镜亭（水心）、御风桥（十间）、鸥渚亭、把菊亭、泛月阙（水门）、星槎（船名）。

北园：群仙绘幅楼（前后十一间，下临丹桂五六十株，尽见江湖诸山）、桂隐（诸处总名今揭楼下）、清夏堂（面南临池）、玉照堂（梅花四百株）、苍寒堂（青松二百株）、艳香馆（杂春花二百株）、碧宇（修竹十亩）、水北书院（对山临溪）、界华精舍（梦中得名）、抚鹤亭（近松株）、芳草亭（临池）、味空亭（腊梅）、垂云石（高二丈广十四尺）、揽月桥、飞雪桥（在梅林中）、蕊珠洞（荼蘼二十五株）、芙蓉池（红莲十亩，四面种芙蓉）、珍林（杂果小园）、涉趣门（总门入松径）、安乐泉（竹间井）、杏花庄（村酒店）、鹊泉（井名）。

众妙峰山：诗禅堂、黄宁洞天、景白轩（置香山画像并文集）、文光轩（临池）、绿昼轩（木樨临侧）、书叶轩（柿二十株）、俯巢轩（高桧旁）、无所要轩、长不昧轩、摘星轩、餐霞轩（樱桃三十余株）、读易轩、咏老轩（道德经）、凝薰堂、楚佩亭（兰）、宜雨亭（千味海棠二十株，夹流水）、满霜亭（橘五十余株）、听莺亭（柳边竹外）、千岁庵（仁皇飞白[8]字）、恬虚庵、凭晖亭、弄芝亭、都微别馆（诵度人经处，乃徽宗御书）、水湍桥、漪岚洞、施无畏洞（观音铜像）、澄霄台（面东）、登啸台、金竹岩、古雪岩、隐书岩（石函仙书，在岩穴中，可望不可取）、新岩、叠翠庭（茂林中容十许人坐）、钓矶、菖蒲涧（上有小石桥）、中池（养金鱼在山涧中）、珠旒瀑、藏丹谷、煎茶磴。

右各有诗在集中，此不繁录。

【注释】

①葺（qì）：覆也。泛指修理。《左传·襄公三十一年》："缮完葺墙，以待宾客。"　②颠华：《墨子·修身》："畅之四支，接之肌肤，华发隳颠。"颠，头顶。　③勉旃（zhān）：勉力而行。杨恽《报孙会宗书》："方当盛汉之隆，愿勉旃，毋多谈！"旃，语气词。　④告词：宋代告身制度，据《宋史·职官志》，神宗元丰改制时规定，"凡入品者给告身，无品者给黄牒"。到哲宗元符时，给告范围放宽到承信郎（当时属于不入品）以上。告身由隶属吏部的官告院统一制作，用绫纸、幅数、名色、裱带、网轴等装饰，都按官位高下分十二个等级。如第一等官告用于三公、三少、侍中、中书令的任命，用色背销金花绫纸十八张，滴粉缕金花大犀轴，色带，晕锦裱韬。第二等用于左右仆射、使相和诸王，绫纸十七张，中犀轴，色带。第十二等是小绫纸五张，黄花锦裱，次等角轴，青带，凡幕职、州县官，三省枢密院令史，书史、令史，流外官，诸州别驾、长史、司马、文学、司士、助教、技术官，都以此起算。官员告身除抄录制词或命词全文外，还要写明三代、乡贯、年甲，并有主授长官及承办人员的签名、用印等。　⑤朱岩壑：朱敦儒，号岩壑。　⑥鼎卦：郑玄曰："鼎，象也。卦有木火之用。互体乾兑。乾为金，兑为泽，泽钟金而含水，爨以木火，鼎烹熟物之象。鼎烹熟以养人，犹圣君兴仁义之道以教天下

也，故谓之鼎矣。""六五：鼎黄耳，金铉，利贞。"虞翻曰："离为黄，三变，坎为耳，故'鼎黄耳'。铉谓三，贯鼎两耳，乾为金，故'金铉'。动而得正，故'利贞'。"干宝曰："凡举鼎者，铉也；尚三公者，王也。金喻可贵，中之美也。故曰'金铉'。铉鼎得其物，施令得其道，故曰'利贞'也。"　⑦大乘：意为宽阔通途。大乘佛教说自己的宗旨是自度度他，是兼度，而小乘只是自度。小乘以修阿罗汉果为目标，大乘则以修佛果为最高目的，并提出修菩萨行作为第一步目标，主张"六度"（布施、持戒、忍、精进、禅定和智慧）、"四摄"（布施、爱语、利行和同事），学习"五明"——声明（声韵、语义）、工巧明、医方明、因明（逻辑学）和内明（佛学）。小乘以佛陀为导师，但并不把他看作神。大乘则把他神化，并开始雕塑佛像，供奉礼拜。大乘经典有《大般若波罗蜜多经》《妙法莲华经》《大宝积经》等。乘，运载。　⑧飞白：墨笔的笔画中夹有丝白。《东观余论》："取其若丝发处谓之白，其势飞举谓之飞。"传为蔡邕所创。《书断》卷上："汉灵帝熹平年诏蔡邕作《圣皇篇》，篇成，诣鸿都门上。时方修饰鸿都门，伯喈待诏门下，见役人以垩帚成字，心有悦焉，归而为飞白之书。汉末魏初，并以题署宫阙。其体有二：创法于八分，穷微于小篆。"

【评析】

张镃豪侈，正如《齐东野语》卷二〇中所记：

其园池声伎服玩之丽甲天下。尝于南湖园作驾霄亭于四古松间，以巨铁絙悬之空半而羁之松身。当风月清夜，与客梯登之，飘摇云表，真有挟飞仙、溯紫清之意。王简卿侍郎尝赴其牡丹会云："众宾既集，坐一虚堂，寂无所有。俄问左右云：'香已发未？'答云：'已发。'命卷帘，则异香自内出，郁然满坐。群妓以酒肴丝竹，次第而至。别有名姬十辈皆衣白，凡首饰衣领皆牡丹，首带照殿红一枝，执板奏歌侑觞，歌罢乐作乃退。复垂帘谈论自如，良久，香起，卷帘如前。别十姬，易服与花而出。大抵簪白花则衣紫，紫花则衣鹅黄，黄花则衣红，如是十杯，衣与花凡十易。所讴者皆前辈牡丹名词。酒竟，歌者、乐者，无虑数百十人，列行送客。烛光香雾，歌吹杂作，客皆恍然如仙游也。"

可与本书以上《赏心乐事》《桂隐百课》二则并读。"南湖老去管风花"（《南宋杂事诗》卷五）的张镃，淳熙十六年（1189）春写呈过尤袤、陆游一首《呈尤侍郎陆礼部》：

今春少晴天，雨声常绵延。晓来羲车展云出，射我屋瓦生苍烟。忆昔既冠时，壮志平幽燕。先王手扶太极起，余事未竟骑星躔。誓将胆与肠，剖析帝座前。出师先定董郭荐，此老妙处心默传。甲庚子亥系宿业，古来局杀英与贤。苍华萧萧药裹侧，不觉转盼霜满颠。因念梦境中，此亦非小缘。枉教心无片饷息，形气自贱欲火然。一根返源六根了，如何不遣情勾牵。今朝好春风，歌鸟如管弦。花香舒锦机，次第铺我园。柳柔曳金绳，高下拂我船。伸臂揽六龙，莫过桑榆边。披猖车尾霞，丹碧如旗旃。幻作万石酒，烂醉三千年。世间生死俱扫空，况复戏弄冕与轩。江西扬子云，道院方昼眠。来书拆半月，欲报懒欲忺。许我诗五十，方得见六篇。清腴似陶谢，尤觉词精便。尤陆二丈人，和答尚未全。贱子焉敢继，口诵心脊镌。此月小筑成，南湖向西偏。规模从简俭，门墙抵人肩。池亭巧相通，万竹夹涧泉。风月岂易量，肯换闲忧煎。怀公不能休，语尽终难宣。

看来，相关情形并非如其本人诗中所说的"规模从简俭"。《四库全书总目》卷一六〇《南湖集》提要中正是这样评价的："密作《武林旧事》,又称镃卜筑南湖,名其轩曰桂隐。园池声伎服玩之丽,甲于天下。园中亭榭堂宇,名目数十。且排纂一岁中游适之目为《赏心乐事》。是其席祖父富贵之余,湖山歌舞,极意奢华,亦未免过于豪纵。"

戴表元的《牡丹燕席诗序》也描述过张镃的南湖诗酒盛况:

> 渡江兵休久,名家文人渐渐修还承平馆阁故事。而循王孙张功父使君以好客闻天下。当是时,遇佳风日,花时月夕,功父必开玉照堂置酒乐客。其客庐陵杨廷秀、山阴陆务观、浮梁姜尧章之徒以十数,至辄欢饮浩歌,穷昼夜忘去。明日,醉中唱酬诗或乐府词累累传下,都下人门抄户诵,以为盛事。然或半旬十日不尔,则诸公嘲讶问故之书至矣。

其中,姜夔就写过一首《喜迁莺慢·功父新第落成》:

> 玉珂朱组。又占了、道人林下真趣。窗户新成,青红犹润。双燕为君胥宇。秦淮贵人宅第,问谁记、六朝歌舞。总付与、在柳桥花馆,玲珑深处。　　居士。闲记取。高卧未成,且种松千树。觅句堂深,写经窗静,他日任听风雨。列仙更教谁做,一院双成俦侣。世间住。且休将鸡犬,云中飞去。

夏承焘《姜白石词编年笺校》卷五将此词定为庆元三年(1197)作,并云:"其治宅年代可考者:淳熙十二年乙巳始为玉照堂,绍熙五年甲寅成,见《齐东野语》十五'玉照堂品梅'条及《癸辛杂识》后集;淳熙十四年丁未,始为桂隐,庆元六年庚申成,见《武林旧事》十'约斋桂隐百课';'桂隐百课'备载桂隐堂、馆、桥、池之名,有写经寮,在亦庵,与姜词'写经窗静'合;又桂隐北园有苍寒堂,注:'青松二百株。'《南湖集》五有《苍寒堂梦松》及《苍寒堂》诗,集六有《怀参政范公因书桂隐近事奉寄》二首亦云:'最是今年多伟迹,万丛兰四百株松。'

与姜词'种松'句合。此词当是贺桂隐落成。陈《谱》定为淳熙十四年丁未功甫始舍宅为慧云寺时作，非也。"又，周密写有一首《瑞鹤仙》，序云："寄闲结吟台出花柳半空间，远迎双塔，下瞰六桥，标之曰湖山绘幅，霞翁领客落成之。初筵，翁俾余赋词，主宾皆赏音。酒方行，寄闲出家姬侑尊，所歌则余所赋也。调闲婉而辞甚习，若素能之者。坐客惊诧敏妙，为之尽醉。越日过之，则已大书刻之危栋间矣。"词曰："翠屏围画锦。正柳织烟绡，花明春镜。层阑几回凭。看六桥莺晓，两堤鸥暝。晴岚隐隐。映金碧、楼台远近。谩曾夸、万幅丹青，画幅画应难尽。　那更。波涵月彩，露裛莲妆，水描梅影。调朱弄粉。凭谁写，四时景。问玉奁西子，山眉波盼，多少浓施浅晕。算何如、付与吟翁，缓评细品。"词序中"吟台"，当即文中"绘幅楼"，也称绘幅堂（据张镃之孙张枢《壶中天·月夕登绘幅堂，与筼房各赋一解》、李彭老《壶中天·登寄闲吟台》词题）。

又，史浩曾于淳熙己酉（1189）中秋作《题〈南湖集〉十二卷后》一文：

> 桂隐林泉在钱塘为最胜，张子卜筑池台馆宇、门墙道路，凡经行宴息处，悉命以佳名，而各有诗。予固未尝历其地，乃因邻友张以道东归，惠然寄示。总八十余绝，读之洒然，而与其人岸观散衽，徜徉于烟萝香霭间，可胜欣快！因为一绝题其后："桂隐神仙宅，平生足未登。新诗中有画，一一见觚棱。"

《南湖集》原本凡二十五卷："南湖生于绍兴癸酉，循忠烈王之曾孙。近得其前集二十五卷三千余首，嘉定庚午自序。盖所谓得活法于诚斋者。生长于富贵之门，辇毂之下，而诗不尚丽，亦不务工。洪景卢谓功父深目而癯，予谓其诗亦犹其为人也。"（《桐江续集》卷八《读张功父南湖集》诗序）此跋盖题《桂隐纪咏》之后。而云十二卷者，知当时编次如是也。兹编纪咏已亡佚过半，幸《武林旧事》犹存其目。（参吴晶、周膺点校本《南湖集》按语）据此亦可知《武林旧事》的文学文献价值。

附录

增补武林旧事

增补武林旧事目录

卷一　庆寿册宝，大礼（南郊、明堂），登门肆赦，恭谢，圣节。

卷二　睿藻（增），御教，御教仪卫次第，燕射，公主下降，恩泽（增），唱名，元正，立春，元夕，舞队，灯品，挑菜，进茶，赏花。

卷三　西湖游幸（都人游赏），放春，社会，祭扫，浴佛，迎新，端午，禁中纳凉，都人避暑，乞巧，中元，中秋，观潮，重九，开炉，冬至，岁除，岁晚节物。

卷四　故都宫殿。

卷五　乾淳教坊乐部。

卷六　湖山胜概（上）。

卷七　湖山胜概（下，增吴山）。

卷八　诸市，瓦子勾栏，酒楼，歌馆，赁物，作坊，骄民，游手，湖产（增按：原作物产），市食，诸色酒名，小经纪，诸色伎艺人，灾异（增）。

卷一"大礼"门补入二则

九月十五日，明堂大礼……（《西湖志馀》）

按：此则，与《武林旧事》卷七内容重复。

东都旧有青城斋宫，渡江后以幕屋绞缚为之，每郊费缗钱十余万。淳熙末，张杓为京尹，始议筑斋宫，为一劳永逸，上从之。宇文宝学价，时宿直，奏曰："陛下方经略河南，今筑青城于临安，是无中原意也。"上以，为然，亟命罢役。（《朝野杂纪》）

卷一"登门肆赦"门补入一则

孝宗《受禅赦文》云："凡今者发政施仁之日，皆得之问安视膳之余。"天下诵之。洪景严笔也。（《鹤林玉露》）

按：洪景严，即洪遵。楼钥《洪文安公小隐集序》："高宗皇帝将行内禅，圣意谓一时大典，册不可轻。属召为翰林承旨。禅位之诏、登极之赦、尊号改元等文，皆出公手。"（《攻愧集》卷五二）周必大《龙飞录》："绍兴三十二年岁在壬午六月朔丙寅，戊寅，宣赦文德殿，首尾词翰林学士洪遵草，其间有云：'凡今者发政施仁之日，皆得之问安视膳之余。'盖用御批语，人传诵之。"（《文忠集》卷一六四）

卷一"圣节"门补入八则

淳熙三年天申节，……太上就令提举往问兴居，并免到宫礼……（《西湖志》）

八月二十八日，寿圣皇太后生辰。……次到至乐堂，再坐更尽

后还内……（《西湖志》）

十月二十二日，孝宗会庆圣节。……是日，官里大醉，申后，宣逍遥子入便门，升辇还内……（《西湖志》）

按：以上三则，与《武林旧事》卷七内容重复。

淳熙十三年，光尧圣寿八十，肆赦推恩，蒙被甚广。太学诸生，至于武学，皆得免文解一次。凡该此恩者千二三百人，而宗子在学者不预。诸人相率诣宰府，且遍谒侍从、台谏，各纳一札子，叙述大旨。其要以为："德寿需典，普天同庆，而玉牒支派，辱居胶庠，顾不获与布衣书生等。窃譬之世俗尊长生日，召会族姻，而本家子孙，不享杯酒胾炙，外议谓何？今庞鸿之泽如此，而宗学乃不许厕名，于义于礼，恐为未惬。"是时，诸公莫肯出手为言，洪待制迈以侍讲内宿，适蒙宣引，因出其纸以奏，仍为敷陈此辈所云尊长生日会客，而本家子弟不得坐，譬谕可谓明白。孝宗亦笑曰："甚是切当有理。"时所携只是白札子，蒙径付出施行，遂一例免举。（洪迈《容斋随笔》）

德寿生日，每岁进奉有常数，一日，忽减数项，德寿大怒。孝宗惶惧，召宰相虞允文语之。允文曰："臣请见而解之。"孝宗曰："朕立待卿回奏。"允文到宫上谒，德寿盛气，顷之，曰："朕老而不死，为人所厌。"允文曰："皇帝圣孝，本不欲如此，罪在小臣。谓陛下圣寿无疆，生民膏血有限，减生民有限之膏血，益陛下无疆之圣寿。"德寿大喜，酌以御酝一杯，因以金酒器赐之。允文回奏孝宗，孝宗大喜，酌酒赐金如德寿云。（《西湖志》）

四月初八日，谢太后寿崇节。初九日，度宗乾会节。贾似道命司封郎中黄锐致语，有一联云："圣母神子，万寿无疆，亦万寿无疆；昨日今朝，一佛出世，又一佛出世。"人皆称之。（《西湖志》）

宣、政极盛时，宫中以河阳花蜡烛无香为恨，遂用龙涎沉脑屑灌蜡烛，列两行数百枝，焰光香瀜，钧天所无也。建炎、绍兴，久不进此，韦太后旋銮沙漠，复值称寿。高宗极天下之养，用宣、政故事，然仅列十数炬。太后阳若不闻，上至，奉卮白太后云："此烛颇惬圣意否？"太后曰："尔爹爹每夜常设数百枝赐诸人，阁内亦然。"上因太后起更衣，微谓宪圣曰："如何比得爹爹富贵？"

孝宗御宇，高宗在德寿，光宗在青宫，宁宗在平阳邸，四世本支之盛，亘古未有。杨诚斋时为宫僚，贺光宗诞辰诗云："祖尧父舜真千载，禹子汤孙更一家。"读者服其精切。又云："天意分明昌火德，诞辰三世总丁年。"盖高宗生于丁亥，孝宗生于丁未，光宗生于丁卯也。丁年字出李陵书，借用亦佳。（罗大经）

按：杨万里诗句，出自其《贺皇太子九月四日生辰二首》其一："金茎分露与黄花，银汉非烟作瑞霞。万国元良当诞节，重轮日月正光华。祖尧父舜真千载，禹子汤孙更一家。清晓寿觞天上至，蟠桃如瓮枣如瓜。"《贺皇太子九月四日生辰（兹恭遇皇太子殿下诞弥令辰，谨斋沐吟成《龙楼曲》十解，仰祝眉寿，恭惟令慈俯赐采览焉。万里下情，无任颂祷之至）》十首其十："光尧初御六龙天，上直维参大火躔。天意分明昌宋德，诞辰三世总丁年。"

卷二"御教"门前增入"睿藻"一门凡五则

光尧御制《盘松赞》墨本云："天赐瑞木，得自嵚岑。枝蟠数万,干不倍寻。怒腾云势,静奏琴音。凌寒郁茂,当暑阴森。封以腴壤,迩以碧浔。越千万年,以慰我心。"碑在宫中。又汪季路逵得御制祭土地文稿真迹,文云:"维淳熙五年岁次戊戌十一月日,太上皇帝遣(具阶)张宗尹特设牲牢旨酒,珍果香花,致祭于本宫土地之神。神有百职,职各不同。典司草木,土示是供。我游湖园,乃获奇松。植之禁苑,百态千容。婆娑偃盖,夭矫腾龙。翠色凝露,清音舞风。醉吟闲遣,予情所钟。壅培封殖,久或力穷。鸟乌外扰,蚁蠹内攻。神其剿绝,勿使能终。精邪窃据,盗斧适逢。神其呵逐,勿使遗踪。常令劲质,坐阅隆冬。坚逾五柞,弱异双桐。历千万年,郁郁葱葱。牲牢旨酒,嗣录汝功。"(周必大《玉堂杂记》)

光尧当内修外攘之际,尤以文德服远,至于宸章睿藻,日星昭垂者非一。绍兴二十八年,将郊祀,有司以太常乐章篇序失次,文义勿协,请遵真宗、仁宗朝故事,亲制祭享乐章。诏从之。自郊社、宗庙等,共十有四章,肆笔而成。睿思雅正,宸文典赡,所谓大哉王言也。至于一时闲适寓景而作,则有《渔父辞》十五章,又清新简远,备骚雅之体。其辞有曰:"薄晚烟林淡翠微。江边秋月已明辉。纵远柂,适天机。水底闲云片段飞。""青草开时已过船。锦鳞跃处浪痕圆。竹叶酒,柳花毡。有意沙鸥伴我眠。""水涵微影湛虚明。小笠轻蓑未易晴。明镜里,縠纹生。白鹭飞来空外声。"观此,虽古骚人词客,老于江湖,擅名一时者,岂能企及。(廖莹中《江行杂录》)

按:所引宋高宗三词,为其《渔父词》十五首其二、其四、其十二。其余十二首为："一湖春水夜来生。几叠春山远更横。烟艇小，钓丝轻。赢得闲中万古名。""云洒清江江上船。一钱何得买江天。催短棹，去长川。鱼蟹来倾酒舍烟。""扁舟小缆荻花风。四合青山暮霭中。明细火，倚孤松。但愿尊中酒不空。""侬家活计岂能明。万顷波心月影清。倾绿酒，糁藜羹。保任衣中一物灵。""骇浪吞舟脱巨鳞。结绳为网也难任。纶乍放，饵初沉。浅钓纤鳞味更深。""鱼信还催花信开。花风得得为谁来。舒柳眼，落梅腮。浪暖桃花夜转雷。""暮暮朝朝冬复春。高车驷马趁朝身。金拄屋，粟盈囷。那知江汉独醒人。""远水无涯山有邻。相看岁晚更情亲。笛里月，酒中身。举头无我一般人。""谁云渔父是愚翁。一叶浮家万虑空。轻破浪，细迎风。睡起篷窗日正中。""无数菰蒲间藕花。棹歌轻举酌流霞。随家好，转山斜。也有孤村三两家。""春入渭阳花气多。春归时节自清和。冲晓雾，弄沧波。载与俱归又若何。""清湾幽岛任盘纡。一舸横斜得自如。惟有此，更无居。从教红袖泣前鱼。"

　　吴郡王益，宪圣太后弟也。一日，竹冠练衣，芒鞋筇杖，独携一童，纵行三竺灵隐山中，濯足冷泉盘石上，游人望之，俨如神仙，逻者奏闻。次日，德寿以小诗召之，曰："趁此一椽风月好，橘香酒熟待君来。"令小珰持赐，王遂亟往。光尧笑迎曰："昨日冷泉之游乐乎？"王恍然，顿首谢。光尧曰："朕宫中亦有此景，卿欲见否？"盖叠石引泉，象飞来、香林之胜，架堂其上。冷泉亭中揭一画，乃图王野服濯足于盘石上，具御制一赞云："富贵不骄，戚畹称贤。扫除膏粱，放旷林泉。沧浪濯足，风度萧然。国之元舅，人中神仙。"于是尽醉而罢，因举图赐之。（《西湖志》）

　　高宗以府治为行宫，题中和堂诗云："六龙转淮海，万骑临吴津。王者本无外，驾言苏远民。瞻彼草木秀，感此疮痍新。登堂望稽山，怀哉夏禹勤。神功既盛大，后世蒙其仁。愿同越勾践，焦思先吾身。艰难务遵养，圣贤有屈伸。高风动君子，属意种蠡臣。"（《西湖志》）

按：此诗，《宋诗纪事》卷一题作《中和堂诗》，有序："孟夏壬戌，来登斯堂。远瞩稽山，思夏后之功；俯瞰涛江，怀子胥之烈。赋古诗一首。"

光尧雅爱湖山，恐数跸烦民，凿大池宫内，引水注之，叠石为山，象飞来峰，有堂名冷泉。孝宗赋诗云："山中色秀何佳哉，一峰独立名飞来。参差翠麓俨如画，石骨苍润神所开。忽闻仿像来宫闱，指顾已惊成列岫。规模绝似灵隐前，面势恍疑天竺后。孰云人力非自然，千岩万壑藏云烟。上有峥嵘倚空之翠壁，下有潺湲漱玉之飞泉。一堂虚敞临清沼，密荫交加森羽葆。山头草木四时春，阅尽岁寒长不老。圣心仁智情优闲，壶中天地非人间。蓬莱方丈渺空阔，岂若坐对三神山。日长雅趣超尘俗，散步逍遥快心目。山光水色无尽时，长将挹向杯中渌。"光尧跋曰："吾儿自幼岐嶷，进德修业，如云升川增，一日千里。吾比就宽闲之地，叠石为山，引湖为泉，作小亭于其旁，用为娱老之具，且俾吾儿万几之暇，时来游豫。父子杯酒相属，挹山光而听泉流，濯喧埃而发清兴，恍若徜徉乎灵隐、天竺之间，其乐可胜纪哉？吾儿乃肆笔成章，形容尽美。虽吟咏之作，帝王之余事，然造语用意，高出百世之上，非巨儒积力，可窥其粗，亦有以见天纵之多能。览之欣然，老眼为之增明矣。"（《西湖志馀》）

卷二"御教仪卫次第"门补入一则

隆兴初,孝宗锐志复古,戒燕安之鸩,躬御鞍马,习劳事。仿陶侃运甓意,时召诸将击鞠殿中,虽风雨亦张油帘,布沙除地。群臣以宗庙之重,不宜乘危,交章进谏,弗听。一日,上亲按鞠,折旋稍久,马不胜勚,逸入庑间,檐甚低,触于楣。侠陛惊呼失色,亟奔凑,马已驰而过。上手拥楣,垂立,扶下,神采不动。顾指马所往,使逐之。殿下皆称万岁,盖与艺祖抵城挽鬣事,若合符节。英武天纵,固宜有神助也。(岳珂《桯史》)

卷二"公主下降"门补入一则

周汉国公主下降,诸阉及权贵各献添房之物,如珠领宝花金银器之类。时马天骥为平江发运使,独献螺钿细柳箱笼百只,并镀金银锁百具,锦袱百条,实以芝楮百万,理宗为之大喜。(《西湖志》)

卷二"公主下降"门后增入"恩泽"一门凡四则

杨和王居殿岩日,建第清湖洪福桥,规制甚广。自居其中,旁列子舍四,皆极宏丽。落成日,纵人游观。一僧善相宅,云:"此龟形也,得水则吉,失水则凶。"时和王方被殊眷,从容闻奏,欲引湖水环其居。思陵首肯曰:"朕无不可,第恐外庭有语,宜密速为之。"退即督濠寨兵数百,且多募增民夫,夜以继昼。入自五房院,出自惠利井,蜿蜒萦绕,凡数百丈,三昼夜竣事。未几,台臣果有疏言擅灌湖水入私第，以拟宫禁者。上晓之曰："南渡初，敌人退而群盗起。朕用议者羁縻之策，刻印尽封之。所有者，止淮、浙数郡耳。会诸将尽平群盗，朕因自誓，除土地外，凡府库金帛，置不问。故诸将有余力给泉池园囿之费。若以平盗之功言，虽尽以西湖赐之，曾不为过。况此役已成，惟卿容之。"言者遂止。继后建杰阁，藏思陵御札，且揭上赐"风云庆会"四大字于上。盖取大龟昂首下视西湖之象，以成僧说。自此百余年间，无复火灾，人皆神之。（《癸辛杂识》）

寿皇登极赦恩，凡宗子不以服属远近，人数多少，其曾获文解两次者，并直赴殿试，略通文墨者，所在州量试，即补承信郎。由是入仕者过千人以上。淳熙十六年二月、绍熙五年七月，二赦皆然，故皇族得官不可以数计。（洪迈《容斋随笔》）

旧传三岁拜郊，或明堂大礼，所有在前误国奸臣首级在大理寺者，必以文祭。盖讹传谓以污秽物祭之，实乃少牢也。其文云："国家于三年恩霈。汝虽误国，然今亦不忘汝之旧，特用以祭。"缪传若此，岂朝廷宽大之恩哉？（李有《古杭杂记》）

景定春，诏以魏国公贾似道有再造功，命有司建第宅家庙，贾固辞，遂以集芳园及缗钱百万赐之。园故思陵旧物，古木寿藤，多南渡以前所植者。积翠四抱，仰不见日，架廊叠磴，幽渺逶迤，极营度之巧。犹以为未也。则隧地通道，抗以石梁。傍透湖滨，架百余楹。飞楼层台，凉亭燠馆，华卉精妙。前挹孤山，后据葛岭，两岭映带，一水横陈，各随地势构架焉。堂榭之有名曰蟠翠（古松）、雪香（古梅）、翠岩（奇石）、倚绣（杂花）、浥露（海棠）、玉蕊

（琼花、荼蘼）、清胜（假山。已上集旧物。高宗御扁）、西湖一曲、奇勋（理宗御书）、秋壑、遂初容堂（度宗御书）、初阳精舍（熙然梦砌台）。山坳曰无边风月、见天地心。水滨曰琳琅步、归身（旱船）。通名曰后乐园。四世家庙，则居第左。庙有记。又以为未足，于第左数百步瞰湖作别墅，曰光漾阁、春雨观、养乐堂、嘉生堂。千头木奴，生意潇然，生物之府，通名曰养乐园。其傍则廖群玉香月陵在焉。又于西邻之外，树竹千挺，架楼临之，曰秋水观、第一春、梅坞、刻船亭，则通谓之水竹院落。后复葺南山水乐洞。赐园有声在堂、介堂、爱此、留照、独喜、玉渊、漱石、宜晚、上下四方之宇诸亭。据胜专奇，殆无遗策矣。其后，志之郡乘，从而为之辞曰：“园圃一也，有藏歌贮舞，流连光景者；有旷志怡神，蜉蝣尘外者；有澄想遐观，运量宇宙，而游特其寄焉者。意！使园圃常兴而无废，天下常治而无乱，非后天下之乐而乐者其谁能?”呜呼！当时为此语者，亦安知俯仰间，遽有荒田野草之悲哉！昔陆务观作《南园记》于平原极盛之时，尚能勉之以抑畏退休。今贾氏当国十有六年，谀之者惟恐不极其至，况敢几微及此意乎？近世以诗吊之者甚众。吴人汤益一诗，颇为人所称云：“檀板歌残陌上花，过墙荆棘刺檐牙。指挥已失铁如意，赐予宁存玉辟邪。败屋春归无主燕，废池雨产在官蛙。木绵庵外尤愁绝，月黑夜深闻鬼车。”李彭老一绝云：“瑶房锦树曲相通，能几番春事已空。惆怅旧时吹笛处，坏窗风雨剥青红。”（《癸辛杂识》）

按：以上第一、第四则，实分别出自《齐东野语》卷四、卷一九。又，汤益诗，亦载《浩然斋雅谈》卷中，谓"留题者甚众，独吴人汤益字损之一诗脍炙人口"。汤、李诗分别题作《葛岭贾似道园池》《吊贾秋壑故居》。

卷二"唱名"门补入三则

光尧与子孝爱日隆，每问安北宫，间及治道。时孝宗锐志大功，新进逢意，务为可喜，效每落落。淳熙中，上益明习国事，老成乡用矣。一日，躬朝德寿，从容曰："天下事不必乘快，要在坚忍，终于有成。"上再拜，请书绅，归而大字揭于选德殿壁。辛丑岁，将廷策多士贡名者，或谓时事于朝路间，闻其语而不敢形于大对，即其近似，或曰持守，或曰要终。既御集英胪唱，宰执进读，独有卷曰："天下未尝有难成之事，人主不可无坚忍之心。"上览而是之，遂为第一。（岳珂《桯史》）

按：辛丑科状元黄由，策文不存，据"天卜未尝有"二句，犹能推得其要旨。又，《宋史·甘昪传》："昪用事二十年，招权市贿，黄由对策，亦颇及之。"《宋史翼》卷一四："时甘昪为入内押班见知，用事二十年，招权市贿，与曾觌、王抃相与盘结，（黄）由对策及之。"

绍兴间，黄公度榜第三人陈修，福建解试《四海想中兴之美赋》，第五韵隔对云："葱岭金堤，不日复广轮之大；泰山玉牒，何时清封禅之尘。"时诸郡试卷，多经御览。高宗亲书此联，粘之殿壁。及唱名，上云："卿便是陈修？"因诵此联，凄然出涕。问："卿有子否？"对曰："臣年六十三岁，尚未娶。"乃诏出内人施氏嫁之，年三十三，奁具甚厚。时人戏为之语曰："新人若问郎年几，四十年前二十三。"第五人方翥，兴化人，解试《中兴日月可冀赋》一联云："停观僚属，复光司隶之仪；忍死须臾，咸泣山东之诏。"亦经御览，唱名特加一资。（《西湖志》）

高宗、孝宗在御，每三年大比。下诏前一日，捧诏露香默祷曰："朝廷用人，别无他路，止有科举，愿天生几个好人，来辅国家。"及进殿试策题，临轩唱名，必三日前精祷于天。所以两朝人才，彬彬有闻，二帝祈天之效也。（《西湖志馀》）

卷二"元夕"门补入一则

杭州元宵之盛，自唐已然。白乐天诗云："岁熟人心乐，朝游复夜游。春风来海上，明月在江头。灯火家家市，笙歌处处楼。无妨思帝里，不合厌杭州。"（《西湖志》）

按：白诗题作《正月十五日夜月》。

卷二"进茶"门补入一则

宝云山产者名宝云茶，下天竺香林洞者名香林茶，上天竺白云峰者名白云茶。苏东坡诗有云："白云山下两旗新。"又宝严院垂云亭亦产茶。东坡有《僧怡然以垂云新茶见饷，报以大龙团，戏作一律》云："妙供来香积，珍烹具大官。拣芽分雀舌，赐茗出龙团。晓日云庵暖，春风浴殿寒。聊将试道眼，莫作两般看。"又《尝游诸寺，一日饮酽茶七碗，戏书》云："示病维摩元不病，在家灵运已忘家。何须魏帝一丸药，且尽卢仝七碗茶。"又《南屏谦师妙于茶事，自云得心应手，非可以言传学到者。赠之》诗云："道人晓出南屏山，来试点茶三昧手。忽惊午盏兔毛班，打作春瓮鹅儿酒。天台乳花世不见，玉川风腋今安有。先生有意续茶经，会使老谦名不朽。"盖西湖南北诸山及诸旁邑皆产茶，而龙井、径山尤驰誉也。

（《西湖志馀》）

按：此所谓"苏东坡诗"句，《淳祐临安志》卷八《白云峰》引作："东坡居士有《和茶诗》云：'白云峰下两枪新。'谓此也。"一见《林和靖先生诗集》卷三，为《尝茶次寄越僧灵皎》首句："白云峰下两枪新，腻绿长鲜谷雨春。静试恰如湖上雪，对尝兼忆剡中人。瓶悬金粉师应有，箸点琼花我自珍。清话几时搔首后，愿和松色劝三巡。"又，"戏书"一首题作《游诸佛寺，一日饮酽茶七盏，戏书勤师壁》。

卷二 "赏花" 门补入二则

乾道三年春，南内遣阎长至德寿宫奏知……（《西湖志》）

按：此则，与《武林旧事》卷七内容重复。

马塍艺花如艺粟，橐驼之技名天下。往往发非时之品，真足以侔造化、通仙灵。凡花之早放者，名曰堂花。其法以纸饰密室，凿地作坎，缣竹置花其上，粪土以牛溲硫黄，尽培溉之法。然后置沸汤于坎中，少候，汤气熏蒸，则扇之微风，盎然融淑之气，经宿则花放矣。若牡丹、梅花之类无不然，独桂花则反是。盖桂必清凉而后放，法当置之石洞岩窦间暑气不到处，鼓以凉飕，养以清气，竟日乃开。此虽揠而助长，然必适其寒温之性，而后能臻其妙。（《癸辛杂识》）

按：此则，实出自《齐东野语》卷一六。

卷三 "西湖游幸" 门补入八则

淳熙六年春，车驾过宫，请太上、太后游聚景园……（《西湖

志》）

按：此则，与《武林旧事》卷七内容大体相同。

两宫幸聚景园，夜过万松岭，索火炬三千。赵从善命取诸瓦舍妓馆芦帘，实以脂油，卷而绳之，系于夹道松树左右，照耀如同白日。（《西湖志》）

苏子瞻守杭州，春时，每遇休暇，必约客湖上，早食于山水佳处。饭毕，每客一舟，令队长一人，各领数妓，任其所适。晡后，鸣锣集之，复会望湖楼，或竹阁，极欢而罢。至一二鼓，夜市犹未散。列烛以归城中，士女夹道云集观之。故其诗云："游舫已妆吴榜稳，舞衫初试越罗新。"又云："映山黄帽螭头舫，夹道青烟雀尾炉。"诚熙世乐事也。（《西湖志馀》）

按：苏轼诗句，分别出自其《有以官法酒见饷者，因用前韵，求述古为移厨饮湖上》："喜逢门外白衣人，欲脍湖中赤玉鳞。游舫已妆吴榜稳，舞衫初试越罗新。欲将渔钓追黄帽，未要靴刀抹绛巾。芳意十分强半在，为君先踏水边春。"《寒食未明至湖上，太守未来，两县令先在》："城头月落尚啼乌，乌榜红舷早满湖。鼓吹未容迎五马，水云先已扬双凫。映山黄帽螭头舫，夹道青烟鹊尾炉。老病逢春只思睡，独求僧榻寄须臾。"

周文璞、赵师秀数诗人，春日薄游湖山，极饮西湖林桥酒垆，皆大醉熟睡。忽有鬤髻道人过睨之，哂曰："诗仙醉耶？顾酒家善看客，我当代偿酒钱。"索水小盂，以瓢中药少投之，入口略嗽，噀之地上，皆精银也。时游人方盛，皆环视骇叹，忽失道人所在。薄暮，诸公始醒，酒家具道所以，皆怅然自失。其家持银往市，得

钱止可酬所直，了无赢余。明日，喧传都下，酒家图其事于壁，目为遇仙酒肆。好事者竞趋之，遂为湖上旗亭之甲。（《癸辛杂识》）

林外，字岂尘，泉南人。潇爽不羁。在上庠，暇日独游西湖幽寂处，得小旗亭饮焉。外美丰姿，角巾羽氅，飘飘然神仙中人。豫市虎皮钱篋数枚，藏腰间。每出其一，命酒家保倾倒，使视其数，偿酒直即藏云。酒且尽，复出之一篋，倾倒如初。逮暮，饮几斗余不醉，而篋中钱若循环无穷者，肆人皆惊异。将去，索笔题壁间曰："药炉丹灶旧生涯，白云深处是吾家。江城恋酒不归去，老却碧桃无限花。"明日，都下盛传某家酒肆有神仙至云。（《癸辛杂识》）

　　按：以上二则，实均出自《齐东野语》卷一三。林诗题作《题西湖酒家壁》。

西湖巨丽，唐初未闻。自相里君、韩仆射辈继作五亭，而灵竺之胜始显。白乐天搜奇索隐，江山风月，咸属品题，而佳境弥章。苏子瞻昭旷玄襟，追踪遐躅。南渡后，英俊丛集，昕夕流连，而西湖底蕴，表襮殆尽。虽其时法禁舒假，长民者得以适性徜徉，而府库充盈，羡余可举，闾阎康裕，募化有资，故寺观日益。且高僧真士，又得与达官长者，倡和逍遥，故妆点湖山，愈加繁媚。今法禁严明，动有掣肘，为吏兹土者，上畏督察，下惕诽议，汩没簿书，修职救愆，犹虑不给，尚敢盘桓山水之间哉？至于道院禅林，日就崩废，缁黄之流，服役追呼，与氓隶等。即有募化，无过升斗。盖盛极而衰，亦循环之理也。（《西湖志》）

宋时，湖船大者一千料，约长十余丈，容四五十人。小者二三百料，长四五丈，容三二十人。贾似道车船，不烦篙橹，但用关轮，脚踏而行，其速如飞。他若大绿、间绿、十样锦、胜金羁等船，皆民间物也。今时湖船，比宋差小，而槛牖敞豁，便于倚眺，如水月楼、烟水浮居、湖山浪迹尤胜。童巨卿以子汉臣贵封御史，行乐湖山，手构一室，栋宇略具，护以箔幕，小可卷舒，出则携之，或柳堤花坞当心处，席地布屋，吟酌其中，题曰云水行亭。编巨竹为桴，放湖中，随波流止，渺然莲叶也。月明风清，坠露淅淅，吹洞箫芦苇间，山鸣谷应，闻者泠然有出尘之想，题曰烟波钓筏。一时风致，良可尚也。（《西湖志》）

　　湖山佳丽及游览之盛，张文东《西湖行》已见其概。诗云："侨居武林城，惯识西湖景。佳丽冠东南，清标胜松颖。两山环绕翠屏开，百雉萦纡锦带回。对列双峰类巫峡，孤生一屿像蓬莱。凤凰古号龙飞地，明圣繇来显灵异。水浸平堤十二桥，云锁南朝四百寺。珠宫迢递碧霞鲜，宝塔峥嵘日月悬。幽境行行足岩石，深郊处处蓄林泉。时当上巳春之暮，都人士女纷无数。画船轻载绿萍风，丝骑遍寻芳草路。夏首香莲艳碧池，秋高明月漾金陂。三冬霁雪偏堪赏，四时晴雨总相宜。忆昔宋皇南渡日，紫盖黄麾曾驻跸。御舟嬉水伎尤多，禁园聚景名非一。只今殿阙尽销沉，只见荆榛满旧岑。茂陵玉碗几时出，建邺铜台何处寻。我思先贤有遗爱，白渠李井经千代。逋仙梅鹤人共传，苏公桃柳今犹在。始信繁华一旦休，不若声名万古流。人生立功须及早，何为宴游以终老。"（《穹居集》）

卷三"社会"门补入一则

三月三日，俗传为北极佑圣真君生辰。佑圣观中，修崇醮事，士女拈香。是日，观中有雀竿之戏。树长竿于庭，高可三丈，一人攀缘而上，舞蹈其颠，盘旋上下，有鹞子翻身、金鸡独立、钟馗抹额、玉兔捣药之类，变态多方。观者目瞪神惊，汗流浃背，为此技者，如蝶拍鸦翻，蘧蘧然自若也。男女皆戴荠花，谚云："三春戴荠花，桃李羞繁华。"（《西湖志》）

卷三"祭扫"门补入一则

从冬至数至一百五日，即其节也。是日，倾城上冢，两山间车马阗集，酒尊食罍，或张幕藉草，并舫随波，日暮忘返。苏堤一带，桃柳阴浓，红翠间错，走索、骠骑、飞钱、抛钹、踢木、撒沙、吞刀、吐火、跃圈、筋斗、舞盘，及诸色禽虫之戏，纷然丛集。外方优妓，歌吹觅钱者，接踵承应。又有彩妆傀儡、莲船、战马、饧笙、鼗鼓、琐碎戏具，诱悦童曹者，在在成市。是夜，人家贴"清明嫁九娘，一去不还乡"之句于楣壁间，谓夏月无青虫扑灯之扰。僧道采杨桐叶染饭，谓之青精饭，以馈施主。（《西湖志》）

卷三"浴佛"门补入一则

高峰和尚偈云："呱声未绝便称尊，搅得三千海岳昏。恶水一年浇一度，知他雪屈是酬恩。"

卷三"端午"门补入一则

西湖竞渡,自二月八日为始,端午尤盛。是日,画舫齐开,游人如蚁。龙舟六只,俱装十太尉、七圣、二郎神杂剧,饰以彩旗、锦伞、花篮、闹竿、鼓吹之类。帅守往一清堂弹压。立标竿于湖中,挂锦彩、银碗、官楮,以赏捷者。有一小节级,披黄衫青帽,插孔雀尾,乘小舟,横节仗,声喏取指挥。次以舟回朝龙舟,以彩旗招之,诸舟鸣锣鼓,分两翼,远近排列成行。再以彩旗引之,诸舟竞发,先至标所者取赏,声喏而退。其余犒钱而已。吴子和赋《喜迁莺》云:"梅霖初歇。正绛色海榴,争开佳节。角黍包金,香蒲切玉,是处玳筵罗列。斗巧尽输年少,玉腕彩丝双结。舣画舫,见龙舟两两,波心齐发。　奇绝。难画处,激起浪花,翻作湖间雪。画鼓轰雷,红旗掣电,夺罢锦标方彻。望中水天日暮,犹自珠帘高揭。棹归晚,载荷香十里,一钩新月。"(《西湖志》)

按:这首《喜迁莺》实非吴礼之词,而是黄裳所作。差误缘由,盖如赵万里《顺受老人词辑本题记》所云:"《花庵词选》云子和'有词五卷,郑国辅序之',然其书《直斋书录解题》不著于录,元以后更无人知矣。"在《中兴以来绝妙词选》卷四所录十六首之外,今仅于《全芳备祖》后集卷四辑得一阕,又《永乐大典》卷二〇三五三"席"字韵引"吴子和词"有二阕(卷二二六五另引《霜天晓角》一阕已见《中兴以来绝妙词选》)。

卷三"中元"门补入一则

中元节,俗传地官赦罪之辰,人家多持斋诵经,荐奠祖考,摄孤判斛。屠门罢市。僧家建盂兰盆会,放灯西湖及塔上、河中,谓之照冥。官府亦祭郡厉邑厉坛，张伯雨《西湖放灯》诗云："共泛兰舟灯火闹，不知风露湿青冥。如今池底休铺锦，此夕槎头直挂星。烂若金莲分夜炬，空于云母隔秋屏。却怜牛渚清狂甚，苦欲燃犀走百灵。"刘邦彦诗云："金莲万朵漾中流，疑是潘妃夜出游。光射鱼龙离窟宅，影摇鸿鸟乱汀洲。凌波未必通银浦，趁月偏怜近彩舟。忽忆少年清泛处，满身风露独凭楼。"（《西湖志》）

按：厉坛，公祭无亲人祭祀之鬼神的坛台。《明史·礼志》："泰厉坛祭无祀鬼神。《春秋传》曰'鬼有所归，乃不为厉'，此其义也。《祭法》，王祭泰厉，诸侯祭公厉，大夫祭族厉……洪武三年定制，京都祭泰厉，设坛玄武湖中，岁以清明及十月朔日遣官致祭。前期七日，檄京都城隍。祭日，设京省城隍神位于坛上，无祀鬼神等位于坛下之东西，羊三，豕三，饭米三石。于国祭国厉，府州祭郡厉，县祭邑厉，皆设坛城北，一年二祭如京师。里社则祭乡厉。后定郡邑厉、乡厉，皆以清明日、七月十五日、十月朔日。"

卷三"观潮"门补入八则

淳熙十年八月十八日，驾诣德寿宫，迎上皇观潮……（《西湖志》）

按：此则，与《武林旧事》卷七内容大体相同。

江在郡城东南，登西湖诸山，则大略可瞰。其源发自徽州，曲折而东，以入于海，故名浙江，亦曰浙河。其潮昼夜再上，诸家立说不同。宋时郡志载姚宽《西溪丛语》及徐叔明《高丽录》二篇，大抵皆云："潮随日而应月，依阴而附阳。"元时裘伯宣作《浙江潮候图说》，文多不载。（《西湖志》）

白乐天看潮诗："早潮才落晚潮来，一月周流六十回。不独光阴朝复暮，杭州老去被潮催。"罗隐江潮诗："怒声汹汹势悠悠，罗刹江边地欲浮。谩道往来存大信，也知翻覆向平流。任抛巨浸疑无地，猛过西陵只有头。至竟朝昏谁主宰，好骑赤鲤问阳侯。"苏子瞻中秋看潮五绝："定知玉兔十分圆，已作霜风九月寒。寄语重门休上钥，夜潮留向月中看。""万人鼓噪慑吴侬，犹似浮江老阿童。欲识潮头高几许，越山浑在浪花中。""江边身世两悠悠，久与沧波共白头。造物亦知人易老，故教江水向西流。""吴儿生长狎涛渊，冒利轻生不自怜。东海若知明主意，应教波浪变桑田。""江神河伯两醯鸡，海若东来气吐霓。安得夫差水犀手，三千强弩射潮低。"（《西湖志》）

按：白、罗、苏诗分别题作《潮》《钱塘江潮》《八月十五日看潮五绝》。

张文东《江上四时歌》："碧水金沙丽远天，青堤翠柳染芳烟。浪泛桃花如濯锦，波开萍叶类投钱。""赤日丹江云气流，兰桡桂楫溯中洲。捐佩已临江女浦，采莲还并越人舟。""秋月输光委玉波，秋江腾影接银河。斗间海客年年至，天汉仙槎岁岁过。""穹海玄云昼亦昏，黄风白雪遍江村。山阴豪客堪乘兴，南汝高人独闭门。"

濒江人，好踏浪翻波，名曰弄潮。宋治平中，郡守蔡襄作《戒弄潮文》："斗牛之分，吴越之中，惟江涛之最雄，乘秋风而益怒。乃其俗习，于此观游。厥有善泅之徒，竞作弄潮之戏。以父母所生之遗体，投鱼龙不测之深渊，自为矜夸。时或沉溺，精魄永沦于泉下，妻孥望哭于水滨。生也有涯，盍终于天命；死而不吊，重弃于

人伦。推予不忍之心，伸尔无穷之戒。所有今年观潮，并依常例。其军人百姓辄敢弄潮，必行科罚。"（《西湖志》）

  按：蔡文题作《杭州戒弄潮》。

  钱唐江钱氏时为石堤，堤外又植大材十余行，名曰混柱。盖以折水之势，不与水争力，故堤得无患也。宝元、康定间人有献议取混柱者，谓可得良材数十万，杭帅然之。木出皆不可用，而堤为涛激，浸就摧决矣。后人不知前人之用心，轻变其制，其患有如此者。吁，可戒哉！（《杭州府志》）

  浙江，一名钱唐，一名罗刹。所谓罗刹者，江心有石，即秦望山脚，横截波涛中，商旅船到此，多值风涛倾覆，遂呼云。事见吴越僧赞宁传载中。（郎瑛《七修类稿》）

  按：此则，实出自《南村辍耕录》卷一二。

  至正壬辰、癸巳间，浙江潮不波。其时彭和尚以妖术为乱，陷饶、信、杭、徽等州，未几克复，又为张九四所据，浙西不复再为元有。昔宋末海潮不波而宋亡，元末海潮不波而元亡，亦天数之一终也。盖杭州是闹潮，不闹是其变。（叶子奇《草木子》）

卷三"重九"门补入一则

  霜降日，帅府致祭旗纛神，因而张列军器，以金鼓导之，绕街迎赛，谓之扬兵。旗帜、刀戟、弓矢、斧钺、盔甲，种种精明。有飙骑数十，飞辔往来，逞弄解数，如双燕绰水、二鬼争环、隔肚穿针、枯松倒挂、魁星踢斗、夜叉探海、八蛮进宝、四女呈妖、六臂哪咤、二仙传道、圯桥进履、玉女穿梭、担水救火、踏梯望月之属，穷态极变，难以殚名。腾跃上下，不离鞍鞯间，犹猿猱之寄木也。（《西湖志》）

卷三"开炉"门补入二则

十月朔日，人家祭奠祖考，或举扫松、浇墓之礼。十五日为下元节，俗传水官解厄辰，亦有持斋诵经者。（《西湖志》）

立冬日，以各色香草及菊花、金银花煎汤沐浴，谓之扫芥。（《西湖志》）

卷三"冬至"门补入一则

冬至，谓之亚岁，官府、民间，各相庆贺，一如元日仪。吴中最盛，故有"肥冬瘦年"之说。春粢糕以祀先祖，妇女献鞋袜于尊长，亦古人履长之义。（《杭州府志》）

卷三"岁除"门补入一则

除夕，更深人静，或有祷灶请方，抱镜出门，窥听市人无意之言，以卜来岁休咎。是日，官府封印，不复佥押，至新正三日始开。诸行亦皆罢市，往来邀饮。盖杭人奢靡，不论贫富，俱竞市什物，以庆嘉节。光饰门户，涂润妇女，衣服钗环之属，更造一新。皆故都遗俗也。（《郡志》）

卷三"岁晚节物"门补入一则

除夕，先期具羊豕酒果或三牲，报祀城隍百神。至日，致奠祖先，并悬挂影像于堂，以申瞻慕。及夕，先炳烛炷香于各神前，焚楮币以送旧神毕，架松柴门外焚之，（有齐房檐者。）谓之㾾盆。（有丧之家，止焚于堂中炉内。）已而张灯炽炭，合坐宴饮，谓之分岁。（古有守岁之宴，言为达曙饮也，今至夜分而止，故杭俗谓之分岁。）杭俗崇尚释老，其来已久。每值相传仙佛诞辰，多往炷香设会。如正月六日南山法相寺，九日城中宗阳宫玉皇殿，十五日吴山三官庙；（七月、十月望日同。）二月十九日西山天竺寺观音殿；三月三日城中佑圣观，二十八日古荡东岳庙；六月二十四日北山雷院。如此类者，未能悉举。（《杭州府志》）

卷四"故都宫殿"门补入十一则

钱氏建国，筑城自秦望山，逦迤夹城东亘江干，薄钱唐湖、霍山、范浦，凡七十里。城门凡十：曰朝天门，在吴山下，今镇海楼；曰龙山门，在六和塔西；曰竹车门，在望仙桥东南；曰新门，在炭桥东；曰南土门，在荐桥门外；曰北土门，在旧菜市门外；曰盐桥门，在旧盐桥西；曰西关门，在雷峰塔下；曰北关门，在夹城巷；曰宝德门，在艮山门外无星桥。其城垣南北展而东西缩。唐乾宁间，杨行密将攻杭州，携僧祖肩，密来瞰城，祖肩曰："此腰鼓城也，击之终不可得。"又闻鼓角声，曰："钱氏子孙当贵，盛未可图也。"其营屯凡六：曰白壁营，在城南上隅；曰宝剑营，在钟公桥北；曰青字营，在盐桥东；曰福州营，在梅家桥东；曰马家营，在修文坊内；曰大路营，在褚家塘。（《西湖志》）

绍兴，因钱王宫以为行宫。皇城九里，入和宁门，左进奏院、玉堂，右中殿、外库。至北宫门，循廊左序，巨珰幕次，列如鱼贯，祥曦殿、朵殿，接修廊为后殿。对以御酒库、御药院、慈元殿、外库、内侍省、内东门司、大内都巡检司、御厨、天章等阁，廊回路转，众班排列。又转内藏库，对军器库。又转便门，垂拱殿五间十二架，修六丈，广八丈四尺，檐屋三间，修广各丈五。朵殿四，两廊各二十间，殿门三间，内龙墀折槛。殿后拥舍七间，为延和殿，右便门通后殿。殿左一殿，随时易名。明堂郊祀曰端诚，策士唱名曰集英，宴对奉使曰崇德，武举及军班授官曰讲武。东宫在丽正门内，南宫门外，本宫会议所之侧。入门，垂杨夹道，间芙蓉，环朱阑，二里至外宫门。节堂后为财帛、生料二库，环以官属直舍。转外窑子，入内宫门。廊右为赞导春坊直舍，左讲堂七楹，扁新益。外为讲官直舍。正殿向明，左圣堂，右祠堂，后凝华殿。瞻箓堂，环以竹。左寝室，右斋，安位内人直舍，百二十楹，左彝斋，太子赐号也。接绣香堂，便门通绎已堂，重檐复屋，昔杨太后垂帘于此，曰慈明殿。前射圃，竟百步，环修廊。右博雅楼，十二间。左转数十步，雕阑花甃，万卉中出秋千，对阳春亭、清霁亭，前芙蓉，后木樨，玉质亭梅绕之。繇绎已堂过锦胭廊，百八十楹，直通御前。廊外即后苑，梅花千树，曰梅岗，亭曰冰花。亭枕小西湖，曰水月境界，曰澄碧。牡丹曰伊洛传芳，芍药曰冠芳，山茶曰鹤丹，桂曰天阙清香，堂曰本支百世，佑圣祠曰庆和泗洲，曰慈济钟吕，曰得真。橘曰洞庭佳味，茅亭曰昭俭，木香曰驾雪，竹曰赏静，松亭曰天陵偃盖。以日本国松木为翠寒堂，不施丹腠，白如象齿，环以古松。碧琳堂近之一山，崔嵬作观堂，为上焚香祝天之所。吴知古掌焚修，每三茅观钟鸣，观堂之钟应之，则驾兴。山背芙蓉阁，风帆沙鸟，咸出履舄下。山下一溪萦带，通小西湖。亭曰清涟，怪石夹列，献瑰逞秀，三山五湖，洞穴深杳，豁然平朗，翚飞翼拱。凌虚楼对瑞庆殿、损斋，缉熙崇正殿之东为钦先、孝思、复古、紫宸等殿，木围即福宁殿，射殿曰选德。坤宁殿，贵妃、昭仪、婕妤等位宫人直舍蚁聚焉。又东过阁子库、睿思殿、仪鸾、修内、八作、翰林诸司，是谓东华门。（陈随应《南渡行宫记》）

　　行都之山，肇自天目，清淑扶舆，钟而为吴，储精发祥，肇应宅纬。负山之址，门曰朝天，南循其狭为太宫，又南为相府，斗拔起数峰，为万松八盘岭，下为钧天九重之居，右为复岭，设周庐之卫止焉。朝天之东，桥曰望仙，仰眺吴山，如卓马立顾。绍兴间，望气者以为有郁葱之符。秦桧颛国，心利之，请为赐第。东偏即桧家庙。西则一德格天阁故居也。非望挺凶，鬼瞰其室。桧卒于位，熺犹恋恋，不能决去，请以侄常州通判烜为光禄丞，留莅家庙，为复居之萌芽。言者风闻，遂请罢烜，并迁庙主于建康，遂空其居。高宗倦勤，诏即其所筑新宫，赐名德寿，居之，膺天下养者二十有七年，清跸躬朝，岁时烨奕，重华继御，更慈福、寿慈。凡四侈鸿名，宫室皆无所更。稍北连甍，为今佑圣观，盖普安故邸。庄文、魏王、光宗皇帝实生是间，今上亦于此开甲观之祥，益知天瑞地

灵，章明有待。斗筲负乘，固莫得而妄据云。（岳珂《桯史》）

光宗内禅，议修泰安宫，太上重于趋御。太学录汤璹贻书赵汝愚，引唐武德九年八月甲子太宗即位于东宫显德殿，至贞观二年四月乙亥太上皇徙居泰安宫，甲午太宗始御太极殿，则是听政于东宫者三年，不遽迁高祖也。今日或可仿此，别营听政之所，上皇仍居大内，事体顺甚。汝愚答书称其援据精博，深合事宜。越九日，有旨："秋暑方隆，太上皇帝、皇后宜用唐武德、贞观故事，仍还宫。"因名宫以寿康，泰安之役遂寝。吁！璹能引古义以处大事，汝愚能用善以安国家，璹之学，汝愚之德，共可与也夫！使无学而不能用善者处此，能不失天性之懿乎？（姜南《蓉塘诗话》）

按：此则，出自《蓉塘诗话》卷六"内禅议所居"条。

杭城佑圣观，宋孝宗潜邸。开元宫，宁宗潜邸，后为理宗端孝公主之第。龙翔宫，理宗潜邸，旧在后市街，元至元中迁于城西北隅。宗阳宫，度宗潜邸。（郎瑛《七修类稿》）

淳熙九年八月十五日，孝宗过德寿宫，起居上皇……

按：此则，与《武林旧事》卷七内容大体相同。

孝宗退居重华宫，有净室，终日宴坐其间，几上惟书籍一部，及笔砚楮墨而已。近珰尝奏高宗皇帝留下宝器图画，陛下盍时取观。寿皇云："先帝中兴，功德盛大，故宜享此。朕岂敢自比先帝？"皆锁闭不开。

近珰奏修重华宫，旧例，须关朝廷出钱，下临安府转运司应办。寿皇曰:"此间无用钱处,所积甚多,只用重华库钱,不必关闻南内。"暨役成,更不官差一匠一夫。

高宗南渡,驻跸临安,草创禁苑为行在所。适造一殿,无瓦而值雨,临安府与漕司皆忧之。忽一吏白曰:"多差兵士,以钱镪分俵关厢铺席,赁借楼屋腰檐瓦若干,候旬月新瓦到,照数陪还。"府司从之,殿瓦咄诺而办。(以上《西湖志》)

临安玉牒殿灾,延及殿门,宰臣以门字有勾脚带火笔,故招火厄,遂撤额投火中,乃息。后书门额者多不勾脚。(《马氏日抄》)

孤山凉堂,规模壮丽,下植梅数百株,以备游幸。堂成,中有素壁四堵,几三丈。高宗翌日命驾,有中贵人相语曰:"官家所至,壁乃素耶?宜绘壁。"呕令御前萧照,图绘山水。照受命,即乞尚方酒四斗,昏出孤山,每一鼓即饮一斗,尽一斗则一堵已成画,若此者四,画成,萧亦醉。驾至,周行视壁间,为之叹赏,知为照画,赐以金帛。(《杭州府志》)

卷五"乾淳教坊乐部"门补入五则

思陵朝,掖庭有菊夫人者,善歌舞,妙音律,为仙韶院之冠,宫中号为菊部头;然颇以不获际幸为恨。既称疾告归,宦者陈源以厚礼聘归,蓄于西湖之适安园。一日,德寿按《梁州曲舞》,屡不称旨。提举官关礼知上意不乐,因从容奏曰:"此事非菊部头不可。"上遂令宣唤,于是再入九禁,陈遂感怅成疾。有某士者,颇知其事,演而为曲,名《菊花新》献之。陈大喜,酬以田宅金币甚厚,其谱则教坊都管王公谨所度也。陈每闻歌咏,泪下不胜情,未

几物故。(《癸辛杂识》)

吴郡王及平原郡王皆豪贵,以奢侈相高,争华竞靡,有崇、恺风。吴府后翠堂七楹,全以石青为饰,故得名。专为诸姬教习声伎之所,一时伶官乐师,皆梨园国工。吹弹舞拍,各有总者,号为部头。每遇节序生辰,则旬日外,依月律按试,名小排当,虽中禁教坊所无也。只笙一部,二十余人。自十月旦至二月终,日给焙笙炭五十斤,用锦熏笼藉笙于上,复以四和香熏之。盖笙簧必用高丽铜为之,靧以绿蜡,簧暖,则字正而声清越,故必用焙而后可。陆天随诗云:"妾思冷如簧,时时望君暖。"乐府亦有"簧暖笙清"之语。举此一事,余可想见。(《癸辛杂识》)

按:以上二则,实分别出自《齐东野语》卷一六、卷一七。陆龟蒙诗句,出其《赠远》:"芙蓉匣中镜,欲照心还懒。本是细腰人,别来罗带缓。从君出门后,不奏云和管。妾思冷如簧,时时望君暖。心期梦中见,路永魂梦短。怨坐(一作生)泣西风,秋窗月华满。"又,"簧暖笙清"见于周邦彦《庆春宫》:"云接平冈,山围寒野,路回渐转孤城。衰柳啼鸦,惊风驱雁,动人一片秋声。倦途休驾,淡烟里、微茫见星。尘埃憔悴,生怕黄昏,离思牵萦。　华堂旧日逢迎。花艳参差,香雾飘零。弦管当头,偏怜娇凤,夜深簧暖笙清。眼波传意,恨密约、匆匆未成。许多烦恼,只为当时,一饷留情。"

理宗朝,张循王府献白玉箫,管长二尺者,中空而莹薄。韩蕲王府献白玉笙一攒,其薄如鹅管,其声清越,皆希世之宝也。二物云在北方军中日得之,盖宣和故物耳。(《西湖志》)

南渡诸将,韩世忠、杨沂中、张俊俱封王,享富贵,而俊尤善治生。罢兵归,岁收租米六十万斛。绍兴内宴,优人作善天文者云:"世间贵官,必应星象,我悉能窥。用浑仪,设玉衡,对其人窥之,见星而不见人。玉衡不能卒办,用铜钱一文亦可。"令窥光尧,云:"帝星。"秦师垣,云:"相星。"韩蕲王,曰:"将星。"张循王,曰:"不见星。"众皆骇,复令窥,曰:"中不见星,只见张郡王在钱眼内坐。"殿上大笑。俊最多赀,故讥之。(《西湖志》)

北兵入杭,庙朝为墟。金某世为伶官,流离无归。一日,道遇左丞范文虎。向为宋殿帅将,熟其为人,怜之,谓金曰:"来日公宴,汝来献伎,不愁贫贱也。"如其言往,为优戏云:"某寺有钟,寺奴不敢击者数日,主僧问故,乃言钟楼有大神,怖不敢登耳。主僧亟往视之,神即跪伏投拜。主僧曰:'汝何神也?'答曰:'钟神。'主僧曰:'既是钟神,如何投拜?'众皆大笑。"文虎不怿,其人亦不顾,卒以不遇。识者莫不多之。(《西湖志馀》)

卷六、卷七"湖山胜概"门增补五十九则

府君名子玉,唐滏阳令,卒,为神。靖康间,高宗为康王,避金寇,走巨鹿,马毙,望南独行,值路三岐,莫知所向,忽有白马导之。暮至祠下,有土马,赭汗如雨。因假寐庑下,梦神人以杖击地,促其行,白马复导至斜桥谷。会耿南仲来迎,马忽不见。及即位,复梦神将白羊馈之,曰:"得孝子。"实兆孝宗。由是累朝崇奉。(《西湖志》)

长桥,宋《志》:俗名双投桥。《西湖竹枝集》元富春冯士颐词曰:"与郎情重得郎容,南北相看只两峰。请看双投桥下水,新

开两朵玉芙蓉。"注言,常有情人双投于桥,故长桥名双投。(郎瑛《七修类纂》)

旧名中峰,穹窿回映,亦曰回峰。林逋诗:"中峰一径分,盘折上幽云。夕照前村见,秋涛隔岸闻。长松标古翠,疏竹动微熏。自爱苏门啸,怀贤事不群。"(《西湖志》)

按:林诗题作《中峰》。

周显德元年钱王俶建,号慧日永明院,迎衢州道潜禅师居之。潜尝欲从王求金铸十八阿罗汉,未白也。王忽夜梦十八巨人随行。翌日,道潜以请,王异而许之,始作罗汉堂。宋建隆初,禅师延寿以佛祖大意,经纶正宗,撰《宗镜录》一百卷,遂作宗镜堂。太宗改赐寿宁院。熙宁中,郡守陈襄延禅师宗本居之。属岁旱,湖水尽涸,寺西隅甘泉出,有金色鳗鱼游焉,因凿为井。寺众千余,饮之不竭,名曰圆照井。南渡时毁而复兴,僧道容实鸠工焉。(《西湖志》)

寺为祖宗功德,院侧有五百尊罗汉,别创一田字殿安顿,装塑雄伟。殿中有千手千眼观音一位,尤为精制。其第四百二十二位阿湿毗尊者,独设一龛,用黄罗为幕,幕傍置签筒一座,其像侧身偃蹇便腹,斜目睹人而笑。临安妇人祈嗣者,必诣此炷香默祷,以手摩其腹,云有感应。日积月久,汗手加于泥粉之上,其腹黑光可鉴。(李有《古杭杂录》)

相传其山产玉,故润媚异常。孤峰秀拔,层峦缭绕,中有古木倒植,森翠凌冬。崖上"玉岑"二字,许采书;山门"玉岑",宋

理宗书。（《西湖志》）

洞高敞虚朗，衍迤二丈六尺，状如轩榭，可布筵几。其底邃窄通幽，暗然密室，周镌罗汉五百十六身。仇仁近诗："谁劈空青露石坳，游龙伸臂下南高。鬼神穿凿地脉碎，风雨支撑天柱牢。峭壁苍苔侵佛髻，悬崖滴乳湿僧袍。伽蓝闻是香山叟，灯暗祠荒没野蒿。"（《西湖志》）

按：仇远诗题作《游石屋洞》。

洞在烟霞岭下，洞傍钱氏建有西关净心院。宋淳熙六年，以赐内侍李隶，仍建佛宇，岩石盘峙，洞壑虚窈，泉味清甘，声如金石。熙宁二年，郡守郑獬名之曰水乐洞。后二年，苏子瞻来为倅，遂赋诗云："君不学白公引泾东注渭，五斗黄泥一钟水。又不学哥舒横行西海头，归来羯鼓打梁州。但向空山石壁下，爱此有声无用之清流。流泉无弦石无窍，强名水乐人人笑。惯见山僧已厌听，多情海月空留照。闻道磬襄东入海，遗声涧谷含宫徵，声奏未成君独喜。不须写入薰风弦，纵有此声无此耳。"（《西湖志》）

按：苏诗题作《东阳水乐亭（为东阳令王都官概作）》，"多情海月"句以下应为："洞庭不复来轩辕，至今鱼龙舞钧天。闻道磬襄东入海，遗声恐在海山间。锵然涧谷含宫徵，节奏未成君独喜。不须写入薰风弦，纵有此声无此耳。"

峰在南北诸山之界，羊肠诘曲，松篁葱蒨，非芒鞋布袜，努策筇杖，不可登也。塔居峰顶，晋天福间建，宋崇宁、乾道两度崇修，元季毁。旧七级，今存五级。塔中四望，则东瞰平芜，烟消日出，尽湖山之景。南俯大江，波涛汹狁，舟楫隐见杳霭间。西接岩窦、怪石翔舞、洞穴邃密，其侧有瑞应泉，巧若鬼工。北瞩陵阜，陂陁曼衍，箭栃丛出，莽麦连云。山椒巨石，屹如峨冠者，名先照坛，相传道者镇压之所。峰顶有钵盂潭、颍川泉，大旱不涸，大雨不盈，潭侧有白龙洞、龙王祠，今废。（《西湖志》）

张涞有诗云："龙飞凤舞旧时山，仙岭桃花更作关。武陵源上流水急，王母台前日月闲。霞色纷纷披绛树，春光煜煜照红颜。若教禹锡重游此，应道玄都观里还。"（《张文东集》）

按：张涞《穷居集》，有嘉靖二十七年钱塘童汉臣刊本，今似仅收藏于曲阜师范大学图书馆善本室，惜乎不能查阅。

岭多篁筿筱篠，风韵凄清。至此，林壑深沉，迥出尘表。流淙活活，自龙井而下，四时不绝。岭故丛薄荒密。元丰中，僧辩才浡治洁楚，名曰风篁。苏子瞻访辩才龙井，送至岭上，左右惊曰：远公过虎溪矣。辩才笑曰：杜子有云："与子成二老，来往亦风流。"遂作亭岭上，名曰过溪，亦曰二老。子瞻纪之，诗云："日月转双毂，古今同一丘。惟此鹤骨老，凛然不知秋。去住两无家，人事争挽留。去如龙出水，雷雨卷潭湫。来如珠还浦，鱼鳖争骈头。此生暂寄寓，常为名实浮。我比陶令愧，师为远公优。送我过虎溪，溪水常逆流。聊使此山人，永记二老游。大千在掌握，宁有别离忧。"（《西湖志》）

按：苏诗题云："辩才老师退居龙井，不复出入。余往见之。尝出，至风篁岭。左右惊曰：'远公复过虎溪矣。'辩才笑曰：'杜子美不云乎：与子成二老，来往亦风流。'因作亭岭上，名曰过溪，亦曰二老，谨次辩才韵赋诗一首。"其中所引杜甫诗为《寄赞上人》："一昨陪锡杖，卜邻南山幽。年侵腰脚衰，未便阴崖秋。

重冈北面起，竟日阳光留。茅屋买兼土，斯焉心所求。近闻西枝西，有谷杉柔稠。亭午颇和暖，石田又足收。当期塞雨干，宿昔齿疾瘳。徘徊虎穴上，面势龙泓头。柴荆具茶茗，径路通林丘。与子成二老，来往亦风流。"

钱塘、涌金、清波三门皆滨湖，而涌金介其中，且余家去郭门不盈咫，竹杖芒鞋，寻山问水，必自涌金出。出门稍南，为洪襄惠公两峰书院，又南为灵芝崇福律寺。经清波门，过流福水桥，滨湖为夹字港，折而南为茶坊岭，西南过长桥为南屏山、净慈禅寺、万工池。寺后有莲花洞、居然亭，寺前之右为雷峰塔，左为藕花居、倪尚书墓。南屏西为九曜山、法因寺，今即其地为发祥祠。西南为太子湾，折而南为石屋岭、石屋洞、蝙蝠洞、大仁禅寺。又南过烟霞岭为水乐洞、烟霞洞，磴道曲折而上为南高峰、荣国禅寺。太子湾西为玉岑山，其对为赤山、惠因涧、惠因讲寺。寺北为六通律寺、法相律寺。赤山之阴有筲箕泉，合于惠因涧。山北为三台山、于肃愍公墓。三台前为栗山、八盘岭、周思得真人墓。三台北为小麦岭，其地宜麦，故名；有东岳行宫、灵应庙、永福桥，即饮马桥也。岭西支境可通大麦岭，盖积庆山之陂陁迤逦者。又西为大麦岭，傍为花家山、永福桥。折而西北为灵石山，元道士张伯雨及明尚书徐公墓在焉。又西北为鸡笼山、凤篁岭、一片云石、杨梅坞、狮子峰、延恩衍庆讲寺、龙井、神运石。岭北为棋盘山。龙井上为老龙井，南为九溪，西为十八涧。自南屏山而南，过钱粮司岭，折而西为广泽禅寺，旧名甘露，有泉甘澄可啜。又西南为大慈山、定惠禅寺、虎跑泉，又西南为崇先袭庆禅寺、真珠泉。自清波门折而南为笔架山、方家峪、祀宋太学徐应镳忠节祠、褒亲崇寿教寺，又西南为华津洞、梯云岭，折而南为慈云岭、永寿禅寺。岭南为龙山，上为天真禅寺、登云台，下为天真书院、天龙禅寺、天华禅寺、胜相禅寺、龙华禅寺、宋籍田。稍南为妙因山、吴越国文穆、忠献两王墓，稍北为玉厨山、善惠禅寺。妙因之阳为江文昭墓。自清波门折而东南为凤凰山，其麓为万松书院、八蟠岭、留月、玉壶二台。又东经凤山门，折而南过万松坊为报国讲寺、宋行宫，又南折而西为梵天讲寺。梵天北更折而西，回绕松磴为胜果禅寺、月岩。岩左为中峰，右为宋殿前司营。又西为栖云庵，南为包家山、山川坛。坛左为正崇庵，右为三一庵。又南为大慈禅寺。此南山之胜也。（张涞《南山名胜纪》）

张涞《苏堤行乐》诗云："长湖开玉镜，双堤夹彩虹。气横万顷上，光摇一水中。柳分隋岸绿，桃借汉林红。路入烟花界，山围锦绣丛。淡妆西子态，玉树丽华容。叶度歌姬扇，杨穿侠客弓。酒依金谷饮，游与曲江同。今日乐相乐，年光不易逢。"又《观钱塘令王龙江苏堤植桃柳》诗云："本以花为县，重将锦散堤。五栽彭泽左，万树武陵西。偶值谈移玉，因知气若霓。看来无异谷，行处已成蹊。每见春犹在，何期路易迷。攀条言是绶，执叶亦为珪。霞取中流映，烟从绿水栖。棠阴谁不爱，宁独有周黎。"（《穷居集》）

孙太初诗云："十里飞花送酒卮，六桥儿女踏春词。无人会得渔翁意，独立晴湖照影时。"张涞《苏堤六桥》诗云："湖心一径长，南北架虹梁。十二中流影，三千水月塘。桃分两岸色，柳接数堤芳。今日平津赏，宜开杜预筋。"

按：孙一元诗题作《西湖》。

元张舆诗云："红藕花深逸兴饶，一双鸂鶒避鸣桡。晓风凉入桃花扇，腊酒香分椰子瓢。狂客醉欹明月上，美人歌断绿云消。数声渔笛知何处，疑在西泠第一桥。"刘邦彦《湖上花开报刘廷美》诗云："白鸥遥待酒船来，芳草汀洲去复回。为惜杏花寒勒住，西泠昨夜一枝开。"（《西湖志》）

按：张诗，《宋元诗会》卷九九题作《西泠桥》。

孤山，岿介湖中，碧波环绕，胜绝诸山。唐、宋间，楼阁参差，弥布椒麓。白乐天《西湖晚归回望孤山寺赠客》诗云："柳湖松岛莲花寺，晚动归桡出道场。卢橘子低山雨重，棕榈叶战水风凉。烟波淡荡摇空碧，楼阁参差倚夕阳。到岸请君回首望，蓬莱宫在水中央。"又《孤山寺遇雨》诗云："拂波云色重，洒叶雨声繁。水鹭双飞起，风荷一向翻。空濛连北岸，萧飒入东轩。或拟湖中宿，留船在寺门。"林君复《孤山寺》诗云："低处凭栏思渺然，孤山塔后阁西偏。阴沉画轴林间寺，零落棋枰葑上田。秋景有时飞独鸟，夕阳无事起寒烟。迟归更爱吾庐近，只向重来看雪天。"又《孤山写望》诗："水墨屏风状总非，作诗除是谢玄晖。溪桥袅袅穿黄落，樵斧丁丁隔翠微。返照未沉僧独往，长烟初淡鸟横飞。南峰有客锄园罢，闲倚林间忘却归。"

按：白诗第一首题作《西湖晚归回望孤山寺赠诸客》，林诗分别题《孤山寺端上人房写望》《孤山后写望》。

柏堂，宋僧志铨作。陈文帝天嘉二年，有植两桧于孤山寺中，至宋时犹存其一，号陈朝桧。志铨作堂其侧，曰柏堂，与竹阁连属。苏子瞻作诗纪之云："道人手种几生前，鹤骨龙姿尚宛然。双干一先神物化，九朝三见太平年。忽惊华厦依岩出，乞与嘉名到处传。此柏未枯君记取，灰心聊伴小乘禅。"后孝宗尝书此诗勒石。

按：苏诗题作《孤山二咏（孤山有陈时柏二株。其一为人所薪，山下老人自为儿时，已见其枯矣，然坚悍如金石，愈于未枯者。僧志诠作堂于其侧，名之曰柏堂。堂与白公居易竹阁相连属。余作二诗以纪之）》其一《柏堂》。

竹阁，白乐天作，在孤山寺中。杭人因貌公像而祀之，今为四贤堂址。其诗云："晚坐松檐下，宵眠竹阁间。清虚当服药，幽独抵归山。巧未能胜拙，忙应不及闲。无劳别修道，只此是玄关。"苏子瞻诗云："海山兜率两茫然，古寺无人竹满轩。白鹤不留归后语，苍龙犹是种时孙。两丛却似萧郎笔，千亩空怀渭上村。欲把新诗问遗像，病维摩诘更无言。"

按：白、苏诗分别题作《宿竹阁》、《孤山二咏》其二《竹阁》。

僧道潜《四照阁怀少游学士》诗云："猿鸟投林已寂然，芭蕉过雨小楼前。云移绝壁中间破，月自遥峰缺处圆。照坐不须红炬蜡，可人惟有蕙炉烟。校雠御府图书客，畴昔还同此夜禅。"（俱《西湖志》）

宋时，四圣观前，每至昏后有一灯浮水上，其色青红，自施食亭南至西陵桥复回。风雨中光愈盛，月明则稍淡，雷电时，则与电争光闪烁，此湖光也。苏子瞻《湖中夜泛》诗云："新月生魄迹未安,才破五六渐盘桓。今夜吐艳如半璧,游人得向三更看。""三更向阑月渐垂,欲落未落景特奇。明朝人事谁料得,看到苍龙西没时。""苍龙已没牛斗横,东方芒角升长庚。渔人收筒及未晓,船过惟有菰蒲声。""菰蒲无声水茫茫,荷花夜开风露香。渐见灯明出远寺,更待月黑看湖光。""湖光非鬼亦非仙,风恬浪静光满川。须臾两两入寺去,就视不见空茫然。"其曰湖光,岂即水灯之类欤?(《西湖志》)

按:苏诗题作《夜泛西湖五绝》。

高疏寮诗云:水明一色抱神州……(《西湖志》)

按:此则,与《武林旧事》卷四内容重复。

林逋墓,在孤山之阴。绍兴十六年建四圣延祥观,尽徙诸院刹及士民之墓,独逋墓诏存之勿徙。咸淳间,贾似道题石曰和靖先生墓,命金华王庭书之。元胡僧杨琏真伽发其墓,惟端砚一枚、玉簪一枝。成化十年,郡守李端茸治。逋尝作梅花诗一联,为士林羡颂,而他诗亦多清逸。比其卒也,四壁萧然,题诗云:"湖外青山对结庐,坟前修竹亦萧疏。茂陵他日求遗稿,且喜曾无封禅书。"时人咸重其节介。而范公希文与公雅厚,赠诗云:"巢由不愿仕,尧舜岂遗人。"又云:"风俗因君厚,文章到老醇。"其激赏如此。(《西湖志》)

按:林诗题作《书寿堂壁》。范诗分别出其《寄西湖林处士》:"萧索绕家云,清歌独隐沦。巢由不愿仕,尧舜岂遗人。一水无涯静,群峰满眼春。何当伴闲逸,尝酒过比邻。"《寄赠林逋处士》:"唐虞重逸人,束帛降何频。风俗因君厚,文章至老醇。玉田耕小隐，金阙梦高真。罢钓轮生蠹，慵冠鉴积尘。饵莲攀岳顶，歌雪扣琴垠。墨妙青囊秘，丹灵绿发新。岭霞明四望，岩笋入诸邻。几姓簪裾盛，诸生礼乐循。朝廷惟荐鹗，乡党不伤麟。吊古夫差国，怀贤伍相津。剧谈来剑侠，腾啸骇山神。有客瞻冥翼，无端预缙绅。未能忘帝力，犹待补天钧。早晚功名外，孤云可得亲。"

逋仙所养鹤名鸣皋，所养鹿名呦呦，虽不甚奇，亦是西湖故实。逋《鸣皋》诗云："皋禽名只有前闻，孤引圆吭夜正分。一唳便惊寥沉破，亦无闲意到青云。"又《呦呦》诗云："深林槭槭分行响，浅莎茸茸叠浪痕。春雪满山人起晚，数声低叫唤篱门。"（茅元仪青先）

昭庆律寺，晋天福间吴越王建，宋乾德二年重修。太平兴国三年，建戒坛于寺中。每岁三月三日，海内缁流，云集于此。推其长老能通五宗诸典者，登坛说法。敷陈具戒，其徒跪而听之，名曰受戒。至今行之。天禧初，有圆净法师，学庐山慧远，结白莲社，缙绅之士，与会者二十余人，运使孙和为之记。南渡后，以其地为策选锋军教场，寻复为寺。（《西湖志》）

唐刺史李泌建，有水闸，泄湖水以入下湖。沿东西马塍、羊角埂至归锦桥，凡四派。白乐天《记》略云：北有石函，南有笕，决湖水一寸，可溉田十五余顷。每一复时，可溉五十余顷。其去郡，《别州民》诗云："耆老遮归路，壶浆满别筵。甘棠无一树，那得泪潸然。税重多贫户，农饥足旱田。惟留一湖水，与汝救荒年。"（《西湖志》）

按：白文出其《钱唐湖石记》："钱唐湖事，刺史要知者四条，具列如左。钱唐湖一名上湖，周回三十里。北有石函。南有笕。凡放水溉田，每减一寸，可溉十五余顷。每一复时，可溉五十余顷。先须别选公勤军吏二人，一人立于田次，一人立于湖次，与本所由田户据顷亩，定日时，量尺寸，节限而放之。若岁旱，百姓请水，须令经州陈状，刺史自便押帖，所由即日与水；若待状入司，符下县，县帖乡，乡差所由，动经旬日，虽得水而旱田苗无所及也。大抵此州春多雨，夏秋多旱，若堤防如法，蓄泄及时，即濒湖千余顷田无凶年矣。（《州图经》云：湖水溉田五百余顷，谓系田也。今按水利所及，其公私田不啻千余顷也。）自钱唐至盐官界，应溉夹官河田，须放湖入河，从河入田。淮盐铁使旧法，又须先量河水浅深，待溉田毕，却还本水尺寸。往往旱甚，即湖水不充。今年修筑湖堤，高加数尺，水亦随加，即不啻足矣。脱或不足，即更决临平湖，添注官河，又有余矣。（虽非浇田时，若官河干浅，但放湖水添注，可以立通舟船。）俗云：决放湖水，不利钱唐县官。县官多假他词以惑刺史，或云鱼龙无所托，或云菱芡失其利。且鱼龙与生民之命孰急，菱芡与稻粱之利孰多，断可知矣。又云放湖即郭内六井无水，亦妄也。且湖底高，井管低，湖中又有泉数十眼，湖耗则泉涌，虽尽竭湖水，而泉用有余；况前后放湖，终不至竭。而云井无水，谬矣！其郭中六井，李泌相公典郡日所作，甚利于人，与湖相通，中有阴窦，往往堙塞，亦宜数察而通理之，则虽大旱，而井水常足。湖中有无税田，约十数顷，湖浅则田出，湖深则田没。田户多与所由计会，盗泄湖水，以利私田。其石函、南笕并诸小笕闼，非浇田时，并须封闭筑塞，数令巡检。小有漏泄，罪责所由，即无盗泄之弊矣。又若霖雨三日已上，即往往堤决，须所由巡守预为之防。其笕之南，旧有缺岸，若水暴涨，即于缺岸泄之；又不减，兼于石函南笕泄之，防堤溃也。（大约水去石函口一尺为限，过此须泄之。）予在郡三年，仍岁逢旱。湖之利害，尽究其由。恐来者要知，故书于石。欲读者易晓，故不文其言。"录此以见许多古代文人并非空言淑世者。又，白诗有尾注："今春增筑钱唐湖堤，贮水以防天旱，故云。"

僧思净，当儿时见之，作念曰："异日出家，当镌此石为佛。"及长，为僧妙行寺，遂镌石为半身佛像，饰以黄金，构殿覆之，遂名为大石佛院。至元间，院毁，永乐间重建。（《西湖志》）

智果院，旧有参寥僧。其时有僧道潜者，号参寥子，於潜人，通内外典，能诗。苏子瞻守黄州，参寥子自吴中访之，梦与赋诗，有"寒食清明都过了，石泉槐火一时新"。后七年，子瞻守杭州，参寥子始卜居智果院，有泉出石缝间，甘冷宜茶。寒食之明日，子瞻与客泛舟，自孤山来访，参寥子汲泉钻火，烹黄柏茶，适符所梦，遂记以刻石，为之铭云。（《西湖志》）

按：苏轼《参寥泉铭》叙云："余谪居黄，参寥子不远数千里从余于东坡，留期年，尝与同游武昌之西山。梦相与赋诗，有'寒食清明''石泉槐火'之句，语甚美，而不知其所谓。其后七年，余出守钱塘，参寥子在焉。明年，卜智果精舍居之。又明年，新居成，而余以寒食去郡，实来告行。舍下旧有泉，出石间，是月又凿石得泉，加冽。参寥子撷新茶，钻火煮泉而瀹之，笑曰：'是见于梦九年，卫公之为灵也久矣。'坐人皆怅然太息，有知命无求之意。乃名之'参寥泉'。"铭曰："在天雨露，在地江湖。皆我四大，滋相所濡。伟哉参寥，弹指八极。退守斯泉，一谦四益。予晚闻道，梦幻是身。真即是梦，梦即是真。石泉槐火，九年而信。夫求何信，实弊汝神。"

旧有闲泉、仆夫泉，僧智圆所凿也。智圆字无外，钱塘人，博学励行，号中庸子。时王文穆公罢相，知杭州，诸僧出迓，慈云禅师邀之皆往，圆以疾辞，曰："倾山倒壑，奔走红尘，暂留坐镇。"诸僧赧服。与处士林逋为友，临化，命门人即后山敛陶器而护葬之，名陶器冢。自为铭曰："清净本然，无变无迁。为藏陶器，密

迩闲泉。"(《西湖志》)

凤林寺，俗呼喜鹊寺。唐长庆初，禅师圆修居此四十余年，栖息松上，有鹊构巢其傍，人遂呼为鸟窠禅师。白乐天守杭州时，尝往参之，曰："大师居处甚险。"禅师曰："太守险。"乐天曰："弟子位镇山河，何险之有？"禅师曰："心火相构，识浪不停，得非险乎？"乐天服之。(《西湖志》)

岭上桃花烂灿，色如凝霞。其北有古剑关，盖左宝云，右仙姑，两山夹峙，若剑门然，宋立巡司于此。有水一道，名桃溪，经岳坟前入湖。(《西湖志》)

武穆王墓，自国初以来，坟渐倾圮，江州岳士迪，于王为六世孙，与宜兴州岳氏通谱，合力以起废，庙与寺复完美。久之，王诸孙有为僧者，居坟西，复为废坏。天台僧可观诉于官。时何颐贞为湖州推官，柯九思以书白其事，田之没于人者复归，然庙与寺无寸椽片瓦。会李君金初为杭总管府经历，慨然以兴废为己任，而郑元祐为作疏。郡人王华父一力兴建，寺庙又复完美。杭州申明浙省，转咨中书，以求褒赠。适赵子期在礼部，倡义奏闻，降命敕封并如宋，止加"保义"二字。自我元统一函夏以来，名人佳士多有诗吊之，不下数十百篇。(陶宗仪《辍耕录》)

吴说字傅朋，钱塘人。高宗绍兴以来，杂书游丝书，惟钱塘吴说。说知信州日朝辞，上谓曰："朕有一事，每以自歉。卿书九里松牌，甚佳。向自书易之，终不迨卿所书，当令仍旧。"是日降旨，俾根寻旧牌张挂。(《书史会要》)

阎氏，鄞县人，明艳绝伦，后宫为之夺宠。寺额皆御书，巧丽冠于诸刹。经始之辰，内司分市材木于郡县，旁缘为奸，望青采斫，鞭笞追逮，鸡犬不宁。虽勋臣旧辅之墓，皆不得自保。或作诗讽之曰："合抱长材卧壑深，于今惟恨不空林。谁知广厦千斤斧，斫尽人间孝子心。"其后恩数渐隆，虽御前五山，亦所不逮。一日，忽于法堂鼓上，得大字一联云："净慈灵隐三天竺，不及阎妃好面皮。"于是行下天府，缉捕其人，终不得。(《西湖志》)

龙泓洞，一名通天洞，俗传其底可通浙东，有采乳石者入之，闻江涛浪浪然，橹声耾然。壁间有蒋之奇篆书，贾似道、廖莹中等题名。唐咸通中，有高士丁飞者，字翰之，居洞中，读书采药，力田自给。年七十二矣，操缏缶斤剧，陟峻如飞。尝月夜登岩鼓瑟，流淙协奏，天籁凄冷，往往致鸾鹤之翔集。(《西湖志》)

飞来峰，界乎灵隐、天竺两山之间，盖支龙之秀演者，高不逾数十丈，而怪石森立，青苍玉削，若骇豹蹲狮，笔卓剑植，衡从偃仰，益玩益奇。上多异木，不假土壤，根生石外，矫若龙蛇，郁郁然丹葩翠蕤，蒙幂联络，冬夏常青。烟、雨、雪、月，四景尤佳。其下岩扃窈窕，屈曲通明，壁间布镌佛像，皆元浮屠杨琏真伽所为也。晋咸和元年，西僧慧理登而叹曰："此乃中天竺国灵鹫山之小岭，不知何以飞来，仙灵隐窟，今复尔否？"因树锡结庵，名曰灵隐，命其峰曰飞来。(《西湖志》)

冷泉亭，建于唐，至宋，郡守毛友拆去之，今所建，又不知起于何时。其自叙云："昔人加亭于冷泉，如明镜中加绘画，山翠水光，去者过半，拂拭蕾翳，旧观还复。"夫冷泉亭之景，白乐天极其褒颂，而毛守以为去之乃佳，好尚不同如此。(《西湖志》)

西湖今但知有冷泉，而不知有温泉、醴泉，在冷泉之上。杨廉夫《西湖竹枝词》："家住西湖新妇矶。"又，"石新妇下水连空，飞来峰前山万重"。郯九成《竹枝词》："风篁岭头西日晖，青龙港口新月微。"冯士颐词："请看双投桥下水，新开两朵玉芙蓉。"皆遗逸隐迹。（田艺衡《留青日札》）

杭州内外及湖山间，唐已前三百六十寺，钱氏立国，宋南渡，增为四百八十，海内都会，未有加于此者。僧派三，曰禅、曰教、曰律。今讲寺，即宋之教寺也。嘉定间，品第江南诸寺，以余杭径山寺，钱塘灵隐寺、净慈寺，宁波天童寺、育王寺，为禅院五山；钱塘中天竺寺，湖州道场寺，温州江心寺，金华双林寺，宁波雪窦寺，台州国清寺，福州雪峰寺，建康灵谷寺，苏州万寿寺、虎丘寺，为禅院十刹。以钱唐上天竺寺、下天竺寺，温州能仁寺，宁波白莲寺，为教院五山；钱唐集庆寺、演福寺、普福寺，湖州慈感寺，宁波宝陀寺，绍兴湖心寺，苏州大善寺、北寺，松江延庆寺，建康瓦棺寺，为教院十刹。杭州律院，则昭庆寺、六通寺、法相寺、菩提寺、内外灵芝寺，不在五山十刹之列。大抵僧家以禅那为宗旨，而教所以致禅。苏子由有言："我观世教师，皆谓教是实。由谓教实故，则为禅所诃。禅虽诃乎教，终以教致禅。禅若不取教，是杜所入门。教而不知禅，是不识家也。"律则慎摄威仪，涵养智定，禅与教所兼资焉。（《西湖志》）

按：苏辙文句，出其《龙井辩才法师塔碑》："颂曰：如来昔在世，心禅语为教。譬如四大海，惟是一湿性。于其湿性中，变化千万亿。风来为涛澜，风去为湛然。鱼龙所游戏，神鬼所出没。船筏借其力，网罟取其利。其上为洲渚，诸国所生育。其下为渊谷，百怪所藏伏。东西出日月，上下属河汉。观者不能了，瞪眙何暇说。如来知迷闷，随变为解释。因变所说者，是则名为教。彼善闻教人，当知是幻尔。既已知是幻，则当识真实。我观世教师，皆谓教是实。由谓教实故，则为禅所诃。禅虽诃教乎，终以教致禅。禅若不敢教，是杜所入门。教而不知禅，是不识家也。辩才真法师，于教得禅那。口舌如澜翻，而不失道根。心湛如止水，得风辄粲然。以是于东南，普服禅教师。士女常奔走，金帛常围绕。师惟不取故，物来不得拒。道成数有尽，西方一瞬息。西方亦非实，要有真实处。"

唐天宝中建，会昌中毁。钱王修复之，宋咸淳七年复毁。群山屏列，湖水镜净，云光倒垂，万象在下。渔舟歌舫，若鸥凫出没烟波，远而益微，仅觋其影。西望罗刹江，若匹练新濯，遥接海色，茫茫无际。郡城正值江湖之间，委蛇曲折，左右映带，屋宇鳞次，草木云翕，郁郁葱葱，悉归眉睫。山顶旧有望海阁，今废。苏子瞻诗云："言游高峰塔，蓐食治野装。火云秋未衰，及此初旦凉。雾霏岩谷暝，日出草木香。嘉我同来人，久便云水乡。相观小举足，前路高且长。古松攀龙蛇，怪石坐牛羊。渐闻钟磬音，飞鸟皆下翔。入门空无有，云海浩茫茫。惟见聋道人，老病时绝粮。问年笑不答，但指空藜床。心知不复来，欲归更彷徨。赠别留匹布，今岁天早霜。"（《西湖志》）

按：苏诗题作《游灵隐高峰塔》。

韬光禅师，蜀人。唐太宗时，辞师出游。师嘱曰："遇天可前，逢巢即止。"师游灵隐山巢沟坞，值白乐天守郡，悟曰："此吾师之命我也。"遂卓锡焉。乐天闻之，遂与为友，题其堂曰法安。尝以诗招之入城云："白屋炊香饭，荤膻不入家。滤泉澄葛粉，洗手摘藤花。青芥除黄叶，红姜带紫芽。命师相伴食，斋罢一瓯茶。"韬光不赴，报之诗云："山僧野性好林泉，每向岩阿倚石眠。不解栽松陪玉勒，惟能引水种金莲。白云乍可来青嶂，明月难教下碧天。城市不能飞锡去，恐妨莺啭翠楼前。"内有金莲池、烹茗井，壁间有赵阅道、苏子瞻题名。（《西湖志》）

　　按：二诗分别题作《招韬光禅师》《谢白乐天招》。

　　一名冯公岭，形如人状，双髻宛然。

　　天竺桂子之说，起自唐时，然宋慈云式公《月桂诗序》云："天圣丁卯秋，八月十五夜，月有浓华，云无纤迹，灵隐寺殿堂左右，天降灵实，其繁如雨，大如豆，圆如珠，白者、黄者、黑者，壳如芡实，味辛。识者曰：'此月中桂子也。'拾以封呈。好事者余播种林下，越数月，移植白猿峰，凡二十五株，遂改回轩亭为月桂亭。"又张君房为钱塘令，夜宿月轮山寺，僧报曰："桂子下塔。"遽起望之，纷如烟雾，回旋成穗，散坠如牵牛子，黄白相间，咀之无味。则桂子之落，往往有之，但人不识耳。《汉武洞冥记》云："有远飞鸡，朝往夕还，尝衔桂子，归于南土。"南土月路，固其宜也，所以北方无之。又《本草图经》云："江东诸处，多于衢路拾得桂子，北土独无者，非月路也。"（《西湖志》）

　　上天竺寺观音像，长不盈五尺，而叠著灵异，官民信奉甚恭。凡旱潦，祷之必应。尝考《释氏纪录》云：后晋天福己亥，僧道翌一日见山间光明，往视之，得奇香木，命良工刻成观世音菩萨像，白光焕发，继以昼夜。后汉乾祐戊申，有僧从勋，以古佛舍利置毫相中，舍利时现冠顶。宋咸平庚子，浙西自春徂夏不雨，给事中知杭州张去华，率僚属，具幡盖鼓吹，迎祷于梵天寺，继时霖雨，四境沛足。如此，则自有像已四百余年，其所由来远矣。（陶宗仪《辍耕录》）

绍兴五年夏大旱，朝廷遍祷山川祠庙，不应。遣临安守往上天竺迎灵感观音于法惠寺，建道场，满三七日，又弗应，时六月过半矣。苦行头陀潘法慧者，默祷于佛，乞焚右目以施，取铁弹投诸火煅，置眼中，燃香其上。香焰才起，大雨倾注。法慧眼即枯。后三日，梦白衣女子来，欲借一隔珠，拒不许。二僧在傍曰："与伊不妨，自令六六送还。"既觉，不晓所谓。又梦二僧来，请赴六通斋，白衣女子亦至，在前引导。稍前进，则山川蔚然，百果皆熟，纷纷而坠，慧就地拾果食之，觉心地清凉，非常日比。又俯首欲拾间，女子忽面掷一弹，正中所燃目，失声大呼而寤，枯眶内已有物若鹅眼，瞻视如初，渐亦复旧。数其再明之时，恰三十六日，始悟六六送还之兆。（《善恶记》）

出涌金门，北为丰乐楼。钱塘门濒湖为玉莲堂，北为来鹊楼。西过流水桥为昭庆律寺，寺北为庆忌塔寺。西过石函桥为放生亭，又北过羊坊桥、小溜水桥为灵卫庙。过石函桥，西为宝石山、崇寿禅寺、宝所塔、寿星石、石屏风、狮子峰、屯霞石、看松台、乳泉井、一勺泉。宝石山麓为大佛禅寺、沁雪泉，西为智果禅寺、参寥泉，又西为显功庙，为锦坞、初阳台、葛翁井，又西为宝云山、玛瑙讲寺，后仆夫泉。又西为葛岭、葛稚川墓，前为四圣延祥观、竹阁，西为虎头岩、嘉德永寿讲寺，又西为凤林禅寺、君子泉。岭西为履泰山、栖霞岭、桃溪、栖霞洞、紫云洞、辅文侯牛皋墓、妙智庵，岭下为岳武穆王墓、翊忠祠、分尸桧、流芳亭，祠后为扫帚坞、黄龙洞、护国仁王禅寺，西为净性禅寺。履泰西为仙姑山、张烈文侯墓。仙姑西为青芝坞、玉泉讲寺，后为灵峰禅寺。又北为法华山、秦亭山、方井佛禅寺、智胜庵、东岳庙、青芝坞，西南为庆化山、水竹坞、神霄雷院。仙姑西南为驼巘岭，过行春桥入九里松，折而南为仙芝岭、普福讲寺、葛翁井，西为黑观音堂。又西为集庆山、显慈集庆讲寺。又西南过合涧桥为飞来峰、龙泓洞、青林洞、玉乳洞、射旭洞、灵鹫塔，过回龙桥为石门涧、冷泉亭、灵隐山、北高峰、灵隐禅寺，山半为石笋峰、茯苓泉、韬光庵。灵隐寺西为枭山、石人岭、玉女岩，过岭为西溪，飞来峰西为呼猿洞。自合涧桥折而南，度佛国山门为下天竺讲寺、灵鹫峰、月桂峰、稽留峰、莲花峰、三生石、翻经台、香林洞、葛坞、葛井。北山葛井凡三，相传此独为得道处也。神尼舍利塔寺畔旧有七宝普贤阁、日观庵、西岭草堂、七叶堂、九品观堂，俱不可复寻。又南为枫木坞、中天竺禅寺、千岁岩，对中竺为永清坞、心庵。西南过肃仪亭为上天竺讲寺、乳窦峰、狮子峰、双柱峰、白云峰、天香岩、梦泉、大悲泉、如意池。出寺折而东南为幽淙岭、扪壁岭、活沙坞，再上为天门。此北山之胜也。（张涞《北名山胜纪》）

春秋时，为吴南界，以别于越，故曰吴山。或曰以伍子胥故，讹伍为吴，故郡志亦称胥山，在镇海楼之右。盖天目为杭州诸山宗，翔舞而东，结局凤凰山。其支山左折，遂为吴山，派分西北，为宝月，为蛾眉，为竹园。稍南，为石佛，为七宝，为金地，为瑞石，为宝莲，为清平。总曰吴山。奇崿危峰，澄湖靓壑，江涛海门，回环拱固，扶舆淑丽之气钟焉。是以邑居丛集，华艳工巧，殆十万余家，声甲寰宇，恢然一大都会也。其陟山之径，有门曰登高览胜，石磴斗折，可数百级许，元时平章达尔罕托欢所甃也。立而环眺，则官司廨署，卫镇崇严，阛阓街衢，红尘雾起；市声隐振，漏尽犹喧；道院僧庐，晨钟暮鼓；青楼画阁，杂以笙歌。升其巅，则缥缈凌虚，碧天四匝，山川包界，脉络缕分。或昂而为首，或穹而为脊，或掉而为尾，若断若联，运掌可数。杨仲宏《吴山晚眺》诗云："山椒翚构四垂宽，上相旌旗会览观。旁近江湖天广大，上连星斗界清寒。龙宫永锁函书阁，凤岭重嗟苑树残。此际独无云蔽日，正宜翘首望长安。"（《西湖志》）

宝月山，旧志叙城内诸山，以此山为首。盖以地蟠中辅，对峙藩司，为一城之镇也。东北为蛾眉山，又东为浅山，正东为金地山，上有城隍庙。（《杭州府志》）

在吴山西，相接一脉，独趋而北，隐隐隆起。阴阳家谓为府治之主山。宋临安尹赵与篡建阁其上，平瞰西湖，扁曰竹阁，理宗御书。景定三年，徙其阁，而山亦渐夷为地。（《杭州府志》）

西联宝山，南面瑞石，旧有大乘石佛寺。宋嘉熙间，僧凿石为三佛。元至正间，河西僧多尔济募缘庄严，建寺居之，改名智果院。（《西湖志》）

东接石佛山。苏子瞻《同秦、仲二子游宝山》诗云："平明已报百吏散，半日来陪二子闲。立鹤低昂烟雨里，行人出没树林间。"（《西湖志》）

按：苏诗题作《同秦、仲二子雨中游宝山》。

　　在宋天庆观后，今白马庙巷之西，旧有宝严院、广严院、樱桃园，并废。（《西湖志》）

　　唐清泰二年，钱氏建，名瑞龙。宋治平二年，改今额。有垂云亭、借竹轩，秦少游曾宿轩中，梦天女以维摩像求赞。淳祐间，建佛阁，理宗书"无量福海"四字扁之。苏子瞻佐郡时，有云阇黎者寓院中，闭户十五年，谢绝人事，日礼观音经。忽一日，留偈端逝。偈云："诵经一字礼一拜，头白眵眵坐尘界。天鸡临梦啼一声，明月一轮观自在。"苏子瞻吊之诗云："云师来宝山，一住十五秋。读书尝闭户，客至不举头。去年造其室，清坐忘百忧。我初无言说，师亦无对酬。今来复扣户，空房但飀飀。云已灭无余，薪尽火不留。却疑此室中，常有斯人否。所遇孰非梦，事过吾何求。"（《西湖志》）

　　按：苏诗题作《去年秋，偶游宝山上方。入一小院，阒然无人。有一僧，隐几低头读书。与之语，漠然不甚对。问其邻之僧，曰："此云阇黎也，不出十五年矣。"今年六月，自常、润还，复至其室，则死葬数月矣。作诗题其壁》。

　　在七宝山东北，本三茅堂。相传三茅君长盈、次固、季衷，秦初咸阳人，得道成仙，自汉以来崇祀之。宋绍兴二十年，因东京旧名，赐额曰宁寿观，并畀古器。其一汉鼎，高尺有九寸，广尺，两耳旁出，曲上二尺。牛首识云："有汉建元三年八月作牛鼎，祀太室，铭曰：'惟甲午丙寅，帝若稽古，肇作宋器，审厥象，作牛鼎，格于位室，从用飨，亿宁神休，惟帝时保万世其永赖。'"其一唐钟,识云:"丙辰九月二十四日,常州澄清观女冠王玉仙作,河东薛泚为之铭,曰:'上德愿而铸洪钟,仙圣依而神仙从。霜朝闻兮窈窕,月夜听而春容。莲花生而腰净,顶衔绕于盘龙。响上彻于天外,声下彻于九重。庶长空于鬼狱,魔屏迹而潜踪。'"其后忽失所在。绍兴间,有钟震于太湖,滨湖缁黄,竞舟迎之。独澄清观舟至,凌波而上,一引出之,视之,乃本观唐时物也。守臣以献,赐之观中,声彻云表。孝宗朝,出金帛度牒易之,置禁中。洪武七年三月,钱塘知县朱复以废铜熔之。其一褚遂良小楷《阴符经》。景定庚申,理宗以贾似道有江汉功,赐金帛百巨万,不受,诏就观取《阴符经》酬之。观毁于元至元辛巳,洪武初重建。成化十年,建昊天宝阁。栋宇翚飞,金碧腾焕,环盼江湖,渺归睫底。(《西湖志》)

云居庵者,宋元祐间僧了元建。圣水寺者,元元贞间僧明本建。明本立约,其徒不置恒产,惟资化缘,为僧家风味。至大间,沙门指月拓基广之,掘地四寻,得甃井,甓甃坚好,中有佛首三枚,诸相具足,遂涂金事之,名曰三佛泉。巴西邓文原为之铭曰:"我观大地,积水所载。孰疏凿是,太虚无外。掘地及泉,视之萦带。如履冥涂,破诸障碍。其源渊谷,其泻湍濑。不止不流,以与井会。瑞相见前,示我三昧。彼坏者石,实相不坏。是实相故,遍恒沙界。以一勺甘,除世渴爱。是相是水,无在不在。我作铭诗,以警盲聩。"洪武二十四年,并圣水于云居,赐额曰"云居圣水"。了元号佛印,善诙谐,以禅为戏。明本号中峰,又号幻住,博涉经史,洞彻法源,为文操笔立就。祝发时,有故宋宫人杨妙锡者,以香盒贮发，舍利丛生，遂建塔寺中。久废。成化间，僧文绅修复。有小像一幅，神气如生，相传为中峰自写。上有赞云："幻人无此相，此相非幻人。若唤作中峰，镜面添埃尘。"（《西湖志》）

秀石玲珑，岩窦窈窱，寒泉涓沥，汇为澄泓者，往往而有。清幽彻骨，空翠拨肌，湖山奥区，罕与伦比。橐驼峰，峭削凌空。雪风洞，谽谺曲径，履舄所涉，栩栩然觉有仙风焉。（《西湖志》）

宋嘉定间，邑人胡杰居此，建集庆堂。元至元间，道士徐洞阳得之，改为紫阳庵。其徒丁野鹤，弃俗全真。一日，召其妻王守素入山，付偈云："懒散六十年，妙用无人识。顺逆两俱忘，虚空镇长寂。"抱膝而逝。守素遂奉其尸而漆之，端坐如生。亦束发为女冠，不下山者二十年。萨天锡赠之诗云："不见辽东丁令威，旧游城郭昔人非。镜中人去青鸾老，华表山空白鹤归。石竹泪干斑雨在，玉箫声断彩云飞。洞门花落无人扫，独坐苍苔补道衣。"其庵久废。（《西湖志》）

按：萨都刺诗题作《赠吴山紫阳庵女道士》，有序："武林吴山紫阳庵浙民有丁姓者，弃俗为全真。一日忽召其妻入山，书诗四句云：'懒散六十三，妙用无人识。顺逆两俱忘，虚空镇常寂。'坐抱一膝而逝，俗谓之骑鹤化。其妻束发簪冠为女道士，奉其夫尸，二十年不下山，几于得道。神仙渺茫，姑不暇论，其妇一节乃可尚也。妇年七十，王其姓，讳守素，亦浙人云。登览之余，因为赋诗。"

与七宝山相连，旧有宝莲寺。宋嘉定间，杨节使废而为园，徙寺于丰豫门外。

吴山重阳庵，有泉曰青衣洞泉。《临安志》《杭州府志》皆以为唐开成间，道士韩道古遇青衣童子入洞，故名。按，洞宋为宁寿观地,韩侂胄凿山为园,作流觞曲水,自青衣下注于壑,十有二折,潴于阅古堂前,即名泉为阅古。(见《说郛》)故当时言官论侂胄有"创造亭馆,震惊太庙"之语,盖宋太庙正当泉下之山也。又考陆放翁《阅古泉记》,记中但言泉之甘寒清洌,铺叙地景,无青衣事。又曰"泉壁有开成五年道士诸葛鉴元八分书",《癸辛杂识》载为元年六月,南岳道士邢令开、钱塘令钱华题名,道士诸葛鉴元书,俱不言道士韩道古事。作记时宁宗嘉泰三年,青衣事必见于嘉泰后、咸淳前,故陆记无而《临安志》有也。二志以为开成,非矣。洞记以为见于大德丁酉,尤非也。恐韩阅古讹而为韩道古,未可知。若建庵之日,必开成年间,凿石字可证,但恐名非重阳,至大德间始有重阳名,故石壁又有广微子书"大重阳庵"字,(广微,元时天师也。)今庵记曰"韩建庵无岁月",是考之不精,未知有八分题名石刻,故泛云耳。惜八分刻岁久石长,今不明白未有诸葛鉴元书,止有"元书"二字。(郎瑛《七修类稿》)

按:"创造亭馆"云云,出自王居安《请诛韩侂胄疏》:"侂胄以预闻内禅之功,窃取大权,童奴滥授以节钺,嬖妾窜籍于宫庭。创造亭馆,震惊太庙之山;燕乐语笑,彻闻神御之所,忽慢宗庙,罪宜万死。"另可参《四朝闻见录》卷五:"前所载臣寮论侂胄'凿山为园,下瞰宗庙;穷奢极侈,僭拟宫闱',又云'创造亭馆,惊震太庙之山;宴乐笑语,彻闻神御之所。齿及路马,礼所当诛;简慢宗庙,罪宜万死',盖自宁寿观梅亭而至太室之后山,皆观中地也。"

至元丁亥九月四日,周公谨偕钱菊泉至天庆观访褚伯透,遂同道士王盘隐游宝莲山韩平原故园。山四环皆秀石,绝类香林、冷泉等处。石多穿透崭绝,互相附丽,有如玉色者,取以为环珥之类,中有石龛，杳而深，泉涓涓自内流出，疑此即所谓阅古泉也。龛旁有"开成元年六月，南岳道士邢令开、钱塘县令钱华题名，道士诸葛鉴元书"镌之石上。又南石壁上镌佛像及大字《心经》，甚奇古。不知何时为火所毁，佛又残缺。又一洞甚奇，山顶一大石坠下，傍有一石承之，如饾饤然。又前一巨石，不通路，中凿一门，门上横石梁。又有一枯池，石壁间皆细小水波纹，不知何年水直至此处，然则今之城市，皆当深在水底数十丈。深谷为陵，非寓言也。其余磴道石池，亭馆遗址，历历皆在，虽草木残毁殆尽，而岩石秀润可爱。大江横陈于前，时正见潮上如匹练然，其下俯视太庙，执政府在焉。山顶更觉奇峭，必有可喜可愕者，以足愈不果往。且闻近日多虎，往往白昼出没不常，遂不能尽讨此山之胜，故书以示好事寻游者。观此篇所序阅古泉诸胜，与今不同，而石壁镌字，亦漫灭不可读矣。(《西湖志》)

卷八"歌馆"门补入十四则

苏小小，钱塘名娼，南齐时人。其墓或云湖曲，或云江干。古词云："妾乘油壁车，郎跨青骢马。何处结同心，西陵松柏下。"今西陵乃在钱塘江之西，则云江干者近是。李贺《苏小小墓歌》："幽兰露，如啼眼。无物结同心，烟花不堪剪。草如茵，松如盖。风为裳，水为佩。油壁车，久相待。冷翠烛，劳光彩。西陵下，风吹雨。"白乐天《柳枝词》："苏州杨柳任君夸，更有钱塘胜馆娃。若解多情寻小小，绿杨深处是苏家。""苏家小女旧知名，杨柳风前别有情。剥条盘作银环样，卷叶吹为玉笛声。"

商玲珑，余杭歌者。白乐天作郡日，赋歌与之云："罢胡琴，掩秦瑟，玲珑再拜歌初毕。谁道使君不能歌，听唱黄鸡与白日。黄鸡催晓丑时鸣，白日催年酉时没。腰间赤绶系未稳，镜里朱颜看易失。玲珑玲珑奈老何，使君歌了汝还歌。"时微之在越，厚币邀去，月余，始遣还，赠之诗。因寄乐天云："休遣玲珑唱我词，我诗多是寄君诗。明朝又向江头别，月落湖平是去时。"

按：白、元诗分别题作《醉歌（示妓人商玲珑）》《重赠（乐人商玲珑能歌，歌予数十诗）》。

苏子瞻倅杭日，府僚湖中高会，群妓毕集，惟秀兰不来，营将督再三，乃来。子瞻问故，答曰："沐浴倦卧，忽有叩门声急，起询之，乃营将催督也。整妆趋命，不觉稍迟。"时府僚多属意于兰者，见其不来，恚恨不已，云必有私事。秀兰含泪力辩，而子瞻亦从旁冷语，阴为之解，府僚终不释然。适榴花开盛，秀兰以一枝藉手献座中，府僚愈怒，责其不恭，秀兰进退无据，低首垂泪。子瞻乃作一曲，名《贺新凉》，令秀兰歌以侑觞，声容绝妙，府僚大悦，剧饮而罢。其词云："乳燕飞华屋。悄无人、槐阴转午，晚凉新浴。手弄生绡白团扇，扇手一时似玉。渐困倚、孤眠清熟。帘外谁来推绣户，枉教人、梦断瑶台曲。又却是，风敲竹。　石榴半吐红巾蹙。待浮花浪蕊都尽，伴君幽独。秾艳一枝细看取，芳心千重似束。又恐被、秋风惊绿。若待得君来向此，花前对酒不忍触。共粉泪，两簌簌。"

苏子瞻通判杭州，权领郡事。新太守将至，有营妓投牒乞从良，子瞻判曰："五日京兆，判状不难；九尾野狐，从良任便。"又有周妓，色艺超绝，为一郡之魁。闻判，亦来投牒，欲援例脱籍。子瞻惜其去，不许，判云："慕周南之化，此意诚可嘉；空冀北之群，所请宜不允。"其敏捷善谑如此。

苏子瞻守杭时，毛泽民为法曹，公以众人遇之。泽民与妓琼芳善，秩满辞去，作《惜分飞》词以赠妓云："泪湿阑干花着露。愁到眉峰碧聚。此恨平分取。更无言语空相觑。　细雨残云无意绪。寂寞朝朝暮暮。今夜山深处，断魂分付潮回去。"子瞻一日宴客，闻妓歌此词，问谁所作，妓以泽民对。子瞻叹曰："郡僚有词人而不及知，某之罪也。"翌日，折简追回，款洽数月。

琴操，颇通佛书，解言辞，子瞻喜之。一日，游西湖，戏语琴操曰："我作长老，汝作参禅。"琴操敬诺，子瞻问曰："何谓湖中景？"对曰："落霞与孤鹜齐飞，秋水共长天一色。""何为景中人？"对曰："裙拖六幅湘江水，髻挽巫山一段云。""何谓人中意？"对曰："随他杨学士，鳖杀鲍参军。""如此究竟何如？"子瞻曰："门前冷落车马稀，老大嫁作商人妇。"琴操言下大悟，遂削发为尼。

按："裙拖"二句，出自李群玉《同郑相并歌姬小饮戏赠》："裙拖六幅湘江水，鬓耸巫山一段云。风格只应天上有，歌声岂合世间闻。胸前瑞雪灯斜照，眼底桃花酒半醺。不是相如怜赋客，争教容易见文君。"

唐、宋间，郡守新到，营妓皆出境迎，既出，犹得以鳞鸿往返，胭不为异。白乐天《湖上醉中代诸妓寄严郎中》诗云："笙歌杯酒正欢娱，忽忆仙郎望帝都。借问连宵直南省，何如尽日醉西湖。蛾眉久别心知否，鸡舌含多口厌无。还有些些惆怅事，春来山路见蘼芜。"又《闻歌妓唱严郎中诗，因以绝句寄之》诗云："已留旧政布中和，又付新词与艳歌。但是人家有遗爱，就中苏小感恩多。"苏子瞻送杭妓往苏州迎新守《菩萨蛮》词云："玉童西迓浮丘伯，洞天冷落秋萧瑟。不用许飞琼，瑶台空月明。　清香凝夜燕，借与韦郎看。莫便过姑苏，扁舟下五湖。"又西湖席上代诸妓送陈述古词云："娟娟缺月西南落。相思拨断琵琶索。枕泪梦魂中。觉来眉晕重。　华堂堆烛泪。长笛吹新水。醉客各西东。应思陈孟公。"

杭妓周韶、胡楚、龙靓，皆有诗名。韶好蓄奇茗，尝与蔡君谟斗胜，题品风味，君谟屈焉。苏子容过杭，太守陈述古饮之，召韶佐酒。韶因子容求落籍，子容指檐间白鹦鹉曰："可作一绝。"韶援笔挥云："陇上巢空岁月惊，忍看回首自梳翎。开笼若放雪衣女，长念观音般若经。"时韶有服，衣白，一座笑赏。述古遂令落籍。时楚、靓皆同席，楚赠之诗云："淡妆轻素鹤翎红，移入朱阑便不同。应笑西湖旧桃李，强匀颜色待春风。"靓诗云："桃花流水本无尘，一落人间几度春。解佩暂酬交甫意，濯缨还见武陵人。"

胡楚有赠所欢诗云："不见当时丁令威，年来处处是相思。若将幽恨同芳草，却恐青青无尽时。"时张子野老于杭，多为杭妓作词，而不及靓。靓献诗云："天与群芳十样葩，独怜颜色不堪夸。牡丹芍药人题遍，自分身如鼓子花。"子野甚喜，为之赋词一阕云。

按：据《后山诗话》，张先所赋为《望江南》："青楼宴，靓女荐瑶杯。一曲白云江月满，际天拖练夜潮来。人物误瑶台。　醺醺酒，拂拂上双腮。媚脸已非朱淡粉，香红全胜雪笼梅。标格外尘埃。"

陈述古守杭时，斋阁中有绝句二首："绰约新娇生眼底，侵寻旧事上眉尖。问君别后愁多少，好似春潮夜夜添。"又云："长垂玉箸残妆脸，肯为金钗露指尖。万斛闲愁何日尽，一分真态为谁添。"盖为佳人叙幽思也。苏子瞻尝书此诗，并周、胡、龙三妓诗，作一卷。元时柯敬仲得之，虞邵庵伯生题其后云："只今谁是钱塘守，颇解湖中宿画船。晓起斗茶龙井畔，花开陌上载婵娟。"又云："三生石上旧精魂，邂逅相逢莫重论。纵有绣囊留别恨，已无明镜着啼痕。"又云："能言学得妙莲华，赢得春风对客夸。乞食衲衣浑未老，为谁灵塔向金沙。"

按：所引诗作，分别为蔡襄《钱塘题壁》、苏轼《过潍州驿，见蔡君谟题诗壁上云："绰约新娇生眼底，逡巡旧事上眉尖。春来试问愁多少，得似春潮夜夜添。"不知为谁而作也。和一首》、虞集《题蔡端明苏东坡墨迹后（序略）》四首其一、其三、其四。虞氏组诗第二首为："老却眉山长帽翁，茶烟轻扬鬓丝风。锦囊旧赐龙团在，谁为分泉落月中。"

苏小娟，钱塘名妓也。俊丽工诗。其姊盼奴，与太学生赵不敏甚洽款。久之，不敏日益贫，盼奴周给之，使笃于业。遂捷南省，得官授襄阳府司户。盼奴未落籍，不得偕老。不敏赴官三载，想念成疾而卒。有禄俸余赀，嘱其弟赵院判均分之，一以膳院判，一送盼奴。且言："盼奴有妹小娟，俊雅能吟，可谋致之，佳耦也。"院判如言，至钱塘，托宗人倅钱塘者召盼奴。其家云："盼奴一月前死矣。小娟亦为盼奴所欢以於潜官绢诬攀，系府狱。"倅从狱中召小娟出，诘之曰："汝诱商人官绢百匹，何以偿之？"小娟叩头言：

"此亡姊盼奴事，乞赐周旋，非惟小娟感荷更生，盼奴亦蒙恩泉下也。"倅喜其辞宛顺，因问："汝识襄阳赵司户否？"小娟曰："赵司户未仕时，与姊盼奴交好，后中科授官去，盼奴相思致疾而死。"倅曰："赵司户亦谢世矣，遣人附一缄，及馈物一匲。外有其弟院判一缄，付尔开之。"小娟自谓不识院判何人，及拆书，惟一诗云："当时名妓镇东吴，不好黄金只好书。借问钱塘苏小小，风流还似大苏无。"小娟得诗，默然。倅索和之，小娟以不能辞。倅强之，且曰："不和，即偿官绢。"小娟不得已，索纸，援笔书云："君住襄江妾住吴，无情人寄有情书。当年若也来相访，还有於潜绢也无。"倅大喜，尽以所寄物与之，免其偿绢，且为脱籍，归院判偕老。

钱唐道士洪丹谷，与一妓通，因娶为室。病且革，顾谓洪曰："妾死在旦夕，卿须自执薪，还肯作一转语否？妾歌儿也，卿能集曲调，于妾未死之前，使预闻之，死无憾矣。"洪固滑稽，遂作文曰："二十年前我与伊，只因彼此太痴迷。忽然四大相离后，你是何人我是谁。共惟娘子，秀钟谷水，声遏楚云。玉交枝坚一片心，锦缠头余二十载。遽成如梦令，休忆少年游。哭相思两手托空，意难忘一笔勾断。且道如何是一笔勾断，孝顺哥终无孝顺，逍遥乐永遂逍遥。"听毕，一笑而逝。

甲妓朱观奴，居盐桥，颇通文义。尝欲构室，而募缘于人，求题词于瞿宗吉。宗吉援笔书云："倾国倾城美貌，为云为雨芳年。金沙滩上旧因缘。重到人间示现。　欲构云窗雾阁，奈悭宝钞金钱。诸公有意与周旋。请看桃花好面。"人以宗吉故，喜捐赀焉。

按：瞿佑词调寄《西江月》。

陈焕章，钱塘人。哗诞浮薄，而聪明爽闿。尝痛饮妓馆，醉为群妓所侮，作《中吕·满庭芳》乐府云："羊羔玉斝，灌翻老汉，嬉笑加加。小丫鬟，欺侮咱年高大。两三个，扳倒扛咱。白发上，黄花乱插，赤骨立，黑墨偷搽。惯得他，无高下，也是俺，醉乡豁达。笑杀我也舔他。"（《西湖志》）

卷八"游手"门后增入"湖产"一门凡一则

湖中物产殷富，听民间自取，故捕鱼搅草之艇，扰扰烟水间，夜火彻旦。滨湖多植莲藕、菱芡、茭芡之属，或蓄鱼鲜，日供城市。谚云："西湖日销寸金，日生寸金。"盖谓此也。湖中多杂鱼，而鲫鱼最美，骨软肉松，不数鲋鳊，独无鳜鱼，盖地气绝产者。正德中，有鱼黄而无鳞，肉翅能飞，一日冥雨，飞至羊坝头而坠。旧时湖中产蟹，林和靖诗云："草泥行郭索。"又云："水痕秋落蟹螯肥。"今湖蟹绝无。盖宋时禁采捕，傍多莳田，今值澄波彻底，旦旦而搅之，亦难增乎其生育矣。其螺、蚌、虾、鳖之属，生生尤夥，网籍交错。宋谚云："南柴北米，东菜西水。"今改西鱼者，盖城中水，不藉西湖，而鱼产之富，岁岁不减也。藕出西湖者，甘脆爽口，与护安村同，扁眼者尤佳。其花有红白二种，白者香而结藕，红者艳而结莲，瞿宗吉诗云"画阁东头纳晚凉，红莲不及白莲香"者是也。宋时，聚景园有绣莲，红瓣而黄缘，结实如饴，两角为芰，四角为菱，红者皮薄而鲜美。东坡诗云："乌菱白芡不论钱。"乌菱老而沉泥者，颇不佳，且非西湖所有。芡名鸡壅，亦曰雁头，梁渚临平，在在咸有，而湖产特佳，香软而粒大。茭白本秋实，惟西湖四时有之。茭田之直，可十余金，利倍禾稼，远湖数里，则此种虽植不茂矣。湖中蕴藻、蘋、荇诸水草，牵风演漾，弥蔓不绝，土人取之，以供鱼食，岁计亦不下数百金。（《西湖游览志馀》）

按：所引诗句，一出自林逋断句："草泥行郭索，云木叫钩辀。"《秋日湖西晚归舟中书事》："水痕秋落蟹螯肥，闲过黄公酒舍归。鱼觉船行沉草岸，犬闻人语出柴扉。苍山半带寒烟重，丹叶疏分夕照微。却忆清溪谢太傅，当时未解惜蓑衣。"一出自苏轼《六月二十七日望湖楼醉书五首》其三："乌菱白芡不论钱，乱系青菰裹绿盘。忽忆尝新会灵观，滞留江海得加餐。"瞿佑诗句，可参其《剪灯新话·爱卿传》："画阁东头纳晚凉，红莲不似白莲香。一轮明月天如水，何处吹箫引凤凰。""月出天边水在湖，微澜倒浸玉浮图。搴帘欲共姮娥曲，肯教霓裳一曲无。""手弄双头茉莉枝，曲终不觉鬓云欹。佩环响处飞仙过，愿借青鸾一只骑。""曲曲栏干正正屏，六铢衣薄懒来凭。夜深风露凉如许，身在瑶台第一层。"（又按：若果真如此，这里面就涉及了一个有意思的问题，即文人代笔下小说人物所拟诗词，到底该不该收入其诗词别集。可以类比的例子是元稹的《会真诗三十韵》，出其所作《莺莺传》，虽然被《才调集》卷五选入，本集却并未载录。）

卷八"诸色伎艺人"门补入九则

耿听声，兼能嗅衣物知吉凶贵贱。德寿闻其名，取宫人扇百柄，杂以上及中宫所御，令小黄门持叩之。耿嗅至后扇云："此圣人也，然有阴气。"至上扇，乃呼万岁。上奇之，呼入北宫，取嫔妃珠冠十数示之。至一冠，奏曰："此有尸气。"时张贵妃已薨，此其故物也。后居候潮门内。夏震微时，尝为殿岩馈酒于耿。耿闻声，知其必贵，遂以女妻其子，子复娶其女。时郭棣为殿帅，耿谒之曰："君部中有三节使，他日皆为三衙。"叩为何人，则曰："周虎、彭辂、夏震也。"虎、辂时皆为将官，独震为帐前佩印官。郭曰："周、彭地步，或未可知，震安得遽尔？"耿曰："吾所见如此，可必也。"耿因与三人结为义兄弟。一日，耿谓虎曰："吾数夜闻军中金鼓有杀声，兵将动，君三人皆当显矣。"未几，开禧出师，虎守和州，辂为金州统戎，皆以功受赏。震则以诛韩功，相继获殿岩，虎亦参马迹，皆立节度使班，悉如其言。（《癸辛杂识》）

按：此则，实出自《齐东野语》卷一五。

陆象山少年时，尝坐临安市肆观棋，如是者累日。棋工曰："官人日日来看，必是高手，愿求教一局。"象山曰："未也，三日后却来。"乃买棋局一幅归，悬之室中，卧而仰观者两日，忽悟曰："此河图数也。"遂往与棋工对，棋工连负二局，起谢曰："某是临安第一手，凡来著者皆饶一先。今官人棋反饶得某一先，天下无敌手矣。"象山笑而去。（《鹤林玉露》）

贾似道有异志。一术士能拆字，贾以策画地作"奇"字与之拆。术者曰："公相志不谐矣，道'立'又不'可'，道'可'又'立'不成。"公默不语，礼遣之，恐泄其事，使人害之于途。（《西湖志》）

按：此则，实出自《草木子》卷四。

夏巨源精卜筮，居临安。绍熙三年冬，禹之自赣受代造朝，其子价侍行。既至，点检敕告文书，遗其一札。同诣夏肆卜之。夏书纸上曰："事千里外。"继书一"食"字，一"尧"字，合读之，则"饶"字也。问："是乎？"曰："然。文书现在，系一多口人收得，而鸳鸯为之看守，无足虑也。"既而仆从饶州来，持所遗至。言当日打并行李时，忘失在房，小妾福安拾得，藏在"鸳"字箧中。盖价房有十箧，以"泥融飞燕子，沙暖睡鸳鸯"为字号。方悟卜者言鸳鸯看守之说，而"福"字上一口字、下田字，是四口，所谓多口人也。（《卜相纪》）

傅立，以占筮起东南。时杭州初附，世皇以故都之地，生聚浩繁，赀力殷盛，得无有再兴者，命占其将来如何。卦既成，对曰："其地六七十年后，会见城市生荆棘，不如今多也。"今杭连厄于火，自至正壬辰以来，又数毁于兵，昔时歌舞之地，悉为草莽之墟，军旅填门，畜豕载道，乃知立之占亦神矣。（陶宗仪《辍耕录》）

钱唐罗贯中本，南宋时人，编撰小说数十种，而《水浒传》叙宋江等事，奸盗脱骗，机械甚详。然变诈百端，坏人心术。其子孙三代皆哑，天道好还之报如此。（《西湖志》）

按：此则，出自《西湖游览志馀》卷二五。鲁迅《小说旧闻钞》谓，"罗贯中子孙三代皆哑之说，始见于此"。又，"南宋时人"之说，当系无稽之谈："罗贯中，太原人，号湖海散人。与人寡合。乐府、隐语，极为清新。与余为忘年交。遭时多故，各天一方。至正甲辰复会，别来又六十余年，竟不知所终。"（《录鬼簿续编》）

杭州男女瞽者，多学琵琶，唱古今小说、平话，以觅衣食，谓之"陶真"。大抵说宋时事，盖汴京遗俗也。瞿宗吉《过汴梁》诗云："歌舞楼台事可夸，昔年曾此擅豪华。尚余艮岳排苍昊，那得神霄隔紫霞。废苑草荒堪牧马，长沟柳老不藏鸦。陌头盲女无愁恨，能拨琵琶说赵家。"其俗殆与杭无异。若《红莲》《柳翠》《济颠》《雷峰塔》《双鱼扇坠》等记，皆杭州异事，或近世所拟作者也。（《西湖志》）

按：瞿诗题作《汴梁怀古》。

陶宗仪在杭州见一弄百禽者，蓄龟七枚，大小凡七等，置龟几上，击鼓以使之，则第一等大者先至几心伏定，第二等者从而登其背，直至第七等小者登第六等之背，乃竖身直伸其尾向上，宛如小塔状，谓之乌龟叠塔。又见蓄虾蟆九枚，先置一小墩于席中，其最大者踞坐之，余八小者左右对列，大者作一声，众亦作一声，大者作数声，众亦作数声，既而小者一一至大者前，点首作声，如作礼状而退，谓之虾蟆说法。（陶宗仪《辍耕录》）

杭人削松木为小片，其薄如纸，熔硫黄涂木片顶分许，名曰发烛，又曰淬儿。盖以发火也。史载周建德六年，齐后妃贫者，以发烛为业，岂即杭人所制与？宋翰林学士陶公谷《清异录》云：夜有急，苦作灯之缓，有批杉条，染硫黄，置之待用。一与火遇，得焰穗然。既神之，呼引光奴。今遂有货者，易名火寸。此则淬、寸声相近，字之讹也。然引光奴之名为新。（同前）

卷八"诸色伎艺人"门后增入"灾异"一门凡四则

杭民尚淫奢，男子诚厚者十不二三，妇人多以口腹为事，不习女工。至如日用饮膳，惟尚新出而价贵者，稍贱便鄙之。纵欲买，又恐贻笑邻里。至正己亥冬十二月，金陵游军斩关而入，突至城下，城门闭三月余，各路粮道不通，城中米价涌贵，一斗直二十五缗。越数日，米尽，糟糠亦与常日米价等，有赀力人则得食，贫者不能也。又数日，糟糠亦尽，乃以油车家糠饼捣屑啖之。老幼妇女，三五为群，行乞于市，虽姿色艳丽而衣裳济楚，不暇自愧。至有合家父子、夫妇、兄弟，结袂把臂，共沉于水者。一城之人，饿死十六七。军退，吴淞米航辐辏，藉以活，而又大半病疫死。岂平昔浮靡暴殄之过，造物有以警之与！（陶宗仪《辍耕录》）

元大德十一年，杭大饥，官设粥仙林寺中，饥民殍死，不为衰止。何长者敬德，以施民振乏为事，乃请杭好善而有财智者五七人，即菩提寺作粥，夜鬻置大瓮中。明旦，饥民以至，先后列堂庑下，或溢出门外道上，相向坐，虚其前以行。粥用二人舁，一人执枓以注器中，食已，以次去。日鬻米七八石至十石，始六月至八月，凡七十日，饥民无死者。石塘胡长孺云："往岁湖州作糜食饥人，糜脱釜，犹沸涌器中，人急得食，食已，辄仆死百步间。长者夜作粥，贮大瓮中，盖惩湖州事也。"有意哉。（姜南《蓉塘诗话》）

按：此则，出自《蓉塘诗话》卷一二"作粥救饥"条。

杭城多火，宋时已然。其一，民居稠比，灶突连绵。其二，板壁居多，砖垣特少。其三，奉佛太盛，家作佛堂，彻夜烧灯，幡幢飘引。其四，夜饮无禁，童婢酣倦，烛烬乱抛。其五，妇女娇惰，篝笼失检。宋建都，城中大火二十一度，其尤烈者五度。绍兴二年五月大火，顷刻飞燔六七里，被灾者一万三千家。六年十二月，被火灾者一万余家。嘉泰元年辛酉三月二十八日，宝莲山下御史台吏杨浩家失火，延烧御史台、司农寺、将作监、进奏、文思院、太史局、皇城司、法物库，及军民五万二千四百家，绵亘三十里，四昼夜乃灭。时术者言：年号"嘉"之文如三十五万口，"泰"之文如三月二十八。又都民市语多举"红藕"二字，"藕"有二十八丝，"红"者火也，皆为谶云。嘉泰四年甲子三月四日，粮料院后刘庆家失火，延烧粮料院、右丞相府、尚书省、中书省、枢密院、左右司谏院、尚书六部，南至清平山、万松岭、和宁门，西及太庙、三茅观下，及军民七千家，二昼夜乃灭。(《西湖志》)

绍定辛卯临安火，比辛酉加五分之三，虽太庙亦不免，而史丞相府独全。洪舜俞诗云："殿前将军猛如虎，救得汾阳令公府。祖宗神灵飞上天，可怜九庙成焦土。"时殿帅冯榯也，人言籍籍，迄今不免责。(《鹤林玉露》)

按：洪咨夔诗句，出其《哭都城火》："九月丙戌夜未中，祝融涨焰通天红。层楼杰观舞燧象，绮峰绣陌奔烛龙。始从李博士桥起，三面分风十五里。崩摧汹汹海潮翻，填烟纷纷釜鱼死。开禧回禄前未闻，今更五分多二分。大涂小撤嗫不讲，拱手坐视连宵焚。殿前将军猛如虎，救得汾阳令公府。祖宗神灵飞上天，痛哉九庙成焦土。"

参考引用文献举要

周密《武林旧事》,《知不足斋丛书》本。

朱廷焕《增补武林旧事》,《文渊阁四库全书》本。

周密《癸辛杂识》,中华书局1988年版。

陈恕可、仇远编《乐府补题》,《文渊阁四库全书》本。

周密《齐东野语》,中华书局1983年版。

周密《浩然斋雅谈》,中华书局2010年版。

周密《志雅堂杂钞》,《粤雅堂丛书》本。

孟元老著、邓之诚注《东京梦华录注》,中华书局1982年版。

吴自牧《梦粱录》,上海古典文学出版社1956年版。

西湖老人《繁胜录》,载《丛书集成续编》,上海书店出版社1994年影印本。

灌园耐得翁《都城纪胜》,上海古籍出版社1993年版。

永瑢等《四库全书总目》,中华书局1965年影印本。

曾维刚《张镃年谱》,人民出版社2010年版。

胡士莹《话本小说概论》,商务印书馆2012年版。

李濂《汴京遗迹志》,中华书局1999年版。

王鏊《震泽长语》,《文渊阁四库全书》本。

柯愈春《清人诗文集总目提要》,北京古籍出版社2002年版。

李小龙、赵锐评注《武林旧事》,中华书局2007年版。

周膺、吴晶点校《增补武林旧事》,当代中国出版社2014年版。

杨观《周密笔记词汇研究》,巴蜀书社2011年版。

刘静《周密研究》,人民出版社2012年版。

吕希哲《吕氏杂记》,《文渊阁四库全书》本。

陈寅恪《邓广铭〈宋史职官志考证〉序》,载《陈寅恪集·金明馆丛稿二编》,生活·读书·新知三联书店2001年版。

钱谦益《后秋兴》,载《钱牧斋全集·投笔集》,上海古籍出版社2003年版。

陈寅恪《柳如是别传》,《陈寅恪集》本。

马端临《文献通考》,中华书局2006年影印本。

南卓《羯鼓录》,《丛书集成初编》本。

王观国《学林》,中华书局1988年版。

脱脱等《宋史》,中华书局1985年版。

司马光编著、胡三省注《资治通鉴》,中华书局1956年版。

洪迈《容斋随笔》,上海古籍出版社1978年版。

沈括《梦溪笔谈》,中华书局1963年版。

蔡絛《铁围山丛谈》,中华书局1983年版。

潜说友《咸淳临安志》,浙江古籍出版社2012年版。

崔令钦《教坊记》,中华书局2012年版。

王栐《燕翼诒谋录》,中华书局1981年版。

龚延明《〈宋史·职官志〉补正》(增订本),中华书局2009年版。

彭玉平《人间词话疏证》,中华书局2011年版。

李心传《建炎以来朝野杂记》,中华书局2000年版。

李焘《续资治通鉴长编》，中华书局2004年版。

徐松《宋会要辑稿》，上海古籍出版社2014年版。

高承《事物纪原》，中华书局1989年版。

林尹《周礼今注今译》，书目文献出版社1985年版。

赵彦卫《云麓漫钞》，中华书局1996年版。

[法]谢和耐《蒙元入侵前夜的中国日常生活》，江苏人民出版社1995年版。

厉鹗《宋诗纪事》，上海古籍出版社2013年版。

洪迈《夷坚志》，中华书局1981年版。

黄天骥、康保成《中国古代戏剧形态研究》，河南人民出版社2009年版。

郭艳艳《宋代大赦不赦之罪行分析》，《天中学刊》2011年第6期。

杨荫浏《中国古代音乐史稿》，人民音乐出版社1981年版。

陈世崇《随隐漫录》，中华书局2010年版。

高濂《遵生八笺》，人民卫生出版社2007年版。

袁褧《枫窗小牍》，上海古籍出版社2012年版。

倪思《经锄堂杂志》，岳麓书社2005年版。

王辟之《渑水燕谈录》，中华书局1997年版。

陶宗仪《南村辍耕录》，中华书局2004年版。

钱南扬《宋元南戏百一录》，台北进学书局1969年影印本。

王灼著、岳珍校正《碧鸡漫志校正》（修订本），人民文学出版社2015年版。

陈元靓《事林广记》，中华书局1999年版。

赵昇《朝野类要》，中华书局2007年版。

李伟国《宋代财政和文献考论》，上海古籍出版社2007年版。

《宋大诏令集》，中华书局1962年版。

叶梦得《石林燕语》，中华书局1984年版。

王夫之《宋论》，中华书局2003年版。

陈焯《宋元诗会》，《文渊阁四库全书》本。

朱彧《萍洲可谈》，中华书局2007年版。

马缟《中华古今注》，中华书局2012年版。

程大昌《演繁露》，中华书局1991年版。

范成大《吴船录》，载《范成大笔记六种》，中华书局2002年版。

孙承泽《春明梦余录》，上海古籍出版社1993年版。

陈鹄《西塘集耆旧续闻》，中华书局2002年版。

刘一清著、王瑞来校笺《钱塘遗事校笺考原》，中华书局2016年版。

李肇《唐国史补》，上海古籍出版社1979年版。

吴廷燮《北宋经抚年表·南宋制抚年表》，中华书局2004年版。

[韩] 裴淑姬《论宋代的特奏名制度》，《湖南大学学报》2007年第4期。

傅璇琮《唐代科举与文学》，陕西人民出版社2007年版。

吴处厚《青箱杂记》，中华书局1985年版。

谢维新《古今合璧事类备要》，上海古籍出版社1992年版。

陈元靓《岁时广记》，上海古籍出版社1993年版。

周辉《清波杂志》，中华书局1997年版。

徐师曾《文体明辨序说》，人民文学出版社1998年版。

任竞泽《宋代文体学研究论稿》，商务印书馆2011年版。

无名氏《宣和遗事》，江苏古籍出版社1993年版。

吴曾《能改斋漫录》，上海古籍出版社1979年版。

宗懔《荆楚岁时记》，山西人民出版社1987年版。

卢之颐《本草乘雅半偈》，人民卫生出版社1986年版。

李光庭《乡言解颐》，中华书局1982年版。

李时珍《本草纲目》，人民卫生出版社2005年版。

张鷟《朝野佥载》，中华书局2005年版。

夏承焘《〈乐府补题〉考》，载《夏承焘集·唐宋词人年谱》，浙江古籍出版社、浙江教育出版社1997年版。

萧鹏《〈乐府补题〉寄托发微——与夏承焘先生商榷》，《文学遗产》1985年第1期。

欧阳光《六陵冬青之役考述》，《文史》1992年第6期。

刘荣平《释"知君种年星在尾"——对杨琏真伽发宋陵时间之坚证的考辨兼论〈乐府补题〉寄托发陵说不能成立》，《新宋学》第一辑（上海辞书出版社2001年版）。

路成文《宋代咏物词史论》，商务印书馆2005年版。

陆游《老学庵笔记》，中华书局1979年版。

王巩《随手杂录》，《文渊阁四库全书》本。

祝尚书《苏门"后四学士"考论》，《江海学刊》2006年第4期。

文莹《湘山野录》，中华书局1997年版。

曾慥《类说》，载《北京图书馆古籍珍本丛刊》，书目文献出版社1998年影印本。

江少虞《事实类苑》，上海古籍出版社1993年版。

李斗《扬州画舫录》，中华书局1997年版。

吴任臣《十国春秋》，中华书局2010年版。

陶谷《清异录》，上海古籍出版社2012年版。

况周颐《蕙风词话》，《词话丛编》本。

陈鸿《东城父老传》，载《鲁迅全集·唐宋传奇集》，人民文学出版社1973年版。

裘锡圭《寒食与改火——介子推焚死传说研究》，载其《古代文史研究新探》，江苏古籍出版社1992年版。

赞宁著、富世平校注《大宋僧史略校注》，中华书局2015年版。

金盈之《醉翁谈录》，《续修四库全书》本。

龚自珍《京师乐籍说》，载《龚自珍全集》，上海古籍出版社1999年版。

钱锺书《管锥编》，生活·读书·新知三联书店2007年版。

赵翼《陔余丛考》，上海古籍出版社2012年版。

胡铨《经筵玉音问答》，大象出版社2008年版。

田汝成《西湖游览志》《西湖游览志馀》，上海古籍出版社1980年版。

扬之水《古诗文名物新证》，紫禁城出版社2004年版。

张炎《山中白云词》，中华书局1983年版。

邓绍基《邓绍基论文集》，社会科学文献出版社2014年版。

丁福保《佛学大辞典》，中国书店出版社2011年版。

李匡乂《资暇集》，中华书局2012年版。

翟灏《通俗编》，中华书局2003年版。

苏轼《东坡志林》，中华书局1981年版。

高德基《平江纪事》，《丛书集成初编》本。

江休复《江邻几杂志》，大象出版社2008年版。

叶绍翁《四朝闻见录》，上海古籍出版社2012年版。

崔豹《古今注》，《丛书集成初编》本。

徐度《却扫编》，上海古籍出版社2012年版。

庄绰《鸡肋编》，中华书局1997年版。

彭大翼《山堂肆考》，《文渊阁四库全书》本。

欧阳修《归田录》，中华书局1997年版。

罗愿《尔雅翼》，黄山书社2013年版。

胡仔《苕溪渔隐丛话》，人民文学出版社1962年版。

周必大《玉堂杂记》，《文渊阁四库全书》本。

陈岩肖《庚溪诗话》，载丁福保辑《历代诗话续编》，中华书局1983年版。

罗大经《鹤林玉露》，中华书局1983年版。

王士禛《池北偶谈》，中华书局1997年版。

冯沅君《古剧说汇》，作家出版社1956年版。

俞为民《南戏通论》，浙江人民出版社2008年版。

段成式《酉阳杂俎》，中华书局1981年版。

沈从文《中国古代服饰研究》，上海书店出版社2002年版。

郎瑛《七修类稿》，中华书局1959年版。

徐梦莘《三朝北盟会编》，上海古籍出版社2008年版。

刘琳琳《肉傀儡辨》，《中央戏剧学院学报》2006年第2期。

欧阳光《宋元诗社研究丛稿》，广东高等教育出版社1996年版。

陈振孙《直斋书录解题》，上海古籍出版社1987年版。

王明清《挥麈录》，中华书局1961年版。

黎靖德编《朱子语类》，中华书局1986年版。

林洪《山家清供》，中华书局 2013 年版。

周必大《二老堂诗话》，载何文焕辑《历代诗话》，中华书局 1981 年版。

李心传《建炎以来系年要录》，中华书局 1988 年版。

董喜宁、陈戍国《孔子谥号演变考》，《湖南大学学报》2010 年第 3 期。

范镇《东斋记事》，中华书局 1980 年版。

刘俊文《唐律疏义笺解》，中华书局 1996 年版。

陆游《入蜀记》，《丛书集成初编》本。

洪铭聪《南宋皇后家庙制的发展》，《台湾师大历史学报》第 50 期（2013 年 12 月）。

朱弁《曲洧旧闻》，中华书局 2002 年版。

袁枚《随园食单》，江苏古籍出版社 2000 年版。

孟棨《本事诗》，上海古籍出版社 1991 年版。

皇都风月主人《绿窗新话》，上海古籍出版社 1991 年版。

胡忌《宋金杂剧考》，中华书局 2008 年版。

刘昌诗《芦浦笔记》，中华书局 1986 年版。

王国维《宋元戏曲考》，东方出版社 1996 年版。

彭乘《墨客挥犀》《续墨客挥犀》，中华书局 2002 年版。

刘斧《青琐高议》，上海古籍出版社 1983 年版。

钱南扬《宋元戏文辑佚》，中华书局 2009 年版。

范摅《云溪友议》，中华书局 1959 年版。

谭正璧《宋官本杂剧段数内容考》，载其《话本与古剧》，上海古籍出版社 1985 年版。

孙光宪《北梦琐言》，中华书局2001年版。

范成大《吴郡志》，江苏古籍出版社1999年版。

邓乔彬《人情不似春情薄：宋词中的人生百味》，中央编译出版社2013年版。

夏承焘《姜白石词编年笺校》，《夏承焘集》本。

廖莹中《江行杂录》，《丛书集成初编》本。

岳珂《桯史》，中华书局1981年版。

叶子奇《草木子》，中华书局1959年版。

陆心源《宋史翼》，中华书局1991年版。

姜南《蓉塘诗话》，《续修四库全书》本。

陈师道《后山诗话》，《历代诗话》本。

鲁迅《小说旧闻钞》，《鲁迅全集》本。

无名氏《录鬼簿续编》，载中国戏曲研究院编《中国古典戏曲论著集成》，中国戏剧出版社1959年版。

田艺蘅《留青日札》，上海古籍出版社1992年版。

林洪《山家清供》，中华书局2013年版。

周必大《二老堂诗话》，载何文焕辑《历代诗话》，中华书局1981年版。

李心传《建炎以来系年要录》，中华书局1988年版。

董喜宁、陈戍国《孔子谥号演变考》，《湖南大学学报》2010年第3期。

范镇《东斋记事》，中华书局1980年版。

刘俊文《唐律疏义笺解》，中华书局1996年版。

陆游《入蜀记》，《丛书集成初编》本。

洪铭聪《南宋皇后家庙制的发展》，《台湾师大历史学报》第50期（2013年12月）。

朱弁《曲洧旧闻》，中华书局2002年版。

袁枚《随园食单》，江苏古籍出版社2000年版。

孟棨《本事诗》，上海古籍出版社1991年版。

皇都风月主人《绿窗新话》，上海古籍出版社1991年版。

胡忌《宋金杂剧考》，中华书局2008年版。

刘昌诗《芦浦笔记》，中华书局1986年版。

王国维《宋元戏曲考》，东方出版社1996年版。

彭乘《墨客挥犀》《续墨客挥犀》，中华书局2002年版。

刘斧《青琐高议》，上海古籍出版社1983年版。

钱南扬《宋元戏文辑佚》，中华书局2009年版。

范摅《云溪友议》，中华书局1959年版。

谭正璧《宋官本杂剧段数内容考》，载其《话本与古剧》，上海古籍出版社1985年版。

孙光宪《北梦琐言》，中华书局 2001 年版。

范成大《吴郡志》，江苏古籍出版社 1999 年版。

邓乔彬《人情不似春情薄：宋词中的人生百味》，中央编译出版社 2013 年版。

夏承焘《姜白石词编年笺校》，《夏承焘集》本。

廖莹中《江行杂录》，《丛书集成初编》本。

岳珂《桯史》，中华书局 1981 年版。

叶子奇《草木子》，中华书局 1959 年版。

陆心源《宋史翼》，中华书局 1991 年版。

姜南《蓉塘诗话》，《续修四库全书》本。

陈师道《后山诗话》，《历代诗话》本。

鲁迅《小说旧闻钞》，《鲁迅全集》本。

无名氏《录鬼簿续编》，载中国戏曲研究院编《中国古典戏曲论著集成》，中国戏剧出版社 1959 年版。

田艺蘅《留青日札》，上海古籍出版社 1992 年版。